# 착하게 사는 게
# 뭐가 그리 중요하노?

**착하게 사는 게
뭐가 그리 중요하노?**

ⓒ 이미진, 2021

초판 1쇄 발행 2021년 3월 8일

지은이      이미진
펴낸이      이기봉
편집         좋은땅 편집팀
펴낸곳      도서출판 좋은땅
주소         서울 마포구 성지길 25 보광빌딩 2층
전화         02)374-8616~7
팩스         02)374-8614
이메일      gworldbook@naver.com
홈페이지   www.g-world.co.kr

ISBN 979-11-6649-401-7 (03810)

'착함'의 낡은 감옥을 무너뜨리는 현명한 마음 처방전

# 착하게 사는 게
# 뭐가 그리 중요하노?

이미진(sally)

좋은땅

# 목차

## 제1부 마음의 구조를 들여다보기

## 제4부  있는 그대로 세상을 바라보기

# 이제야 '착한 감옥'에서 빠져나오다

## 내 인생의 변곡점은, '착함'에서 벗어난 그 지점이다

왜 그랬는지는 알 수 없지만, 내가 기억하는 어린 시절부터 나에게 주입된 제일 큰 가치관은 "착하게 살아야 된다."였다. 이 "착하게 살아야 된다."는 가치관은 평생을 따라다니면서, 나를 감시하고 남을 판단하며 선과 악을 평가하는 나만의 기준이 되었다. 내가 생각하는 착함의 기준은 현실과 이상의 격차가 컸었고 그 격차만큼 힘겨운 시간들도 많았다. 그러다 보니 살아오면서 누구보다도 적응하기 어려웠고 죄책감을 많이 느꼈으며 비난과 판단이 날카로웠다. 내 기준의 착하지 않은 사람에 대한 분노와 실망은 다른 사람들이 느끼는 것과는 비교할 수 없을 만큼 더 강렬했을 것이다.

나에게는 평생을 따라다니는 인생 질문이 있었다. "하느님, 착하게 살면 복을 받고 나쁘게 살면 벌을 받는다면서요? 근데 왜 세상은 착한 사람들은 힘들게 살고, 나쁜 사람들은 떵떵거리면서 잘사는 거예요? 너무 억울하지 않나요? 속 시원하게 대답을 좀 해 보세요!" 나는 이 질문을 수도 없이 하고 살아왔으며, 고요한 어느 날 직관적으로 그 답을 받았다. 그리고 그때부터 나의 삶이 변하기 시작했다는 것을 느끼고 있으며, 앞으로 내 인생이 새롭게 변화될 거라는 명료한 알아차림이 생기고 있다.

나의 내면에서 울려 나오는 답은, 이렇게 설명했다.

"네가 그동안 얼마나 절절하게 그 질문을 하고 살아왔는지 알고 있다. 그래서 몹시도 안타까웠지만, 너를 너무 사랑하기에 바로 답을 해 줄 수가 없었다. 왜냐하면 그 답은 네 스스로가 인생을 살아가면서 직접 부딪히고 깨지며, 원망하고 분노하며, 또는 반성하고 뉘우치며, 감사하고 사랑하면서 찾아가야 할 너의 '인생 과제'였기 때문이다. 그렇게 진실하게 그 질문에 대한 답을 직접 경험해서 통찰했을 때만이, 그 답은 보석처럼 빛나며 너의 삶의 방향을 새롭게 이끌어 줄 것이기 때문이다.

이제 너는 힘겨운 인생 과제를 하나 풀었으며, 그 과제에 대한 답을 다른 사람에게도 알려 줘야 할 때가 왔기에 이렇게 글을 써 내려가고 있는 것이다. 너 또한 앞선 시대를 살아가며 힘든 인생 과제를 풀었던 선배들의 답을 읽으면서, 많은 통찰과 안내를 받지 않았던가….

'착하게 살아야 된다'라는 가치관의 핵심은, 결국 그 해석에 답이 있었다. 착함과 나쁨의 자체가 존재하지 않는데 어찌 착함과 나쁨의 기준으로 인생을 분별하며 살아간다는 것이며, '착해야 복을 받는다'는 그 표현 또한 해석의 오류가 너무 심한 것이었다. 이것은 결국 낮은 주파수(의식 수준) 시대의 사람들이 자신들의 사회를 유지하기 위해, 그 시대에 맞는 기준으로 정한 것을 어떠한 필터도 없이 그대로 세뇌되고 주입되어 전해 온 것일 뿐이다. 이러한 착함의 기준이라는 것 자체가 그때그때마다 달라지는 불확실한 것이었으나, 네가 규정해놓은 착함의 그 낡은 기준을 잣대 삼아 살아오다 보니 인생이 그렇게 힘들고 억울하고 어려웠던 것이었다. 이것은 애초부터 이 세상의 누구도 억울하고 분노해야 할 이유가 되지 않는 것이었다.

너의 삶이 힘들었던 건 착함이 지켜지지 않는 이 세상이 썩은 것이 아니라, 자신이 믿고 싶은 대로 믿고, 보고 싶은 대로 보며 살아왔던 편협한 너만의 낡은 관점 때문이었던 것이다. 먼 길을 돌고 돌아 40대 후반이 되어, 이제야 찾게 된 인생 과제에 대한 답이 이해가 되었는가?

우주는 언제나 너희에게 이로운 것만을 가져다준다. 너희의 삶이 그렇게 힘들고 고통스러운 건, 너희들이 믿고 싶은 대로 믿고, 보고 싶은 대로 보는 그 왜곡된 관점 때문인 것이다. 수많은 인생 경험 속에서 하나씩 부딪히고 깨우쳐 가며 그 답을 찾아 헤매면서, 우주는 너희에게 '삶의 지혜'라는 큰 선물을 되돌려 주었다. 인내하고 노력하는 동안 얻어진 삶의 지혜로 새롭게 통찰하며 살아갈 수 있을 때, 너희들의 그 왜곡되고 낡은 관념들이 무너져 내리면서 극심한 괴로움도 다 풀려나게 될 것이다."

어느 고요한 찰나의 순간, 마음 깊은 곳에서 울려오는 이 직관의 소리가 나의 지나온 삶을 정리해 주었다. 어려서부터 제대로 뜻도 모르고 주입된 "착하게 살아야 된다."라는 낡은 관념으로 평생을 살아오면서, 더 착하지 못한 나 자신을 비난하고 더 착하게 살기 위해 끝없이 채찍질을 해 대면서 스스로를 괴롭혀 왔음을 알게 되었다. 그리고 나만의 선과 악의 기준을 정해놓고 세상을 비난하고 판단하면서, 마음속에 분노와 억울함을 쌓아가며 살아오고 있었다는 것도 알게 되었다. 그 분노와 억울함이 나의 에너지장에 둘러싸여, 그에 맞는 힘든 상황들을 현실에 물질화시켰다는 것도 알게 되었다. 서서히 지금까지의 삶의 과정이 이해가 되면서, 그럼에도 불구하고 이 모든 인생 경험은 나의 인생 과제에 대한 답을 찾기 위한 완벽한 짜임이었다는 것도 알게 되었다.

이제 나는 스스로 규정한 "착하게 살아야 된다."라는 왜곡된 관념을 점차 부수어 가고 있다. 앞으로는 더 이상 내 인생을 꽁꽁 묶어놓았던 착함의 무거운 사슬에 얽매이지 않을 것이다. 또한 이러한 강한 고집에 휘둘리며 나의 통제를 받고 살았던 내 가족은 그 마음이 얼마나 힘들었을까? 이런 왜곡된 관념이 진리인 양 착각하면서, 가족이나 주변에 주입시키며 강요하는 어리석음도 더 이상은 범하지 않을 것이다.

나를 힘들게 만든 또 하나는, 아주 질기고 강한 '에고(현재의 나)의 고집'이었다. 나는 내가 인생을 다 계획하고 만들어 나간다고 철저히 믿고 살아왔다. 그리고 내가 알고 있는 것이 모두 진리이고 정답일 거라 우기면서 고집을 피우며 살아왔다. 이 우매함이 또한 내 인생을 더 괴롭게 만들었다는 것을 어렴풋이 깨닫게 되자, 나에게 잔뜩 들어간 힘이 빠지기 시작하는 것을 느꼈다. 머리의 지식으로만 알면서 진짜 안다고, 내가 옳다고 맞서던 오만했던 내 모습을 알아차렸던 것이다.

아직도 계속 성장해 가는 길에 있지만 머리로만 이해하던 것을 가슴으로 하나씩 깨우쳐 갈 때마다 그 경이로움과 감사함은 이루 말할 수가 없다. 잘났다고 목을 빳빳하게 치켜들며 눈을 부릅뜨던 내 모습의 밑에, 두려움에 움츠린 나약하고 소심한 나의 '진짜 모습'이 있었음을 발견했을 때는 너무나 큰 충격이었다. 이러한 알아차림이 늘어 갈수록 빳빳하던 목이 점점 부드러워지고 눈매도 부드러워지며 힘이 빠지기 시작했다.

평생을 그렇게 두려움을 우월함으로 덮으려고 기를 쓰고 살았으니, 나의 마음이 얼마나 힘이 들고 지쳤을까? 내 우물이 전부인 줄 착각하고 살아왔던 나 자신이 한없이 안쓰럽고 측은하기도 했다. 자꾸 예전의 습관으로 끄달려 가기도 하지만, 이제는 또다시 습관 속으로 빠지고 있다는 것을 더 빠르게 알아차려 가고 있다.

이런 노력들 속에서 마음의 힘이 조금씩 생겨나면 새로운 습관에 익숙해져 살아갈 것을 믿어 의심치 않는다. 지금의 알아차림만으로도 어렵고 힘들었던 내 삶 자체가 충분히 소중하고 가치가 있었다고 여겨진다. 알수 없는 분노와 억울함이 서서히 풀려 간 자리에 따뜻함과 감사함이 서서히 채워지는 이 설렘과 뿌듯함의 느낌도 너무 좋다. 길지도 짧지도 않은 인생에서 많은 우여곡절이 있었지만, 이렇게 마음공부를 할 수 있었다는 것이 가슴 벅차도록 감사하다.

지금 현재 힘든 상황을 마주하고 있거나 마음공부가 필요한 분들에게 작은 도움이 될 수 있기를 소망하면서 내가 직접 경험하고 깨우친 내용들로만 구성하였다. 물론 뛰어난 지식들이 넘쳐 나는 시대이지만 그것은 다른 전문 분야의 학자들이 배움의 기회를 터놓았을 것이고, 나는 그저 직접적인 경험들을 누구라도 이해하기 쉽도록 알려 주고 싶었다. 40대 후반까지 살아오다 보니 내가 배웠던 책의 내용처럼 인생이 절대 펼쳐지지 않았기에, 어디에서 해답을 찾아봐야 할지도 누구에게 물어봐야 할지도 모르는 상태에서 우왕좌왕 맞닥뜨리는 상황들이 무척 힘겨울 때가 많았다.
수많은 경험을 통해 가슴깊이 깨우친 이 내용들이 독자분들께 지금 현실의 어려움을 벗어나는 데 실질적인 하나의 방편이 될 수 있다면, 아주 의미 있는 일이 될 것이라는 간절한 마음으로 글을 써 내려갔다. 그동안 나의 삶에 함께하며 기쁨과 슬픔을 경험하고 나누었던 모든 인연들이, 이렇게 나를 한 뼘 더 성장시켜 준 고마운 존재들이었음을 이제야 깨닫고 있는 중이다.
이렇게 하나씩 왜곡된 관념들을 깨우쳐 가는 앞으로의 인생이 기대가 되며, 이 작은 깨달음들이 꼭 필요한 사람들에게 필요한 때에 잘 전달될 수 있기를 소망한다.

## 뒤틀린 마음이 풀려야, 힘겨운 인생이 풀린다

### 지금 당신의 현실을 풀어 가는 것은, 노력이 아닌 '마음'의 상태이다

"내 인생을, 제일 잘 살고 싶은 사람은 누구일까?" 물론, 두말할 것 없이 나 자신이라고 할 것이다. 우리는 무조건 열과 성의를 다해서 노력만 하면 인생을 잘 살 수 있을 것이라고 배워 왔고 그렇게 믿으며 살고 있다. 하지만 인생은 우리의 노력이나 계획과는 무관하게 흘러갈 때가 많기에, 많은 사람들이 갈등과 고통을 겪고 있는 것이다. 사람들은 지나치는 말로 이렇게 푸념하기도 한다.

"도대체 나는 왜 이렇게 제대로 되는 일이 없는 거야."

"나는 죽어라 노력해도 안 되는데, 저 사람은 왜 저렇게 술술 잘 풀리는 거야."

보이는 것만 선택하고 외부의 성취에만 집중을 하며 살아온 우리는 보이지 않는 '마음이 작용하는 원리'에 대해서는 전혀 관심을 두지 않고 지나쳐 왔다. 과학적으로 검증된 것들만 인정을 받으며 외부로 드러나서 오감으로 인식되는 것에만 중요성을 두고 살아왔다. 우리가 의식하지 못하는 마음이 현실로 나타나서, 실제로 움직이고 있다는 것을 "에이, 설마…."하면서 거부해 온 것이다.

실제로 보이지 않는 우리의 '무의식'이 지금 현실에 많은 영향을 끼치고 있다. 이 마음의 작용에 대한 핵심 설명은 "모든 것은, 마음이 다 지어 낸다."는 '일체유심조'로 말할 수 있겠다. 일체유심조는 유명한 원효대사의 해골물에 대한 이야기로 잘 풀이되고 있다. 실제는 해골물 하나로 존재하고 있을 뿐인데, 우리가 모르고 마셨을 때는 너무 시원한 물이었지만 알아 버린 순간 그 시원했던 물은 사라지고 썩은 해골물이 구역질을 일으키는 것이다.

이것은 사소한 이야기로 넘겨 버릴 수 있지만, 우리의 마음에 따라 자신이 존재하는 세상 전체가 완전히 바뀔 만큼 큰 의미를 지니고 있다. 우리의 삶도 이와 같이 '일체유심조'가 모든 것을 좌지우지하고 있다. 모두가 같은 세상에서 살아가지만, 자신의 마음이 이 세상을 인식하는 대로 제각각 다른 세상 속에서 살아가고 있는 것이다.


예상치 못한 큰 질병에 걸린 두 사람이 있다. 큰 질병이 왔다는 것은 커다란 불행으로 여겨지지만, 이 질병을 받아들이는 '마음'에 따라서 각자가 경험하는 세상은 완전히 달라지게 된다.

A는 평생 온갖 고생만 하면서 살아왔는데, 늙어서 결국 하늘이 이런 큰 벌을 내려서 너무 억울하다고 계속 분노와 원망 속에서 지내고 있다. 몇 년간 지속되는 그 분노와 원망으로 인해 자신은 물론 주위의 가족들까지 어둡고 무겁게 만들고 있다. 그 울분이 계속 쌓여 가면서, A는 다른 질병들까지 점점 더 늘어 가고 있는 실정이다. 가족들은 병을 간호하는 데에도 지쳐 가고 있지만 끝없이 불만과 원망을 쏟아 내는 그 분위기가 부담스러워서 점점 회피하는 실정이다.

B도 평생 온갖 고생을 하며 살아왔지만 늙어서 이런 큰 질병이 왔다는 것은, 이제 모든 고집과 집착을 내려놓고 자신의 몸과 마음을 돌보면

서 살라는 하늘의 뜻이라고 받아들이게 되었다. 한두 푼에 집착하며 자식들에게 해 대던 잔소리를 줄이고 의료기술의 발달로 덤으로 받은 귀한 시간이라고 생각하며, 그동안 살기에 바빠서 하지 못했던 것들을 하나씩 경험하는 중이다. 예전보다 더 편안해져 가는 엄마의 모습에 이리저리 피하려고 애썼던 자식들이 다시 다가오기 시작했다. 이제는 가족 모임도 자주 가지고 같이 여행도 다니면서 함께하는 시간이 늘어 가고 있다.

이렇게 자신이 마음먹기에 따라 같은 상황에서도 전혀 다른 삶을 살아가게 되지만, 현실은 외부의 성과에 가치를 부여하다 보니 우리의 삶이 더 팍팍하고 고통스러워지는 것이다. 다행히 이제는 마음의 중요성이 부각되면서 많은 이들이 자신의 마음에 대해 관심을 집중하고 있다. 진실한 삶은, 우리의 인생에서 '진짜 자신'을 찾아 마음으로 보고, 듣고, 느끼며 살아가는 것이다.

인간의 신체는, 보이지 않는 '에너지장'으로 둘러싸여 있다. 이 에너지장에는 자신의 모든 감정들이 다 담겨 있다. 에너지장은 이 모든 감정을 포함하며 실제 상황마다 느껴지는 주된 감정으로 자신을 둘러싸게 된다. 그리고 자석의 자기장처럼 신체의 주변으로 퍼져 나가며 한 영역을 차지하고 있다.

"마음공부를 할 때는 가슴이 열려야 한다."라고 말한다. 이것은 무슨 의미일까?

인간의 의식은 이성적인 머리와 감성적인 가슴의 작용을 통해 움직이고 있다. 우리가 이성적이고 논리적인 학습을 할 때에는 머리의 역할이 중요해진다. 그러나 인생을 살아가며 사람들과 소통하고 감정을 움직이는 것은 우리의 가슴이다.

가슴으로 '참다운 앎'이 일어나면, 그 사람 자체에 변성이 일어나기 시작한다. 자신의 생활환경과 가족, 주변 사람들 또한 똑같이 그대로지만, 그 사람을 구성하고 있는 에너지장이 변하기 시작한다. 둘러싸인 에너지장에 변화가 시작되면서, 세상의 모든 것을 대하는 그 사람의 감정도 같이 변화된다.

이 말은 세상을 바라보는 관점이 달라지게 되면서, 세상을 대할 때 마음속에서 올라오는 감정에 변화가 생기기 시작한다는 것이다. 먼저 인간의 감정이 발생하면, 뒤이어서 그 감정에 맞는 실제 현실이 펼쳐진다. 자신의 에너지장에 퍼져 있는 감정에 변화가 생긴다면, 그 감정에 맞는 상황을 만나게 될 것이기에 마음속에서 올라오는 감정이 핵심 역할을 하는 것이다.

우리의 '억눌리고 뒤틀린 마음'을 풀어야 하는 까닭은 무엇일까?

나의 마음이 억눌리고 뒤틀려 있으면, 그에 해당하는 어둡고 무거운 감정들이 에너지장에 퍼져 있게 된다. 나의 에너지장에 퍼져 있는 그 어둡고 무거운 감정들이 계속 주변으로 퍼져 나가며, 자석처럼 그에 맞는 사람들과 상황들을 이끌어 오는 것이다. 이것을 알아차리지 못하고 일이 뜻대로 안 풀릴 때마다 우리는 뭔가 계속 애써서 더 노력하면 잘될 것이라고 외부로만 헤매고 다닌다. 하지만 정말 애써서 노력해야 할 것은 나의 에너지장을 둘러싸고 있는 감정을 잘 관리 하는 것이다. 이 감정은 내가 전혀 의식하지 못하고 있는 무의식에서 자연적으로 발생하는 것이다.

우리가 가장 큰 착각을 하는 것이 바로 "내가 마음대로 감정을 조절할 수 있다."라는 것이다. 이것은 정말 중요한 내용이기에 잘 이해하고 받아들여야 한다. 순간순간 표면으로 올라오는 감정은 상황에 따라서 내가 억누르거나 회피할 수는 있다. 이렇게 억누르거나 회피하는 것을 우리는 감정을 자신의 의지로 조절한다고 착각하고 있는 것이다. 이렇게 강제로 통제된 감정은 없어지지 않고 우리가 알지 못하는 '무의식' 속으로 깊이 던져진다.

우리는 무의식을 전혀 알아채지 못하고 살기에 이렇게 던져진 감정들이 없어진 거라고 여기며 살아가는 것이다. 이 무의식에 억압된 감정들이 에너지를 흡수하며 계속 자라서 덩치가 커지면, 이제 실제 현실로 튀어나오게 된다. 과도하게 세상을 비관하며 두려워하고 새로운 것에 불안을 느끼고, 다른 사람들을 비난하고 미워하며 자신을 열등하다고 느끼는 등으로, 우리의 현실을 계속 뒤틀리게 만들어 가는 것이다.

흔히들 "저 사람은 법 없이도 살만큼 너무 착한 사람인데, 왜 저렇게 하는 일마다 안 풀리는 거지?"라는 경우가 많다. 이것은 우리가 표면적인 외면의 모습으로 평가하는 것이 일반화되어 있기에, 그 뒤에 보이지 않는 부분은 인식하지 않고 판단하는 것이다. 우리는 '착하다'는 의미를 항상 좋은 모습만 보여 주고 다른 사람들을 먼저 챙겨 주고 배려하며, 남들의 부탁을 다 들어주고 남에게 싫은 소리를 하지 않는 것으로 인식하고 있다.

우주는 음과 양, 낮과 밤, 선과 악, 이러한 양 극단이 균형을 이루면서 존재하고 있다. 따라서 이 '착함'은 모두 좋은 것들로만 이루어졌다고 믿고 있는, 우리의 인식 자체가 한참 왜곡되어 있는 것이다. 우리가 인식하고 있는 이 '착함'이 존재하고 지속되기 위해선 그 반대의 '악함'도 같은 양으로 존재해야 균형을 이루게 된다. 이것이 이 우주 만물의 법칙인 것이다.

착하게 사는 게 뭐가 그리 중요하노?

그렇다면 이렇게 '착하기만' 한 사람의 악한 모습은, 도대체 어디에 존재한다는 말인가? "착하게 살아야 된다."는 신념을 강요당하면서 살아온 우리는 악한 모습이나 감정은 남들에게 보여서는 안 된다는 믿음으로, 내면의 깊은 무의식으로 던져 넣기 시작한다. "착하고 바르고 남을 더 배려하고 살아야 남들에게 인정을 받는다."는 세뇌가 더 강하게 박힌 사람일수록 자신의 본능적인 감정이나 충동을 억누르면서 회피하며 살아가는 것이다. 이렇게 억누르고 회피한 착하지 못하다고 생각하는 반대의 모습들이 모두 무의식의 창고에서 썩어 가고 있는 것이다. 이렇게 무의식에 쌓이고 쌓인 억눌린 감정들이 우리도 모르는 사이에 에너지장에 흘러들어 가고, 신체의 에너지장은 이 무의식에 쌓인 우리가 부정하는 그 감정들로 휩싸이게 된다.

"다른 사람을 비난하고 싶은 마음, 나도 다른 사람처럼 대우받고 싶은 마음, 게을러지고 싶은 마음, 나부터 챙기고 싶은 욕심나는 마음, 잘 나가는 사람을 보고 올라오는 질투나 시기심, 칭찬을 받기 위해 가식적으로 행동하는 나, 남들보다 못하다는 나의 열등감, 끊임없이 요구하는 사람들에 대한 분노, 싫어도 웃음 짓는 나 자신에 대한 수치심…."

이러한 감정들은 내가 못나고 부족해서 나만 느끼는 감정들이 아니라는 것을 명심하자. 이 모든 오만 가지 감정들은 인간에게 기본적으로 다 내포되어 있는 본능적인 욕구인 것이다. 이 본능적인 욕구들을 계속 억누른 채 자신의 마음과는 다르게 살아가다 보니, 진짜 자신이 지금 어떤 에너지장을 이루고 어떤 진동(기운)을 내뿜고 있는지를 전혀 알아채지 못하며 지내고 있다.

어둡고 무거운 삶에서 벗어나기 위해서는 제일 먼저 나의 마음을 들여다봐야 한다. 그동안 살아오면서 무의식에 억압된 감정들을 다시 바라보고 풀어 주어야 에너지장의 감정들도 좋은 기운을 뿜어내게 되는 것이다. 에너지장이 좋은 기운으로 채워져 가면 그 기운에 맞는 사람들과 상황들이 자석처럼 이끌려 오게 되며, 나의 현실도 새로운 세상으로 바뀌기 시작한다.

"자신의 뒤틀린 마음이 먼저 풀어질 때, 복잡하게 엉킨 현실의 상황이 풀려 가는 것이다."
"뒤틀린 마음이 풀려야, 힘겨운 인생이 풀린다."

이 책은 "착하게 살아야 된다"는 낡은 감옥에 평생 갇혀서 습관적으로 자기희생을 반복하며 감정을 억압하는 사람들에게, 이제는 소중한 나를 챙기면서 현명하게 살아가는 색다른 관점을 제시한다.

[1부] - 억압된 감정들이 우리의 무의식으로 깊이 들어가서, 실제 현실로 나타나게 되는 '마음의 구조'에 대해 알아 가자.
[2부] - 지금까지 살아오면서 제일 많이 관계하는 '가족과의 갈등'을 보며, 내 안에 억눌린 감정들을 알아차려 보자.
[3부] - 현재 나의 인간관계에서 반복적으로 '갈등을 일으키는 원인'을 이해하고, 나의 왜곡된 관점이 어떻게 형성되어 있는지 재인식해 보자.
[4부] - 자신의 왜곡된 관점에서 벗어나서, '있는 그대로' 세상을 보는 다양하고 현명한 관점을 배워 나가자.

이러한 과정들을 거쳐, 있는 그대로 세상을 보는 '마음의 눈'이 발달되면, 이제부터는 앞으로의 인생이 온전히 새롭게 변용(거듭남)되어 가게 된다.

# 제1부

# 마음의 구조를 들여다보기

# 1
## 우리는 무의식에 조종되는 '끈에 달린 인형'일 뿐이다

**우리의 행동을 결정짓는 것은, 행동하기 전에 먼저 작동하는 '무의식'이다**

지금 이 지구상에서 살고 있는 '현재의 나'를, 에고라고 한다. 이 에고는 자신이 모든 것을 다 결정하고 계획하며 이루어 낸다고 믿으면서 살아가고 있다. 그러다 보니 자신의 행동이 생각처럼 되지 않거나 원하는 일들이 계획처럼 이루어지지 않으면, 모든 것을 자신이 부족한 탓으로 여기면서 괴로워한다. 에고가 강해서 자신이 모든 것을 다 계획하고 통제하며 온갖 노력을 다한다면, 과연 행복한 생활이 지속되는 것일까?

뱀이 오래된 낡은 허물을 벗고 새롭게 성장하듯이, 이제는 높아진 주파수(의식 수준)에 맞춰서 낡은 사고방식과 습관을 과감하게 벗겨내고 새롭게 인식해야 한다. 지금부터 잘 알려지지 않았던 마음의 세상이 어떻게 실제 현실에 영향을 미치는지에 대해 알아보기로 하자.

우리의 마음속을 깊이 들어가서 가만히 관찰해 보면, 이 세상은 하나의 '거울'처럼 작용하고 있다. 우리가 거울을 떠올려 볼 때, 거울 밖의 움직이는 사람이 실제이고, 거울 속의 비치는 대상은 허상이라고 생각한다. 실제로 거울 밖에서 사람이 움직이는 그대로 거울 속의 대상도 똑같은 모습으로 비춰지고 있다.

하지만 마음의 세상은 우리가 일반적으로 알고 있는 이런 상식과는 다르게 '거꾸로' 작용한다. 먼저 거울 속의 대상(무의식)이 움직이는 그대로, 거울 밖의 사람(현실)이 똑같이 따라 움직인다고 인식한다.

진짜 현실을 움직이고 조종하는 힘은, 보이지 않는 우리의 '마음'이다. 눈으로 보고 느끼며 생활하는 이 감각에 우리는 익숙해져 있지만, 사실 마음의 세상은 거울 안과 밖의 세계가 뒤바뀐 채로 움직이고 있다. 현실에서는 거울 밖에 있는 사람이 실제이지만, 마음에서는 거울 속에 비치는 대상(무의식)이 실제 현실을 움직이는 힘이라는 것이다.


위에서 얘기한 "무의식에 조종되는 '끈에 달린 인형'일 뿐이다"라는 말은, 어떻게 설명할 수 있을까?

마음의 세상에서 설명을 해 나가 보자. 우리가 살고 있는 현실은 거울 속의 무의식이 하는 그대로 비추어 '거울 밖'으로 나타난 것이다. 내면 깊은 곳의 무의식이 표현하는 대로 거울 밖의 실제 현실에 그대로 나타나게 되는 것이다. 이것은 양자물리학을 생각해서 이해해 보면 더 쉽게 이해될 수 있다.

마음 속 무의식은 파동으로 존재하고 있기 때문에, 이 파동이 계속 밖으로 뿜어져 나오며 입체화(물질화)되어서 나타난 것이 우리의 현실이다. 무의식이 먼저 파동으로 움직이며 이동하고 나면, 그 후에 우리가 현실에서 그에 맞는 행동을 시작하게 되는 것이다. 자신의 무의식에 분노와 짜증이 가득 차 있는 상태라면 현실도 그대로 분노와 짜증이 나타나는 상황이 펼쳐진다. 자신의 무의식이 편안하고 즐거우면 현실도 편안하고 즐거운 상황이 펼쳐진다.

예전에 유행한 '세상은 요지경'이라는 노래를 떠올려 보자.

"세상은 요지경, 요지경 속이다. 잘난 사람은 잘난 대로 살고, 못난 사람은 못난 대로 산다." 이 가사를 마음의 차원에서 설명하면 제일 먼저 움직이는 것은 우리의 무의식이고, 지금 생활하고 있는 생생한 현실은 무의식의 파동이 움직이는 대로 펼쳐지는 무대라는 것이다.

여기서 말하는 "잘난 사람은 잘난 대로 산다"는 뜻은 마음이 편안하고 여유로운 사람이 현실도 편안하고 풍요롭게 살아간다는 뜻이다. "못난 사람은 못난 대로 산다"는 뜻은 마음이 뒤틀리고 못나게 꼬여 있으면 현실도 트러블 속에서 가난하고 힘들게 살아간다는 뜻이다.

흔히들 쉽게 얘기하는 "돈이 다가 아니다. 가난해도 충분히 행복할 수 있다."라는 말은 이제 더 이상 통하지 않는다. 자본주의에서 살아가는 이 시대에는 경제적인 풍요와 마음의 풍요가 함께 균형을 이루어야 한다. 다만 경제적인 풍요만을 목표로 삼으며 마음의 풍요는 제쳐 두고, 오직 돈만 생각하며 질주하는 것을 멈추라는 것이다. 돈만 생각하며 달려가다 마음이 계속 짓밟히고 무시당하면, 모든 현실이 다 엉망으로 엉키면서 발목을 붙잡고 늘어질 것이다.

마음이 평안하고 넉넉한 사람은 실제 현실도 마음 그대로 비추어 평안하고 넉넉한 사건과 사람들이 나타날 것이다. 마음이 어둡고 미움이나 걱정으로 꽉 차 있는 사람은 실제 현실도 마음 그대로 비추어 어두운 상황이나 트러블이 잦고 걱정할 사건과 사람들이 나타날 것이다.

우리가 살아가면서 괴롭고 고통스러운 것은 '무의식'이 먼저 움직이고

　　　　　　착하게 사는 게 뭐가 그리 중요하노?

현실이 그 후에 펼쳐지는 것인데, 자신의 이성적인 생각이 현실을 결정하는 것이라고 믿으면서 버티기 때문이다. 진실을 바로 배워서 알고 걸어가야 하는데 정작 거꾸로 배워서 거꾸로 걸어가니 자꾸 넘어지고 여기저기 부딪히며 힘든 것이다.

거울 밖의 사람(현실)은, 거울 속의 무의식이 조종하는 대로 움직일 수밖에 없는 '끈에 달린 인형'일 뿐이다. 무의식에 억눌린 부정적인 감정들이 정화되지 못하고 계속 쌓이고 있다면, 당연하게 우리가 살고 있는 실제의 삶도 무겁고 답답하고 피하고 싶은 상황들이 계속 나타나게 된다. 자신이 모든 것을 계획하고 결정하고 움직인다며 오만과 자만 속에 빠진 거울 밖의 사람은, 이제 착각을 얼른 알아차리고 그 오만과 자만심의 강한 에고(끈에 달린 인형) 속에서 빠져나와야 한다.

실제로 이 현실을 움직이는 것은 내면의 '무의식'인데, 무의식은 내버려두고 외적으로 행동만 한다면 아무리 기를 쓰고 애써 노력을 해도 "아, 세상이 내 뜻대로 되는 게 하나도 없구나, 나는 복이 지지리도 없어. 해도 안 되는 거 하면 뭐 해?" 하면서 더 공격적이 되거나 자포자기하며 자신과 주변까지도 힘들고 무겁게 만들 것이다.

현실에서 원하는 것이 있다면, 먼저 내면의 무의식에게 알려주고 행동하도록 요청해야 한다. 이것은 "원하는 것을 이루려면, 그것이 이루어졌을 때의 감정을 생생하게 느껴 보라"라는 끌어당김의 내용과 상통하기도 한다. 원하는 것을 이루려고 현실을 아무리 계획하고 통제하며 노력한들, 세상의 일은 자신의 기대와 계획대로 되는 것도 아니고 조종하고 통제하는 대로 사람과 상황들도 움직여 주지 않는다. 이것은 정확하게 우리가 마음의 세상을 알아야 한다는 것을 알려 준다.

원하는 것이 있다면 먼저 그 장면을 명확하게 떠올리고 그 감정을 오롯이 느껴 주면, 그 무의식의 파동이 신호를 받아 현실에 그대로 비춰 그에 맞는 상황으로 나타나게 만들어 줄 것이다.

여기서 주의할 것은 마음의 파동과 현실이 동시에 작동할 때도 있지만, 마음속에서 발사한 파동이 현실에서 실제의 모습으로 나타나기까지 시간의 격차가 존재한다는 것이다. 이 시간의 격차는 우리가 컴퓨터에서 검색을 하고 클릭을 할 때, 버퍼링 시간이 걸리는 것에 빗대어 생각해 본다면 이해가 빠를 것이다. 이것을 이해한다면 무의식의 파동이 바로 현실에 나타나지 않는다고 조급해하지 않아도 될 것이다.—이 현상은 불행도 마찬가지로 적용된다. 남에게 피해를 줬다면, 바로 나타나지는 않아도 언젠가는 시간의 격차를 거쳐서 자신에게 되돌아오게 된다.

"뿌린 대로 거둔다."라는 속담처럼 우주가 균형을 추구하듯이, 자신에게서 퍼져 나간 파동(기운)은 언젠가는 실제 현실에 그대로 나타나게 된다는 것만 신뢰하면 된다. 자기 자신을 진실로 신뢰할 수 있는 사람만이 그 신뢰의 양만큼 다른 것들도 신뢰할 수 있는 것이다. 자신에게 다가오는 모든 현실은 내면의 무의식과 직접적으로 연결되어 있다.

따라서 앞으로 우리가 관심을 가지며 예쁘게 가꿔야 할 곳은 외부의 현실보다는 자신의 무의식이다. 마음공부를 통해 긴 세월 동안 쌓인 억압된 부정적인 기억과 감정들을 씻어 나간다면 내면의 무의식이 점점 평온하고 밝아질 것이다. 그리고 우리가 미처 깨닫지 못할 사이에 자신의 현실도 정말로 똑같이 변하는 순간들을 경험할 것이다.

정말로 이 순간들을 경험하게 되고, 그 순간이 오면 "아, 그 말이 바로 이 뜻이었구나." 하고 웃음 짓게 된다.

착하게 사는 게 뭐가 그리 중요하노?

# 2
## 현실의 시간과 마음의 시간은, 거꾸로 간다

**지금 느끼는 '감정'이, 나중에 다가오는 '상황'을 결정한다**

실제 현실의 시간과 마음 세상의 시간은, 거꾸로 작동한다. 우리는 성장하면서 지금의 '상황'에 따라 그에 해당되는 '감정'이 뒤이어서 느껴지는 것이라고 사회적으로 교육 받으며 살아왔다. 하지만 마음의 세상에서는 우리가 알고 있는 것과 거꾸로, 지금 느끼는 '감정'에 따라 그에 해당되는 '상황'이 뒤이어 펼쳐지게 된다.

마음의 세상을 제대로 이해하기 위해서는 지금까지 우리가 배웠던 상식이나 관념에서 벗어나야 한다. 왜냐하면 실제 현실과 마음 세상은 거울처럼 마주 보는 관계이기 때문에, 표면으로는 똑같이 보이지만 사실은 거꾸로 작동되고 있다.

우리는 일상에서 어떠한 상황이 발생하면, 이미 일어난 그 상황 속에서 자신이 인식하는 수준에 따라 그에 맞는 감정을 느낀다고 생각하고 있다. 하지만 지금 상황은 이미 예전에 마음에서 일어났던 감정(파동)이, 시간을 거치며 현실에 입체화(물질화)되어 나타난 것이다. 지금 현재 일어난 상황은, 이미 먼저 마음에서 일어났던 '생각의 결과물'이라는 것이다.

이미 다 정해져서 현실에 나타난 결과를 가지고 다시 이 상황을 바꿔 볼 것이라고 우왕좌왕하니 현실이 더 고통스러운 것이다. 지금 상황은 이미 과거가 되었으니, 우리가 할 일은 지금부터 어떤 마음가짐을 가지느냐에 달려 있다. 이 마음가짐이 파동이 되어, 시간을 거쳐서 다시 현실에 나타날 것이기 때문이다.

예를 들어, 새로 산 원피스를 입고 친구를 만나 커피숍에 가서 커피를 주문했는데 종업원이 탁자에 내려놓다가 실수로 나의 무릎 위에 쏟아 버렸고(상황), 나는 엄청 짜증이 올라왔다고(감정) 하자. 우리는 당연히 먼저 종업원이 커피를 쏟은 '상황'이 발생했기 때문에, 그 후에 짜증이라는 '감정'이 따라왔다고 인식한다.

하지만 마음의 세상에서는 그 반대로 인식한다.

종업원이 나에게 서빙을 하기 전에 이미 나에게는 짜증과 분노(감정)가 쌓여 있는 상태였고, 그 짜증과 분노의 진동이 퍼져 나가서 종업원이 내 무릎 위에 커피를 쏟는 현실(상황)이 그 후에 펼쳐졌다고 인식한다.

종업원이 다른 시간에, 다른 테이블에서 커피를 쏟는 실수를 할 수도 있었다. 또한 지금 내 앞의 친구에게 커피를 쏟을 수도 있었다. 하지만 지금 이 순간 나에게 이런 일이 발생한 것은 그전에 내 마음속에 차 있던 짜증과 분노(감정)가 시간을 거쳐서, 그 뒤에 지금 현실(상황)로 나타난 것이라 할 수 있다. 그 순간에 내 안에 있던 짜증과 분노의 낮은 주파수와 종업원의 마음속 짜증과 분노의 낮은 주파수가 공명을 해서 그렇게 맞닥뜨린 것이다.

착하게 사는 게 뭐가 그리 중요하노?

그럼 다시 생각해 보자. 그 상황이 일어나기 전에 내 무의식 속에 있었던 감정이 짜증이 아니라 즐거움이었다면, 종업원이 내 무릎 위에 커피를 쏟지 않았을까?

　그렇다. 마음의 관점에서 보면 먼저 즐거운 '감정' 주파수가 내 안에 있었다면, 그 후에는 그 즐거운 주파수에 해당하는 즐거운 '상황'이 펼쳐졌을 것이다. 그리고 그 시간에 종업원의 마음속에 짜증과 분노가 있었다면 그 짜증의 낮은 주파수에 있는 다른 손님과 공명이 되어 그 사람에게 커피를 쏟게 되었을 것이다.

　이미 일어난 이 상황에 대처하는 방법에 대한, 설명을 덧붙여보자.

　커피를 쏟은 종업원의 실수에 내가 다시 짜증(감정)을 냈기 때문에, 그 짜증에 해당되는 부정적인 '상황'이 나중에 어딘가에서 다시 나에게 펼쳐지게 될 것이다.

　나에게서 뿜어낸 짜증의 파동(기운)이 시간을 거치면서, 현실에 입체화(물질화) 되어서 그대로 나타날 것이기 때문이다. 만약 종업원의 실수에도 불구하고 너그럽게 이해하고 받아 줬다면, 그 친절함(감정)에 해당되는 긍정적인 '상황'이 시간을 거치면서 어딘가에서 다시 물질화가 되어 펼쳐지는 것이다.

　삶은 이렇게 '감정 → 상황 → 감정 → 상황'이 꼬리에 꼬리를 물고 계속 연결된다. 따라서 우리는 지금 이 순간 현재의 감정을 잘 다룰 수 있어야 한다. 왜냐하면 지금 내가 뿜어낸 감정이 씨앗이 되어 나중에 나타날 현실로 꽃피울 테니까.


　마음은 현실과 반대로 표면에 보이는 모습을 인식하지 않는다. 실제로 보이는 겉모습 뒤에, 보이지 않는 '숨은 의도'를 아주 명확하게 인식해서 현실에 되돌려 준다.

어떤 사람이 너무나 도덕적으로 행동하여서 정평이 나 있다면 현실에서는 모두가 그 사람의 표면적인 모습을 보고 칭찬한다. 그러나 마음의 세상에서는 그 사람이 정말로 도덕적이어서 도덕적으로 행동을 하는 것인지, 아니면 사회적인 좋은 이미지로 인정받기 위해서 완벽한 가면을 쓰고 있는 것인지 명확하게 인식한다. 정말 진실이었다면 그에 해당하는 상황이 편안한 현실로 나타나겠지만, 완벽한 가면을 쓰고 있었다면 현실에서 계획하는 일마다 잦은 트러블이 생기고 사람들과의 관계도 불편하고 힘든 상황들이 나타날 것이다.

어떤 엄마가 아이를 위해 자신의 모든 일을 접고 아이에게 완전히 집중을 한다면 현실에서는 보여지는 모습만으로 가치 있는 모성애라고 인정받을 것이다. 그러나 마음의 세상에서는 그 행동이 아이에 대한 존중과 사랑 속에서 진실되게 나오는 것인지, 아니면 자신의 존재감을 인정받기 위해서인지를 인식한다. 또한 자신의 부족한 능력을 아이의 성공을 통해 대리만족하기 위해서였다면 우주는 그 숨은 의도를 명확하게 인식한다.

전자라면 아이도 행복하고 엄마도 행복하며 소통이 잘 되는 편안한 현실로 나타날 것이고, 후자라면 지나친 간섭에 아이도 피곤하고 엄마도 피곤하여 소통하지 못하고 미움과 짜증이 계속되는 현실로 나타날 것이다.

마음의 세상은 진실을 있는 그대로 현실의 삶으로 되돌려 준다.

그렇다면 우리가 정말로 알아차리고 챙겨야 할 것은 무엇일까? 이미 발생해 버린 상황을 바로잡기 위해, 더 많이 노력하고 더 많은 정보를 수집하고 더 많은 관계를 만들어야 하는 것이 아니다. 지금 자신의 감정 상태가 어느 지점에 머물고 있는지를 수시로 알아차리고 다스려야 한다.

그 감정으로 인해 나에게서 퍼져 나가는 파동(기운)을 우주가 받아서 그대로 나의 현실에 파동(기운)으로 쏘아준다. 이 파동에 따라 그에 해당되는 상황들이 실제로 발생하게 되고 우리는 현실에서 그것들을 경험하면서 하루를 살아가고 있다. 우주는 균형을 유지하며 이 세상을 움직이고 있기에, 이 마음의 파동과 현실의 물질화는 한 치의 오차가 없을 것이다.

가난하고 불행한 상황 때문에 자신을 초라하고 불행하게 느끼는 것이 아니라, 이미 내가 가졌던 무겁고 부정적인 감정 때문에 가난하고 불행한 상황을 만난 것이다. 마음의 세상이 초라하고 불행한 감정으로 차 있으니 실제로 살아가며 보고 듣고 말하는 것들도 모두 어두운 면에만 집중되는 것이다. 어떻게 그 어두운 마음에서 풍요롭고 활기가 넘치는 현실이 펼쳐질 수 있을까?

현재 편안하고 자유로운 사람을 보면 사람들은 이렇게 생각하고 말한다. "저 사람은 늘 좋은 환경에서 대우받으며 살고 있으니 저렇게 편안하고 자유로운 거야.", "나도 저런 환경이었다면 저 사람보다 더 잘살 수 있어."

이제는 주변에서 저렇게 생각하고 말하는 사람을 보게 된다면 이렇게 전달해 주자. "저 사람의 마음이 먼저 편안하고 자유로웠기에 현실에서 좋은 환경에서 대우받으며 살고 있는 거야."라고 설명해 주자.

이제 우리는 자신에게 진지하게 질문을 할 수 있어야 한다.

* 지금 현재 당신에게 펼쳐지는 현실은 어떠한가?
* 어제까지 당신에게 머물러 있던 주된 감정들은 어떤 것이었나?

* 언제부터 나는 그 감정들에 길들여지기 시작했을까?
* 내 인생에서 큰 고통을 겪게 되었을 때, 그전까지 나는 어떤 마음(생각)으로 살고 있었는가?
* 지금 이 순간부터 어떻게 나의 감정을 잘 관리할 것인가?
* 나는 앞으로 어떤 현실을 마주치고 싶은가?

이 질문들을 그냥 읽고 넘겨 버리지 말고 혼자만의 시간을 만들어서 솔직하게 자신의 답을 적어 보자. 가만히 마음의 소리에 귀 기울이고 있으면 조금 지나면 그 답들이 대답을 하기 시작할 것이다. 내면으로 집중해서 들어간다면 전혀 생각지도 못했던 답이 써질 수도 있다. 머리로 생각한 것이 아닌, 마음이 열리면서 내면의 무의식에서 나오는 답이기에 흘려버리지 말고 그 의미를 존중하며 받아들여 보자.

자신은 부정적인 감정이 안 느껴지는데 왜 부정적인 현실이 계속 나타나느냐고 반문을 할 수도 있다. 이런 경우는 자신의 내면으로 깊이 들어가는 연습이 필요하다. 너무 긴 시간 감정을 억누르고 회피하고 살다 보니 부정적인 감정도 긍정적인 감정도 잘 느껴지지 않는 경우가 많다. 그렇다면 현실이 부정적인 상황으로 계속 나타나면서 자신의 무의식 속의 감정 상태를 보여 주는 것으로 확인할 수 있다. 내면의 정화가 많이 된 상태라서 부정적인 감정이 많이 해소된 상태라면 분명 현실도 그 주파수에 맞는 편안한 상황들이 올 것이다.

위의 문항들을 날마다 자신에게 질문하며 풀어낸다면, 자신이 어떤 감정으로 지내고 있는지 알아차리게 된다.

이렇게 자신의 마음을 다스려 간다면 앞으로 놀랄 만큼 당신의 인생이 변하기 시작할 것이다.

# 3
## 내 안에 억압된 감정은, 지금 생생하게 살아 있다

### '새끼 에어리언'이, '어른 에어리언'으로 자라고 있다

살아가면서 유독 나만 고통스러운 상황이 끊임없이 나타나는 것 같다는 생각이 드는가? 그렇다면 자신의 내면에 자리 잡은 '무의식'을 관찰해 봐야 한다. 그것이 제일 빠른 방법이다. 하지만 우리는 이 무의식이 눈에 보이지 않기에 실제로 존재하지 않는다고 생각하고 살아간다. 우리의 행동을 이끄는 것은 나의 의지가 아니라 마음속 깊숙한 곳에 살아 있는 무의식이다. 사람의 무의식은 억압될수록 더 힘이 강해진다. 억압하면 할수록 압축이 되어 그 내부의 밀도가 세진다. 우리가 스프링을 계속 강한 힘으로 누르고 있다면 이것이 튀었을 때 얼마나 크게 솟구치는지 가늠할 수 있을 것이다.

〈에어리언〉 영화에서처럼 '새끼 에어리언'이 억압된 감정을 먹고 무럭무럭 커서 완전히 큰 '대형 에어리언'으로 자라고 있는 것이다. 작을 때는 처리하기가 수월하지만 이것이 손을 쓸 수 없을 만큼 커 버리면 그때는 진짜 현실에서 겉모양만 다른 엄청난 '대형 에어리언'의 상황으로 나타나는 것이다. 이것을 해결하기 위해서는 억압된 무의식을 계속 풀어 줘야 하는데, 우리는 생존의 두려움 때문에, 오히려 살면 살수록 점점 더 부정적인 감정들을 억눌러 버리고 '괜찮은 척' 가짜 이미지를 연출하며 지내고 있다.

자신의 내면에 깊이 억압된 감정들(수치심, 열등감, 분노, 두려움…)이, 부정적인 현실의 '상황'으로 나타난다.

예를 들어, 수치심으로 가득 찬 A가 있다고 하자. A는 어릴 때부터 부모님이 너무 싫었다. 허영에 가득 차서 바깥에 나가면 돈도 많고 가족 사랑도 넘쳐나는 것처럼 연기를 하지만, 집에 돌아오면 늘 돈이 부족해서 싸우기 일쑤였고 자식들에게는 늘 남의 집 자식들과 비교하며 열등감을 심어 주었다. A는 이런 부모님이 너무 싫고 수치스러웠지만 동네에서 아주 화목한 집안이라고 칭찬이 자자했고, 바깥에서의 체면을 중요시 여기는 집안의 신념 때문에 계속 감정을 누르며 숨기고 살았다.

이제 A가 커서 성인이 되었다. 계속 자신의 감정을 억압하고 숨기면서 지내다 보니 언제부턴지 모르겠지만, A는 슬퍼도 눈물이 나지 않았고 기뻐도 생생하게 그 행복함을 표현하지 못했다. 언제나 그냥 감정의 기복이 없이 덤덤했고 사람들은 오히려 그런 A를 '변함없이 늘 한결같다'면서 칭찬을 했다. 성인이 되기 전까지는 A가 활동하는 사회적인 영역이 좁고, 교류하는 사람들도 한정되어 있어서 큰 문제가 없었지만, 취직을 하게 되고 활동 반경이 넓어지면서 많은 사람들을 만나게 되었다.

이제부터 A에게 힘든 상황들이 벌어지기 시작했다. 부모의 수치심에 자신의 수치심까지 더해서 내면 깊숙이 억압된 수치심은 그동안 '새끼 에어리언'이 점점 자라나 엄청난 '대형 에어리언'으로 커져 있었다. 직장 상사들이 A를 무시하기 시작했고 동료들은 앞에서는 친절한 척 연기하지만 뒤에서는 헐뜯고 비난하기에 바빴다. 그리고 자신이 관리하는 거래처 사람들의 상황도 별다르지 않았다. A는 사람들의 이중성에 환멸을 느꼈고 직장 상사들의 계속되는 갑질에 당당하게 대처하지 못하는 자신에게도 환멸감을 느끼게 되면서 상담실을 찾게 되었다.

자, 우리가 A의 사연을 들었을 때 어떤 생각이 드는가?

A는 복이 지지리도 없고 운이 너무 나쁜 케이스에 속한다고 할 것이다. 그리고 직장 상사와 동료들이 A를 가해했고 A는 피해자가 되어 억울하게 마음의 고통을 받았다고 할 것이다. 눈으로 보이는 상황은 확실하니까.

하지만 마음의 세상에서 보면, A가 어릴 때부터 억누르며 몇 십 년간 키워 온 무의식의 수치심이 현실에서 이러한 상황으로 물질화되어 나타난 것이다. A의 감정이 먼저 수치심에 빠져 있었기에, 나중에 그 감정에 해당하는 수치스러운 상황이 현실에 펼쳐지게 된 것이다. A의 억압된 수치심이 많고 그 밀도가 세면 셀수록 현실에서는 더욱 심각한 상황으로 나타나게 된다. 이것은 우주가 벌을 내리는 것이 아니라, 지금 A에게 '자신의 내면에서 괴물로 자라난 억눌린 수치심이 있으며, 그것을 얼른 알아차리고 해결해야 한다'라고 말하고 있는 것이다.

그에 더해, A가 앞으로 인간관계에서 해결해야 할 한 가지를 더 알려주고 있다.

"더 이상 나에게 그런 행동을 하지 마, 더 이상 바보같이 당하고 있지 않을 거야."

"나를 함부로 대하는 걸 용납할 수 없어, 나도 소중한 사람이야."라고 외칠 수 있는 진정한 용기를 가지라고 가르쳐 주고 있다.

마음의 세상에서는 이 상황을 이렇게 해석한다. A의 무의식 속에 억눌린 수치심이 가득 쌓여 있었기에 이제는 그 무의식을 정화해야 할 때가 온 것이다. 우주는 A의 무의식 정화를 위해서 정확한 때에 필요한 사람들을 A에게 보내 주었다. 우리가 가해자라고 비난하는 그 직장 상사와 동료들이 A를 계속 괴롭히고 자극한 것이었다. A가 감정을 표현하지 않고 늘 참기만 하던 그 수치심에서 벗어나서, 그들이 더 이상 A 자신을 함부로 대할 수 없게 솔직한 감정을 표현하도록 촉진시킨 것이다. 그들이 그렇게 심하게 A를 몰아붙이지 않았다면, A는 어려서부터 그랬듯이 계속 참고 또 참으며 수치심을 계속 억누르고 살아갔을 것이다.

A가 여기까지 받아들이게 되면 다음 단계는 A자신에 대한 수치심과 두려움을 바라보고 인정해 주기 시작해야 한다.

"나는 그동안 너무 두려웠구나. 그런 부모님이 너무 수치스러웠는데 전혀 내색도 하지 못하고 혼자서 끙끙 앓아야 했어. 수치스러웠지만 아닌 척 연기하는 내가 너무 이중적이고 가식적이며 내 부모님과 하나도 다를 거 없다고 나를 미워했어. 그리고 누구에게도 털어놓을 수 없어서 나 홀로 너무 힘들었어. 그때는 나도 너무 어려서 어쩔 도리가 없었어. 내가 잘못한 것이 아니야…."

평생 동안 무기력한 자신을 수치스럽게 여기며 비난하던 그 마음을 다독여 주고 이해해 주는 시간이 필요하다.

내가 아무리 발버둥 쳐도 외부의 상황을 내 뜻대로 바꿀 수는 없다. 다른 사람이 바뀌려면 그 사람 스스로가 깨우쳐서 변할 의지를 가져야 하기 때문이다. 오로지 우리가 할 수 있는 건 자신의 마음을 변화시키는 것뿐이다.

착하게 사는 게 뭐가 그리 중요하노?

자신의 내면으로 들어가서 머리의 이성적인 생각들을 멈추고 지금 솟구치며 올라오는 감정이 어떠한지를 가만히 느껴 봐야 한다. 어쩌면 그동안 감정을 너무 억누르고 살아오다 보니 감정을 잘 느끼지 못할 수도 있을 것이다. 그리고 엄청난 그 감정들을 감당하기 버거워서 다른 쪽으로 관심을 돌리며 회피하려고 애를 쓰고 있었을 것이다. 그래도 괜찮다. 한 번, 두 번 천천히 시도하다 보면, 얼마 지나지 않아 가슴에서 무언가 느껴지기 시작할 것이다.

분노가 올라온다면 그 분노가 느껴지는 대로 표현해 보라. 나를 힘들게 한 그들에게 그동안 억누르고 참으며 표현하지 못한 말들을 다 쏟아내 보라. 지금 그들이 내 말을 듣지는 못하지만 가장 중요한 내 자신이 '나의 말을 듣고 있다'는 것을 기억하자. 내가 자신을 다르게 인식하기 시작하는 순간 변화는 시작되고, 주변 사람들도 나를 다르게 인식하기 시작한다. 그들은 이렇게 생각하며 말할지도 모른다.

"이상하네. 달라진 건 없어 보이는데 예전과는 '다르게' 느껴지는 이건 뭐지?", "뭔가 예전처럼 막 대해지지가 않네." 그러면서 서서히 나를 예전과는 다르게 대하기 시작할 것이다.


이제 우리의 현실에 왜 이런 힘든 상황들이 펼쳐지는지 이해가 되는가? 수월하게 둥글둥글 사는 사람들은 왜 그렇게 살고, 힘들게 살아가는 사람들은 왜 그렇게 사는지 이해가 되는가?

꽃병에 물이 가득 채워져 있다면 우리가 그 꽃병에 아무리 물을 갖다 부어도 그대로 다 흘러내려 버릴 것이다. 하지만 꽃병에 물이 없다면 그 꽃병에 물을 붓는 즉시 그대로 다 쏟아져 들어갈 것이다. 그리고 꽃을 꽂아야 하는데 꽃병에 물이 부족할 때에는 다른 곳에서라도 물을 끌어오려고 할 것이다.

"우리의 마음도, 이 꽃병과 똑같다."

우리 '내면의 꽃병'에 자신에 대한 신뢰와 사랑이 채워져 있다면 다른 사람들이 아무리 비난과 판단의 말들을 갖다 부어도 그대로 밖으로 다 흘러내려 버릴 것이다. 하지만 내면의 꽃병에 자신에 대한 신뢰와 사랑이 없다면 다른 사람들이 하는 어떠한 말들도 즉시 그대로 다 쏟아져 들어갈 것이다. 그리고 뭔가를 시도하려고 할 때도 내면의 꽃병에 에너지가 없다면, 다른 사람들에게 인정과 관심을 얻어서 그들의 도움을 받아야만 할 수 있다고 의존하게 될 것이다.

"모든 건 마음에서 시작되고, 마음에서 끝난다." 자신의 내면에 깊이 억압된 감정들을 하나씩 정화해 나간다면 실제 현실에서도 얽혀 있던 상황들이 변해 가는 것을 알아차리게 될 것이다. 이 억압된 감정들이 정화가 안 되고 계속 쌓여 있게 되면, 그 억눌린 기운들이 퍼져 나와 지금 현실에서 나에게 올 좋은 인연이나 기회들을 밀어내게 된다. 결국 내면의 꽃병은 좋은 것들이 채워지지 못하고 텅텅 비어 있게 되는 것이다. 내면의 꽃병이 비어서 늘 에너지가 부족하다 보니, 다른 사람들이 비난과 무시를 퍼부을 때마다 그대로 쏟아져 들어오게 되고 어딘가에 자꾸 의존을 하려고 하는 것이다.

정화를 하는 데에는 거창한 방법이나 스킬이 필요한 것이 아니다. 자신이 지금 현실에서 벗어나야겠다는 확실한 마음이 있으면 바로 시작할 수 있다. 혼자만의 공간과 혼자만의 시간을 확보해서 외부의 신경을 다 끊어 내고, 눈을 감고 고요히 마음에 집중해보자. 이렇게 억눌린 감정들이 하나씩 정화되어 갈수록 내면은 점점 좋은 기운으로 채워지게 될 것이다. 다른 외부환경이 변화하는 것은 나의 인생에 큰 영향을 끼치지 못

착하게 사는 게 뭐가 그리 중요하노?

한다.

제일 중요한 것은 자신이 예전의 틀에서 벗어나 새롭게 바뀌는 것이다. 지금까지 습관적으로 생각하고 행동했던 낡은 사고방식과 고집들을 하나씩 무너뜨려 나가는 것이다. 반복적인 삶의 습관들을 끊어 내고 변화하는 주체가 나 자신이 될 때, 마음을 통해 세상을 바라보는 관점도 달라지고 나를 바라보는 사람들의 인식도 달라지는 것이다.

이렇게 계속 시도하다 보면 자신도 모르는 사이에 자신과 주변이 편안해지고, 필요한 때에 꼭 맞는 기회와 사람들이 나타나서 도와주는 신비로운 경험들을 자주 겪게 될 것이다.

이런 경험들이 자주 나타난다면 자신 안에 묵히고 쌓여있던 감정들이 흘러 나가고 있으며, 우주가 주는 새로운 에너지(마음의 힘)를 그 빈자리에 계속 채우고 있다는 신호로 받아들이자.

# 4
## 무의식에 쌓인 감정이, 나의 '주파수'를 결정한다

### 현실은, 나의 주파수(의식 수준)가 그대로 나타난 것이다

양자물리학을 공부하다 보면 모든 물질은 '파동'으로 되어 있다는 것을 알게 될 것이다. 이 파동이 관찰자의 마음에 따라 입자로 변해서 '물질화' 된다고 한다. 사람의 에너지장도 똑같이 '파동(진동)'으로 이루어져 있다. 따라서 우리가 마음에서 먼저 떠올린 것들이 시간이 지나면서 현실에서 '물질화' 되어서 나타나는 것이다. 사람의 의식은 여러 수준으로 나뉘어져 있고 이 의식의 수준은 제각각 다르게 발달한다. 이 발달 수준에 따라 같은 상황에서도 보고 듣고 느끼는 것이 천차만별로 나뉘면서 현실에 그대로 나타나는 것이다.

높은 주파수를 가지고 있는 사람은, 무의식 속에 들어있는 감정이 높은 레벨의 긍정적 감정이 많을 것이다. - 사랑, 자비, 기쁨, 활력, 배려, 생기, 양심적인, 용기 등의 감정이 많이 차지하고 있다면, 그 사람의 주파수 또한 높을 것이고 현실의 삶도 편안하고 여유롭게 펼쳐질 것이다. 낮은 주파수를 가지고 있는 사람은, 무의식 속에 들어있는 감정이 낮은 레

착하게 사는 게 뭐가 그리 중요하노?

벨의 부정적 감정이 많을 것이다. - 불안, 두려움, 질투, 시기심, 죄책감, 수치심, 열등감, 분노, 우울 등의 감정이 많이 차지하고 있다면, 그 사람의 주파수 또한 낮을 것이고 현실의 삶도 어둡고 힘겹게 펼쳐질 것이다.

예를 들어, 1층에서 100층까지의 건물이 있다면 50층을 중간지점이라 생각하자. 1층에서 49층까지는 낮은 주파수 영역이라고 가정하고, 51층에서 100층까지는 높은 주파수 영역이라고 가정해보자. 각 1층의 숫자 공간만큼 그 주파수에 해당하는 똑같은 현실이 펼쳐져 있다고 생각해 보자. 1층에서 49층까지의 낮은 주파수 영역에는, 숫자에 따라 각 층마다 낮은 주파수에 맞는 현실이 펼쳐져 있는 것이다. 51층에서 100층까지의 높은 주파수 영역에는, 숫자에 따라 각 층마다 높은 주파수에 맞는 현실이 펼쳐져 있는 것이다.

내가 예전에 낮은 주파수에서도 아래 수준인 10층의 상태에 많이 머물러 있었다면, 그때 나의 현실에서도 10층 정도의 무거운 실제 상황들이 많이 펼쳐졌을 것이다. 늘 두렵고 불안하고 폭력적인 일상들이 나타나고 내가 해를 끼치지 않아도 주위 사람들이 나를 고통스럽게 하는 경우들이 많았을 것이고, 이로 인해 다시 더 두렵고 불안하고 억울한 분노를 억누르며 생활하는 상황들이 많이 일어났을 것이다.


예를 들어 보자. 가정폭력을 당하던 중학생이 있었다. 이 학생은 아주 조용하고 모범적인 학생으로 선생님들의 칭찬을 받는 중학생이었는데, 어느 날 아침에 느닷없이 수업시간에 의자를 집어던지며 고함을 지르게 되어 한순간에 문제아로 낙인찍히게 되었다. 상담을 하는 동안 자신도 '그때 왜 그랬는지 도저히 모르겠다.'라며 제정신이 아니었고, 정신을 차려 보니 이미 상황이 엉망으로 벌어진 후였다는 것이었다.

이 학생은 자신의 아버지가 늘 강압적으로 자신에게 명령하고 간섭과 폭언을 했으며 가끔씩 신체 폭행을 했으나, 어머니는 묵인하였고 바깥에 내색하지 않는 폐쇄된 분위기에서 생활했다. 모든 감정을 억압하며 아버지처럼 살지 않기 위해서 늘 열심히 공부에 집중하고, 혹시라도 남들에게 흠이 잡힐까 봐 밖에서는 늘 모범적으로만 생활해 왔다. 하지만 그날 수업시간에 아버지와 거의 흡사한 패턴으로 자신에게 잔소리를 해 대는 선생님을 보자, 순간적으로 이제껏 억눌러 왔던 부정적인 감정과 폭력성이 갑자기 터져 나왔던 것이다.

이 학생은 겉으로 보기엔 늘 조용하고 모범적이었지만 자신의 억눌린 무의식의 감정 상태는 분노와 두려움과 폭력성의 낮은 주파수에 머물러 있었기에, 이와 같은 어둡고 무거운 상황이 실제 현실에 펼쳐진 것이다. 이 학생에게 지금 이러한 사건이 벌어진 것은 심각한 문제가 아니라 다음번에 닥치게 될 더 큰 불행을 막고자 우주가 알려준 신호로 보아야 한다. 자신의 무의식 속에 꽉 차있는 부정성이 터질 듯이 응축되어 있어서 이제는 그것을 해결해야 된다고 알려 주고 있는 것이다.

이것을 해결하지 않고 흐지부지 이 순간만 모면해 버린다면, 앞으로 더 힘든 고등학교 생활이나 대학, 군대, 직장 생활, 결혼 생활 등등 수없이 반복되어서 표출되게 될 것이다. 현실에서는 모든 노력을 다하며 성실하고 모범적으로 살아가지만, 무의식에 억눌러 놓은 부정적인 감정들이 어느 순간마다 폭발하면서 그 몇 년간의 노력들을 한순간에 다 날려 버리게 된다. 억눌린 부정적인 감정들은 절대 없어지지 않고 끈질기게 무의식에서 살아남아 우리의 에너지를 빨아먹으며 무럭무럭 크고 있다.

낮은 주파수에서도 조금 가벼운 40층 정도에 많이 머물러 있다면, 일상 속에서 가끔씩 즐겁게 느끼거나 평화롭게 느끼는 순간들을 종종 경험하며 지낼 것이다. 하지만 아직도 많은 부분은 짜증이 나거나 회피하면서 거부하고 싶은 현실들이 펼쳐질 것이다. 싫어하는 사람들이 많거나 짜증나는 상황들이 많다고 느끼면서 자신만 옳고 그들이 다 잘못된 것이라고 생각하며 지낸다. 주변에 자신이 관계하는 사람들과의 대화도 대부분이 다른 사람들의 뒷담화나 누가 어디가 아프다는 등, 누가 사업 실패를 했다는 등의 어두운 내용들이 많을 것이다.

조금 더 발달되어 내가 60층 근처의 높은 주파수에 많이 머물러 있다면, 대부분 몸은 건강할 것이고 컨디션도 좋은 상태를 유지할 것이다. 높은 주파수로 올라오면 더 좋은 것, 더 편안한 것, 더 풍요로운 것에 더 많은 관심을 가지게 되고, 그럴수록 이 사람의 감정상태 또한 편안하고 풍요로움을 많이 느끼게 될 것이다. 실제 현실에서도 자신의 감정이 그대로 나타나는 것이기에 편안하고 풍요로운 사람들과 상황들이 자주 나타나게 된다.

주파수가 더 높은 영역대로 올라갈수록 더 긍정적인 감정을 많이 느끼게 되고, 자신이 느끼는 감정(파동)에 따라서 실제 현실이 물질화되어 펼쳐진다. 즐거운 날들이 더 많이 늘어나게 되고 자신이 원하는 것이 더 자주 많이 실현되는 신비스러움도 더 많이 경험하게 될 것이다.


주의할 것은, 낮은 주파수에 있는 사람은 어두운 부정적인 감정만 느끼는 것이고, 높은 주파수에 있는 사람은 밝은 긍정적인 감정만 느끼는 것이 아니다. 이 세상에 존재하는 모든 감정들은 부정적이든 긍정적이든 모든 사람이 가지고 있는 오만 가지 감정 상태이다. 만약 이 다양한 감정들을 느끼지 못한다면 그는 죽음의 상태에 있을 것이다. 이 모든 감정들을 다 경험하면서 살아가지만, 주파수에 따라서 그 사람을 둘러싸고 있는 감정이 어느 범위가 많은가에 대한 이야기이다.

우리는 무의식의 억눌린 감정을 정화해야 하고 그 감정의 정화되는 수준에 따라 자신의 주파수도 결정되고, 실제의 삶도 그와 맞게 공명해서 펼쳐지게 될 것이다. 우리는 무의식을 직접적으로 인식할 수 없기에 우리의 에고(현재의 나)의 의지로 정화하기는 한계가 따른다. 의지로 자신이 느껴지기 전에 이미 더 빠른 속도로 손쓸 수 없는 사이에, 현실에서 그 감정이 표출되어 버리기 때문이다.

사건·사고를 저지른 사람들이 하는 말이 있다. 그때가 잘 기억이 나지도 않고 자신이 전혀 예상하지도 못했는데, 정신을 차리고 보니 이미 그 사건이 벌어진 후였다는 것이 바로 이런 경우이다. 우리가 삶의 과정에서 맞닥뜨리는 선택의 순간 그 선택을 좌우하는 것도 이 주파수에 따라 달라진다.

자신이 낮은 주파수에 있다면 두려움, 걱정, 불안으로 아주 소극적이고 안정적인 변화 없는 삶을 반복해서 선택하게 될 것이다. 그렇게 되면 늘 그 생활수준에서 지리하게 머물며 다른 변화를 이끌어 내기가 어렵다. 자신이 높은 주파수에 있다면 즐거움, 흥미, 여유로움으로 아주 적극적이고 모험적인 용기 있는 삶을 계속 선택하게 될 것이다. 늘 한 단계, 한 단계 생활수준이 변화되어 이것이 또 다른 변화를 계속 이끌어 오며 삶이 계속 생동감 있게 변하게 될 것이다. 이것이 우리가 자신의 주파수를 잘 관리해야 하는 중요성이다.

다양한 방법으로 무의식을 정화해 나가면서 일정 수준으로 주파수가 높아지면, 완전한 더 깊은 무의식의 정화를 위해서 쿤달리니가 깨어나서

착하게 사는 게 뭐가 그리 중요하노?

이끌어 주게 된다. 이 쿤달리니는 모든 사람 안에 존재하고 있으며 우리 무의식의 아주 깊고 깊은 곳에 자리 잡고 있다. 우리가 가장 순수하게 존재하는 상태에 있을 때에 우주의 에너지가 우리 몸을 통과하여 흐르면서 이 쿤달리니가 깨어나도록 도와준다.

수많은 사람들이 쿤달리니를 일깨우기 위해서 엄청나게 많은 방법과 시간과 노력을 투자해서 매달리고 있지만, 인위적으로 쿤달리니를 일깨울 수는 없다. 쿤달리니는 인간이 조종하고 통제하면서 깨울 수 있는 영역이 아니다. 모든 것이 때가 무르익었을 때 아주 우연히 자연스럽게 일어나는 것이다. 현실적으로 왜곡된 영적 지식들이 너무 범람하고 있고, 이런 것을 남용해서 삶에 지치고 힘겨워 어딘가에 기대고 싶은 나약한 사람들을 이용하는 단체나 전문가들이 너무 많다. 자신이 뛰어난 영적 스승이라 쿤달리니를 선사해 준다거나 아니면 쿤달리니를 깨우는 비법을 가르쳐준다거나 하는 말들은 정말 위험한 것이다. 이것은 우리가 우스갯소리로 하는 "내가 깨면 병아리, 남이 깨면 프라이"라는 말을 생각해보면 잘 이해가 될 것이다. 20년 동안 명상을 했거나 해박한 영적 지식을 아주 많이 통달했다고 해서 쿤달리니가 빨리 깨어나는 것이 절대 아니다.

쿤달리니는 명상에 대해 전혀 문외한이거나 아무런 영적 지식이 없는 사람이라도, 순수하게 진실하게 살아가고 있다면 우주가 인정한 때가 오면 자연스럽게 깨어나게 된다. 쿤달리니는 측정할 수 있는 지식이나 방법이 아닌 무한한 우리 내면의 '신성한 지혜'인 것이다. 쿤달리니가 자신한테서 깨어난지도 모르고 살아가는 사람들도 많을 것이다. 이 쿤달리니를 자신이 원하든 원하지 않든, 쿤달리니를 알고 있든 모르고 있든 그것과는 상관이 없다.

우리의 마음 상태가 아주 고요하고 맑고 순수해지기 시작하면, 몸속의 깊은 곳에서 전기적 작용이 일어나게 되고 이것이 쿤달리니가 깨어나게 되는 순간이다. 쿤달리니는 우리의 인식이 안 되는 깊은 곳의 무의식을 모두 뒤집어서 밖으로 드러날 수 있게 해 준다. 그리고 개인에 따라서 짧거나 많은 시간을 힘겹게 보내야겠지만, 그 시간 동안 엄청나게 올라오는 부정성의 감정들을 감당하며 하나씩 인정하고 받아들이면서 깊은 정화의 과정을 거칠 수 있게 된다.

이 정화의 과정을 밟아 가는 동안, 무겁고 어두웠던 자리가 정리되어 맑고 가벼워질수록 자신의 주파수도 점점 더 높아지게 된다. 순도 높은 순금을 만들기 위해서는, 아주 섬세하고 정밀한 정제의 과정들이 필요한 것과 마찬가지다.

깊고 깊은 정화의 과정들이 쿤달리니에 의해 정리되면 우리의 에너지 장이나 무의식이 새롭게 재정비가 된다. 이때가 오면 애쓰지 않아도 자신이 원하는 것들이 알맞은 때에 적절한 방법으로 자신의 삶으로 흘러오기 시작한다. 그리고 이 삶의 흐름에 진정으로 자신을 내맡겨서 같이 흐르게 되고 '마음의 눈'으로 세상을 통찰력 있게 바라볼 수 있게 된다.

# 5
## '상처받은 과거'를 다른 관점에서 바라보기

**과거의 기억들은, 그 때의 주파수(의식 수준)에서 해석된 '왜곡된 동영상'일 뿐이다**

자신의 '상처받은 과거'를 치유하게 되면 다가올 미래가 바뀌게 된다는 말은 어떤 뜻일까? 지금 우리가 기억하는 상처받은 과거가 정확한 진실이라고 확신할 수 있을까? 물론, 아니다.

우리가 지금 기억하는 과거는, 예전의 낮은 주파수에서 보고 듣고 느꼈던 것을 그대로 영상으로 만들어서 두고두고 지금까지 기계적으로 반복해서 틀어 보는 것이다. 이 말의 뜻은 그 상황의 여러 면들을 보지 못하고 그때의 낮고 좁은 소견에서 어느 한 면만을 집중적으로 보고 듣고 느낀 것을, 진실이라고 반복해서 되새기며 평생을 괴로워하고 있다는 뜻이다.

내가 기억하고 있는 그 과거의 기억들은 진실이 아니다. 그때의 낮은 주파수에서 편집한 왜곡된 동영상일 뿐이다. 그리고 그 왜곡된 기억과 믿음들이 지금의 삶까지 열등감, 수치심, 분노와 미움으로 나를 옥죄어 힘들게 하는 것이다.

　예를 들어 보자. 중학교 때 국어 시간에 장학사 관람수업이 있다고 해서 국어 선생님이 엄청 긴장해서 우리를 연습시켰다. 공부를 잘하는 학생들에게 각 문단에 대한 주제 발표를 시켰는데 답변할 내용들을 미리 다 가르쳐 주었다. 내 순서가 되었는데 선생님이 나만 답변을 가르쳐 주지 않고 내 생각을 말해 보라고 했다. 무사히 잘 넘어갔지만 선생님이 나를 크게 신경 쓰지 않았기에, 관심이 없어서 답변을 가르쳐 주지 않았다고 생각했다.

　작은 케이스지만 여기서 자신의 주파수에 따라 두 가지의 선택으로 나뉠 것이다. 이렇게 우리는 삶에서 항상 하나의 선택을 하게 되고, 그 선택이 다음 상황을 이끌어 오게 된다. 낮은 주파수에서 생각한다면, 선생님이 나를 무시하고 좋아하지 않아서 나를 빼먹었다고 생각할 것이다. 그리고 선생님을 미워하며 사람들이 나를 별로 좋아하지 않는다는 왜곡된 신념 하나가 더 늘어날 것이다. 이것이 더 잘 보이려고 기를 써서 과하게 공부를 하거나, 아니면 사람들 눈에 띄어 인정을 받으려고 과하게 리액션을 하고 다니는 성향으로 진행되었을 것이다. 아니면 사람들에게 인기를 얻기 위해 거절하지 못하고 무조건적인 친절을 베풀면서 힘들어하는 성향으로 진행되었을 것이다.

　하지만 높은 주파수에서 생각한다면, 선생님이 내가 잘 해내리라는 것을 알아보았기에 답변을 알려 주기보다는 내 생각을 들어 본 것이라고 자신감을 가지게 되며 감사함을 느꼈을 것이다. 이것은 나에게 유능감을 느끼게 할 것이고 선생님이나 사람들이 나를 믿고 좋아한다고 생각하게 될 것이고, 따라서 더 솔직하고 활기차게 자신을 내보이고 관계하는 기회가 되었을 것이다.

　만약 과거에 내가 낮은 주파수에 있었고 열등감이 많았다면 나의 무의식은 익숙한 감정인 첫 번째 선택을 했을 것이고, 그 기억이 열등감을 강화시키는 요인이 되었을 것이다. 그러나 높은 주파수에 있었다면 나의 무의식은 익숙한 감정인 두 번째 선택을 했을 것이고, 솔직함과 자신감을 강화시키는 요인이 되었을 것이다.

　다른 예로는, 대기업에 입사를 하여 집안의 자랑이 된 A가 있었으나, 이 A는 자유분방하고 창의적이고 개성이 확실해서 큰 조직에서 자꾸 튀는 존재로 인식이 되고 있었다. 아직까지는 보수적인 상사들 밑에서 일을 하다 보니 아주 획기적이라고 여겨지는 기획안들도 번번이 퇴짜를 맞고, 하는 말마다 핀잔을 듣다 보니 2~3년이 흘러가면서 A는 서서히 시들어 가기 시작했다.

　융통성 없고 굳어 있는 상사들이 보기에는 신입사원 A의 반짝임이 그들을 더 초라하게 느껴지게 했고 그래서 A를 더 누르고 기회를 차단하기도 했다. 대기업에 다니는 A를 부모님이나 가족들이 아주 기대를 하였기에 그만둘 생각은 엄두도 내지 못했다. 처음의 자신감은 다 없어지고 이제는 시키면 시키는 것도 제대로 못하는 직원으로 폄하되어 가고 있었고, 자신도 모르게 그 분위기에 세뇌가 되어 자신을 비하하는 상황에 이르렀다.

　만약 A가 과거에 낮은 주파수에 있었고 그 의식 수준에서 모든 것을 인식하고 받아들였다면, 어떤 선택을 하고 그다음은 무엇을 끌어당기게 되었을까? 자신의 능력은 묻혀 버리고 계속 자신과 다른 틀에 자신을 욱여넣으면서, 자신이 부족하고 뭔가 잘못하고 있다는 열등감과 분노를 느겠을 것이다. 그리고 그 기억이 현재까지 그 감정을 강화시키는 요인이 되었을 것이다. 낮은 주파수에서 생각한다면 모든 사람들이 선망하는 대기업에 다니고 있으니 절대로 순응해서, 그 조직에서 인정을 받아야 한다고 생각할 것이다. 그리고 주위 사람들의 인정받는 욕구가 중요시되어 자신이 시들어 가고 있다는 것도 깨닫지 못하고 자신을 억압해서 그 조직의 틀에 맞추려고 애를 쓰고, 또 애를 쓸 것이다.

이러는 동안 억압된 감정은 신체의 질병으로 나타날 수도 있고 어느 순간 전혀 엉뚱한 상황에서 공격성을 지닌 분노로 튀어나와, 자신이 애써 만들어놓은 성과와 좋은 이미지를 물거품으로 만들어 버릴 수도 있다. 무엇보다 안타까운 건 자신감을 잃고 주변의 어긋난 평가에 휘둘리면서 사는 것이다.

하지만 A가 과거에 높은 주파수에 있었고 그 의식 수준에서 모든 것을 인식하고 받아들였다면, 어떤 선택을 하고 그다음은 무엇을 끌어당기게 되었을까? 처음에는 열린 마음으로 그 조직의 분위기와 상황을 파악하고 조화가 되도록 노력했을 것이다. 자신의 스타일과는 많이 다르지만 그들이 인정받는 대기업에 자신처럼 입사해서 상사의 자리까지 올라갔다면, 어떠한 강점들을 가지고 있는지 배우려고 노력했을 것이다. 만약 일을 처리 못해서 핀잔을 듣더라도 열등감으로 위축되기보다는 바로 마음을 낮춰 겸손하게 수긍을 하고 더 적극적으로 질문을 하고 배우려 했을 것이다.

높은 주파수에서 생각한다면 대기업에 다녀서 집안의 기대를 받고 있으나 자신이 무엇을 원하고 무엇을 잘할 수 있는지에 중요성을 둘 것이다. 자신이 그곳에서 최선을 다했지만 정말 자신과 맞지 않다는 결론을 내린다면, 능력을 인정받지 못하는 곳에서 과감하게 나와서 다른 직장을 구할 수도 있다. 그리고 그곳에서 최선을 다했기에 미련이 없으며 오히려 배운 것들을 자원으로 활용해서 쓸 수 있을 것이다. 아니면 요즘은 유튜브나 1인 기업으로 시작해서 자신의 자유분방함과 창의적인 능력을 활짝 펼쳐 볼 수도 있을 것이다.

높은 주파수에 있는 사람은 주변 사람들의 인정을 구걸하거나 주위 사람들의 평가에 맞추기 위해 자신을 억압하거나 그 분위기에 휘둘리지 않는다. 이들은 자신의 객관적인 모습을 잘 인지하고 있고 또한 자신의 능력과 마음의 힘을 잘 알아채고 있다. 그들이 나를 시기심에서 억누르는지 아니면 안목이 없어서 인정을 못하는지도 구분할 수 있는 '명확한 안목'을 지니고 있다.


과거는 다 지나갔고 현재는 그 시절의 수준보다 자신의 주파수도 더 성숙하고 발전한 상태에 있다. 그렇다면 내면으로 들어가 그 과거를 다시 기억하고 현재의 더 높은 주파수에서 다시 보고 듣고 느껴 보는 것이다. 분명히 그 기억이 지금의 인식과는 많이 다른 그 때의 수준으로 해석한 왜곡된 믿음이었다는 걸 깨닫게 될 것이다. 그것을 알아차리게 되면 지나간 감정의 상처에서 빠져나올 수 있게 되며, 자신을 다시 더 높고 넓은 관점에서 바라볼 수 있게 된다.

이 과정에서 새롭게 인식된 자기 자신으로 살게 되면서 지금까지와는 다른 새로운 선택들을 하게 되고 당연히 미래도 그 올가미를 뚫고 새롭게 변화될 것이다. 현재 나를 불편하게 하는 상황과 그 감정들을 탐색하다 보면, 분명히 지금의 감정과 엮여 있는 왜곡된 과거의 기억들을 발견하게 될 것이다. 그 과거의 얽힌 실타래를 풀게 되면서 내가 지금까지 매여 있던 억눌린 감정에서 벗어나 현재의 불편한 감정, 그리고 현재에서 이어질 미래까지 풀려날 수 있는 것이 마음공부이다. 계속 이 왜곡된 과거의 기억 속에 빠져 있으면 이 왜곡된 기억을 현재의 전혀 상관없는 상황에 적용시키게 된다. 이로써 또 하나의 한계를 짓게 되면서 새로운 시도를 할 수 없게 만들어 간다.

마음공부는 이렇게 해 나가는 것이다. 여기에 더 외우고 공부해야 할 지식이나 더 억압하고 해내야 할 수행이 필요한 것은 없다. 물론 처음 시작이 두렵거나 잘 안 된다면 상담이나 다른 전문적인 도움을 받으며 시작을 할 수도 있다. 그러나 전문적인 도움을 어느 정도 받고 힘이 생긴다면 그 후로는 그곳에 의존하는 마음을 끊을 수 있어야 한다.

혼자 머물 수 있는 공간을 확보하고 그 공간에서 잠시 머물 수 있는 시간을 확보하는 것으로 충분하다. 전문적인 호흡법에 신경을 쓰지 말고 각 자가 편한 상태에서 자신의 스타일대로 호흡하면 된다. '전문적인 스킬'은 그다지 중요한 것이 아니다. 그 편한 장소에서 그냥 눈을 감고 조용히 집중을 해 본다. 그다음은 자연스럽게 자신의 내면으로 들어가게 될 것이다. 이렇게 자신의 내면으로 들어가 하나씩 정리하고 통합해 가는 것이다. 이것은 오로지 자신만이 할 수 있는 것이고 다른 누구도 대신해 줄 수 없는 것이다.


"가장 큰 진리는, 가장 단순하고 가장 간단한 것이다." 자꾸 불안한 마음으로 군더더기를 가져다 붙이지 말자. 뭔가를 하려면 이것이 더 필요하고 저것이 더 필요한가? 그것들이 나에게 없기에 그것들이 더 필요하기에, 나는 지금 무언가 시작을 할 수 없는 것인가?

왜 나는 계속 무언가를 더 찾고 있는지 조용히 마음속으로 질문해 보자. 그 표면을 걷어 내고 그 밑의 감정으로 들어가 보면 자신의 불안, 강

착하게 사는 게 뭐가 그리 중요하노?

박, 두려움이 꿈틀대고 있을 것이니….

　오늘부터 하루 한 가지씩 내 안에 얽혀 있던 과거의 실타래를 하나씩 풀어나가도록 시도해 보자.

　그 왜곡된 과거의 사슬에서 풀려나는 순간 지금 현재의 나도, 그리고 내 주변도 새롭게 보이고 새롭게 느껴지기 시작할 것이다.

# 6
## 사람은 제각각 자신만의 필터로 세상을 본다

**누구나 이 세상의 모든 것을 똑같이 보고, 똑같이 들으면서 살아가는 것일까?**

우리는 모두가 이 세상을 다 똑같이 보고, 듣고, 말한다고 완전히 믿고 산다. 누구나 시력이 있고 색맹이 아니라면 세상에 존재하는 모든 것들을 모두 똑같이 본다고 생각한다. 청력도 이상이 없다면 들리는 소리도 다 똑같이 듣는다고 믿으며 살고 있다. 이것이 사실이라면 이 세상에 분쟁이나 갈등은 없을 것이다. 있는 그대로 보고, 있는 그대로 듣는다면 모든 것이 일사불란하게 똑 떨어질 테니까.

우리의 대부분이 표면적으로만 인식하고 살아가기에 당연히 같이 보고 같이 듣는다고 생각할 뿐, 더 이상 보이지 않는 영역에는 관심을 두지 않는다. 과연 우리는 누구나 같은 것을 보고, 같은 것을 들으며 살아가는 걸까? 상대방은 지금 내가 이해한 대로 말하고 있는 것이 분명한가?

아니다. 표면을 넘어 보이지 않는 것을 말하자면 사람은 오감의 기능을 쓰고는 있지만 각자의 주파수(의식 수준)에 따라 제각각 인식하게 된

　　　　　　　　　　　착하게 사는 게 뭐가 그리 중요하노?

다. 이것은 아주 중요한 사실이다. 달리 말하면 우리는 이 세상을 각자의 마음으로 보고, 마음으로 듣고, 마음으로 말한다는 것이다.

우리가 현재 느끼고 있는 자신의 불행들도 일종의 중독이자 뿌리 깊은 습관에서 나오는 것이다. 현대를 살아가는 대다수의 사람들은 낮은 주파수에서 머무르고 있다. 이것은 우리의 능력이 부족해서가 아니라 태어나서 자라고 생활하는 이 세상이 식량, 물, 돈…, 이 모든 자원들이 부족하니 누구라도 생존하기 위해서는 더 애쓰면서 노력하고 경쟁해야 한다고 세뇌시키고 있기 때문이다.

모두가 마음속에 미래의 생존에 대한 두려움과 불안을 기본적으로 가지고 있다. 또한 어릴 때부터 부모의 관점에서 배우고 자랐기에 가족의 생존에 책임의 무게를 얹고 있는 부모의 한숨과 걱정도 같이 느끼며 자라 왔다. 자라면서 서로 경쟁과 비교를 하게 되고 뭔가 성취하고 결과가 뛰어나야만 칭찬과 인정을 받는 분위기에서 더 위축되고 불안해지는 것이 익숙해져 간다.

우리의 무의식에 저장된 감정은 자신의 에너지장에 진동(파동)으로 둘러싸이게 되고 이 진동에 따라서 그 수준에 맞는 각자의 주파수가 맞춰진다. 이로써 생존의 두려움을 가지고 살아가는 대부분의 사람들은 주로 두려움과 불안의 감정이 존재하는 낮은 주파수에서 생활하게 된다. 그 사람이 주로 활동하는 낮은 주파수의 감정들이 그 사람이 이 세상을 보고, 듣고, 이해하는 개인의 필터가 된다.

자기 자신만이 가지고 있는 그 고유한 필터를 통해 세상의 모든 것을 제각각 보고, 듣고, 말하게 되는 것이다.

먼저, 차분한 마음으로 자신에게 질문해 보자.

* 나는 주로 어떤 것을 보고, 어떤 것을 들으며, 어떤 것을 말하고 살아
  가는가?
* 나의 부모나 가족은? 또는 나의 친구들이나 주변 사람들은 주로 어떤
  것을 보고, 듣고, 말하는가?

이 부분은 정말 진지하게 많은 시간을 들여서 관찰하고 생각해야 한
다. 왜냐하면 자신이 가진 이 필터가 자신의 인생을 좌지우지하기 때문
이다. 그리고 자신과 주로 관계하는 사람들도 자신과 같은 주파수에서
생활하며 서로에게 많은 영향을 주고받게 된다. 우리는 이 필터 안에서
다 잠든 상태로 어제를 살았고 오늘을 살며 내일도 살아갈 것이다. 그러
면서 완전히 자신의 정신은 또렷하고 기억이나 감각이 생생하므로 당연
히 확실하게 깨어 있다고 믿고 있다. 과연, 그럴까?

예를 들어 보자. 대학을 다니는 A는 아주 생기 있고 활기차며 늘 웃음
이 많다. A는 부모님의 성격을 많이 닮았으며 A의 가족은 즐겁고 편안한
분위기 속에서 지내기 때문일 것이다. 부모님은 A에게 늘 친절하며 자상
했고 A가 잘하는 것을 발견하고 적극 지원해 주었다. 이 주파수에서 태
어나고 자라 왔다면 A는 세상의 많은 부분을 밝고 즐겁게 느낄 때가 많
을 것이다.

같은 과에 B가 있다. B는 늘 친절하고 사람들을 배려하며 사려가 깊다.
B는 어려서부터 부모님에게 늘 주변 사람들에게 책잡히는 행동을 해서
는 안 된다고 강요받았고, B가 잘하는 것은 주변에 자랑하기 바빴고 B가
부족한 것은 늘 숨기기에 바빴다. 그래서 B는 자라면서 부모님처럼 주변
사람들의 눈치를 많이 보는 편이었으며 자신이 좋은 이미지로 보이기 위

착하게 사는 게 뭐가 그리 중요하노?

해 늘 노력하며 자라 왔다.

그리고 C가 있다. C는 늘 인상이 굳어 있으며 말을 아주 날카롭게 해서 주위 사람들의 마음이 상하는 경우가 많았다. C의 부모님은 늘 질병에 시달렸고 우울했으며 서로의 탓이라고 싸우고 폭력을 행사할 때가 많았다. 그리고 힘겨운 생활을 주는 세상을 원망하고 주변 사람들을 험담하거나 비난하기에 바빴다. C는 이런 집이 지긋지긋했고 자신 역시 부모님 때문에 자신의 삶이 엉망이 되었으며 세상 사람들은 다 이중적이고 이기적이라고 생각하며 자라 왔다.

과연, 이 세 명의 친구가 학교생활을 하면서 '같은 것'을 보고 '같은 내용'을 들으며 생활하게 될까?

이들의 지도교수는 많이 까다롭고 고집이 세며 화를 잘 내는 편이었다. 다들 지도교수를 어려워하고 잘 마주치지 않으려고 하는데, 유독 A는 지도교수에게 먼저 다가가 반갑게 인사를 하고 지도교수가 까다롭게 굴고 화를 잘 내도 별로 개의치 않고 부드럽게 받아넘기며 늘 존경을 표한다. 다들 자신을 어려워하는데 친밀하게 행동하는 A덕분에 지도교수도 즐거울 때가 많아졌고 잡다한 과제 정리 같은 걸 부탁하기도 했다.

A는 지도교수가 까다롭기는 하지만 전문적인 깊은 지식과 의외의 세심한 모습이 좋아서 진심으로 스승을 존경했다. A의 진심은 이것이지만 그 옆에서 지켜보던 B는 A가 너무 가식처럼 느껴졌고, 지도교수에게 잘 보여서 나중에 좋은 자리에 취직을 하려는 속셈으로 겉으로만 친절하고 밝은 척을 한다고 생각한다. 도대체 까다롭고 화만 내는 지도교수를 좋아한다는 건 B에게는 있을 수 없는 일이었기 때문이다. B 또한 지도교수에게 친절하며 배려심을 보이지만 그것은 B의 좋은 이미지를 심어 주기 위함이었다. 그리고 C는 A와 B가 정상인처럼 느껴지지 않았다. 이렇게

썩어빠진 세상이 뭐가 좋은지 늘 웃고 다니는 A가 이중적으로 보였고, 자신에게 친하게 지내자는 A의 말도 자신을 이용하려고 조작한 말처럼 들렸다. 그리고 A를 욕하면서 A와 아무렇지 않게 관계하는 B가 가식처럼 보였고 지도교수의 관심을 끌기 위해 과도하게 자신을 희생하는 B에게 환멸감을 느꼈다. 세상에 저렇게 가식적인 A와 B 같은 인간들이 널려 있으니 자신처럼 솔직한 사람들이 늘 피해를 입는다고 늘 분노했다. 지도교수의 까칠함과 C의 까칠함이 부딪혀서 관계는 악화되어 가고 있었다.

자, A의 높은 주파수 영역에서 세상을 보고 듣는 것과 B와 C의 낮은 주파수 영역에서 세상을 보고 듣는 것이 같다고 생각되는가? A는 세상의 여러 부분 중에서 밝은 면을 보는데 익숙해져 있고, B나 C는 어두운 면을 보는데 익숙해져 있다. 이런 식으로 삶의 모든 부분들을 각자의 필터를 거쳐서 살아간다면, 과연 10년, 20년 뒤의 세 사람의 모습은 어떻게 달라져 있을지 깊이 생각해 보아야 할 것이다.

삶에는 행복과 불행이 따로 존재하지 않는다. 자신의 생각과 느낌에 따라 행복한 감정과 불행한 감정이 그 순간순간 경험된다. 행복감을 자주 느끼며 참 좋은 세상이라고 보고 듣고 느낀다면, 자신의 주파수는 점점 높아질 것이고 정말로 그런 사람들과 상황을 자주 만나게 된다.

반대로 뭔가 늘 의심스럽고 신뢰하지 못하며 자기만 운이 나쁘다고 생각하는 사람은, 불행한 감정 속에 빠져서 살게 되고 시간이 지나면서 그 환경에 점점 익숙해져 간다. 주변에 관계하는 사람들도 자신과 비슷한 고민과 갈등을 가진 사람들이 많기에, 같이 만나서 신세 한탄을 하거나 다른 사람이 뭐가 잘못됐는지에 대한 비난과 판단으로 시간과 에너지를

착하게 사는 게 뭐가 그리 중요하노?

낭비한다. 남들에 대한 비난을 자주 얘기하다 보니 자신도 불안한 마음에 솔직하게 마음을 터놓지 못하고 겉으로만 친하게 관계를 유지하고 있다. 시간이 지나면서 이들 주변에는 밝고 활기차고 인생을 풍요롭게 즐기면서 사는 사람들은 점점 없어지고, 하는 일마다 운이 나빠서 잘 안 되거나 이곳저곳 몸이 아픈 사람들이 늘어나게 될 것이다.

이렇게 불행이 습관처럼 매일매일 반복되면 자신에게 평온한 일상이 주어져도 즐길 수가 없게 된다. 지금 현재 아무 일도 일어나지 않는 평온한 상태이지만 습관적으로 뭔가 잘못되었거나 앞으로 잘못될 부분들을 기어이 찾아내서 고민할 문제를 만들어낸다. 또한 지나간 과거의 '피해의식'을 계속 끄집어내서 지금 현재의 상황에 그대로 적용하며 다람쥐 쳇바퀴 돌듯이 계속 그 한탄과 하소연을 반복하며 살아간다. 결국 아무런 변화 없는 불행한 생활이 계속 지속되지만 자신들은 익숙하기에 전혀 느끼지 못하고 생활하고 있을 것이다. 어차피 세상은 불평등하고 운이 좋은 사람은 따로 있으며 자신뿐만 아니라 주변의 다른 사람들도 다 자신처럼 복잡하고 힘든 사건·사고들을 처리하며 살아가기 때문이다.


나는 지금, 어느 곳에 머물러 있는지 스스로에게 질문해 보자.


* 지금까지 나는 어떤 것을 배워 왔고, 어떻게 세상을 보고, 듣고, 느끼고 있는가?
* 지금 나는 내 주변의 누구의 모습에 가장 가까운가?
* 앞으로는 어떤 마음으로 세상을 보고, 듣고, 느껴야 할 것인가?
* 내가 영혼의 깊은 잠에서 깨어나, 다시 새롭게 길들여야 할 마음의 습관은 무엇일까?

이 세상은 내가 느끼고 이해하는 정도에 따라 받아들일 수 있을 뿐이다. 그리고 내 삶을 만들고 변화시킬 사람도 오로지 나뿐이다. 위의 질문에 답하다 보면 현재 나의 주파수가 어디쯤에 있는지 가늠할 수 있을 것이다.

내가 자주 관계하고 있는 사람과 생활하는 환경이, 곧 나의 주파수를 말해준다. 세상을 보고, 듣고, 느끼는 나의 주된 감정이 나를 둘러싸고 있는 에너지장으로 펼쳐지게 된다. 이 에너지장이 진동(파동)으로 퍼져 나가서 나와 같은 주파수를 가진 사람들을 끌어당겨서 만나게 하고, 같은 주파수의 상황들을 현실에서 경험하도록 펼쳐주는 것이다.

자신의 곁에 있는 사람이 보석 같은 사람일지라도 그 사람의 진면목을 볼 수 없는 낮은 주파수에 있다면, 정말 소중한 인연을 알아보지 못하고 놓치게 될 것이다. "있을 때 잘해."라는 옛말이, 이 뜻을 잘 설명해 주고 있다.

반대로 거짓으로 교묘하게 위장하고 있는 사람이라고 아무리 주변 사람들이 조언을 해 주어도 자신이 낮은 주파수에 빠져 있다면, 그 사람과 공명하여 돌과 보석을 구분하지 못하고 피해를 입을 것이다. "제 눈에 안경. 콩깍지가 씌었다."라는 옛말이 아주 잘 표현하고 있다. 이렇게 자신이 속해 있는 주파수가 고유한 필터가 되어 자신의 삶을 조종하고 휘두르게 된다.

각자가 속해 있는 주파수가 서로 차이가 많이 나게 되면 더 이상 앞으로의 삶에서 마주치지 않게 된다. 또한 지금은 같은 주파수에 있더라도 앞으로의 성장 속도에 따라서 서로의 주파수가 달라진다면 자신의 삶에서 그 상대는 점점 사라지게 될 것이다.

착하게 사는 게 뭐가 그리 중요하노?

존재가 사라진다는 것이 아니라 같은 하늘 아래 살고 있지만, 추억 속으로 점점 사라지면서 관계가 서서히 멀어진다는 것을 의미한다. 이사를 멀리 가면서 떨어지거나 아니면 갑자기 각자의 환경이 바뀌거나 어떠한 사건들로 인해 서로 거리가 생기면서 연락이 서서히 끊어지게 된다. 또한 계속 관계를 이어가려고 억지로 노력을 한다고 해도, 서로의 사고방식과 의식수준이 점점 달라지고 있기 때문에 더 이상 대화가 잘 통하지 않게 되고 점점 관계에 흥미를 잃어 가게 된다.

지금은 내 옆에 없지만 한 때는 아주 친밀했었던 사람들을 떠올려 보자. 그리고 예전에는 내 옆에 없었지만 지금은 아주 친밀하게 지내는 사람들을 떠올려 보자. 그들의 공통된 특징들은 어떠한가? 그들을 잘 관찰하면 과거에 나는 어떤 주파수에서 머물러 왔었으며, 지금은 어떤 주파수에 머물고 있는지를 알아차릴 수 있을 것이다.

자신의 주파수에 확실한 변화가 생긴다면 자신의 변화된 주파수에 맞는 환경과 사람들을 새롭게 만나게 된다. 더 나은 환경으로 이사를 가게 된다거나 직장을 옮기게 된다거나, 아니면 전혀 다른 분야의 일을 시작하게 될 수도 있다. 그곳에서 전혀 새로운 성향의 사람들과 연결이 되어 새로운 관계가 시작되는 것이다. 이것을 단기간으로만 짧게 판단해서 지금 자신의 삶에 예상치 못한 다른 변화가 생겼다고 불안해하고 우왕좌왕하는 경우도 많다.

이 변화의 의미를 알아채지 못하고 계속 낡은 관계나 낡은 직장에 집착하고 매여 있으려고 한다면 뜻대로 되지도 않을뿐더러 더 엉망으로 꼬여 갈 것이다. 태풍이 한번 몰아치면 비바람이 많은 것들을 쓸어가 버리지만, 하늘은 더 맑아지고 땅은 더 비옥해진다는 것을 우리의 경험으로 알고 있다.

이처럼 우리는 계속 자신을 발전시키고 확장시켜 나가기 위해서 이 모든 인생 경험들을 하며 살아가고 있는 것임을 늘 기억하자. 낡은 것들은 비워지고 새로운 것들은 다시 채워지고…. 이렇게 모든 것이 순환하면서 흘러가는 것이다.

지금 나의 현실은 내가 진정으로 원하는 환경과 모습인가?

과거에 대한 후회와 미련은 떨쳐 버리고 지금부터는 내가 원하는 멋진 나의 모습만을 떠올려보자. 그 멋진 모습을 가슴에 담고 계속 떠올리며 살아간다면 자신도 모르는 사이에 원하던 그 모습으로 살아가고 있음을 발견하게 될 것이다.

예전에 진정으로 꿈꾸었던, 내가 원하던 사람들과 함께, 원하던 곳에서, 원하던 것들을 즐기고 있는 자신을 발견하게 될 것이다.

착하게 사는 게 뭐가 그리 중요하노?

# 7
# 머리와 가슴의 거리가 멀수록, 인생은 엉뚱하게 흐른다

**머리로 이해하는 감정과 가슴이 실제 느끼는 감정에는, 많은 차이가 있다**

사람들을 만나면서 중요한 한 가지를 깨우치게 되었다. 우리는 지금 현재 마음에서 올라온 자신의 감정이, 한 가지뿐이라고 믿고 있다. 표면적인 겉 감정을 전체의 하나의 감정이라고 생각하고 나머지는 다 넘겨 버리는 것이다. 그러다 보니 머리로 이해하고 있는 자신의 감정과 가슴에서 느껴지는 자신의 감정이 너무 차이가 나게 된다.

제일 깊은 곳의 원인이 되는 '뿌리 감정'을 알지 못하고 다른 곳에서만 헤매다 보니 늘 뭔가 어긋나는 느낌을 받게 된다. 이것이 계속 지속되어 갈수록 점점 자신의 인생이 뜻하는 대로 되지 않고 엉뚱한 방향으로 전개되는 상황들이 많이 발생한다.

더 잘 이해하기 위해서 감정의 다양한 층들이 어떻게 '뿌리 감정'과 연결되는지에 대해, 예를 들어 보기로 하자.

A라는 30대의 남성이 있다. 그는 다짜고짜 자신은 계속 '짜증'이 올라온다고 했다. 그리고 그 짜증으로 인해 몇 년 전에 꾸렸던 가족도 다 헤어지고 그 후에 만나는 인연들도 관계가 금방 깨어져 버린다고 했다.

이 지점에서, 감정의 층을 찾아 내려가서 '뿌리 감정'과 연결하는 방법을 설명해 보려고 한다.

"왜 그런 것 같으냐."라고 물으니, 자기는 잘해 주려고 노력하는데 상대방들이 자신을 늘 짜증나게 한다고 했다.

상대방이 어떻게 할 때 제일 짜증이 나느냐고 물으니, 자신에게 불친절하게 대할 때 짜증이 올라온다고 했다.

상대방이 불친절하게 대하면 어떤 생각이 드느냐고 물으니, 자신을 무시하는 것 같아서 분노가 치민다고 했다.

상대방이 자신을 무시한다고 느낄 때 어떤 생각이 떠오르냐고 물었다. "왜 나는 이런 취급을 받아야 하나, 왜 나는 이 정도밖에 안 되나, 왜 나는 더 잘하지 못하나."라고 했다.

그리고 이야기는 이어져서, 어릴 때 부모님이 늘 자신에게 비난하는 말이었다는 것을 알아차렸다. "왜 너는 이 정도밖에 안 되냐, 왜 너는 더 잘하지 못하냐, 네가 그러니까 그런 취급을 받는 거지, 네가 하는 짓이 늘 그렇지, 야! 그 정도 하는 거는 당연한 거야…."

그리고 자신이 부모님에게 정말 원했던 것은 무엇이었을지도 알아차렸다. "나도 괜찮은 아이라고 인정받고 싶다, 나도 한 번쯤은 잘한다고 칭찬을 듣고 싶다, 나한테 따뜻하게 대해줬으면 좋겠다."

아직은 다음 단계로 가지 못했지만 여기서 더 알아차리게 된다면, 제일 밑에 깔려 있는 감정은 무엇이 될 거 같은가? "내 존재 그 자체로 존중받고 싶다, 뭘 잘하지 않아도 나 자체로 사랑 받고 싶다…."라는 우리 존재에 대한 기본적인 사랑의 욕구가 아닐까 한다.

유독 A가 내면의 상처가 많아서 관계 맺기가 힘든 것이 아닐 것이다. 대부분 우리가 살아가는 모습이 A와 크게 다를 바가 없을 것이다. 우리는 생활하면서 자신에게 어떤 감정이 올라오면, 그것이 짜증이든 우울이든 슬픔이든 그 한 가지만 느껴 버리고는 그냥 지나쳐 버린다.

"누가 나한테 잔소리만 하면 제일 짜증나…, 나는 누가 차별대우를 받는 것만 보면 괜히 우울해져…, 저 영화를 보고 나니 이상하게 계속 울컥하면서 슬퍼…."

이렇게 되면 그 표면적인 감정 밑에서 잠자고 있던 억눌린 감정들이 자신을 알아 달라고 신호를 보내기 시작한다. 사람도 무시를 당하는 걸 싫어하듯이 이 무의식의 감정도 무시를 당하는 걸 싫어하기 때문이다. 위의 A처럼 한 단계, 한 단계 풀어 가다 보면 서서히 몇 개의 층에 쌓여 있던 억눌린 감정들이 모습을 드러내게 된다.

처음에 A는 계속 상대방들이 자신을 짜증나게 만든다고 그 생각에만 빠져서 긴 시간을 허우적대고 있었다. 그러다 자신의 감정의 층이 어떻게 연결되어 왔는지를 알아차리게 되면서 자신의 현재 상황을 다른 관점으로 볼 수 있는 힘이 생기기 시작했다.

'상대방들이 일으킨 짜증 → 자신이 불친절한 대우를 받을 때 짜증 → 자신을 무시하는 것 같아서 분노 → 자신에 대한 자기 비난 → 어릴 적 부모님한테 받은 비난 → 인정받고 사랑 받고 싶은 욕구의 결핍 → 자신의 존재 자체에 대한 존중과 사랑….'

인간관계에서 계속 짜증이 올라오는 원인의 하나가 상대방의 탓이 아니라, 자신이 인정받지 못했던 결핍된 욕구에서 오는 것이라는 것을 알게 되었다. 이것을 가슴으로 알아차리고 이렇게 억눌렸던 '원인 감정'들을 인정해 주면, 이제 인정받은 그 감정들은 서서히 진정되기 시작한다. 어린 A가 부모님에게 인정받고 싶었던 것처럼 이 억눌렸던 '원인 감정'들도 A에게 인정받고 싶었는데, 그 욕구를 채웠으니 조용해질 것이다.

우리가 일상생활에서 불편한 감정이 올라와 관계를 힘들게 한다면 이렇게 A처럼 표면적인 감정에서 한 꺼풀씩 벗겨가면서 알아차리는 것을 직접 시도해 보자. 아마 자신도 몰랐던 숨겨진 감정의 층들을 발견하며 놀라게 될 것이다. 이런 식으로 감정의 여러 층들을 알아차리는 데 익숙해지면, 이제 자신의 뜻대로 되지 않고 엉키는 상황들이 훨씬 줄어든다는 걸 느끼게 될 것이다.

이렇게 머리와 가슴의 격차가 줄어들면 줄어들수록, 나와 내 주변이 점점 편안해지고 일들이 수월하게 풀려 간다. 내 안의 억눌린 감정들이 상황을 불편하게 만들었던 것인데, 남들 탓만 하고 있던 자신을 발견하게 되면서 늪에서 빠져나와 더 객관적으로 상황을 볼 수 있게 되기 때문이다.

또 하나는, 이처럼 A가 결핍의 욕구에 대한 감정으로 차 있으면 이것이 자석이 되어, 상대방을 만날 때도 같은 결핍의 욕구가 있는 사람과 같이 공명하게 된다. 처음에는 서로 잘해 주려고 노력하게 되지만 익숙해지면서 자신의 본성들이 드러나기 마련이다. A의 결핍의 욕구와 상대방의 결핍의 욕구가 만나서 서로가 서로에게 자신의 결핍을 채워 주길 기대하고 바라게 된다. 이 패턴에서 벗어나기 위해서는 계속 알아차리고 정화하면서 자신의 주파수를 높여서 더 이상 결핍의 욕구와 공명하지 않도록 해야 한다.

다른 예는, 우리에게 아주 흔한 상황이지만 그냥 지나쳐 버리는 안타

착하게 사는 게 뭐가 그리 중요하노?

까운 경우이다.

B는 가만히 있어도 어깨 뒤쪽이 늘 무거운 느낌이 있었다. 그리고 뭔가 이유 없이 가슴이 답답한 적도 많았다. 자신도 사람들과의 관계에서 친밀감을 느끼면서 친하게 지내고 싶고 열렬한 연애도 하며 살고 싶은데, 그것이 잘 안되어 늘 외로움을 느낀다고 했다. B는 어떻게 하면 외로움에서 벗어날 수 있는지 늘 방법을 찾고 있었다.

B는 자라면서 부모님의 하소연을 끝없이 들었다고 했다. 큰딸이어서 엄마가 '남편 대신 너를 의지하고 산다'며 부담을 주었고, 늘 자신의 모든 감정을 딸인 B에게 하소연으로 쏟아부었다. B는 자라서 친구를 만나고 사회생활을 하면서도 인간관계의 폭이 넓지 않았다. 조금 친밀감이 생겨서 누군가 자신과 가까이하려고 다가오면 자신도 모르게 밀어내는 패턴이 반복되었다.

또한 B에게 친밀감을 느낀 누군가가 속마음을 털어놓으려고 하면 B는 그걸 듣지 않으려고 다른 객관적인 화제로 방향을 바꾸었다. 친구들과 여행을 갈 때에도 자신은 이것저것 챙기는 일은 하지 않았다고 했다. 그러다 보니 자신의 속마음을 누구한테 털어놓은 적도 없고 다른 사람의 속마음을 깊게 들어준 적도 없었다. 자연스레 B는 늘 표면적인 관계만 지속했을 뿐, 이성 친구를 열렬히 좋아해 본 경험도 없는 데다 지금은 결혼을 할 마음도 전혀 느끼지 못하고 있다.

B의 여러 개의 '감정의 층'을 따라가 보자.

'B는 늘 외로움을 느낀다 → 사람들에게 친밀감을 느끼기가 어렵다 → 관계 속에서 B에게 부담되는 책임감이 두렵다 → 지금도 B는 과도한 책임감을 요구 받는다 → 늘 하소연만 해 대는 엄마가 이제는 지긋지긋하다.

→ 엄마를 저렇게 만든 아빠가 너무 밉다 → 더 잘나서 엄마에게 보상해 주지 못하는 나 자신이 열등하게 느껴진다 → 늘 나에게 열등감을 느끼게 만드는 엄마가 너무 밉다 → 이제는 독립해서 정말로 벗어나고 싶다 → 다시는 그 누구와도 엮이고 싶지 않다'

B는 외로움에서 벗어나고 싶어서 늘 방법을 찾아서 헤매지만, 정작 자신이 이 외로움을 계속 유지하려고 애쓰고 있다는 사실을 꿈에도 알아채지 못하고 있다. 또한 자신을 늘 외로운 상태로 있게 만드는 원인이 엄마의 하소연이라는 것도 이제야 알아차리게 되었다. 인간관계에서 늘 어정쩡한 거리를 만들고 지낸 것이 엄마가 얹어준 과도한 책임감 때문이라는 것도 알아차렸다.

제일 중요한 것은 부모님에 대한 분노가 무의식에 너무 많은 양으로 차 있어서, 다른 사람들을 부모님으로 착각해서 보고 있다는 것이다. 쉽게 설명하면 B는 전혀 의식하지 못하지만 상대방이 친밀해지면서 뭔가 자신의 고민을 얘기하려고 하면, B의 무의식이 바로 그 상대방 위에 'B의 엄마'를 덧씌워 버리는 것이다.

B는 현실에서는 상대방과 부모님이 다른 존재라는 것을 인식하고 있으나 무의식에서 '하소연하는 상대방 = 미운 엄마' 이렇게 자동적으로 정해져 버리는 것이다. 그리고 이성 친구를 사귀다가 작은 결점이 보이기 시작하면 이성 친구와 아빠는 다른 존재라는 걸 인식하지만, B의 무의식은 자동적으로 '결점 있는 이성 친구 = 미운 아빠' 이렇게 정해져 버리는 것이다.

B가 앞으로 부모님에게 켜켜이 쌓여 있는 미움과 분노를 먼저 풀어 나가야만, 자신도 모르게 다른 사람들에게 무의식적으로 투사하는 미운 부모님을 떼어내게 될 것이다.

우리는 "부모님을 절대 미워하면 안 된다"는 교육을 뼛속 깊이 받으며 자라 왔기에, 특히 부모에 대한 부정적인 감정이 올라오면 바로 '안 돼'라고 억누르며 깊은 무의식으로 던져 버리게 된다. 이렇게 드러난 표면적인 감정과 그 속에 층층으로 쌓여 있는 무의식의 감정들은 많은 차이가 난다.

따라서 핵심은 자신의 무의식 속의 억눌린 원인이 되는 '뿌리 감정'을 찾아내는 것이라 할 수 있다. 우리를 낮은 주파수에 머무르게 하는 주된 원인을 살펴보면 제일 많은 부분이 부모에 대한 원망이나 분노에서 나오는 경우가 많다. 그다음은 어릴 적에 어떤 상처들이나, 살면서 자신이 아주 나약해져 있을 때 무방비 상태에서 당한 기억들이다. 이렇게 억눌린 감정들이 무의식적으로 우리를 계속 낮은 주파수로 끌고 들어가게 된다.

이 감정이 시간이 지날수록 뒤틀리고 꼬여서 다른 대상을 타겟으로 삼아 분출되기 시작한다. 지금 내 앞에 있는 사람은 예전에 나를 상처 준 사람이 아니지만, 내가 전혀 인식도 하지 못하는 사이에 자동적으로 상대방에게 덧씌워지는 것이다. 해결되지 못한 무의식의 감정을 계속 방치하게 되면 강력한 무의식은 이렇게 우리를 조종해서라도 자신의 감정을 해소하려고 하기 때문이다.

이 사실만 알아채고 있어도 순간순간 인간관계에서 자꾸 어긋나게 될 때, 표면적인 감정을 타고 들어가면서 그 속에 억눌린 '뿌리 감정'을 찾을 수 있을 것이다. 그리고 반대로 상대방이 나를 이유 없이 비난하거나 공격할 때에도, 바로 같이 공격하거나 혼자서 상처받는 일도 점점 적어질 것이다. 나의 표면적인 감정이 전부가 아니듯이 상대방도 지금 보여 주는 저 모습 뒤에는, 그 자신의 어떤 '뿌리 감정'이 있을 것이라고 역지사지로 생각하게 되는 관점이 생기기 때문이다.

이렇게 자신의 마음에 대해서 하나씩 하나씩 깨우치다 보면 점점 자신의 마음이 편안해진다. 그리고 편안해지는 공간이 넓어지는 만큼 자신의 주파수도 점점 높아지게 된다.

자신의 주파수에 맞는 현실이 그대로 펼쳐진다는 것을 가슴으로 알게 된다면 아주 미묘한 흐름의 변화도 알아차리게 된다. 그 미묘한 흐름을 알아차리게 되면 순간순간 그 상황에서 무엇이 이런 상황으로 나타나게 했는지를 깨닫게 된다. 그 깨달음이 자신의 감정상태를 다시 볼 수 있게 하여, 마음에 중심을 잡을 수 있도록 이끌어 주게 된다.

# 8
## '양파' 같은 내 감정을, 까 내어 가는 방법은?

## 감정은, '여러 층'으로 겹겹이 둘러싸여 살아가고 있다

우리의 감정은 겹겹으로 둘러싸인 양파와 같다. 이 양파의 특징이 무엇인가? "까도, 까도, 계속 새롭게 나온다."이다. 우리의 마음속 무의식에는 이렇게 한 꺼풀만 까다가 던져 놓은 양파들이 푹푹 썩어 가고 있다.

예를 들어 현실에서 불편한 상황이 생겼고, 내 안에서 낮은 주파수의 감정인 '미움'이 올라왔다고 하자.

그럼, 나는 오늘 우주에게서 미움이라는 양파를 받은 것이다. 우주는 나에게 미움의 양파를 '벌'로 던진 것이 아니다. 내 안에 미움의 양파가 있으니 내가 더 편안해지기 위해서는 이 양파를 다 까 내야 한다고, 선물로 던진 것임을 깨달아야 한다.

자, 지금부터 '미움'이라는 양파를 까 내어 보자.
"나는 왠지 모르게, 같은 반 친구 B가 너무 밉다."
이 미움을 한 꺼풀 까 내면 → 선생님은 늘 B에게 더 많은 칭찬을 한다

→ 나는 선생님의 칭찬을 받으려고 B보다 더 많이 노력했다 → 내가 보기에 B는 선생님한테 별 신경도 쓰지 않는다 → 세상은 정말 불공평하다. 노력도 안 한 B가 왜?

→ 가만히 생각하니 옛날부터 우리 아빠도 나한테 그랬다. 아빠한테는 신경도 안 쓰는 언니만 우선으로 좋은 걸 챙겨 줬다 → 잘 보이고 싶어서 애쓰면서 노력한 나는 제쳐 놓고, 늘 언니가 원하는 게 먼저였다 → 나는 지금까지도 언니가 불편하게 느껴진다 → 나한테는 부모님한테 관심을 못 받았던, 슬픈 '나'가 들어 있었다.

→ 그러고 보니 '언니랑 B'가 묘하게 하는 짓이 닮았다 → 또한 늘 나한테 별 관심이 없었던 아빠랑 선생님도 닮았다 → 그래서 내가 더 B가 미웠고 선생님한테도 더 많이 섭섭했구나 → 나는 지금까지 살아오면서 이 알 수 없는 미움 때문에 인간관계에 늘 트러블이 일어났다 → 생각해 보니 그때마다 현실은 아닌데 나의 마음은 사람들에게 '언니와 아빠'를 뒤집어씌워서 그때의 감정으로 대했다는 걸 알았다.

→ 나는 언제나 삶이 힘들었고 지금도 늘 피곤하다 → 왜냐하면 나도 모르게 어디에서나 누구를 만나도 관심을 받으려고 애를 쓰기 때문이다 → 그러다 나 말고 다른 사람이 관심을 받으면 늘 질투가 올라와서 나 자신을 괴롭게 만든다

→ 아, 내가 알고 있었던 내 미움의 제일 깊은 곳에는 질투심이 있었구나 → 진짜 해결해야 할 과제는 언니에 대한 질투심이었는데, 나는 그것을 깨우치지 못하고 표면적인 감정인 미움만 보고 있었구나 → 그러니 이 질투심의 패턴이 계속 반복되면서 나의 인간관계를 깨뜨리고 있었구나.

→ 내가 표면으로만 느꼈던 미움을 계속 파고 들어가서, 이렇게 '질투

심'이라는 양파 속이 나올 때까지 까내야만, 내 현실이 바뀔 수 있겠구나….

이 과정까지 오고 나면 이제는 그 질투심이 정당한 것인지를 알아차려 가면 될 것이다. 지금 현재에서 살지 못하고 과거로 자꾸 끌고 들어가는 질투심이 진실이 아니었다는 것을 깨닫게 되면 된다. 지금, 성인이 된 나의 높아진 주파수(의식 수준)에서 그 과거로 다시 들어가 보는 것이다.

아빠는 언니도 좋아하고 나도 좋아했다. 언니를 먼저 챙길 때도 있었지만, 나를 먼저 챙길 때도 있었다. 내가 그 당시 '7살의 눈'으로 보고 이해했기에 아빠의 마음을 더 넓게 보지 못했다. 계속 몇십 년을 그 '7살의 의식 수준'에서 보고 느낀 것만 반복해서 떠올리며 살아왔다. 나의 기억이 왜곡되었다는 것을 어떻게 한 번도 의심하지 못하고 살아왔는지가 놀라울 따름이다.

이제는 아빠와 언니를 더 넓은 마음으로 받아들이며 마주 볼 수 있을 것 같다. 그리고 다른 사람들에게 뒤집어씌웠던 아빠와 언니도 순간순간 알아차리며 벗겨낼 수 있을 것 같다.

"아, 있는 그대로 본다는 것이 이런 뜻이었구나…."

이 이야기가 유치하다고 생각되는가? 이 이야기가 우리와는 상관없는 이야기라고 생각이 되는가? 지금 우리의 삶에 오는 모든 고통은 이렇게 있는 그대로를 보지 못하고, 자신의 무의식이 조종하는 대로 꾸며낸 환상을 보고 느끼고 살기에 일어나는 것이다. 비단, 위의 '아빠와 언니' 문제로만 끝난다면 왜 세상에 수많은 질투와 아첨과 계략들이 넘쳐나는 것일까?

우리 대부분이 성인이 되었어도 무의식 속에 억눌린 이 '상처받은 자신'이 해결되지 못하고 남아있기 때문이다. 이 '상처받은 자신'이 뒤틀려서 현실을 자꾸 상처받게 만들면서 자신을 보아주길 원하고 있기 때문이다. 현실에 나타나서 상황을 얽히게 만들며 신호를 보내지만, 그 감정들을 끄집어내기 두려워서 무의식적으로 계속 외면하고 살아가게 된다. 지금의 삶도 고단하고 피곤한데, 예전의 복잡한 과거를 떠올리며 또 추가하기에는 그 부담감이 너무 크게 느껴지기 때문이다. 그 두려움 때문에 생활 속에서 트러블이 일어날 때 침묵하거나 술을 마시거나 일에 집중을 하는 방식으로 지나쳐 버리면, 계속 반복되며 비슷한 상황들이 되풀이될 것이다.

예를 들어 보자. 시원한 바닷가에 가서 재미있게 놀다 보니 예상치 못한 큰 파도가 몰려 왔다. 수영도 전혀 못하고 튜브도 없는 상태에서 파도에 휩쓸렸다고 하자. 파도는 다행히 지나갔지만, 짜디짠 바닷물을 다 들이키고 온몸은 모래가 여기저기 들러붙었다.

현명한 사람이라면 다음번에 바닷가에 올 때는 튜브를 준비해 와 즐길 것이다. 그리고 바다를 더 즐기고 싶은 사람은 수영을 배워서 도구 없이도 파도를 타며 즐기게 될 것이다. 하지만 아무 생각이 없는 사람은 그 다음번에도 그냥 그대로 와서 또 파도에 휩쓸릴 것이다. 파도에 두 번 다시 빠지지 않을 거라며 아예 바닷가를 오지 않는 사람도 있을 것이다. 이제 이들의 인생에서는 시원한 바닷가의 파도는 즐거움보다 고통으로 기억되게 될 것이다.

이처럼, 우리에게 오는 감정들도 파도와 같은 것이다. 아직 불편한 감정들에 잘 대처하지 못한다면 그 불편한 감정의 파도에 이리저리 휩쓸리게 될 것이다. 하지만 그 힘들었던 경험들로 인해 자신의 어떤 부분이 더

착하게 사는 게 뭐가 그리 중요하노?

취약하고, 어떤 부분을 알아차려야 할지에 대해서 깨우치게 되는 지혜를 얻을 수 있게 된다.

그렇게 하나씩 얻어지는 지혜들이 튜브가 되어 도움으로 쓰였다가, 더 익숙해지면 수영처럼 몸에 배어 늘 자유롭게 쓸 수 있게 되는 것이다. 이렇게 다음에 오는 감정의 파도를 점점 더 수월하게 넘게 되면서 바다를 즐기게 된다. 하지만 힘들었던 기억을 회피하면서 묻어 버리고 아무 일 없듯이 살아가려 한다면, 그다음 감정의 파도가 오게 되면 다시 또 휩쓸리게 된다. 그 감정이 불편해서 절대 부딪히지 않겠다고 외부와 단절하거나 관계에서 고립을 택한다면, 그는 파도에 휩쓸리지는 않겠지만 대신에 시원한 바다의 즐거움까지 다 잃어버리게 된다. 아니, 다른 사람들은 너무 즐겁게 즐기는 그 바다를 자신은 오히려 고통으로 느끼게 되는 것이다.

차마 떠올리고 싶지 않은 예전의 기억과 감정들을 다시 들여다보는 것은 많은 용기를 필요로 한다. 계속 억누르며 회피하는 습관적인 패턴으로 인해 불편한 감정과 맞닥뜨리게 되면 더 힘든 상황을 해결해야 할지도 모른다. 하지만 그런 경험들을 통해 하나씩 배워 가다 보면 곧이어 튜브를 가질 수 있게 되고, 더 익숙해지면 이제 수영을 배우듯 자연스럽게 감정의 파도를 매끄럽게 잘 타고 넘을 수 있게 된다.

트러블이 일어났을 때, 우리가 현실에서 더 편안해지기 위해서는 시간을 내어 고요히 마음속으로 들어가 보는 것이다. 뭔가를 찾아내야겠다는 마음을 버리고 편안하게 눈을 감고 가만히 머물러 있으면 된다. 그러면 서서히 이렇게 현재에서 한 층, 한 층씩 양파를 까듯이 벗겨 내며 따라 들어가게 될 것이다. 그 속에서 하나씩 발견한 내 안에 '억눌려 있던 나'의 상처를 이제는 성인이 된 내가 다시 보듬어 주면 된다.

"얼마나 힘들었니? 얼마나 억울했니? 얼마나 두려웠니?"

"그땐 그게 최선이었잖아. 그땐 너도 너무 어려서 어쩔 도리가 없었어."

"이제는 다 흘러갔어. 지금은 그때가 아니야. 이제 나는 내가 선택할 수 있는 힘이 생겼어."

또 한 가지는, 우리의 주파수는 늘 상대방의 주파수와 공명한다고 했다. 내 마음속에 이런 질투심과 미움이 가득 차 있으면 이 파동(기운)이 밖으로 퍼져 나가게 된다.

눈에 보이지 않으니 전혀 생각을 못하겠지만, 인간은 각자의 에너지장에 둘러싸여 있고 이 에너지장에 무의식의 모든 감정들도 다 담겨져 있다. 자신이 계속 질투심과 미움의 파동(기운)을 뿜어낸다면 이 기운이 상대방의 질투심과 미움의 감정과 공명하게 된다.

쉽게 설명하자면, 사람은 오만 가지 감정을 다 품고 있는데 내가 질투심과 미움의 감정을 상대방에게 뿜어내면 그것이 전달되어 상대방 속에 있는 질투심과 미움을 끄집어내서 공명시키게 된다는 것이다. 상대방은 나에게 크게 부정적인 감정이 없었으나 계속 관계를 하고 만나는 동안 내 안의 부정적인 감정이 계속 상대방의 부정적인 감정을 두드리게 되어, 그 결과 상대방도 나를 미워하는 마음이 생기게 된다는 것이다. 그렇다면 우리는 이것을 과연 누구의 탓으로 돌려야 하는가?

"내가 변하면, 세상이 변한다"라는 말이 있다. 이 말은 현재의 내 주변 상황과 주변 사람들이 변한다는 것이 아니다. 모든 것이 어제와 다를 바 없이 그대로 흘러가고 있다. 하지만 지금껏 뒤틀린 눈으로 이 세상을 비틀어서 본 나의 관점이 바로 자리 잡게 되면서 모든 것들을 있는 그대로 볼 수 있는 힘이 생겼다는 뜻이다.

우리는 이 세상을 우리의 정확한 시각으로 보며 살아가고 있다고 믿어 의심치 않는다. 다들 "내 눈으로 똑똑히 직접 목격했다. 우리가 다 같이 직접 봤다."라고 외친다. 물론, 눈앞에 보이는 장면은 감각적인 시각으로 정확하게 볼 수 있다. 그러나 그 장면 속에 담긴 모든 감정과 의미에 대한 해석은 각자가 살아온 경험에 빗대어 제각각 풀이된다. 그렇게 무의식적으로 제각각 풀이된 개인의 해석이 그 장면에 덧씌워지면서 기억하게 되는 것이다.

이 말이 잘 이해가 안 된다면 어릴 때 한 사건을 떠올리며 부모님과 형제들과 얘기를 나눠 보라. 모두 같은 공간에서 같은 것을 경험했지만 각자가 그 사건을 조금씩 다르게 해석해서 기억하고 있음을 알아차리게 될 것이다. 우리는 이 세상을 눈에 보이는 대로 정확하게 보고 산다고 믿고 있지만, 사실은 그 장면을 보는 주체는 보이지 않는 '마음의 힘'이라는 것을 기억하자.

우리의 감정 주파수와 마음의 힘은 같이 연결되어 움직인다. 낮은 주파수에 있다면 같은 것을 보아도 어둡고 부정적으로 해석해서 기억창고에 저장하게 된다. 높은 주파수에 있다면 낮은 주파수의 영역까지도 품을 수 있는 힘이 있기에, 부정적인 면과 긍정적인 면까지 폭넓게 해석하고 받아들여서 기억 창고에 저장하게 된다.

자신의 주파수가 높아질수록 마음의 힘도 점점 강해져 간다. 이 마음의 힘이 강해질수록 세상을 있는 그대로 보고, 듣고, 느끼면서 살게 된다.

다시 한번, 자신에게 물어보자.

"나는 이 세상의 모든 것들을 있는 그대로 보고, 듣고, 느끼면서 살아가고 있는가?"

착하게 사는 게 뭐가 그리 중요하노?

# 내가 원하는 '시크릿'은, 도대체 왜 안 이루어지나요?

## '시크릿'이 잘 통하려면, 꼭 갖추어야 하는 핵심 조건

2007년도에 론다 번의 《시크릿》이란 책이 아주 선풍적인 인기를 끌었다. 하지만 시크릿이 나오기 전에도 수천 년 전부터 이런 내용들은 계속 전수되어 온 것이다. 예수나 붓다, 수많은 경전들, 노자, 네빌 고다드, 잭 켄필드, 에스터 힉스, 닐 도날드 월쉬…, 모두 마음의 힘에 대해 다루고 있는 내용은 일맥상통한다.

시크릿에 관한 수많은 책들과 여러 워크숍들이 활성화되고 있지만, 그럼에도 불구하고 우리가 원하는 대로 시크릿이 잘 안 이루어지는 이유는 뭘까? 잘 이루어지고 있다면, 많은 사람들이 시크릿 주문 하나만으로 모두 부자가 되어 있지 않았을까?

우리는 시크릿을 실천해 보면서 대부분 돈에 관해서 물질적인 풍요를 염원하며 계속 주문을 띄워 보낸다. 하지만 정작 되돌아오는 건 뭘까? 정말 물질적 풍요일까? 아니면, 반복되는 같은 일상일까? 많은 사람들이 시크릿을 접하고 호기심에 다들 몇 번씩 시도해 보지만, 정작 큰 변화를 경험하지 못해서 그냥 지나쳐 버리고 다시 원래의 일상을 계속 살아간다.

시크릿의 요점은 자신이 미래에 원하는 것을 뚜렷이 상상하고 꼭 이루어질 것이라고 믿으면 현실로 이루어진다는 것이다. 이 말은 아주 정확하게 마음의 힘에 대해 말하고 있지만, 일반적인 우리들은 이 문장의 표면만 이해하고 받아들이기에 원래의 의미와 아주 격차가 많이 나게 된다.

이 시크릿을 이루기 위해, 우리가 정확하게 알아야 할 내용들을 단계적으로 설명해본다.

첫째, 매 상황에서 잘 되는 것을 원하기는 하지만 그것이 아주 반대로 습관화가 되어 있을 때가 많다.

예를 들어, 내가 여러 사람들 앞에서 PPT 발표를 해야 하는 상황이 생기면 당연히 마음속으로 PPT 발표를 잘 하고 싶다고 생각한다. 하지만 말이나 행동은 '혹시나 PPT가 작동이 잘 안 되면 어떡하지?' 또는 '혹시나 발표를 하다가 버벅거리거나 질문에 답을 잘 못하면 어떡하지?' 하고 내내 걱정을 하게 된다.

이것은 자신에 대한 의심과 불안에서 오는 생각들이다. 이때 우리들은 낮은 주파수(의식 수준)에 머무르게 된다.

자신의 무의식은 이미 의심과 불안이 자리 잡고 있기에(감정), → 그 후에는 의심과 불안에 해당하는 현실(상황)이 펼쳐지게 되는 것이다. 여기서 우리가 바로잡아야 할 것은, 잘하고 싶은 마음은 같더라도 '잘 안 되면 어떡하지?'라는 불안을 끌어오는 부정적인 생각보다는, 같은 의미인 '잘 해냈으면 좋겠다'라는 긍정적인 생각을 자리 잡게 하는 것이다.

혹시 "아니, 그거나 그거나 같은 의미 아니에요? 결론은 잘 하고 싶다는 뜻이잖아요?"라고 말할지도 모르겠다. 하지만 "잘 안 되면 어떡하지?"에는 별 탈 없이 끝내기만 해도 괜찮다는 속뜻이 내재되어 있다.

그러나 "잘 해냈으면 좋겠다."에는 자신감 있게 발표를 마친 당당함의 더 높은 바람이 내재되어 있는 것이다. 별 탈 없이 끝내는 것이랑 자신감 있게 잘 끝내는 것은 많은 차이가 있고, 우주는 이것을 아주 정확하게 파악해서 되돌려 준다. 따라서 우리가 뭔가를 원할 때에는 부정적인 의미보다는 긍정적인 의미를 쓰는 것이 중요하다.

* 약속 시간에 늦으면 안 되는데.
  → 약속시간에 맞게 잘 도착했으면 좋겠다.
* 그 사람이 나를 마음에 안 들어 하면 어떡하지?
  → 그 사람이 나를 마음에 들어 했으면 좋겠다.
* 혹시 면접할 때 긴장해서 답을 못하고 헤매면 어떡하지?
  → 면접에서 자신 있게 잘 대답했으면 좋겠다.

이런 식으로 사소한 작은 습관에서부터 하나씩 자신을 더 높은 주파수로 끌어올리는 것이다.

둘째, 너무 열심히 시크릿의 주문을 집착하며 되뇐다는 것이다.

원하는 것을 상상하고 또 상상하고 너무 많이 반복하는 경우가 많다. 여기에 더해 상상할 때마다 계속 내용이 더 추가가 되거나 변경이 되거나 해서 종잡을 수가 없을 때이다.

뭐, 충분히 이해는 된다. 사람은 늘 변하기 마련인데 매일매일 생각이 바뀔 수가 있으니…. 그래서 너무 세부적인 내용을 하나하나 다 설정하는 것보다는 자신이 원하는 방향의 큰 맥락을 정하는 것이 도움이 된다. 그리고 그 바람이 이루어진 상황을 아주 생생하게 상상하고 가슴속에 넣어 간직하는 것이다. 진심으로 자신과 우주를 신뢰한다면 맡기고 느긋해질 수 있을 것이다.

여기에서도 잘 이해해야 하는 부분이 있다. 너무 자주 시크릿을 상상하는 그 마음의 밑바닥에는 '혹시 안될까 봐' 조급해하는 마음이 내재되어 있다. 지금 현실에서 아무리 머리를 짜내어도 도저히 이룰 수 있는 방법이 생각나지 않기 때문이다. 자꾸 아등바등한다는 것은 무의식이 원하는 게 안 될 거라고 이미 생각하기 때문에 그렇게 조바심을 내는 것이다. 그렇게 되면 이미 자신이 집착이 생기기 때문에 우주는 그 무의식의 감정을 읽고 안 될 거라고 인식하게 된다.

어떻게 이루어질 것인지에 대한 과정과 방법은 우주에게 내맡기면 된다. 그 과정과 방법은 우주가 알아서 할 것이고 우리는 원하는 결과가 이루어진 장면만 떠올리면 되는 것이다. 우리 인간의 3차원의 의식 수준으로는 상상할 수 없는 아주 고차원적인 방법으로 우주가 이끌어 주게 된다.—3살의 아이가 레고를 조립하는 수준과 그 부모가 레고를 조립하는 방법과 결과가 다른 것처럼….

내용을 계속 추가하며 변경을 하는 그 마음의 밑바닥에는 더 많이 갖고 싶다는 욕심이 내재되어 있다. 따라서 우주는 균형을 추구하기에 그 무거운 욕심을 비워내는 가벼운 없음을 되돌려 주게 된다.

예를 들어, 지금 현재 자신이 아무것도 할 수 있는 것이 없지만 유명한 강사가 되고 싶다고 하자. 그렇다면 어떻게 강사가 될 건지에 대한 방법에 집중을 하지 말고 유명한 강사가 되어 큰 무대에서 사람들에게 감동

착하게 사는 게 뭐가 그리 중요하노?

을 주는 강연을 하고 있는 모습을 떠올리면 된다. 그렇게 강의하는 장면을 생생하게 떠올리고 나서는 정말 이루어지면 어떤 감정 속에 있게 될지 느껴 본다. 그리고 미련 없이 그 느낌을 가슴 안에 간직하고 자신의 일상생활을 하면 되는 것이다.

여기에 더한다면 즐겁고 편안함을 느낄 수 있는 소소한 일들을 자주 하면서 자신의 감정 상태를 높은 주파수 영역에 놓는 것이다. 내내 원하는 상상을 반복하지 않아도 무의식 속의 직관이 움직이며 제일 빠르고 효과적인 방법을 찾기 시작한다. 며칠 뒤나 몇 주 뒤에 불현듯 어느 분야에 대한 강사가 돼야 할지 떠오르기 시작한다. 예전에는 눈에 띄지 않던 인터넷이나 뉴스 등에서 강사가 되기 위해 필요한 정보들이 계속 눈에 띄기 시작할 것이다. 작은 하나가 시작되고 그다음이 시작되고, 또 그다음으로 계속….

이런 식으로 우주와 자신을 믿고 하나씩 흐름을 탄다면 자신도 모르는 사이에 일이 진행되어 가는 경험을 하게 될 것이다.

셋째, 제일 중요한 핵심은 "자신이 원하는 삶이 높은 주파수에 해당하는 것이라면, 자신도 높은 주파수에 머물러 있어야 한다."는 것이다.

자신이 현재 낮은 주파수에 있다면 그 파동이 무겁고 어둡기 때문에 자신이 원하는 높은 주파수의 현실에 물질화되어 나타나기가 힘들어진다. 낮은 주파수는 아주 느리게 이동하기 때문에 높은 주파수의 현실로 옮겨가기까지는 버퍼링 시간이 아주 많이 필요하다. 따라서 우리는 시크릿을 원하기 전에 자신의 주파수가 어느 영역에 머무르고 있는지부터 관찰해 봐야 한다. 그리고 자신의 주파수부터 높은 주파수로 변화시키는 것이 먼저 필요하다.

같은 주파수끼리 공명하며 마주친다고 설명을 했다. 자신이 먼저 높은 주파수에 머무르고 있게 된다면 자신이 원하는 자신의 미래의 모습도 아주 빠른 시일 안에 현재로 나타날 확률이 높은 것이다.

쉽게 설명하자면 우리가 늘 지니고 다니는 핸드폰을 생각해 보자. 2G 폰과 5G 폰, 이 둘 중에 어느 주파수가 더 빨리 우리가 원하는 내용을 가져다주는가? 확실하게 이해가 되는가? 핸드폰의 주파수가 작동하는 것과 우리 마음의 주파수가 작동하는 것은 다 같은 시스템이다. 지금 자신의 감정 주파수가 낮은 2G에 머물러 있다면 계속 주파수를 높여서 3G → 4G → 5G 영역으로 발전하면 된다.

주파수를 높이기 위해 직장·가족을 마다하고 혼자서 몇 달씩 인도의 유명한 명상 센터에 간다고 해서 주파수가 높아지는 것이 아님을 알아야 한다. 유명한 지도자한테 몇 년씩 교육받고 수년 동안 수많은 유명한 워크숍에 열중하고 센터를 몇 년씩 다니고 엄청난 독서를 하고…(NO!). 이 과정들은 비교하자면 외국인에게 전혀 듣지도 보지도 못한, 김치찌개라는 것이 세상에 존재한다고 안내하는 딱 그만큼일 뿐이다. 김치찌개 명인에게 전수를 받는 것처럼 마음의 주파수는 그렇게 남에게 배워서 높일 수 있는 것이 아니다.

세상이 떠드는 온갖 말들에 휘둘리지 말자. 평생을 눈으로 보이는 감각만 존재한다고 믿고 살았던 우리가 위의 모든 방법들을 통해서 보이지 않는 '마음의 세상'이라는 것이 존재한다고 알게 되는 것이다. 위의 방법들을 통해서 마음의 세상이 있다는 것을 알고 나면, 이제는 자신이 직접 그 문을 열고 뛰어들어서 직접 체험을 통해 느껴 봐야 한다.

가슴도 열리기 전에 먼저 머리에 수많은 방법(지식)들만 채운 사람들이 간접 경험을 마치 자신의 직접 체험인 양 다 안다고 헤매는 것을 너무나 많이 봐 왔다. 그리고 애써 번 소중한 돈과 시간을 여기저기에 휘둘려 다니면서 착취당하는 것도 많이 봐 왔기에 마음이 정말 안타깝다.

지식은 배워서 얻는 것이지만 지혜는 직접 경험으로 터득해 가는 것이다. 단언하건대 직접적인 삶에서의 체험만이 우리의 가슴을 열 수 있다는 것을 명심하자.

작은 체험이라도 직접 하고 나서 '아, 이런 거구나!' 할 때, 가슴이 '찡'해지며 그 진동(기운)으로 마음이 열리는 것이다.

주파수가 높아지는 나의 체험은 무의식의 감정을 정화시켜 나가는 것과 일상에서 여유를 가지고 즐거운 것을 하며 기분 좋은 상태에 자주 머무는 것이다. 무의식 속의 어둡고 무거운 감정들이 정리되어 떨어져 나와야 그 빈 공간에 새로운 에너지가 흐를 수 있게 된다. 꽉 막혀 있는 상태에서는 아무리 외부적으로 노력만 한다고 해서 에너지가 흘러 들어갈 수 없다.

우리의 신체 건강에서 혈관에 혈전이 많이 쌓이면 혈액 순환이 안 되고 막히는 것과 같은 과정이다. 신체와 마찬가지로 우리의 신체를 둘러싼 에너지장도 억눌린 무거운 감정들이 막혀 있으면 우주의 신성한 에너지가 잘 타고 흐르지 못하게 된다. 그렇게 되면 몸은 늘 기운이 쳐지고 무겁게 되며 감정도 어둡고 부정적인 내용들로 점점 채워지게 된다.

일상생활에서 하루하루를 기분 좋게 만들어 나가자. 그날의 날씨나 매끼 먹는 음식들, 평소와 다름없이 늘 내 곁에 함께하는 가족에게도 감사하자. 자신에게 소소한 즐거움을 주는 것들을 하면서 천천히 살아가자. 평범해 보이는 이 모든 것들이 자신의 주파수를 점점 높여 주고 있다.

"평범함 속에 가장 위대한 것이 있다."라는 말을 기억하라.

신이 왜 우리에게 평범한 일상을 주었을까? 평범한 일상을 꾸준히 살아가는 것이 이 세상에서 최고의 수행이기 때문이다. 바쁘게 더 찾고 노력한다고 해서 더 빨리 더 많이 이루어지는 것이 아니다. 혹시나 빨리 이룬다고 해도 그것이 행복감을 유지하며 긴 시간 동안 유지되기도 힘들다. 고무줄을 당기면 늘어났다가, 놓으면 다시 줄어들듯이 모든 것은 적응하는 시간이 필요하다. 우리가 느끼는 불행도 습관이 되듯이, 기쁨도 습관이 되고 모든 감정은 다 습관화되기 마련이다.

평범한 일상에서 즐거움을 느끼며 주파수 영역을 높이고, 또 그것이 시크릿을 빨리 현실화 시켜 주고, 또 그 즐거운 감정이 주파수를 높여 주고….

인생은 이렇게 꼬리에 꼬리를 물고 계속 이어진다.

# 10
## 인생을 한계 짓고 가두는 것은, 우리의 두려움과 조급함

**무의식 속에 웅크린 채로 나를 조종했던, '두려움'과 '조급함'을 풀어내기**

코로나로 인해 대부분의 일정이 중단되면서 뜻하지 않게 여유가 생겼지만, 3~4개월이 지나자 색다른 변화가 필요하다는 마음이 올라왔다. 그러다 불현듯이 글을 써보고 싶다는 생각이 들면서 전혀 계획에도 없었던 글을 쓰기 시작했다. 한 편, 두 편…. 무의식에 관한 내용을 써 갈수록 충분히 탐색했다고 여겼던 나의 삶도 새롭게 재인식되기 시작했다.

코로나가 일상을 느긋하고 고요하게 만들어 주지 않았다면 이렇게 글을 쓰고 있는 장면은 어림도 없는 이야기다. 이미 버리지도 못할 아까운 쓰레기로 쌓여 있는 많은 수료증과 자격증에 더할 정보를 검색하느라, 독보적인 강의 욕심을 채우기 위해 바쁘게 생각하느라, 글을 쓴다는 생각을 가차 없이 외면하고 밀어냈을 테니까. 아무것도 할 수 없는 강제적인 이 무료한 기다림이 글을 쓰고 싶다고 두드려 대는 내면의 소리를 들을 수 있게 해 준 소중한 우주의 선물이었다.

이 시간들 속에서 내가 찾아낸 건 나의 인생에 늘 숨어 있었던 내면의 두려움과 조급함이었다. 그것들이 무의식 속에서 평생을 꿈틀대며 내 인생을 한계 짓고 실패하지 않을 범위 내에서만 선택하도록 조종했다는 것을 깨달았다. 나에게 오는 수많은 기회와 만남들을 두려움과 조급함이 미리 앞서서 차단하고 있었던 것이다. 또한 애쓰고 노력했던 수많은 과정들을 나의 조급함이 기다리지 못하고 중단시켜 버렸던 기억들도 무수히 떠올랐다.

우리가 말하는 조급함이라는 감정의 밑에는 또 하나의 깊은 감정이 꿈틀대고 있다. 조급함 뒤에 숨어서 우리를 묶어 놓는 '뿌리 감정'은, 불안함이다.

우리는 겉으로 보는 것만 인식하며 그것만 잡아내면 문제가 없어질 거라 생각하지만, 사실 문제의 핵심은 겉으로 드러난 행동과 감정 밑에 숨어 있는 또 다른 '뿌리 감정'일 때가 많다. 이 불안함은 우리 안의 기본 본능이지만 사회가 계속 사람들의 불안한 심리를 조장해서 밖으로 눈길을 돌리도록 만든다. 매스컴을 통해 부추기고 계속 남들과 비교하면서 뭔가를 노력하고 소비하며 끝없이 애를 쓰게 만들고 있다. 결국 우리에게 쌓이는 건 자책과 후회, 필요 없는 잡동사니들과 급여의 노예가 될 카드 명세서이다.

이제 이 세상이 주도 세력의 현란한 광고와 이미지 세뇌 작업에 의해 돌아가고 있다는 것을 깨달아야 한다. 이들이 노리는 건 두려움과 불안함을 느끼는 사람들이 불나방처럼 현란한 미끼에 휘둘리며 돈과 영혼을 가져와서 뛰어드는 것이다. 자신 안의 두려움과 불안함을 잘 다스리지 못한다면 평생을 이렇게 세상에 휘둘리며 고통스럽게 살다가 끝날지도 모를 일이다.

착하게 사는 게 뭐가 그리 중요하노?

우리 안의 두려움과 불안함은 결과의 기다림을 느긋하게 견디지 못하도록 자꾸 채근을 해 댄다.

이것은 미치도록 배가 고플 때 머릿속에 아무것도 떠오르지 않는 것과도 같다. 이때는 양은 냄비에 몇 분 안에 금방 끓여 먹을 수 있는 라면 같은 것을 계속 찾게 된다. 하지만 배고픔이 덜하고 시간의 여유가 있는 상황이라면 자신이 좋아하고 관심이 가는 다양하고 맛있는 요리를 찾게 된다. 요리를 언제 누구와 먹고 싶은지, 어느 재료를 추가하고 뺄 것인지, 다른 레시피는 어떤 것들이 있는지 차분하게 둘러볼 수 있게 된다. 그리고 좋은 재료를 사서 다듬고 끓여 내는 긴 과정들을 느긋하게 즐기게 된다.

우리의 마음도 이와 똑같다. 무의식 깊은 곳에 불안함이 꿈틀거리고 있으면 현실에서 조급함이 같이 놀자고 뛰쳐나온다.

조급함이 잠시도 쉬지를 못하게 만들며 계속 눈에 보이는 무엇이라도 조종하고 통제하라고 명령을 해 댄다. 주변에 눈에 띄는 어떤 것이라도 조종하고 통제하는 그 역할이, 에고(현실의 나)에게 힘이 있는 우월함을 느끼도록 만들기 때문이다.

마음이 조급해지면 하나씩 이루어지는 과정의 흐름을 지켜보지 못하고 재빨리 결과를 챙길 수 있는 일들만 찾게 된다. 누군가 방법을 다 만들어놓고 시키는 대로만 하면 그나마 망치지는 않을 것 같은 그런 일들 말이다.

물론, 살아가는 데에는 이러한 라면 같은 짧은 흐름도 필요하다. 간편하고 맛있고 자신이 좋아하는 재료를 추가로 넣어서 만들어 볼 수도 있으니까…. 하지만 이 빠름과 간편함, 자극적인 것에 길들여지기 시작하면 준비 과정이 복잡하고 긴 시간을 필요로 하는 다른 것들은 부담스럽게 느껴질 것이다. 그렇게 자신의 인생도 점점 생활 반경이 좁아지면서 경험하는 폭도 서서히 줄어들기 시작할 것이다. 자신의 가능성에 대한 기대감이나 상상의 나래를 펼 미래의 풍경도 점점 사그라들게 될 것이다.

우리 마음속의 불안함을 없애 버려야 한다는 것이 아니다. 아니 이런 감정들은 인간의 기본 본능이기에 내가 없애고 싶다고 해서 없어지는 것이 아니다. 절대 불안함이 없다고 자신만만한 사람들은 자기 안의 불안함이 튀어나오지 못하게 꽉 눌러 놓고 있는 건 아닌지 확인해 봐야 한다.

우주가 우리에게 주는 것들은 절대 불필요한 것이 없다. 이 모든 것이 성장을 위해 꼭 필요하기에 우주는 이 세상에 내어놓은 것이다. 우리의 삶은 내가 이끌어서 살아가는 것이 아니라, 자연스럽게 흘러서 나에게로 오는 것이다. 이것을 언젠가부터 '삶은 내가 다 계획하고 통제해서 만들어 가는 것'이라고 교육 받아 깊이 박혀 있다 보니, 모두가 기를 쓰고 애를 쓰며 죽기 살기로 살아가는 것이다. 정말 이 말이 맞다면, 삶은 우리가 계획하고 통제한 대로 만들어져야 하고 우리의 고통은 없어져야 한다.

그렇지 않은가? 우리는 힘찬 물살을 거슬러 올라야 하는 '연어'가 아니다. 만약 삶이 흐름을 통제하며 애써 거슬러 올라야 하는 것이었다면, 우주는 우리를 '연어'로 태어나게 했거나 물이 아래에서 위로 흐르게 했을 것이다.

2012년 이후로 지구의 주파수가 높아지고 있는 것이 과학적으로도 확인되었고, 따라서 이 지구에서 살아가는 모든 만물의 주파수도 지구의 주파수와 같이 상승하고 있는 시대로 진입하였다.

당연히 이 지구를 살아가고 있는 우리의 주파수(의식 수준)도 예전의 낮은 주파수에서 높은 주파수로 같이 높아지고 있다. 따라서 예로부터 내려오던 낡고 왜곡된 관념들도 주파수의 변동에 따라 무너뜨리고 다시 새롭게 세워야 한다.

삶은 내가 다 계획하고 통제해서 만들어 가는 것이라는 관념은, 결국 낮은 주파수 시대의 두려움과 조급함이 만든 하나의 사고방식일 뿐이다. 이것들이 삶의 자연스러운 흐름을 끊어 버리고, 미리 안 될 거라고 계산하고 딱 잘라서 흐름의 방향을 완전히 다른 쪽으로 돌려 버리는 것이다. 이러한 행동들이 결국은 고생은 고생대로 하고, 결과는 미비한 효율성 없는 인생을 만든다는 것을 전혀 인식하지 못한다. 조금만 늦추고 지켜보면 수월하게 해결되고 더 좋은 인연으로 연결될 상황들을 조급한 마음이 참지 못하고 중간에서 먼저 설쳐서 방해해 버린다.

마치 "황금 알을 낳는 거위"에 나오는 어리석은 주인처럼, 황금 알을 기다리지 못하고 거위의 배를 갈라 버리는 행동을 매 순간 하면서 살아가고 있는 것이다. 이러한 외침에도 깨닫지 못하고 삶의 방식을 바꾸지 못한다면 계속 효율성 없는 인생은 반복되어 펼쳐질 것이다. 거위 주인 또한 그 과도한 욕심의 표면 밑에는, 남들보다 더 빨리 부자가 되어야 하고 더 뛰어나야만 살아남는다는 두려움과 조급함이 날뛰고 있다.

우리도 이러한 감정들에 휘둘리며, 황금 알을 낳는 거위의 배를 얼마나 많이 갈라 버리고 있는가? 자신을 수렁 속으로 빠지게 만드는 상황이 지속되어도 당장의 수입과 새로운 환경의 두려움 때문에 선뜻 박차고 나오지 못한다. 더 빠른 성취 결과를 확인하고 싶은 조급함에 기다리지 못하고 불쑥 중단해 버린 얼마 뒤, 다른 이의 더 큰 성취를 바라만 보며 뒤돌아 쏟아 낸 피눈물은 얼마만큼인가?

자신의 뜻대로 되어야 한다는 강박 속에 빠지게 되면, 자신이 원하는 의견과 기대하는 내용들만 찾아다니며 계속 왜곡된 상황의 늪으로 빨려 들어가게 된다. 늘 이것저것 바쁘게 뒤를 쫓느라고 피해야 할지, 가져야 할지도 파악하지 못한 채, 하루하루를 널뛰듯이 정신없게 살아가는 것이다. 결국 남는 것은 정작 자신에게는 별 필요도 없는 성취물과 피폐해진 몸과 마음일 것이다.

상황을 차분하고 여유 있게 대할 수 있는 마음이 생기면 자신이 전부 통제하고 뜻대로 되어야 한다는 강박적인 마음도 사라지기 시작한다. 이때 비로소 다른 사람의 의견이 귀에 들리기 시작하고 누군가 제시하는 내용도 눈에 들어오기 시작할 것이다.

우리가 억눌러 놓았던 두려움과 조급함이 무의식에서 소용돌이치며 인생에 한계를 만들어 왔다는 것이 받아들여지고 있는가? 이 사실을 깨달은 사람은 이제 그 감정들이 자신을 휘두르려고 할 때마다 명확하게 알아차릴 수 있게 된다. 그 감정들이 휘몰아치던 자리는 잠잠해지기 시작하고 대신 차분함과 여유로움이 흘러 들어오게 된다.

넉넉하게 여유가 생긴 만큼 넓은 관점으로 상황을 새롭게 바라보게 되고, 예전에는 빡빡한 마음에 생각지도 못했던 새로운 아이디어들이 애쓰지 않아도 튀어나오게 된다. 이것이 바로 연예인의 이름이나 영화의 제목을 떠올리려고 애써 노력하지만 결국엔 떠올리지 못하다가, 다른 일에 주의를 돌리고 느슨해져 있을 때 불현듯 떠오르는 것과 같은 현상이다.

온갖 애를 쓰며 빡빡하게 마음을 조여 대기 시작하면 무의식의 주파수는 낮게 이동하기 시작한다. 낮고 무거워진 주파수가 우주의 흐름에 맞춰서 빠르게 흐를 수는 없다. 핸드폰의 2G 주파수와 5G 주파수를 떠올

착하게 사는 게 뭐가 그리 중요하노?

려 보면 이해가 잘 될 것이다. 하지만 무거운 빡빡함을 풀어 버리고 다른 일을 편안하게 하면서 이완되기 시작하면, 주파수는 점점 가벼워지기 시작하고 더 빠르게 흐를 수 있게 된다. 그 여유로운 틈새를 타고 우주의 에너지가 자연스럽게 흐르며 사건과 상황들을 이끌어가게 되는 것이다.

이제 명료하게 정리해 보자.

우리가 지금 이렇게 인생이 괴롭고 힘든 것은 절대 우리의 노력이 부족해서가 아니다. 충분히 노력을 했지만 내가 원하는 대로 인생이 흘러가지 않는다는 생각이 들면, 일단 멈추어 보자.

지금 마음이 어떠한 상태에 있는지부터 관심 있게 살펴보자.

* 지금 내가 제일 두려워하고 있는 것(사람, 상황)은 무엇인가?
* 나를 이토록 불안하게 만들고 있는 것(사람, 상황)은 무엇인가?
* 현재 제일 조급하게 채근하고 있는 것(사람, 상황)은 무엇인가?

혈관이 꽉 막혀 있는 동맥경화처럼, 이 무거운 에너지장이 현실에 물질화되면서 빡빡하고 무거운 상황으로 계속 펼쳐진다.

이 질문에 가슴으로 답하게 되면 자신의 감정을 알아차리게 되고 막힌 감정 에너지는 풀어지기 시작한다. 웅크렸던 두려움과 불안함이 풀어지면 삶이 흘러서 나에게 오는 것을 느긋하게 바라보며 기다릴 수 있게 된다. 이때부터는 그동안의 두려움과 불안함으로 휘둘리던 삶에서 벗어나게 된다.

그 바라봄 안에서 '더해야 할 것'과 '빼야 할 것'이 자연스럽게 분리가 되며, 삶을 널찍하고 가뿐하게 만들어 줄 것이다.

# 11
## 마음을 계속 가라앉히는 것은, 명상이 아니다

### "혹시, 더 억누르고 있지는 않나요?" 명상의 현명한 이해

요즘 여러 매체에서 요가나 명상, 종교 수행 등이 소개되면서 그 영역이 빠른 속도로 확대가 되고 있다. 종류와 방법들도 너무 다양해서 일일이 나열하기에도, 기억하기에도 엄두가 나지 않을 정도다. "왜 이렇게 수많은 종류의 단체와 센터가 넘쳐나고 있는 것인가?"에 대해 한번쯤 의문을 가져 보길 권하고 싶다. 보이는 것 뒤에 보이지 않는 많은 의도들을 이제는 통찰하며 살아가야 하는 시대가 왔다.

지금 우리는 아주 자연스럽게 전기 압력 밥솥으로 밥을 하지만, 다시 아궁이로 시절로 돌아가 아궁이에 불을 피워 밥을 지으라고 하면 거절할 것이다. 물론 그 시절의 감성을 느끼면서 한 번씩은 찾아서 경험하고 즐겨 보기도 한다.

여러 수행들도 마찬가지다. 예전에는 금욕, 고행, 서적, 체위, 호흡법 등의 각종 규율들이 엄격했고, 그 시절에는 모두가 그렇게 했기에 당연하게 그러한 방법으로 수행을 하였다. 하지만 인공지능 시대인 지금은 그때의 호흡법이나 운동법, 서적으로 전해지는 내용들을 그대로 답습하기에는 시대적 격차가 너무 크다. 이미 지구의 높아진 주파수와 함께 현대인들의 주파수(의식 수준)도 많이 높아졌고 발전했기에, 그런 방법이나 규율들이 없어도 자연스럽게 자신의 내면으로 깊이 들어갈 수 있는 수준이 되어 있다.

많은 사람들이 교수나 전문가라는 직함에, 개량 한복을 입었거나 수염을 기른 모습에, 또는 각자의 여러 가지 이유로 스승에 대한 이상화를 넘어서 거의 환상 속에 빠지는 경우가 많다. 그 환상 속에 빠진 사람들과 그들만의 영역을 구축하며, 자신이 보고 싶은 대로만 보면서 힘들게 번 돈과 소중한 시간을 다 낭비하는 것이다. 그들이 이상화 된 만큼 월등한 능력을 가지고 있다면, 왜 세상의 관계 속에서 그토록 불협화음이 일어나고 있는 것인가?

평생을 전문가라 지칭하며 가르침을 펼치며 살아온 그들이라면, 그들의 말대로 지혜의 통로를 발견하고 경험했다면 가족부터 주변인까지 즐거운 웃음들이 피어날 것이다. 하지만 가서 한번 자세히 그들의 표정이나 행동들을 관찰해 보라. 과연, 그들이 또는 그 주변인들이 그렇게 즐거움에 젖어 있는지….

아마 이들이 자신의 부주의로 인해 몸을 다치기라도 했다면, 이 인류의 고통을 대신해서 자신이 받아준 것이라고 외칠 것이다. 가까이에서 이들을 관찰한다면 우리와 크게 다른 점을 느끼지 못할 것이다. 어쩌면 가슴속에 이런 의문들이 떠오를 수도 있다. '어? 오히려 내가 더 알차고 따뜻하게 살고 있는 것 같은데?….'라며 어리둥절하기도 할 것이다.

필요에 의해 배움을 선택했다면, 이상화의 환상에 빠지는 것을 경계하고 자신이 받아들일 부분과 걸러 낼 부분들을 알아차리는 현명함이 필요하다. 진실로 깨어난 지도자는 절대로 자신의 이익을 위해서 삶에 지친 병약한 사람들을 기대게 하여 이용하거나 착취하지 않는다. 정말 진실한 지도자라면 의존적인 약한 사람들이 자신에게 환상을 가지고 매달리려 할 때마다, 정확하게 선을 그어주며 그들이 스스로 독립적으로 설 수 있도록 이끌어 줄 것이기 때문이다.

이러한 잡다한 유혹에 빠지지 않는 길은 자신이 늘 명료한 정신으로 깨어 있어야 한다. 자신이 깨어서 중심을 잡고 있으면 이리저리 모양을 바꾸며 유혹하는 대상들을 바로 알아볼 수 있게 된다. 자신이 중심을 잡지 못하고 흔들리며 의지할 곳을 찾아 헤맨다면 여러 모습으로 유혹하는 대상이 앞에 다가오면 바로 현혹될 것이다. 같이 흔들리다 보니 그 흔들림이 이상하게 느껴지기보다는 익숙하게 느껴지기 때문이다. '유유상종'이라는 말처럼, 같은 주파수끼리 서로 공명하며 마주친다.

자신의 주파수가 낮은 영역(미움, 분노, 슬픔, 질투, 두려움, 걱정, 불안…)에 있다면, 역시나 낮은 주파수가 익숙하게 느껴질 것이다. 자신의 주파수가 높은 영역(기쁨, 활력, 즐거움, 생동감, 웃음, 여유, 희망, 친밀감…)에 있다면, 역시나 높은 주파수가 익숙하게 느껴질 것이고 또한 낮은 주파수의 모습까지도 알아볼 수 있을 것이다. 우리가 1층에서는 1층만 보이고, 5층에서는 1층에서 5층까지를 다 볼 수 있는 것처럼 말이다.

세상의 모든 진리는 단순하고 간결한 것이다. 미술 작품도 예술적 가치가 높을수록 잡다한 군더더기가 없고, 음악도 가치가 높을수록 잡다한 표현들이 없어진다. 패션도 심플하면서 깔끔하게 떨어지는 그 '한 끗 차이'가 명품을 만들어낸다. 사람도 마찬가지다. 잡다한 말들로 화려하게 포장하는 사람일수록 그 사람의 진실의 무게는 가벼울 것이다. 어떤 지식이나 방법들을 그대로 익혀서 앵무새처럼 그다음 사람들에게 반복해서 전해줄 뿐이기에, 그 가벼움을 덮기 위해 잡다한 무거움으로 위장하는 것이다.

지금부터는 내가 직접 경험하고 깨우친 '명상'에 대해서 설명하고자 한다.

우리는 명상을 잘못 이해하고 배우고 있는 경우가 많다. 명상은 가만히 앉아서 전문적인 자세와 호흡법을 하며 마음을 고요하게 가라앉히는 것이 아니다.

첫째, 고요한 '강기슭'을 머릿속에 떠올려 보자.

우리가 강가에 가서 고요히 앉아 있다 보면, 강기슭의 맑은 물도 고요하게 유유히 흐르고 있다. 하지만 옆에 돌멩이 하나를 집어서 던져 보라. 돌멩이가 조금만 휘저어도 그 속에 가라앉아 있던 찌꺼기가 뒤섞여 흙탕물로 변할 것이다.

지금 많은 사람들이 명상을 이런 식으로 하고 있는 경우가 많다. 바쁜 일상을 마치고 나름대로 유명하고 이름난 곳을 찾아 명상을 시작한다. 지도자의 안내에 따라 전문적인 이론과 호흡법을 연습하며 마음을 고요히 가라앉히기 시작한다. 그렇게 얼마 간 깊은 명상을 하고 나면 정말로 확연하게 정신이 가볍고 맑아진 느낌이 든다.

하지만 집으로 오는 길이나 집에 돌아와서 어떠한 자극이 주어지면 조금 전에 했던 그 명상의 맑음은 온데간데없이 다 사라져 버린다. 명상을 했던 기억마저 잊힐 정도로 짜증과 분노가 한순간에 솟아올랐던 경험들이 많을 것이다. 이처럼 명상은 우리의 감정을 차분하게 가라앉히는 것이 아니다.

고요하게 가라앉히기만 한 명상은, 바깥의 돌멩이 같은 작은 자극이라도 주어지면 바로 강기슭이 되어 내면의 감정 찌꺼기가 뒤섞여서 흙탕물이 되고 만다.

그렇다면, 어떻게 명상을 이해하고 경험해야 하는 것일까?

둘째, 맑게 흐르는 '1급수' 계곡물을 머릿속에 떠올려 보자.

아주 맑은 계곡물을 들여다본다고 상상해 보자. 이렇게 맑은 '1급수'에는 아무리 돌멩이를 던져도 흙탕물이 올라오지 않는다. 이렇게 맑은 상태가 되려면, 그 밑바닥까지 뒤집혀서 찌꺼기가 걸러지고 또 걸러지고 하는 지난한 과정들이 필요하다. 이런 인내의 깊은 정화 과정들을 거쳐야만 비로소 소용돌이 속에서도 맑은 물이 올라오는 상태가 되는 것이다.

우리의 마음속도, 이 '1급수' 계곡물과 똑같다.

진짜 정화를 시켜 주는 명상은, 우리의 마음 바닥 밑까지 뒤집혀서 억눌렸던 감정의 쓰레기들이 다 올라와 그것을 정화해서 맑게 만드는 것이다. 따라서 개인의 인생 경험이나 근기에 따라 떠오르는 쓰레기를 처리할 시간들은 제각각 다르게 적용된다. 몇 개월로 끝나는 것이 아니라 수년에서 수십 년이 걸리는 평생의 긴 작업이 필요하다.

자신이 지금 '강기슭'의 명상을 하고 있는지, '1급수'의 명상을 하고 있는지, 다시 한번 알아차려 보자.

전문적인 자세나 호흡법이 모두에게 다 최선의 방법이라고는 할 수 없다. 우리 제각각 타고난 체질이 다르듯이, 각자의 신체 조건이나 생활방식도 다 다르기 때문이다. 개인의 느낌이 따라 자신에게 편한 자세로 편한 호흡법으로 시작하면 된다. 홀로 걷기나 좋아하는 노래에 흠뻑 빠지거나 감동적인 영화에 몰입하는 것도 도움이 된다.

내가 경험했던 마음의 정화는 고요하게 마음을 집중하고 그다음 생각을 가라앉히는 것이 아니라, 오히려 기억들이 계속 딸려서 올라오는 것을 그대로 받아들이면서 그 감정을 다 느껴 주는 것이다. 보통은 생각이 떠오르면 호흡에 다시 집중을 하고 생각을 비우라고 하지만 나의 경험은 조금 달랐다.―이 또한 자신에게 맞는 방법을 선택하면 될 것이다.

오만가지 생각 중에 하필 그 시간에 그 생각이 떠올랐다는 것은, 분명 나 자신이 해결해야 할 감정과 연결되어 있을 거라고 생각한다. 그 기억 속에서 나의 진짜 감정은 무엇이었는지에 오롯이 집중하면서 따라 들어가 본다.

표면적으로는 별일 아닌 듯 웃고 괜찮다고 지나쳤지만 그 밑에는 화내지 못하고 바보같이 웃을 수밖에 없는 자신이 죽도록 수치스러웠을 수도 있다. 그렇다면 그때의 수치심을 생생하게 느껴주고 화내지 못한 바보 같은 자신에게 따지고 분노를 표출해 보자. 그렇게 분노를 온전히 느껴 주면 그다음에는 그럴 수밖에 없었던 자신에게 연민이 생기게 될 것이고, 연민을 충분히 느껴 주면 그렇게밖에 못했던 상대방에게도 어떠한 감정들이 느껴지기 시작한다. 그렇게 확 뒤집어서 묵은 쓰레기를 건져 내야만 그 기억 속에 억압된 수치심과 분노의 감정들이 정리되는 것이다.

이런 식으로 수치심, 분노, 열등감, 질투, 두려움 등이 하나씩 떠올라올 때마다 그 감정들을 생생하게 느끼고 표출해 본다.

그렇게 천천히 시작하다 보면 어느샌가 자신의 굳은 표정이 부드러워져 있을 것이고, 답답하게 꽉 막힌 듯한 목소리가 시원하게 들릴 것이다.

억눌린 감정들이 이렇게 하나씩 해결되어 갈수록 시간이 지나면서 자연스럽게 떠오르는 생각들도 눈에 띄게 줄어가기 시작한다.

명상에 더 젖어들기 위해서나 마음 정화에 집중하기 위해서, 지금 생활하고 있는 집을 장기간 떠나야 할 필요도 없다. 우주가 우리에게 평범한 일상을 준 것은 그것이 가장 최소의 비용으로 최대의 효과를 낼 수 있는 최선이기 때문이다.

우리는 왜 명상을 하려고 하는 것인가? 지금 현재의 일상을 잘 살아가기 위해서가 아닌가? 그런데 왜 가정을 멀리하고 방치하면서까지, 그 무언가를 찾아 헤매는 것인가?

"파랑새는 내 집에 있다."

나와 함께 아침에 눈을 뜨고 저녁에 눈을 감으며 생활하는 내 곁의 사람부터 따뜻하게 품어줄 수 없다면, 그러한 명상이 도대체 왜, 어디에 쓰기 위해 필요한 것인가? 사회의 정의를 위해서인가? 나라를 위하고 세상을 위해서인가?

우리의 인생이 고통스러운 것은 늘 핵심을 알아차리지 못하고 엉뚱한 곳을 헤매면서 살기 때문이다. 내 곁의 사람부터 따뜻하게 품어 안아줄 수 있다면, 사회에서 방황하고 있는 사람들이 따뜻한 가정으로 돌아갈 수 있다면, 이 세상의 모든 문제들은 해결되어 갈 것이다. 유명한 센터나 스승을 찾기 전에, 자신이 왜 명상을 하려고 하는지부터 성찰해 보라.

아주 깊이 있는 명상을 하고 방을 나서자마자, 속사포처럼 정신없게 만드는 아이들과 배우자가 이 세상 최고의 '명상 수련 도구'이다. 마음 정화가 잘 되어 가는지 확인하고 싶다면 전문가를 찾는 대신, 현재 자신이 아이들과 배우자에게 쏟아 내는 짜증과 분노가 얼마나 줄어들고 있는지

착하게 사는 게 뭐가 그리 중요하노?

를 관찰해 보면 정확하게 알 수 있다. 5분에 한 번꼴로 나의 곁에서 계속 속을 뒤집어 주는 이들이 바로, 나의 무의식 속에 억눌린 감정들이 표출될 수 있도록 촉진시켜주는 최고의 고마운 존재들인 것이다. 절대 이 말을 지나치는 우스갯소리로 생각하지 말라.

많은 사람들이 착각하는 부분이 있다. 이것은 명상을 가르치는 지도자들도 흔히 간과하는 부분이기도 하다. 명상의 효과는 명상을 하는 그 시간에 이루어지는 것이 아니다.

우리가 집에서 콩나물을 키울 때와 비교해 보자. 콩나물에 물을 주는 시간에 콩나물이 자라는 것이 아니다. 물을 주고 검은 천으로 덮어 놓는 그 긴 시간에 콩나물은 자라난다.

명상도 그렇다. 명상을 하는 시간 동안 성장과 변화가 이루어지는 것이 아니다. 명상을 끝내고 일상생활에 돌아와서, 생활을 하면서 부딪히고 깨지는 긴 시간 동안 알아차림이 일어나며 하나씩 깨우치게 되는 것이다. 따라서 어디에서 얼마큼의 시간 동안 명상을 했느냐가 핵심이 아니라 일상생활에서 순간순간 어떤 알아차림이 일어나서 내 삶에 '직접적인 변화'가 생기느냐가 핵심이다.

나의 가족과 주변인들이 나에게 '화'를 던져 주는 것이 아니다. 나에게서 표현되는 모든 감정은 전부 내 안에 있는 것들이 나오는 것이다. 딸기를 짜내면 딸기 주스가 나오고, 키위를 짜내면 키위 주스가 나오는 것과 같다. 절대로 내 안에 없는 것이 표현되어 밖으로 나올 수는 없다. 나를 뿔게 만드는 이들이, 내 안의 억눌린 감정들을 표출시켜 해결할 수 있도록 옆에서 계속 자극을 주고 있는 것이다.

세상의 북적임과 떨어져 홀몸으로 가뿐하게 지낸다면 이 세상의 그 누구라도 온화한 미소를 내내 지어낼 수 있을 것이다. 계속되는 자극들 속에서 부딪히고 인내하는 이 지난한 우리의 평범한 일상들이, 정말 중요한 마음 정화의 핵심 역할을 하고 있다는 것을 명심하자. 결국엔 이 평범한 일상을 부대끼며 잘 살아내는 우리가 진짜 '최고의 도인'이라는 것이다.

서서히 마음속의 쓰레기가 정화되어 가고 바쁘게 활동하던 머리가 느슨해지기 시작하면 내면에서 전달되는 느낌에 집중할 수 있게 된다. 이때가 오면 우주는 이 직관적인 느낌으로 우리에게 수많은 정보와 지혜를 말해주고 있다는 것을 직접 경험하게 될 것이다.

내면의 직관적인 느낌은 높은 주파수를 지니고 있기에, 지속적인 정화 과정을 통해 자신의 주파수를 계속 높여 가야 한다. 자신이 계속 낮은 주파수에 있으면서 내면의 소리에 따라 행동한다고 믿는다면, 시도하는 대부분의 일들에서 어려움을 겪게 될 것이다. 왜냐하면 낮은 주파수에서 듣는 내면의 소리는 가슴의 직관적인 느낌이 아니라, 머리에서 계산된 에고(현재의 나)의 욕심이기 때문이다.

우주는 최소의 에너지로 최대의 효과를 내는 방법을 선호하며, 3차원의 세상에 살고 있는 우리는 전혀 상상하지 못하는 더 고차원적인 방법으로 우리가 원하는 것을 이루도록 이끌어 준다. 주변을 둘러보면 느긋하게 여유로움을 누리면서도 적은 노력으로 많은 성취를 얻는 사람들이 있을 것이다.

우리가 여유로움 속에서 마음이 전해주는 직관적인 느낌을 알아차릴 수 있을 때, 그리고 그 느낌에서 행동하기 시작한다면 적은 노력으로도 원하는 바를 수월하게 이룰 수 있게 된다. 그때가 되면 많은 사람들이 이렇게 말할지도 모른다. "아니, 어떻게 그렇게 원하는 걸 쉽게 쉽게 해내면서 살아가는 거예요?"

억눌린 감정들이 정화되어 가면서 자신을 진심으로 신뢰하게 되면 가슴이 열리게 된다.

열린 가슴이 우리에게 여유로움과 편안함을 가져다주며, 이 세상도 '마음의 눈'으로 명료하게 바라볼 수 있게 한다. 이것이 명상이 주는 제일 소중한 선물이라고 할 수 있다.

# 제2부

# 가족과의 갈등을 들여다보기

# 1
## 부모와 자식의 관계는 '거울'처럼 비추고 있다

**고통스럽게 대대손손 이어지는, 과거의 낡은 패턴에서 벗어나자**

한 사람의 부모가 된다는 것은, 그 존재를 잘 성장시켜서 이 세상을 잘 살아갈 수 있도록 이끌어 주는 거룩한 일이다. 한 사람의 일생에서 부모가 끼치는 영향은 거의 대부분이라고 해도 과언이 아닐 것이다. 한 존재의 일생을 좌지우지하게 되는 것이 부모의 역할이지만, 우리는 이 중요성을 간과한 채 외부의 성취에만 모든 초점을 맞춰서 살아가고 있다.

정작 제일 중요한 부모의 역할에 대해 사전 준비도 없이 부모가 되고, 부모가 되어 자식이 태어났으니 또 그렇게 외부의 성취에 초점을 맞추면서 자식을 키워 가고 있다. 이렇게 반복되다 보니 부모에게서 받았던 수많은 상처들을 다시 자식에게 그대로 답습하며 대대손손 변함없이 이어져 내려오는 것이다. 이 반복되는 패턴을 깨뜨려서 벗어나기 위해, 부모와 자식이 관계하는 모습을 명확하게 알아보기로 하자.

자식은 현재 부모가 어떤 마음 상태로 살고 있는지를 정확하게 알려

착하게 사는 게 뭐가 그리 중요하노?

주는 '안내자'이다. 부모가 어떻게 살고 있는지는 자식이 하는 말과 행동을 보면 거울처럼 확실하게 알 수 있다.

예를 들어 보자. 요즘 ○○이가 자꾸 수긍하는 모습이 없이 기를 쓰며 엄마의 말 한 마디마다 반대하고 버티고 있어, 엄마는 계속 화가 나 있었다.—○○이의 모습은 엄마의 현재 모습을 거울처럼 비춰 주고 있다. 이렇게 하나하나 흠을 잡으며 기를 쓰고 자신의 방식대로 휘두르려고 버티고 있는 현재 엄마의 마음이었다.

급기야는 모니터를 앞으로 숙여서 사용하다가 엎어지는 바람에 액정이 깨지고 몇십만 원을 주고 새것을 구입해야 했다. 생각지도 못한 지출에 화가 난 엄마는 다짜고짜 ○○이에게 잔소리를 하며 몰아붙였다. 엄마는 늘 그랬다. ○○이가 실수를 하면 잔소리를 해 대다가, 좀 미안해지면 또 잘해 주고….

엄마의 그 모습을, ○○이가 똑같이 재연하고 있다. 엄마에게 반항했다가 좀 미안해지면 또 잘해 주고…. 엄마는 ○○이를 보면서 재빨리 자신의 이런 패턴을 알아차려야 한다.

엄마가 문제라고 생각했던 건 ○○이가 자기 잘못을 회피하며 자꾸 핑계를 대는 것이었는데, 놀랍게도 며칠 전에 이 동시성의 사건이 있었다. 운전을 하다가 문득 라디오를 틀었는데 그 순간의 내용이 이것이었다.

할머니가 손자를 키우는데 그 손자가 자꾸 자기 잘못을 변명하면서 남 탓이라고 해서 문제라는 것이었다. 상담자의 답변은 아이의 행동을 교정시키는 방법에 대한 아동 교육이었지만, 듣고 있던 엄마는 갑자기 자신도 모르게 이렇게 말했다. "할머니가 먼저 자기 잘못은 인정을 안 하고 손자 핑계만 대고 있구만. 그리고 얼마나 애한테 잔소리를 많이 했으면 애가 매번 핑계를 대겠어? 고칠 사람은 할머니지, 아이가 아닌데 답답하네…."

지금 이 라디오에서 나온 내용은 결국은 자신의 모습을 알려주는 우주의 또 다른 목소리였던 것이다. 엄마도 ○○이가 뭔가 실수를 저지를 때면 마음과는 다르게 올라오는 화를 처리하지 못하고 지적을 하며 짜증을 냈다. ○○이는 엄마의 '화'를 그대로 다 받아서 저렇게 반항을 하고 있는 것이다. 엄마가 화를 내거나 지적을 하지 않았다면, 안 그래도 모니터가 깨져서 놀라고 미안했을 ○○이도 부드럽게 자신의 실수를 먼저 인정했을 것이다.

이것은 엄마가 자신을 먼저 해결해야 하는 문제이다.

엄마의 내면에 만족스럽지 못한 자신에 대해 불편한 마음이 많을수록, 아이의 행동이 자신의 기대를 맞추지 못하면 그것이 '화'로 튀어나오게 된다. 자신에게 풀어야 할 '화'를 회피하면서 자식의 빈틈을 찾아내어 대신 화풀이를 한다는 것을 깨달아야 한다.

아이들은 어릴 때는 자신의 성향이 제대로 드러나지 않다가, 초등학교 고학년이 되면서 서서히 자신의 생각이나 성향을 드러내기 시작해서 사춘기에 절정에 이른다. 모든 아이들이 사춘기 반항을 심하게 하지는 않는다. 부모와의 관계가 원활하고 소통이 잘 되는 아이는 사춘기가 되어도 반항이 심하지 않게 지나간다.

하지만 어릴 때부터 부모가 억압적이거나 폭력적이거나 소통이 안 되었다면, 아이가 커 갈수록 그동안 억압된 분노를 점점 더 뿜어낼 것이다. 차라리 아이가 부모에게 분노라도 뿜어내는 가정환경이라면 더 나을 수도 있다. 부모에게 분노마저 뿜어내지 못하는 억압된 가정환경이라면 아이는 점점 무기력하거나 우울로 깊이 빠질 수도 있기 때문이다.

자식이 현재 주로 많이 쓰는 감정과 행동은 대부분이 부모에게서 옮겨

착하게 사는 게 뭐가 그리 중요하노?

간 것이다. 자식이 현재 짜증과 화를 많이 낸다면 그것은 자식을 키우면서 부모가 자식한테 그대로 준 것이다. 짜증과 화를 많이 주고 키웠다면 자식도 주로 그것을 쓸 것이고, 화를 조금 주었다면 자식도 화가 적을 것이다. 또 사랑과 유머로써 키웠다면 그 자식은 사랑과 유머로 행동하고 말할 것이 분명하다. 그렇다면 지금 내 아이가 보여 주고 있는 모습들은, 과연 누구의 책임인가?

부모와 자식은, 거울 두 개가 마주 보고 있는 것과 같은 관계이다.

1차는, '자식의 거울'이 활동을 시작한다.

부모가 자식을 낳고 키우는 동안 자신 안에 부정성이 많고 자신을 싫어하는 부모일수록, 그 자식이 자라면서 부모의 그 숨겨 놨던 비밀스러운 모습들을 적나라하게 눈앞에서 보여 준다. 부모가 일생 동안 마음속의 비밀의 방에 숨겨 놓은 쓰레기의 양에 비례해서, 자식은 꼭 그만큼의 모습을 보여 줄 것이다.

이때 부모들은 자신의 본모습일 거라고는 상상도 하지 못한 채, 자식의 결점 고치기에 발 벗고 나서면서 지적질을 하기 시작한다. 당연히 자식은 절대 고쳐지거나 부모가 원하는 모습으로 변화되지 않을 것이다. 이 상황에는 부모가 자신은 최선을 다하는데, 자식에게 문제가 있어서 바꿀 대상은 자식이라는 왜곡된 관념이 있다. 부모가 간절하게 자식을 고치려고 더 훈계하며 집착을 할수록, 그 자식은 바깥으로 튕겨나가게 될 것이다.

우리가 거울 자체는 수없이 바꿀 수는 있지만 그 거울 앞에 놓인 어떤 존재(부모)를 바꾸지 않는 한, 거울 속에 비친 모습(자식)은 바뀌지 않을 것이다. 이와 마찬가지로 부모가 자신의 숨겨 놓은 부정성과 어둠을 정화시키지 않는다면, 자식은 커 나가면서 그 부분들을 어김없이 반복해서 눈앞에 보여 줄 것이다. 자식을 잘 키워 보겠다고 일생을 바쳐서 죽도록 일하고 자식에게 좋은 교육을 시켜봤자 남들 보기에 표면은 그럴싸하게 보일지라도, 자식의 무의식에 켜켜이 쌓여 있는 부모의 쓰레기만큼 살아가면서 계속 갈등을 일으키게 될 것이다.

2차는, 1차와 반대로 '부모의 거울'이 활동을 시작한다.

자식은 이제 아동기를 거쳐 사춘기로 성장하고 있다. 사춘기에는 중·고등학생이 되어, 점차 확장된 관점과 사회를 경험하며 자신만의 신념과 가치관이 생기게 된다. 그동안 자신에게 롤모델이자 전부였던 부모의 존재는 그 자식이 성장하는 크기에 반비례해서 작아지기 시작한다.

자식이 성인이 되고 중년으로 다가가면 그 부모의 존재는 거꾸로 너무나 작아지고, 오히려 정신적·물질적으로 자식에게 의존하게 된다. 이제 자식은 사회적으로 번듯한 이미지를 가지게 되고 넓은 사회 활동을 하기 시작하면서 또다시 자신의 부정과 쓰레기를 비밀스러운 깊은 곳에 숨겨 놓기 시작한다. 자식이 나이가 들어갈수록 쓰레기는 쌓이기 시작하고 자식이 그것을 정화하지 않고 계속 회피한다면, 이제 늙어가는 부모가 자식에게 그 쓰레기를 거울처럼 비춰 줄 것이다. 왜냐하면 자식이 정말로 감추고 버리고 싶어 하는 자신의 본모습을, 부모의 모습을 통해 다시 보게 되기 때문이다.

자라면서 부모의 싫은 모습을 회피하며 자신의 깊숙한 곳에 억눌러 놓았는데, 어느새 자신도 모르게 부모를 닮아있는 행동들에 엄청난 거부감을 느끼게 되기 마련이다. 자신이 너무 싫어서 보지 않으려고 덮어 놓았는데 노년의 부모와 대면하게 되면서 그 모습을 거울에 비치듯 확인하게 되니, 인정하기가 너무나 고통스러운 것이다.

이것을 알아차리지 못한다면 그 자식 또한 똑같이 부모를 고치려고 나서기 시작할 것이다. 보기 싫고 회피하는 자신의 쓰레기를 부모가 매 순간 적나라하게 보여 준다는 것을 모르는 자식은, 또다시 부모가 문제가 있어서 바꿀 대상은 부모라고 여기게 된다. 역시 자식이 자신을 변화시키지 않는 한은, 부모도 절대 고쳐지거나 변화되지 않을 것이다. 이번에는 자식이 부모를 고치려고 더 훈계하며 집착을 할수록 부모는 자식이 불편해지고 점점 갈등이 깊어질 것이다.

우리는 대대손손 이 낡은 패턴을 똑같이 반복하면서 살다가 죽는다. 자신의 본모습을 알아차리지 못해서 또는 자신은 이렇게밖에 못하지만, "내 자식이나 부모만은 다르게 살았으면…." 하는 헛된 바람으로 소중한 에너지와 좋은 시절을 다 낭비해 버린다. 내 안의 쓰레기를 절대 내보이지 않으려다 보니 "벌거벗은 임금님" 같이 모두 합의된 거짓으로 대면대면 살아가며 '괜찮은 척' 덮어 버리고 그렇게 지나친다. 이 쓰레기가 발각된다면 평생 동안 만들어 온 사회적 가면(이미지)이 뜯길 것이고 세상으로부터 비난을 받을 것이 분명하다고 믿기 때문이다.

제일 중요한 해결책은, 자신이 숨기고 회피하려는 그 모습을 인정하고 알아차려야 한다. 자신의 모습을 객관적으로 인식할 수 있게 된다면, 싫어하는 그 모습이 부모의 모습과 일치한다는 것을 깨닫게 될 것이다. 그리고 자신의 싫어하는 그 모습이, 내 자식의 모습과도 일치한다는 것을 깨닫게 될 것이다. 부모와 자신, 자신과 자식, 이렇게 이어지는 그 연결된 모습을 알아차리게 될 때, 진정한 변화가 시작될 수 있다.

부모에게서 자신도 모르게 습득된 버리고 싶은 모습들을 자신이 변화시킬 때만이 자식에게 다시 대물림 되는 것을 막을 수 있다. 그렇지 않다면, 부모에게서 상처받고 힘들었던 그 고통을 오롯이 내 자식에게 그대로 전해 주는 역할을 내가 맡고 있는 것이다.

거울 안에 나타난 그 모습이 싫다고 해서 거울 위에다 내가 원하는 그림을 마구잡이로 그려 대는 실수는 하지 말자. 거울 안의 장면을 내가 보고 싶은 모습으로 만들기 위해서는 거울 밖의 대상을 내가 보고 싶은 모습으로 만들어놓으면 된다.

거울 앞에 놓인 대상(나)이 바뀐다면, 거울 안에 비친 모습(부모, 자식)에도 그대로 반영이 되기 때문이다. 변화되는 내 모습을 나의 부모와 나의 자식이 그대로 비추어 주기 시작할 것이다.

이렇게 자신 안의 쓰레기가 한 가지씩 없어질수록 신기하게 자식이 한 가지씩 바뀌고, 부모가 한 가지씩 바뀌는 모습을 경험하게 될 것이다. 어쩌면 이 경험이 너무나 신기해서 발견하는 그 순간마다 가슴이 '쿵쾅쿵쾅' 뛰기 시작할 것이다.

진정한 기쁨과 깨달음으로 가슴 깊은 곳에서 진동이 시작될 때, 내면의 사랑도 조금씩 깨어나기 시작하게 된다.

나의 몸을 둘러싼 에너지 장의 진동(기운)이 퍼져나가면, 내 주변으로 전달되면서 자연스럽게 사랑이 더 확장되는 것을 느끼게 된다.

착하게 사는 게 뭐가 그리 중요하노?

# 2
## 부모와 자식의 갈등을 억압하면, 내 삶의 고통이 된다

**과연, '부모를 절대 닮지 않겠다'는 그 결심은 지켜질까?**

사람들을 만나 이야기를 나누다 보면, 처음에는 이런저런 얘기들로 시작을 하지만 결국엔 가족의 갈등으로 넘어가는 경우가 많다. 가족은 이세상 무엇보다도 소중한 존재라고 여기고 있기에, 가족과의 갈등이 있다면 자신의 삶도 고통스럽게 된다. 많은 사람들이 부모와 자식 간의 갈등으로 힘들어하고 있지만, 드러내어 표현하지 못하고 있어도 없는 듯이 살아가고 있다.

우리의 바람대로 깊숙하게 숨겨 둔 갈등이 시간이 지나면 없어지는 것일까? 마음속 깊이 억압된 감정들은 시간이 흐른다고 해서 절대로 없어지는 것이 아니다. 이 감정들이 표현되지 못하고 켜켜이 쌓여 있다가, 터질 듯이 차오르면 화산이 분출하듯이 뿜어져 나오게 된다. 그리고 이 커져 버린 무의식의 감정들이 자신도 모르는 사이에 현실에서 벌어지는 상황을 그 감정의 패턴으로 반복하도록 조종까지 하게 된다.

늘 자신이 대우받지 못하고 차별받고 있다고 억울한 감정을 쌓으며 살아간다면, 햄버거를 똑같이 나누어주다가 자기 차례에 다 떨어져서 샌드위치로 대체해 줄 때, 아주 자동적이고 기계적으로 자신은 차별 받았다고 인식해 버리는 경우가 있다. 다른 사람은 이 경우에 자신부터 샌드위치로 받았다고 더 좋아하는 경우도 있으나, 이 사람은 자신이 차별 받는 것에 대부분의 감정이 치우쳐있어서 거의 모든 상황을 그렇게 자동적으로 인식해 버린다고 할 수 있다.

자, 지금부터 나와 나의 부모는 어떤 주파수(의식 수준)에 있으며, 내가 억압한 갈등이 삶에서 어떻게 표출되는지에 대해서 알아보도록 하자.

첫 번째, 처음 만남부터 구구절절 자신이 얼마나 힘겹게 살아왔는지를 하소연하는 사람이 있다. 이 사람이 지금 살고 있는 세상은 그 기억 속의 세상이다. 그 기억 속의 무기력한 사람이 되어 지금 현재에도 그 기억의 상황과 싸우느라 자신의 에너지를 다 소비하고 있다. 점점 바닥이 나는 자신의 에너지를 다른 사람들에게 하소연하면서 그 위로 받음으로 채우고 있는 것이다.

이 사람이 지금 현재에 살지 못하고 과거 속에 빠져서 살아가고 있다는 걸 깨우치지 못하면, 평생 자신의 억울함을 한탄하며 다른 사람들에게 하소연만 늘어놓고 살게 될 것이다. 이 사람의 세상에는 불쌍하고 애처로운 자신만이 존재할 뿐, 다른 사람들의 상황은 깜깜하게 보이지 않고 다른 사람들이 해주는 말도 전혀 들리지 않게 된다. 이 사람은 대부분이 낮은 주파수의 영역에 머물러 있다.

두 번째, 몇 번의 만남이 지나면서 자신의 속내를 털어놓는 사람은 아직은 견디는 힘이 있는 사람이다. 이 사람이 지금 살고 있는 세상은 그

착하게 사는 게 뭐가 그리 중요하노?

기억의 과거와 지금의 현재를 드나든다. 현재를 잘 살아가기 위해 늘 노력하고 애쓰며 살지만, 문득문득 그 기억 속의 무기력했던 내가 떠오르며 손짓을 한다. 그 손짓에 이끌려 그 기억의 상황 속으로 들어가 싸우며 에너지를 소비하지만, 자신의 에너지가 바닥을 치는 경고음이 들리면 다시 지금 현재로 빠져나올 수 있다.

이 사람은 자신의 에너지가 바닥을 칠 때는 다른 사람들에게 하소연을 하면서 그 위로 받음으로 채우기도 하지만, 자신의 에너지를 조절하려고 노력하기도 한다. 이 사람의 세상에는 자신의 상황도 있고 다른 사람의 상황도 존재한다. 자신이 힘든 과거의 기억으로 고통 받고 있는 것처럼 다른 사람들의 고통들도 들여다볼 수 있다. 그리고 자신의 에너지를 자신보다 더 힘든 사람에게 나눠 주기도 한다. 이 사람은 중간 정도의 주파수 영역에 머물러 있다.


세 번째, 시간이 많이 흘러도 절대 자신의 속내를 털어놓지 않는 사람이 있다. 이 사람이 살고 있는 세상은 안정성이 확보될 다가 올 미래이다. 모든 감각을 총동원해서 앞으로 더 안정된 미래에서 살아가기 위해 자신의 모든 걸 다 쏟아붓는다.

이 사람에게는 상처받은 과거와 그 속에서 무기력했던 자신은 이미 기억 속에 묻혀 버렸다. 억누르고 억누르며, 아예 인식하기조차 거부한다. 자신에게 지금 제일 중요한 것은 그 '무기력했던 비참한 나'로 절대 되돌아가지 않는 것이다. 이 사람은 자신의 모든 에너지를 안전한 미래를 위해 바닥이 드러날 때까지 소비하지만, 그렇게 애쓰고 노력한 결과는 늘 실망스럽다.

이 사람이 사는 세상은 강하고 완벽한 자신과 강하고 완벽한 다른 사람들만이 존재한다. 절대 무기력하고 약한 자신을 엿보거나 느껴서는 안된다. 그러다 보니 무기력하고 억울함 속에 있는 자신과 다른 사람들의 상황은 보이지 않으며, 설령 보인다고 해도 외면해 버리게 된다. 이 사람은 자신의 엄청난 노력에도 불구하고 왜 결과가 늘 실망스러운 건지, 다시 다른 관점으로 볼 수 있어야 한다.

자신의 에너지의 대부분이 자신도 모르게 그 무기력했던 과거의 기억을 억누르는데 쓰이고 있다는 걸 깨우쳐야 한다. 표면 아래에서 꿈틀대는 그 감정들을 완벽하게 누르기 위해서 얼마나 많은 에너지가 필요한지 알지 못한다. 이 사람은 표면적으로는 평탄해 보이는 높은 주파수에 있는 듯이 보이지만, 가장 낮은 주파수 영역에서 바위처럼 굳어 있다. 일반 사람들은 이런 스타일의 사람들을 아주 높은 주파수에 머물러 있다고 착각을 하는 경우가 많다. 감정에 휘둘리는 속내를 드러내지 않고 완벽하고 철저한 스타일을 보여 주기 때문이다.


어릴 때부터 부모로부터 상처를 많이 받은 사람 중에는 '절대 부모를 닮지 않겠다' 또는 '절대 부모처럼 살지 않겠다'는 사람들이 많다.

여기에서 우리의 삶을 힘겹게 만드는 단어는 '절대'라는 단어이다. 이 '절대'라는 단어는 아주 큰 저항을 나타낸다. 우주는 늘 만물의 균형을 제일 중요하게 여긴다고 했다. 이렇듯이 큰 저항에는 다시 큰 저항을 갖다 줘서 저항을 무너뜨리게 만든다. 세상은 기운이 흐르고 통합하면서 유지되어야 하는데 큰 저항이 벽을 막고 가로질러 있으니 그것을 무너뜨려야하기 때문이다.

정말 '절대 부모를 닮지 않겠다'는 그 결심은 잘 지켜질 수 있을까? 아래의 예시들을 읽어 보며, 지금 자신은 어떤 상황 속에서 지내고 있는지 생각해 보자.

첫 번째, 부모가 술을 너무 많이 마셔서 그것이 진절머리 나는 기억으로 남아, 자신은 커서 절대 술을 안 마시겠다고 결심한 A가 있다.

이 A는 매일 술병이 쌓여 있는 집을 들어가기가 죽기보다 싫었고, 세상을 탓하며 무능하게 술에 취해 있는 아버지가 너무 미웠다. A는 자라면서 중년이 된 지금까지 아버지처럼 살지 않기 위해 술을 마셔 본 기억이 거의 없다. 그럼 이 A는 안정적으로 행복하게 잘 살아가고 있을까? 물론 무탈하게 잘 살아가고 있는 사람들도 있을 것이다. 하지만 A는 몇 년 전부터 술 대신 마약에 손을 대기 시작하면서 교도소를 드나들며 인생이 힘들게 되었다.

왜 이렇게 자신을 관리하며 착하게만 살아온 A가 이러한 힘든 상황이 오게 되었을까? 사람은 각자의 본능적인 욕구들이 있다. 그리고 그 욕구의 크기는 영역별로 서로 다르게 작용을 한다. 그 욕구들을 완전하게 거부하면서 계속 억누르고 있으면 다른 영역에서 튀어나오게 되어 있다. 그러다 보니 이 세상에는 다양한 중독들이 생겨나는 것이다. 알코올중독, 도박중독, 게임중독, 섹스중독, 쇼핑중독, 약물중독 등의 다른 형태로 나타나게 된다.

A는 인간의 기본적인 본능인 분노를 억압하게 되면서, 다른 곳에서 그 억압된 분노가 튀어나온 것이라는 것을 깨우쳐야 한다. '물이 가득 찬 물풍선'을 생각해 보자. 물풍선이 터지지 않기 위해서는, 한 곳을 누르면 다른 한 곳이 솟아오르게 된다.

두 번째, 어려서부터 매일 불같이 화를 내는 부모 밑에서 자란 B는 언제나 부모의 화풀이 대상이었다.

B는 언제나 긴장하고 위축된 상태로 어린 시절을 보냈다. 바깥에서 화

가 난 아버지와 어머니가 언제 또 집에 있는 나약한 자신에게 화풀이를 할지, 계속 가슴을 졸이며 살았다. B는 자라면서 중년이 된 지금까지 부모님처럼 살지 않기 위해, 밖으로 '화'를 표현한 기억이 거의 없다. 그럼이 B는 화도 안 내며 너그럽고 평화롭게 잘 살아가고 있을까?

내가 처음 B를 보며 느낀 것은 '와, 이 사람은 자체가 분노로 꽉 차여 있구나…'였다. 하지만 B는 상당 기간 동안 자신은 절대 화를 내어 본 적이 없고, 평생을 '화'라고는 아예 모르고 사는 사람이라고 했다. B는 표정과 동작들이 다 굳어 있었고, 목소리는 아주 막힌 듯이 답답하고 탁하게 느껴졌다. 자신은 늘 평정을 유지하고 살기에, 절대 좋다고 들뜨거나 힘겨워서 슬퍼하거나 하는 가벼운 행동은 하지 않는다고 했다.

B는 현재 금융권에 종사하지만, 늘 무리한 주식투자를 반복하며 계속 경제적인 어려움에 빠져 있다. B는 부모님에 대한 분노를 평생 억누르면서 겉으로는 아무렇지 않게 보이려 했다가, 결국 지금은 자신이 만든 가면(연극)에 속아서 '아무렇지도 않다'라고 믿고 있는 것이다. 또한 힘없이 부모에게 학대를 당하면서도 내색하지 못하고 사랑받지 못했던 자신에 대한 수치심으로 인해, 계속 잘못된 상황을 선택함으로써 자기 자신에게 그 억누른 '화'를 내고 있는 것이다. 이것을 깨우치지 못하면 자신은 바라던 대로 '화'를 내지 않으면서 아주 잘 생활하고 있다는 착각에 빠진다.

세 번째, 화려한 이성 편력으로 동네에 소문난 아버지를 둔 C는 언제나 피해자인 어머니의 하소연을 들으며 자랐다.

바람난 아버지로 인해, 이 세상에 하나뿐인 사랑하는 어머니가 얼마나 상처를 받고 슬픔에 빠져 사는지를 뼈저리게 느낀 C였다. 한참 자신이 부모의 보호를 받아야 할 나이에, C는 늘 엄마의 하소연을 들으며 엄마의 상처를 보듬어 주고 자신이 엄마에게 보상을 해줘야 한다고 느꼈다. 자라면서 중년이 된 지금까지 아버지처럼 살지 않기 위해, 여자를 거의 만나지 않았다고 했다. 혹시라도 자신이 결혼을 하면 그 여자를 자신의 어머니처럼 만들게 될까 봐, 결혼에 대한 생각도 한 적이 없다고 했다. C는 살아오면서 이성에게 진정성 있는 사랑을 받아본 경험이 없었고 자신에게 그런 사랑이 결핍되어 있다는 것도 전혀 깨우치지 못하고 있었다.

C에게서 나타나는 특성은, 어느 순간부터 계속 사고를 내거나 사고를 당한다는 것이다. 그 결과로 C는 늘 몸을 다치게 되어 병원에 입원을 반복하고 있으며, 이것이 직장 생활을 지속하는 데 큰 어려움으로 작용하고 있다.

왜 C는 계속 사고를 내거나 당해서 자신의 몸이 다치게 되는 것일까? 마음의 세상에서 설명해 보자면, C는 자신이 한참 사랑과 돌봄을 받아야 할 그 어린 시절에 그 욕구가 충족되지 않았다. 늘 보살핌을 받아야 할 자신이 부모 역할을 대신하면서 자신의 어머니를 오히려 보살피며 살아왔다. 그리고 살아오면서도 어떠한 이성으로부터 사랑을 느끼거나 사랑을 받은 경험을 하지 못했다. 이런 결핍들이 지금 중년이 되었지만 무의식 중에 계속 몸을 다치게 되면서, 어머니의 정성스러운 간호를 반복해서 받는 것으로 나타난다고 할 수 있다.


이런 식으로 이 세상에 존재하는 모든 불균형은, 똑같은 불균형과 공명하며 다시 불균형을 끌어온다. 부모의 어느 부분들이 너무 싫어서 절대 닮지 않겠다는 것은, 일종의 불균형의 상태이다.

부모가 술을 마시는 것이 너무 싫어 자신은 절대 술을 안 마시겠다는 것은 또 하나의 불균형으로 작용하는 것이다. 어릴 때부터 자신을 늘 불행하게 만들었던 부모가 너무 싫어서 자신은 절대 결혼을 하지 않겠다는 것도 또 하나의 불균형으로 작용하는 것이다.

어떤 것이 너무 싫어서 그 반대로 무언가를 선택하는 것은, 자유로움이 아니라 오히려 그것에 얽매여서 휘둘리는 것의 연장이기 때문이다. 이 불균형이 균형으로 가기 위해서는 이제 성인이 된 지금, 어린 시절의 부모의 상황들을 다시 되돌려 보는 것이다. 그 시절 미성숙한 관점이 아닌, 지금의 성숙한 관점에서 부모가 처한 형편과 부모가 그렇게 될 수밖에 없었던 상황을 객관적으로 다시 관찰해 보는 것이다. 이렇게 객관적인 시각으로 부모의 인생을 다시 바라볼 수 있게 된다면, 그 상처는 다른 의미로 다가오게 된다.

이렇게 자신의 상처를 대면하고 다르게 받아들일 수 있을 때, 자신과 자신의 주변 관계도 원활하게 흘러갈 수 있게 된다. 이것이 해결되지 못하면 무의식적으로 자신의 상처와 연결되는 어떠한 상황이 생길 때마다, 늘 반복적으로 트러블이 일어날 것이다. 현재 상황을 있는 그대로 받아들이지 못하고, 자꾸 자신이 상처받은 기억 속의 상황을 뒤집어씌워서 왜곡해서 받아들이는 것이다.

이러한 과정들을 통해 부모가 너무 싫어서 무조건 거부하는 것이 아니라, 부모의 싫은 점도 인정하지만 부모의 좋은 점도 볼 수 있는 여유로움이 생기게 된다. 그리고 나에게 주었던 상처에만 집중했던 기억에서 벗어나, 나에게 사랑을 주었던 추억들도 떠올릴 수 있게 된다.

사랑만이 존재해야 하는 것이 아닌 사랑과 미움이 양쪽으로 균형 있게 공존하는 것이 자연의 이치이다. 이렇게 서서히 마음의 분노가 조금씩 풀려나게 되면서 그 자리에 자비로운 마음이 흘러들어오게 된다. 우리 마음속의 분노가 점점 없어지면 자신의 현실에서도 그에 맞는 트러블이

착하게 사는 게 뭐가 그리 중요하노?

점점 없어지기 시작한다. 우리를 괴롭고 힘들게 붙잡고 있는 것은, 변화의 기회를 만나지 못해 낡은 기억 속에서 빠져나오지 못하는 고정된 관념이다.

반대의 양극을 통합해서 균형 잡힌 삶을 살아가는 것, 이것이 바로 '중도'이다.

이 중도에 머무르려면, 우리는 이 세상에서 독립적이고 자유로워져야 한다. 여기서 말하는 자유로움이란, 그 순간순간의 상황과 감정에 따라 자유자재로 자신을 쓸 수 있는 것을 말한다. 시장에 가면 시장 스타일로, 학교에 가면 학교 스타일로, 클럽에 가면 클럽 스타일로, 연주회에 가면 연주회 스타일로 다 맞출 수 있는 것을 말한다.

부모 때문이 아니라 자신이 원할 때에는 술을 마실 수도 있고, 원하지 않을 때에는 술을 마시지 않는 것이 자연스럽게 되는 것이다. 자신의 부모처럼 되기 싫어서 절대 결혼을 안 하는 것이 아니라, 자신에게 사랑과 만족을 느끼며 자유롭게 독립적으로 살고 싶어서 자연스럽게 선택을 하는 것이다. 그것이 균형이고 진정한 자유로움이다.

자신의 내면의 상태가 진동(파동)으로 퍼져 나가서 실제 현실의 상황으로 나타나게 된다. 자신의 마음이 이미 물 흐르듯이 잘 흐르고 소통된다면, 그 뒤로 다가오는 현실의 상황들이 그에 맞춰 물 흐르듯이 수월하게 흐르게 된다.

# 3
## 부모에게 '왜곡된 관념'을 세뇌당한 자식의 고통

**지금, 자신의 낮은 주파수(의식 수준)로 자식에게 잘사는 방법을 가르치지 마라**

우리는 자라면서 "나를 이 세상에 태어나게 해 주시고 키워 주신 부모님의 은혜에, 꼭 보답하며 효도해야 한다."라고 배우고 또 배워 왔다. 그리고 사회는 가족의 전통을 유지하기 위해 부모-자식 간, 가족의 행복을 최고의 가치로 표방하고 있다.

하지만 가족과의 불협화음에서 일어나는 부작용들이 한 인간의 일생에, 또한 사회적으로 지속적인 갈등을 일으키는 불씨가 되고 있다는 사실에 대해서는 침묵하고 있는 실정이다.

우리가 관계 속에서 끊임없이 갈등을 경험하는 것은 무엇 때문일까? 그것은 우리가 삶을 살아가는 데 트러블을 일으키는 대부분의 뿌리 깊은 원인이, 부모-자식 간의 억압된 갈등에서 비롯되기 때문이다.

갈등을 드러내어 해결하고 넘어가야 하는데, 사회적으로 강요되는 효의 정신과 가족 간의 행복이 우선시되면서, 이 부모-자식 간의 갈등은 마

착하게 사는 게 뭐가 그리 중요하노?

음속 깊은 곳으로 억누르고 억누르며, 있어서는 안 되는 것으로 치부되는 것이다.

갈등을 벗어나기 위해서는, 부모-자식 간의 관계 설정에서 명확한 분리가 이루어져야 한다. 하지만 대부분의 부모가 자식을 자신과 하나라고 인식하며 행동하기에 이렇게 수많은 자식들이 고통 속에서 살아가는 것이다. 부모가 자식에게 고통을 주고, 그 자식이 자라서 부모가 되면 또 그 자식에게 고통을 주면서 반복되어 이어지게 되는 것이다.

부모와 자식의 관계에서 발생하는 고통들은 수없이 많겠지만, 이 글에서는 두 가지의 예를 들어 설명해 보기로 한다.

첫 번째, 부모의 역할에 대해서 명확하게 알지 못하고, 역할을 맡을 능력도 없고 준비도 안 된 상태에서 부모가 된 경우이다.

성숙한 부모는 자식을 돌보아 주며, 자식이 어려움을 털어놓으면 들어주고 현명하게 판단을 할 수 있도록 이끌어 주기 마련이다. 이런 부모의 든든한 보살핌 속에서 자식은 사람에 대한 신뢰를 쌓아 가고, 이 세상을 안전한 곳으로 인식하면서 자유롭게 행동하며 자신을 확장시켜 나갈 수 있게 된다.

하지만 미성숙한 상태에서 부모가 되어 버리면 자신이 자식을 돌보아야 함에도 불구하고, 오히려 자식을 자신의 안식처로 착각하는 오류를 범하게 된다. 자식이 아직 한참 어린아이인데도, 부모 자신의 힘든 삶의 고통을 주저리주저리 아이에게 쏟아붓게 된다.

"네가 크면 잘 되어서 우리를 책임져야 한다."라는 신호를 아주 교묘하게 자식에게 주입하고, 아직 크지도 않은 자식에게 과도한 부담을 떠안기며 부모의 미래를 자식에게 의존하기도 한다. 아직 많은 것을 도움 받고 배워 나가야 할 아이는 보살핌은 다 외면당한 채로 오히려 부모의 걱정을 들으며 자신이 뭐라도 해결해 줘야 할 것 같은 무거운 부담감을 쌓아 가게 된다. 이렇게 되면 사람에 대한 신뢰는 물론이고 세상도 무섭고 힘든 곳으로 인식하게 되면서, 점점 무기력하고 위축된 모습으로 자라나게 될 것이다.

부모 자신의 힘든 삶만 하소연한다면 그나마 나은 편에 속한다. 자신의 비틀린 관점에서 판단한 내용들을 여과 없이 아이에게 전달하다 보니, 아이는 제대로 된 관점으로 세상을 배울 기회도 없이 부모의 비틀린 관점으로 사람들을 대하며 세상을 부정적으로 인식하게 되는 것이다. 이것이 아이의 인생 자체를 망가뜨리게 되는 엄청난 잘못이라는 것을 부모들이 재빨리 알아차려야 한다.

예를 들어보자. 학교에서 친구를 왕따 시킨 가해자로 지목되어 상담을 받게 된 A가 있다.

이 A는 세상에 대해 비뚤어진 시각을 가지고 있었다. 이 세상은 불공평하며 다 썩었고 사람들은 다 이기적이며 이중인격자들이라고 인식하고 있었다. 이런 마음으로 지내다 보니 자신보다 더 성격이 좋고 공부를 잘하는 친구를 선생님들이 편애한다고 생각했고, 자신 혼자 '피해자 의식'을 가지며 그 친구 때문에 자신이 사랑을 못 받는다고 여겨서 괴롭히게 된 것이었다.

대화가 진행되면서 A는 부모님이 어릴 때부터 늘 신세 한탄하는 것을 들으며 자랐다고 했다. 조부모가 자신의 부모님과 큰 아버지 댁을 편애하면서 자신의 부모는 대접을 받지 못하고 살았으며, 큰 어머니의 계략으로 자신의 어머니가 늘 피해를 입으며 고통을 받았다는 것이었다. 부모의 억울함을 너는 알고 있어야 한다며, 계속 A에게 자신들의 울분을 쏟아 냈던 것이었다.

왕따를 시킨 친구의 싫은 점을 적고 자신의 주변 사람들 중에 싫어하는 사람의 특징을 적어 보니, 그 친구와 큰 어머니의 싫은 점이 모두 맞아떨어졌다. A는 자신의 부모의 시각으로 세상을 보고 살고 있었으며, 부모의 하소연과 울분을 A가 그대로 받아들여서 세상을 적대시하며 지내고 있었다. 또한 부모의 비틀린 관점에서 판단된 큰 어머니에 대한 피해의식을 그대로 받아들이다 보니, 큰 어머니와 비슷한 특징을 가진 사람들을 보면 의식적으로는 분명히 완전히 다른 사람이지만, A의 무의식에서 그 사람에게 큰 어머니를 덧씌우며 '투사'를 해서 느끼게 되는 것이다.

이렇게 A는 자신도 전혀 의식하지 못한 채로 무의식적으로 '피해자 의식'을 가지면서 왜곡된 행동을 반복하게 되는 것이다. 이러한 왜곡된 관점이 교정되지 않고 계속 성인이 될 때까지 이어진다면, A의 인생은 얼마나 고통스러울까? 과연, 이것이 A의 잘못이라고만 탓할 수 있는 것일까?

두 번째, 부모 자신들의 부부 관계에 대해서 신뢰를 갖지 못하며 갈등을 회피하고 표면적인 관계로 살아가는 경우이다.

부모의 갈등이 지속되면서 그것이 표출되지 못하고 부부 갈등이 은밀하게 덮여 있는 경우가 있다. 부부의 친밀함이 가족의 중심이 되어야 하는데 어긋나 버렸으니, 가족의 친밀함을 유지하기 위해서는 차선책을 찾게 되는 것이다. 이렇게 되면 부부의 중심이 자식의 중심으로 넘어가게 되면서 부모가 자식에게 과도한 관심과 집착을 가지게 된다.

하나, 아버지가 아내 대신 딸에게 과도한 관심을 가지게 되는 경우를 살펴보자. 아버지의 많은 관심을 받게 되는 딸은 집안에서 어머니보다 더 우월한 위치에 서게 된다. 그리고 어머니가 아버지에게 쏟아야 할 관심이 자연스럽게 딸의 몫으로 넘어가게 되면서, 딸은 그만큼 부담감을 쌓아 가게 된다. 딸이 아버지의 귀가에 대해 늘 전화를 한다든지, 옷 입는 스타일이나 여러 가지로 어머니가 해야 할 역할들을 대신하게 되는 것이다. 이렇게 되면 집안의 권력구도가 변하게 되어 가족의 은밀한 갈등이 더 심해질 수밖에 없다. 또한 어머니는 남편에게 사랑받지 못하는 욕구불만을 무의식적으로 딸에게 돌림으로써, 딸과의 사이가 점점 냉랭해지게 되는 원인으로 작용할 수 있다.

둘, 어머니가 남편 대신 아들에게 과도한 관심을 가지게 되는 경우를 살펴보자. 어머니는 남편에게 줄 사랑을 아들에게 과도하게 주면서 남편에게 받지 못한 사랑의 욕구를 채우려고 집착을 하게 된다. 아들은 자신의 어머니에게 사랑을 주지 않는 아버지에게 은근한 분노를 쌓아 가게 되고, 어머니를 '희생자'로 여기면서 점점 어머니의 욕구를 채워주기 위해 행동하며 아버지의 역할을 대신하려 하게 된다. 하지만 어머니의 과도한 관심과 집착이 심해질수록 부담감이 쌓이면서 제 역할을 하지 못하는 아버지에게 더 많은 분노를 쌓아 가며, 점점 관계는 냉랭해지는 원인으로 작용할 수 있다.

셋, 자식이 외동일 경우에 흔하게 나타나는 예를 들어보자. 가족의 친밀함을 유지하기 위해 부부는 자신들의 모든 관심을 아이에게 다 몰입을 한다. 이 가정은 아이가 제일 권력의 우위에 있게 되면서, 그만큼 아이가 받게 되는 부담감은 제일 많게 된다. 이 경우에 제일 조심해야 할 부분은, 부부가 자신들도 모르게 아이에게서 계속적으로 문제점을 찾게 되는 것이다. 아이에게 문제점이 발견될수록 그 문제점을 해결하기 위해 부부가 합심해서 단결하게 된다는 것을 무의식적으로 알게 되는 것이다. 아이에게 아무 문제가 없을 경우에는 신경을 쓸 것이 없게 되니, 다시 부부의 관계는 거리감을 느끼며 묻어두었던 갈등이 부각된다. 이 연결을 무의식적으로 파악한 가족은, 아이는 아이대로 무의식적으로 부모의 친밀감을 위해 문제 행동을 하며 관심을 이끌어 내려고 하고, 부모는 부모대로 무의식적으로 아이에게서 뭔가 문제점을 찾아내려고 과도하게 집중하는 분위기를 만들어 갈 수 있다. 이 부담스러운 관계가 지속된다면 아이는 부모를 벗어나 집 밖에서 계속 시간을 보내려고 애를 쓸 것이다.

이렇게 부모가 자신의 역할을 명확하게 인지하지 못하고 살아간다면, 그 관계 속에서 자식들이 받는 상처는 얼마나 될지 가늠하기조차 힘들게 된다. 부모가 자신의 현재 모습을 객관적으로 파악하지 못하고 살아간다면, 문제가 발생한 상황에서 늘 자식 탓만 하면서 자식에게 비난의 화살을 돌리게 될 것이다. 부모의 왜곡된 관념 속에서 자라난 자식들은 그 부모의 왜곡된 관점으로 사람들과 관계를 하게 될 것이고, 그 왜곡된 격차만큼 갈등과 고통 속에서 살아가게 되는 것이다.

부모와의 갈등을 드러내서 표현하고 싶어도 부모에게 순응하고 공경하는 행복한 가정을 강요하는 분위기 때문에, 많은 가정에서 서로의 갈등을 덮고 지내게 된다. 그러다 보니 겉으로는 평안한 듯 문제없는 가정으로 보일지는 모르겠지만, 그 속사정은 친밀감이 사라진 무덤덤하고 냉랭한 관계만 지속되는 것이다. 이러한 가족과의 관계 패턴이 자식들이 사회에서 맺는 인간관계에서도 똑같은 패턴으로 나타나게 되며, 갈등을 일으키게 된다.

분노나 부정적인 감정을 표현하지 못하고 억누르게 되면, 기쁨이나 긍정적인 감정도 표현하지 못하게 된다. 열린 가슴에서 감정을 느끼고 표현하게 되는데 부정적인 감정을 억눌러서 느끼지 못하게 닫아 버리면, 다른 긍정적인 감정들도 느끼지 못하게 가슴이 닫혀버리기 때문이다. 이렇게 점점 지루하고 무덤덤하게 살아가게 되면서 가족과의 관계는 물론이고 사회적인 관계에서도 지루하고 무덤덤하게 살아갈 수밖에 없다.

자신의 삶에서 고통이 계속 반복된다면, 지금 상황에서 내가 선택하는 것들이 뭔가 잘못되었다는 것을 말해주는 신호라는 것을 알아야 한다. 이렇게 인생을 대하는 자신의 마음자세가 왜곡되고 비틀려 있으니 삶이 제대로 풀려갈 수가 없다는 사실을 깨달아야 한다.

부모인 내가 이렇게 마음이 비틀려 있는데, 어떻게 자식을 평생 통제하고 간섭하면서 잘 사는 방법을 가르친다는 것인가?


인간은 인생을 살아가면서 다양한 경험을 통해 배우며 성장하는 존재이다. 부모세대인 우리가 살아왔던 예전의 시대는 이미 다 지나가고 있다. 이제는 우리의 자식 세대가 살아갈 새로운 시대가 다가오고 있다. 자식이 살아갈 그 시대에서 누가 더 잘 적응하고 누가 더 현명하게 대처하며 살아가겠는가?

지금 현재도 행복하게 살지 못하는 나의 낮은 의식 수준으로 자식의 앞날을 내다보며 조종하고 통제해 봤자, 좋은 결과가 나올 수 없다는 것을 인정하자. 내가 조종하고 통제하는 대로 사는 자식이라면, 딱 내 수준만큼만 살게 될 것이라고 겸허하게 받아들이자.

지금 시대는 인간의 수명이 100세가 훌쩍 넘어가는 시대로 흐르고 있다. 지금부터라도 자식에게 과도한 집착을 부리면서 조종하고 통제하려는 데 쓰고 있는 에너지를, 부모인 자신에게로 돌려서 자신의 인생에 생산적으로 써야 한다.

　아직 수없이 많은 날들을 살아가야 하는데 아직도 낮은 주파수 시대의 낡은 관념으로 자식에게 의존하려 하거나, 늙고 힘없는 존재로 살아가려 한다면 그 무거운 책임을 누가 다 감당을 한다는 말인가? 그 낡은 관념은 평균 수명이 60~70세의 기준에서 살아가던 옛 시대의 케케묵은 뒤처진 방식일 뿐이다. 이제 '살만큼 다 살았다'며 벌써 모든 것을 내려놓고 자식만 바라보고 살아간다면, 그 소중한 자식에게 무겁고 불편한 관계로 남겨지게 될 것이다. 부모는 부모의 인생을 책임지고 살아가고 자식은 자식의 인생을 책임지고 살아갈 때, 서로에게 자유롭고 편안한 관계로 남은 인생을 보낼 수 있는 것이다.

　이제는 왜곡된 낡은 관념에서 벗어나, 새로운 관념들을 인식하고 받아들여야 한다.

* 나의 인생과 자식의 인생은, 명확하게 분리가 되어야 한다.
* 내가 믿고 있는 왜곡된 신념이, 내 자식의 인생까지도 힘겹게 만들고 있다.
* 자식이 본인의 삶을 온전하게 살아 낼 수 있도록 응원하며, 집착을 끊고 자유롭게 놓아 주어야 한다.

# 4
## 욕심을, 사랑으로 착각하는 부모들의 '인격 장애'

### 자식을 평생 고통스럽게 붙잡고 있는, '마음을 다친' 부모들

우리는 살아가면서 누군가에게 "많은 것을 주고 있다."라고 인식하고 있다. 하지만 표면적으로 무언가를 준다는 것과 마음의 세상에서 무언가를 준다는 것은 아주 다르다.

마음의 세상에서는 '준다는 것'을 이렇게 인식하고 있다. "내가 주고 싶은 것을 그 사람에게 주는 것이 아니라, 그 사람에게 필요한 것을 진실하게 기대 없이 주는 것이다."

명절이나 생일에 꼬박꼬박 선물을 주위에 챙기는 사람, 또는 모든 경조사에 다 참석한다고 바쁜 사람, 늘 사람들이 요구하는 부탁들을 다 배려해서 들어주는 사람들은 자신의 마음을 다시 잘 탐색해 보아야 한다. 정말 그 사람이 인간적으로 좋아서 주고 싶은 건지, 아니면 자신들이 그렇게 받기 위해서 챙겨주는 건지…. 사람이 좋아서 주변의 부탁을 다 들어준다고 하지만, 정작 자신은 거절을 못해서 그런 것은 아닌지….

이 말에 불편한 감정을 느끼는 사람들도 많을 것이다. 만약 내 욕구를 만족시키기 위해서 누군가에게 내가 주고 싶은 것을 준다면 그것은 진실로 주는 것으로 인식되지 않을 것이다.

예를 들어, 제일 사례가 많은 부모-자식 간을 살펴보자.

부모들은 자식을 위해서 모든 걸 준다고 생각한다. 사실 진심으로 모든 걸 주려고 할 것이다. 자신의 사랑, 시간, 배려, 노력, 경제적인 부분들까지 부모는 자식을 위해 모든 걸 투자하며 살고 있다. 그런데 그렇게 많은 것을 주면서 모든 투자를 다 하는데 부모-자식 간에 왜 그토록 많은 갈등과 상처가 있는 것일까? 정말 자신이 많은 것을 줬다면 분명히 많은 것이 돌아올 것인데….

많은 부모들은 자식을 위해 모든 희생을 하며 다 준다고 생각하며 살고 있지만, 표면 밑의 마음을 보면 자식에게 기대하는 것들이 아주 많다.

자신이 이루지 못한 꿈을 이루게 하려고 강요하는 경우, 자신은 당당하게 살지 못하고 있지만 자식만은 큰소리치고 살았으면 하는 경우, 모임에 나가서 자신은 내세울 것이 없지만 자식 자랑으로 우월감을 느끼고 싶은 기대감, 또는 자식이 잘되어서 자신의 노후를 든든하게 보살펴 줬으면 하는 경우 등 아주 다양하다.

이런 경우에는 자식에 대한 사랑을 주는 것이 아니라 자신의 비뚤어진 집착을 주고 있는 것이다. 많은 부모들이 자식에게 자신의 집착을 쏟아부으면서 자식을 위해 모든 걸 희생한다고 착각 속에 빠져있다.

진심으로 자식에게 사랑을 주었던 부모라면 자식이 뜻대로 되지 않더라도 그 자식이 다른 길을 다시 갈 수 있도록 토닥여 주고 지원을 해 준다. 부모는 이미 자신이 해 줄 수 있는 것들은 진심으로 다 내주었기에 미련도 없고 후회도 없다. 이제 남은 건 자신이 원하는 인생을 살아갈 수 있도록 지지해 주며 지켜봐 주는 것이다.

하지만 자신의 욕심을 쏟아부었던 부모라면 자식이 뜻대로 되지 않으면 "내가 널 위해서 어떻게 뒷받침을 했는데 이 모양이냐…"라며 비난을 해 대기에 바쁘다. 또한 자식이 자신의 뜻대로 하지 않으면 "내가 널 어떻게 애쓰며 키웠는데 네가 나한테 이래도 돼?"라며 분노를 퍼붓기도 한다.

이 말을 듣는 자식의 마음은 어떠할까? 처음에는 자식도 부모의 영향에서 완전히 벗어나지 못했기에 죄책감을 가지게 될 것이다.

"아, 우리 부모님이 날 위해 얼마나 많은 고생과 희생을 하셨는데 내가 이러면 나쁜 인간이지…" 이렇게 자신에게 죄책감을 씌우며 자신의 인생을 부모가 조종하는 대로 살아가기 시작한다. 하지만 시간이 흘러 자신의 크기가 커지고 부모의 영향에서 벗어나게 되면, 엄청난 분노와 후회가 터져 나오기 시작할 것이다.

"모든 게 날 위해서라고? 결국은 본인들이 해내지 못한 열등감을 나한테 쏟아부은 거밖에 없으면서, 지금 무슨 말을 하는 거야?"

"본인들 인생도 제대로 살지 못하면서 누가 누구한테 이래라저래라 하는 거야. 이젠 지긋지긋해."

"날 도대체 어떻게 키웠는데? 늘 본인들이 원하는 대로 나를 좌지우지하면서 이렇게 바보같이 만들어 놓고, 도대체 나에게 뭘 더 바라는 거야?"

"내 인생인데 한 번도 내가 하고 싶은 대로 하지 못하고 답답하게 살아왔어. 언제까지 내가 부모의 하소연과 강요에 휘둘리면서 살아가야 해?"

순수하게 자식을 인간으로서 존중하고 사랑해서 무언가를 해준다면, 부모의 눈물 나는 희생이 없어도 분명히 부모-자식 간의 관계는 사랑스럽고 즐거운 분위기가 넘쳐날 것이다. 트러블이 생기고 상처를 받으며 평생을 서로 증오하는 관계가 된다면 상대방에게 과한 기대와 끝없는 요구가 큰 부담이 되었을 것이고, 결국에는 자식에게 준 것은 부담감과 상처인 것이기에 자신도 그것을 되돌려 받는 것이다. 이렇게 마음의 세상은 정확하게 움직인다. 이 우주는 아주 정확하게 균형을 맞추며 유지해 간다.

자식들이 부모의 문제로 가장 힘들어하는 경우는, 부모가 '인격 장애'를 가지고 있으나 그것을 전혀 알아차리지 못하고 살아가는 경우이다.

늘 과도하게 자기중심적인 부모의 요구를 맞춰 주지 못해 힘거운 현실과 무거운 죄책감 속에서 허덕이며 살아가고 있는 경우가 많다. 어릴 때부터 습관적으로 학습되어 온 관계구도이기에 자식들은 시간이 한참 지나고 성인이 된 후에야, 여러 정보를 통해 부모의 '인격 장애'를 짐작할 뿐이다.

그나마 이런 경우도 소수에 속할 뿐, 다수의 자식들은 자신의 부모가 절대 '인격 장애'를 가지고 있을 것이라고는 상상도 하지 못한 채 평생을 고통 속에서 살아가고 있다. 특히 우리나라는 부모에 대한 효도를 과도하게 중요시 여기는 분위기가 있다 보니, 부모가 뭔가 이상한 것 같아도 밖으로 말하지 못하고 혼자서 평생을 끙끙 앓고 있는 자식들이 넘쳐난다. 자신의 부모에 대한 안 좋은 내용들을 입 밖으로 꺼내는 것만으로도 패륜의 취급을 받기가 일쑤이기 때문이다.

세부적으로 다양한 '인격 장애'가 있지만, 대부분의 인격 장애를 가지고 있는 부모들의 특징이 있다.

첫 번째, 이들은 대부분이 어릴 때 자신의 부모로부터 사랑과 관심을 받지 못하고 아주 불행한 어린 시절을 보냈다.

자신의 감정표현에 익숙하지 못해 어릴 때부터 자신의 열등감, 분노, 수치심, 질투, 공격성 등을 무의식의 아주 깊은 곳에 켜켜이 쌓아 두면서 살아왔다. 이들은 자신의 무의식 속에 이러한 부정적인 감정들이 터질 만큼 쌓여 있다는 것을 알지 못한 채, 자신에게 올라오는 이 감정들을 상대방에게 뒤집어씌우며 해소한다.

이들이 하는 말들은 주로 상대방이나 세상에 대한 비난과 험담이 대부분이다. 늘 자신의 기준으로 모든 것을 판단하면서, 자신의 잘못은 없고 늘 남의 탓만 하거나 자신은 운이 없는 피해자일 뿐이라고 생각한다. 다른 사람들에게 자신의 부정적인 감정을 뒤집어씌우는 것을 넘어서 자식에게도 부정적인 감정을 뒤집어씌우며 비난을 해댈 때가 많다. 어릴 때부터 이 역할극에 익숙해진 자식들은 원인이 무엇인지도 모른 채, 부모를 만족시키지 못하고 기분을 상하게 만들어 분노하게 만든 자신에게 열등감을 느끼며 죄책감을 지니고 살아가게 된다.

양극은 항상 통한다. 비난과 공격과는 반대로 불쌍한 역할로 늘 하소연을 하는 부모가 있다. 이들은 공격 대신 동정심을 자극하며, 자식을 자신의 부모로 투사해서 평생 의존을 한다. 어릴 때 자신의 부모로부터 받지 못한 관심과 보호를 자식에게서 대신 채우려 하는 것이다. 역시 그 자식들은 자신들도 부모의 관심과 보호를 받지 못하고 컸지만, 지속되는 부모의 하소연과 부탁을 거절하지 못하고 그 요구를 들어주기 위해 평생을 붙잡혀 살아간다.

두 번째, 자식의 성공으로 자신의 끝없는 열등감과 수치심의 늪에서

착하게 사는 게 뭐가 그리 중요하노?

빠져나오려 하며 자신의 인생을 보상 받으려 한다. 또한 자신의 인생의 책임을 자식에게 전가시키면서 평생 자식을 조종하며 마음대로 휘두른다.

이들은 자신의 인생은 실패했다고 여기고 있으나 절대 인정하지 않으려고 회피한다. 늘 자식들에게 자신이 이 모양으로 사는 것은 너희들을 키우기 위해서였으며, 따라서 네가 잘 되어서 자신의 인생을 보상해 줘야 한다고 가르친다. 이들은 자식이 어떤 마음과 감정을 가지고 있는지는 관심조차 없다. 자식이 어떤 어려운 상황에 처해 있는지도 신경을 쓰지 않는다. 아니, 알더라도 자신과는 상관없는 남의 사정이고 자식은 자신이 요구한 것만 만족스럽게 채워주면 그만이라고 생각한다. 평생 자식을 착취하면서 살아가지만 그것은 부모가 자식을 위해 희생한 대가라고 여기며 당연하게 생각한다.

자식의 형편과는 상관없이 다른 집 자식들이 부모에게 얼마나 잘하는지만 비교하면서, 그만큼 해 주지 못하는 자식을 의도적으로 비난하며 조종한다. 심한 경우에는 여러 자식들에게 서로를 계속 비교하며 교묘하게 조종해 가면서 자식들을 마음대로 휘두르려고 하는 경우가 많다. 이렇게 되면 결국은, 자식들끼리도 평생 동안 우애를 망가뜨려놓는 결과를 가져오게 된다. 결국에는 자식들이 완전 녹초가 되어 나가떨어질 때까지 이 엄청난 조종과 통제의 올가미에서 벗어나기는 힘들 것이다.

이렇게 다양하고 수많은 부모와의 문제에서 벗어나서 자식의 인생을 살아가기 위해서는 어떻게 해야 하는 것일까?

첫째, 자신의 부모를 주관적인 관점에서 벗어나서 객관적인 관점으로 명확하게 다시 관찰하는 것이다.

자식들은 늘 우리를 위해서 희생한 부모라는 그 관념에 매여서 늘 모든 것을 자신의 잘못으로 가져오는 실수를 범하고 있다. 자신이 부모님을 떠올릴 때 가슴이 답답하고 뭔가 불편한 마음이 계속 올라온다면, 자신의 잘못이라고 지나쳐버리지 말고 부모의 말과 행동을 객관적으로 관찰하는 것이 필요하다. 이런 답답하고 불편한 마음이 평생 동안 쌓이다 보면 자신의 인생까지 제대로 살아가지 못하게 된다. 그 불편한 마음이 부모가 아닌 다른 곳에서 다른 사람들에게 무의식적으로 터져 나오며 표출시키게 되기 때문이다.

억눌러진 부정적인 감정은 없어지지 않고 늘 더 강하게 살아남아 우리의 삶을 갉아먹는다. 자신의 불편한 감정의 원인을 찾아내서 현실의 상황을 바로 볼 수 있을 때, 문제의 실마리를 찾을 수 있게 된다.

둘째, 부모가 불분명하게 말하고 행동할 때는 명확하게 구분을 지어 확실한 경계선을 만든다.

이들의 특징은 항상 모호하게 여지를 남겨두면서 자신의 마음대로 휘두르다가, 뜻대로 되지 않으면 상대에게 비난을 퍼부어 대며 자신은 그 책임에서 빠져나간다. 고도로 숙련되고 철저하게 이루어지기에 잘 관찰하지 않으면, 자식은 늘 잘못을 뒤집어쓰며 뒤처리를 수습하느라 돈과 시간을 다 써버리게 된다. 늘 부모의 잘못된 뒤처리를 수습하면서 자신의 에너지를 다 써버린다면, 본인의 인생에 쓸 에너지는 어떻게 확보할 것인가?

셋째, 부모의 하소연과 눈물 어린 호소에 굴복하지 말고 냉정을 되찾아 현실을 직시한다.

대부분의 부모가 자식에게 자신의 요구가 거절될 때 가장 많이 쓰는 방법이다. 어릴 때 얼마나 착한 자식이었고 부모가 어떤 고생을 해가면서 키웠으며, 자신이 자식을 위해 얼마나 애쓰면서 살아가는지를 눈물로 호소한다. 또한 주변 사람들에게 이용당하며 얼마나 힘들게 살고 있는지, 얼마나 외롭고 쓸쓸한지, 얼마나 도움이 필요한지 하소연하며 자식을 움켜쥐려 갖은 애를 쓴다.

이렇게 교묘하게 진행되는 깊은 늪에서 빠져나오지 못한다면, 평생을 부모가 마음대로 평가절하한 자식의 평가를 자신의 본모습으로 인식하며 열등감과 수치심 속에서 살아가게 된다.

부모에게 불효자가 되어야 한다는 것이 아니라, 왜곡된 관점에서 빠져나와서 있는 그대로 현실을 바로 보는 안목을 키워야 한다는 것이다. 수많은 자식들이 제대로 표현하지도 못하고 부모의 잘못된 관념과 통제 속에서 평생을 힘겨워하며 신음하고 있다. 부모들은 자신의 필요에 따라 자신의 욕심을 자식에게 주면서 그것을 전혀 알아차리지 못한다. 그 모습을 보지 못하고 자신이 늘 자식한테 '사랑을 준다'라고, 큰 착각을 하며 꿈속에서 살고 있다.

자신이 부모를 대할 때마다 마음이 불편하고 고통스럽다면 이제는 부모와 거리를 두면서 분리해 나와야 한다. 평생 자신을 옥죄고 있는 그 괴로움의 실체가 무엇인지, 차분하게 자신에게 집중할 시간이 필요하다.

부모로부터 받아 왔던 수많은 상처를 가진 자식이라면 자신의 상처부터 치유할 수 있어야 한다. 충분한 시간을 가지고 자신의 상처를 보듬어주고 치유하기 시작할 때, 비로소 부모에 대한 원망도 풀리면서 부모를 진정으로 받아들일 수 있게 된다. 그렇지 않다면 늘 겉도는 표면적인 관계만 지속될 뿐, 진정한 속 깊은 부모-자식과의 관계는 이루어질 수 없다.

지금 부모가 처해있는 상황은 내가 불효를 저질러서가 아니라 부모 자신의 선택의 결과이다. 자식이 부모의 인생의 짐까지 평생 대신해서 짊어지고 갈 수는 없는 것이다. 내가 나의 능력 내에서, 내가 감당할 수 있는 범위 내에서 부모를 챙기고 배려하면 된다. 자식인 우리도 자신의 인생을 집중해서 잘 살아낼 필요가 있기 때문이다.

내가 부모의 힘겨운 울타리에서 벗어나서 독립적이고 자유로운 삶을 살아갈 수 있을 때, 비로소 진정하게 다른 영역으로 넓혀가며 참다운 나만의 인생을 살아갈 수 있게 된다. 우리가 우리의 인생을 성장시키며 잘 살아낼 때, 우리의 자식들도 그들의 인생을 잘 살아낼 수 있을 것이다.

우리는 모두 자신의 삶을 살아가며 성장해 나가기 위해 태어나서 살아가고 있다.

우리에게 주입된 과거의 왜곡되고 낡은 관념들은 다 벗어던지고, 새롭게 재인식하며 앞으로 우리의 인생을 변화시켜 나가도록 하자.

착하게 사는 게 뭐가 그리 중요하노?

# 5
## 나는 주변 사람들에게 어떤 충고를 하고 있나요?

**오늘, 내가 그들에게 했던 충고는 무슨 내용이었나?**

가까운 사이일수록 자신의 고민을 털어놓기도 하고, 또 상대의 모습들을 지켜보면서 상대를 위하는 마음에 진심 어린 충고들을 해주기도 한다. 이 진심 어린 충고들은 특히나 부모-자식 간, 부부간, 가족일수록 더 깊고 더 진솔하게 나타난다.

우리는 가족들이나 친구들이 잘 살아가라는 마음에서 이런저런 충고들을 해 준다고 생각하지만, 사실은 깊이 들여다보면 그 모든 말들은 전부 우리가 자신한테 해당되는 말들을 하는 것이다. 우리는 인식하지 못하지만, 무의식적으로 상대에게서 나의 가장 좋아하는 모습을 보거나, 나의 가장 싫어하는 모습을 보게 된다.

내가 부모를 좋게 느낀다면 부모의 좋은 모습 속에 나의 좋은 모습이 있는 것이고, 부모를 안 좋게 느낀다면 부모의 안 좋은 모습 속에 나의 안 좋은 모습이 있는 것이다.

자식도 마찬가지다. 내가 자식을 좋게 느낀다면 자식의 모습이 좋아하는 나의 모습을 닮았고, 안 좋게 느낀다면 자식의 모습이 싫어하는 나의 모습을 닮았기 때문이다. 이렇게 영역을 점차 늘여 가다 보면 가까운 가족부터 세계의 유명인들까지 내가 보고 평가하는 모든 모습들 속에서, 나의 모습을 나도 모르게 보고 느끼고 있다는 것을 알게 된다.

현재 자신에게 스스로 만족하면서 사는 사람은 자신에 대해 고쳐야 할 부분이 적게 보일 것이다. 따라서 이 사람은 다른 사람들에게도 충고할 내용들이 많지 않을 것이다. 현재 자신에게 불만족스럽고 자신이 부족하다고 생각하는 사람은, 자신에 대해 많은 부분이 양에 차지 않을 것이고 고쳐야 할 부분도 많이 보일 것이다. 따라서 이 사람은 다른 사람들에게도 충고할 내용들이 넘쳐날 것이다.

자, 우리가 객관적으로 한번 생각해 보자.

우리 가족이나 주변 사람들을 떠올려 보자. 만족하며 행복감을 느끼면서 사는 사람이 다른 사람에게 조언이나 충고를 많이 하는가? 아니면 자신의 삶에 늘 투덜거리면서 불만이 많은 사람이, 다른 사람에게 조언이나 충고를 많이 하는가?

자신의 생활에 만족감을 느끼는 사람들은 우주가 새롭게 보내주는 에너지를 잘 받아서 자신에게 집중해서 사용한다. 자신이 집중하고 있는 일과 흥미, 챙겨야 할 사람들에게만 에너지를 쏟아 부으니 당연히 하루하루를 알차게 살아 나가는 것이다.

자신의 삶에 불만이 많은 사람들은 우주가 매일 아침 새롭게 보내주는 에너지를 잘 받지 못한다. 가슴 안에 불필요한 감정의 찌꺼기들이 많이 채워져 있다 보니 우주의 에너지가 들어갈 공간이 많이 없는 것이다. 안 그래도 적게 받는 에너지를 이들은 그것마저도 자신에게 오롯이 쓰지 못

착하게 사는 게 뭐가 그리 중요하노?

하는 경우가 대부분이다. 정작 자기의 할 일에 집중하지 못하고 다른 사람들에게 집중해서 이런저런 간섭과 평가를 하기 바쁘다.

자신이 변화하겠다는 의지보다 남들을 자신의 스타일로 변화시키겠다는 의지가 강해서, 에너지의 대부분을 그런데다가 쓸데없이 낭비해 버린다. 하루를 마치고 집으로 돌아오면 별로 한 것도 없는데 몸은 천근만근이고, 쉴 새 없이 울리는 카톡에 또 정신을 팔고 있다. 자신이 집에서 해야 할 일들을 또 미룬 채 단체 카톡에 빠지면 소외된다는 생각에 여기저기 답을 달다 보면, 이미 시간은 한밤중이고 지쳐서 잠이 든다. 그리고 똑같은 하루가 다음날, 그 다음날에도 반복될 것이다.

한 아버지가 있다. 이 아버지는 직장 생활을 시작만 하면 바로 동료들과 트러블이 생기거나 사건사고가 생겨서 늘 안정적인 직장을 갖지 못했으며, 폭력과 음주에 빠져서 지내다가 알코올 중독까지 보여서 병원에 입원과 퇴원을 반복하며 지내고 있다. 그는 병원에서 지낼 때에도 사람들을 볼 때 늘 안 좋은 부분만 찾아서 지적을 했고, 자신과 상관없는 TV에서 나오는 드라마나 연예인들을 봐도 늘 안 좋은 부분만 찾아서 사람들한테 얘기를 하고 다녔다.

자신은 다른 사람들의 잘못된 부분을 알려 주는 역할을 한다고 자신 있게 말했다. 자신은 늘 옳고 솔직한 성격이라 다른 사람의 변화를 위해서 고칠 건 고치도록 도와준다고 생각하고 있다.

그에게는 20대의 아들이 있는데, 이 아들이 자신의 젊었을 때처럼 한곳의 직장을 오래 다니지 못하고 늘 한두 달 채우기도 바쁘게 그만두었다. 늘 술에 취해서 새벽에 들어와서 오후까지 쓰러져 자고 저녁에 또 술을 마시러 나가곤 하는데 이 아들을 보면 속이 뒤집어져서 계속 잔소리를 한다고 했다. 아들은 거의 자신을 외면한다고 했다. 아들 생각만 하면 답답해서 미쳐 버릴 것 같다고 했다.

왜 아들에게 계속 잔소리를 하냐고 하자, 자신은 이렇게 망가졌어도 아들은 잘 되라는 마음에서 잘못을 계속 알려 준다고 했고, 변하지 않는 아들이 너무너무 밉다고 했다. 계속된 대화 속에서 그는 아들의 모습에서 자신의 제일 싫은 부분을 보고 있다는 걸 알아차렸다. 또한 자신의 모든 부분이 싫은 만큼, 세상 사람들이 다 밉고 싫게 보이며 거슬린다고 했다. 그리고 눈앞의 사람들 속에서 자신의 말투, 하는 행동들, 생김새, 옷차림새까지 다 자신의 싫은 모습을 찾아서 보고 있는 것이라고 알아차렸다.

이 아버지가 아들의 변화를 이끌어 내려면 말로만 하는 정답 같은 충고가 아니라, 직접 자신의 변화된 생활 모습을 보여줌으로써 아들이 가슴으로 깨우치도록 하는 것이다. 아들은 정답을 몰라서 저렇게 행동하는 것이 아니다. 정답은 뻔히 알고 있지만 365일 24시간을 수십 년 동안 함께하며, 부모의 모습으로 보고 배운 습관이 베여 들어서 부모와 똑같이 행동하게 되는 것이다. 이렇게 우리의 무의식은 알고 있으나 우리는 전혀 인식하지 못하면서 살아가고 있는 부분들이 많다.

자신이 남에게 입 바른 소리를 자주 하는 편인가? 그렇다면 그 내용들이 주로 무슨 내용인지 떠올려 보자. 특히 어떤 사람들이 싫게 느껴지고 어떤 사람들이 불편한지 조용히 관찰해 보자.

우리는 아주 간단하게 지나쳐 버린다. "저 사람은 왠지 모르게 싫어." 라며 지나쳐 버린 그들의 모습 속에 나의 싫어하는 모습들이 다 들어있는 것이다. 나와 공명하지 않는다면 별다른 느낌이 들지 않을 것이고, 또

착하게 사는 게 뭐가 그리 중요하노?

다른 사람들은 그들에게서 좋은 모습들을 보기도 하기 때문이다.

예를 들어 자신은 가족을 위해 모든 것을 다 포기하고 죽을힘을 다해서 희생하고 있는데, 가족들이 자신을 챙겨 주지도 않고 오히려 싫어한다고 생각하는 A가 있다.

더 깊이 생각해 보면 A의 그 희생하는 마음속에는 누군가 나를 챙겨주고 좋아해 주길 바라는 마음이 있기에, 가족들도 늘 A에게 끝없이 요구하는 것이다. A의 바라고 요구하는 그 마음을 가족들이 그대로 공명하여 거울처럼 비춰 주고 있는 것이다.

가족들의 행동이 A의 무의식 속에 숨어 있던 '상처받은 어린 A'를 자극하여, 챙김 받지 못하고 관심 받지 못한 A가 수면 위로 떠오르게 촉진하는 것이다. A는 이 사실을 알아채고 자신의 과도한 희생을 멈추고 자신을 먼저 챙기고 가볍고 즐거운 마음으로 가족들을 대해야 한다. 그렇게 될 때 자신의 희생을 알아주길 바라는 욕심이 없기에 그 마음에 공명되어 가족들도 반갑게 대해 줄 것이다.

우리는 상대방이 얘기를 하면 상대방이 말하는 것을 그대로 듣는다고 생각하지만, 사실은 상대방이 말하는 것을 나의 귀를 통해 들으면서 다시 내 스타일로 나의 수준에서 번역을 한다. 우리가 그것을 알아차리지 못할 뿐, 상대방이 말하는 내용을 들으면서 나 자신을 그 상대방에게 투영시켜서 바라보는 것이다.

눈으로 직접 보이는 것은 상대방이지만 나의 무의식에서 보고 있는 것은 '상대방의 탈을 쓴 나 자신'인 것이다. 그러기에 상대방에게 적절한 조언을 해 준다고 생각하지만 그 상대방에게 투영된 자기 자신에게 조언을 해 주는 것이 되는 것이다.

결국 우리는 우리 자신이 도달한 주파수(의식 수준)에서만 생각하고 말할 수 있다. 답답한 결혼 생활이 싫어서 이혼을 생각하고 있는 사람이라면, 주변에서 이러한 고민을 듣게 되면 이혼을 고려해 보라고 충고해 줄 것이다. 새벽 명상을 하며 채식의 중요성을 가치로 삼고 있다면, 주변에 육식을 끊고 새벽 명상과 채식을 해 보라고 충고해 줄 것이다. 시부모님을 모시고 온갖 스트레스를 받고 살아온 며느리라면, 주변에 결혼하면 절대 시부모님과 함께 살지 말라고 충고를 해 줄 것이다.

이제 우리는 누군가 나에게 충고를 해 준다면, 그건 그 사람의 기준에서 정한 그 사람의 가치관이라는 것을 알고 있어야 한다. 그 사람의 성격이나 환경에 맞는 방식을 여과 없이 그대로 자신에게 대입시키다 보면 안 맞는 퍼즐 조각을 억지로 끼워 넣으려고 애쓰는 것이 되기 쉽다.

이럴 때 제일 필요한 것은 자신이 어떤 성향을 지니고 있으며, 어떤 가치를 중요시 여기고 있는지 자신에 대해 잘 알고 있어야 한다. 늘 바깥으로만 눈을 돌리고 사는 사람은, 다른 사람의 근황에 신경을 쓰고 다른 사람이 사는 것과 자신을 비교하느라 온통 에너지를 다 써 버린다. 자신에 대해 잘 알지 못하고 중심이 잡혀있지 않으니, 늘 다른 사람들 말에 휘둘리며 왔다갔다 헤매면서 자신의 에너지를 낭비해 버리는 것이다.

"나는, 나를 정말 모르겠어요. 내가 어떤 사람인지 모르겠어요…."라고 말하는 사람들은, 정작 자신을 깊이 성찰해 보아야 한다. 노력을 하는데도 자신을 모르는 것이 아니라 자신의 내면에 가득한 두려움, 불안, 열등감, 수치심, 질투 등을 직면할 용기가 없는 것이다.

자신 안에서 꿈틀거리고 있는 이 어두운 감정들을 회피하기 위해서 자꾸 바깥으로 시선을 돌리고, 다른 사람들이 자신의 내면을 알아볼까봐 자꾸 다른 사람들의 눈치를 보고 있는 것이다. 이것을 자신에게 아주 좋

착하게 사는 게 뭐가 그리 중요하노?

은 이미지로 포장한다. "나는 이타적인 사람이라서 늘 다른 사람을 도와주려 하고, 힘든 사람이 있지는 않은지 주변을 잘 챙겨요." 정말, 자신이 그렇게 이타적인 사람인 것일까?

다른 사람을 위해서 적절한 충고를 해 줄 수 있기 위해서는 자신이 직접 실제 생활을 잘 살아 내고 있어야 한다. 이 세상에 수많은 자기계발서와 동기부여 강사들이 넘쳐나고 있지만, 이 세상이 변하지 않는 이유는 그들이 말에 에너지(기운)가 없기 때문이다. 머리의 지식만으로 전달을 하게 되면 상대방도 딱 그만큼만 머리의 지식으로 받게 된다.

자신이 직접 인생을 잘 살아내고 많은 경험과 깨달음을 얻어 지혜를 채우게 되면, 본인이 하는 말에 에너지(기운)가 실려서 전달이 된다. 가슴의 지혜로 전달을 하게 되면 상대방의 가슴으로 전달이 되어, 무의식에서 반응을 일으키며 변화를 가져오게 된다.

"나는 지식의 전달자가 되고 싶은가? 아니면, 지혜의 전달자가 되고 싶은가?"

본인의 경험에서 우러나오는 삶의 지혜로 자신이 만나는 사람의 가슴을 일깨울 수 있다면, 그보다 더한 축복은 없을 것이다.

# 6
## 열정적이고 적극적인 내 모습 뒤에, 감춰진 것은?

**나의 무의식은, 지나온 모든 것을 온전히 알고 있다**

성공 지향적인 삶을 내세우는 지금의 시대에는, "열정적이고 적극적으로 삶을 쟁취하라"라는 메시지가 넘쳐나고 있다. 이 메시지들이 분명 우리에게 전하고자 하는 의미는 "자신의 인생에 책임을 가지고 최선을 다하라"는 것이라 생각된다.

여기저기에서 열정을 강조하다 보니 자신의 삶에서 열정이 느껴지지 않으면, 뭔가 잘못되어 가고 있는 것이 아닌가하는 의구심이 올라오기도 한다. 그리고 어떤 조직에서나 어떤 그룹 내에서 유난히 열정적으로 행동하는 사람이 있으면 그 사람을 칭송하며 추켜세우기도 한다.

과연, 이 '열정적이고 적극적으로 사는 삶'에 대한 기준을 어느 정도로 잡아야 하는 것일까?

A는 정말 활동적이고 에너지가 넘쳐난다. 자신이 이루어 내고자 하는 일이나 자신과 함께하는 주변 사람들에게 정말 열정적이다.

착하게 사는 게 뭐가 그리 중요하노?

A는 이것이 자신의 가장 큰 장점이라고 자부하며 살아왔다. 자연의 이치는, 양쪽의 극단이 늘 균형 있게 서로 통하는 법이다. 언젠가부터 평소와는 점점 다르게 무기력함이 반복되는 것을 감지한 A는 정보를 찾다가 상담을 받기 시작하였다. 상담을 받게 되면서 전혀 예상하지 못한 사실을 발견하게 되었고, A는 자신의 모습을 다시 바라보게 되었다.

날마다 "열심히 살아야 한다"라고 다짐하면서 살아왔는데, 자신이 과도하게 에너지를 쓰면서 힘들어하는 자신의 모습을 외면해왔다는 사실을 알았다. 계속적으로 과도하게 에너지를 쓰다 보니 자신도 통제를 못할 정도로 무기력해지고, 또 그 무기력을 이겨 내기 위해 다시 과도하게 에너지를 끌어다 쓰는 것이 반복되었던 것이다.

또한 A는 자신의 이 과도한 열정만큼이나 크나큰 분노가, 자신의 마음 속 깊은 곳에 자리 잡고 있음을 알았다. A는 내면으로는 이 분노를 석탄으로 쓰면서 표면적으로는 그렇게 활활 불사르는 열정으로 살아왔던 것이다. 자신도 의식하지 못하는 사이에 그 억압된 분노를 교묘하게 포장지로 위장해서, A가 정말로 적극적이고 진취적인 듯 긍정적인 가면(이미지)으로 살았고 나중에는 그것을 아예 진실이라고 믿으며 살아왔다.

이런 지나치게 강한 열정은 A의 강한 에고(현재의 나)에서 나왔다. 자신이 제일 옳다고 얼마나 기를 쓰며 세상에 버티고 살았는지를, 그 과도한 열정이 말해 준다. 처음에는 완강하게 부인하고 싶었지만 A는 서서히 자신의 본모습을 받아들일 수밖에 없었다. 밖으로 표현은 하지 않았지만 속으로는 자신만큼 열정도 없는 사람은 '나약하고, 게으르고, 멍청하다고' 비난하고 무시하면서 그렇게 살아왔다.

시간이 더 흐르면서 A는 남을 비난하는 자신의 이 모습이 싫어하는 엄마의 그 모습과 겹쳐진다는 것을 깨달았다. 한 번도 상상조차 해 보지 못한 이 진실을 왜 지금에서야 깨닫게 되었을까? 이렇게 강하게 버티고 비난하는 에고(현재의 나) 때문에 A의 삶이 그렇게 힘들었던 것이다. 매 순간 모든 일과 사람들에게 기를 쓰고 애쓰면서 살았기에 자신의 짊어진 짐이 자꾸만 커져 갔던 것이다.

"당신들은 어리석고 게을러서 못해. 이건 내가 다 처리해야 해.", "내가 다 해야 해. 나는 다 옳아. 나는 잘났어…."

이것이 모든 일과 모든 사람들을 챙기면서도 자신은 늘 힘들게만 살아야 하는 환경이었다며, 피해자임을 호소하는 A 자신의 솔직한 모습이었다.

어릴 때부터 항상 A의 등 뒤에는 엄마의 매서운 눈초리가 따라다녔다. 다른 사람들을 비난하고 무시하던 그 눈으로 엄마는 A를 계속 채근하고 게으르다며 쉴 틈이 없게 만들었다. 집에서 가만히 누워있거나 낮잠이라도 자는 모습을 보면, A의 엄마는 시간 낭비한다며 계속 비난을 했다. 시간을 쪼개어가며 열심히 살지 않으면, 실패하고 피해만 주는 인생이 될 거라고 늘 폭언과 잔소리를 했다.

이것이 지금까지 지속되면서 A가 성인이 되어 독립을 한 상태에서도, 엄마의 목소리는 늘 A의 머리에서 끊어지지 않고 있는 것이다. 이제는 A 자신이 자신도 모르는 사이에, 이 세상을 '엄마의 눈'으로 보고 살게 되었던 것이다.

왜 이것을 몰랐을까? 아니, A의 '무의식'은 누구보다 자신을 잘 알고 있었다. 다만, 인정하기 싫어서 자꾸 바쁘게 움직이며 다른 사람들에게 집중하고 오지랖을 부리면서 도망 다녔을 뿐….

A의 내면 깊은 곳에 억눌린 분노와 열등감이 그것을 감추기 위해 열정으로 위장해서 나온 것이다. 그리고 삶에 대한 불안과 두려움이 늘 쉬지

착하게 사는 게 뭐가 그리 중요하노?

못하고, 무엇이라도 계속하게끔 A를 채근하고 못살게 굴었다. 그렇게 늘 열정적이고 적극적이라는 포장 밑에는 이러한 억눌린 쓰레기가 썩어 가고 있었다. A는 자신을 얼마나 왜곡하면서 그렇게 애쓰며 살아온 것일까?

이제는 A에게도 새로운 용기가 생겼다. 자신을 들여다보고 솔직하게 인정할 수 있는 용기, 그리고 자신의 부족한 부분도 세상에 내보일 수 있는 용기가 생겼다. 그리고 매 순간 무의식 깊숙한 곳에서 늘 따라다니던 엄마의 그 매서운 눈초리도 조금씩 끊어나갔다. 건강한 삶은 노력할 때는 열정을 가지고 노력을 하고, 여유를 누릴 때는 마음 편안하게 여유를 누리는 것이라는 걸 받아들였으며 하나씩 실천해 나갔다.

겉모습만 보고 살았던 자신의 모습을 알아차리고 이 모습이 내면의 깊은 곳의 반대 성향으로 표현된 것이라는 걸 받아들이게 되었다. 자신이 끊임없이 바쁘게 살지 않아도 그 누군가들처럼 삶의 그 여유로움을 누릴 수 있는 '가치 있는 사람'이라는 것을 알아차리게 되었다.


이제는 부모, 가족, 선생, 친구, 사회가 나에게 주입시킨 쓰레기 같은 '나'에 대한 평가는 다 태워 버리고 날려 버리자.

나는 그들이 그렇게 평가하는 그런 사람이 아니다. 그들이 말하는 그런 성격의, 그런 능력의, 그 잣대로 비교된 그 사람이 아니다. 이제껏 그 평가의 진흙탕 속에 휩쓸려 들어가서 그 헛된 이미지에 맞춰서 삶을 낭비하며 허우적거리고 살아왔다. 그들은 나를 성장시켜 줬지만, 늘 먹을 것(지식)을 주고 보호해 줬지만, 안전이라는 이유로 나의 목에 밧줄을 묶어 놓았다. 이제 힘이 생겼으니 그 밧줄을 확실하게 끊어 내고 자신만의 하늘로 날아가야 한다.

언제까지 안전을 핑계로 무기력하고 지루하게 밧줄에 묶여 살아갈 수는 없다. 불행해질 거라며 나를 날아오르지 못하게 설교하는 내 주변의 그들에게 확실하게 말해 주자.

"너나 잘하세요. 나한테 더 이상 떠맡기지 마. 그건 다 너의 불안이고, 두려움이고, 열등감이야…."

"네 몫이야, 나한테 뒤집어씌우지 말라고. 나에게 할 수 없다는 말은 하지 마…."

이렇게 자신의 숨겨졌던 어두운 모습을 정리하고 살아가다 보면, 자신도 모르는 사이에 예전의 자기 모습은 다 허물어져 없어지고 새롭게 변화된 자신이 존재하고 있음을 볼 것이다.

자신이 깨닫고 살게 된다면 무조건 열정적이고 적극적으로 사는 사람들을 칭송하지도 않을 것이고, 여유 있고 느리게 사는 사람들을 판단하지도 않을 것이다. 각자의 삶의 흐름에 따라 열정과 여유를 골고루 반영하며 살아간다는 것을 이해하게 될 것이다. 그리고 그 선택의 자유도 각자의 삶의 모습에 따라 다르다는 것을 알아가게 될 것이다. 기존의 굳은 관념, 낡은 가치관, 낡은 전통에 세뇌되어 움츠리고 살았던 자신은 점점 사라질 것이다.

이렇게 자신의 내면을 알아차리고 정화할수록 자신의 주파수는 높아지고 가벼워진다. 자신의 내면의 주파수가 맑고 가벼워질수록 실제 현실에서의 삶도 가볍고 산뜻해진다.

마음공부의 과정은, 있는 그대로의 자신의 모습을 하나씩 가슴으로 깨우치며 알아가는 것이다. 그리고 그 순간, 자신이 반복하던 낡은 패턴에서 벗어나서 새롭게 생각하고 행동하며 변화를 만들어 가게 된다.

# 7
## '부부 갈등 1' – 나와 반대 성향의 배우자를 선택한다

**왜 배우자들은 '결혼 전'과 '결혼 후'의 모습이 달라지는 것일까요?**

개인의 발달 단계에 따라 적당한 시기가 되면, 자연스럽게 자신이 사랑을 느끼는 특정한 존재를 만나게 된다. 그리고 사랑에 빠지기 시작하면 일정기간 동안 이 세상은 자신이 알고 있던 세상과는 전혀 다른 판타지의 세상이 된다. 그 특정한 존재는 날이 갈수록 반짝거리게 되고, 그 존재를 둘러싼 주변 사람들도 언제나 봐 왔던 것처럼 모두 친밀하게 느껴지며 애정이 생기게 된다.

만약 그나 그녀가 구겨진 옷을 입고 나왔다면, 안타까운 마음에 자신이 직접 빳빳하게 날이 서도록 다림질을 해주고 싶을지도 모를 일이다. 그나 그녀가 음식을 타박한다면, 섬세한 성격에 귀하게 자라서 그럴 거라고 자신도 더 귀하게 대접해 주리라 결심을 하게 될지도 모른다. 까칠한 성격을 가진 상대라면, 자신이 결혼을 해서 부드럽게 바꿔 주겠노라 결심을 할 수도 있다. 술을 잘 마신다면 저녁마다 맛있는 안주를 준비하고, 다음 날 아침이면 시원한 해장국을 끓여 주겠다고 결심을 할 수도 있다.

이렇게 무지갯빛 환상 속에서 결혼을 하게 되나, 그다음 일상으로 돌아오는 생활이 어떨지 우리는 직접 경험과 수많은 간접경험을 통해 익히 알고 있는 바이다.

그렇다면 왜 결혼 전의 환상이 결혼 후에는 지속되지 않는 것일까? 또한 우리의 배우자는 그 사랑스러운 존재에서 왜 결혼만 하고 나면 고개를 젓게 되는 존재로 탈바꿈을 하는 것일까? 그 궁금증을 풀기 위해 수많은 정보를 찾고 부부에 관한 책들을 읽어보지만, 늘 정해진 답이 대부분임을 경험했을 것이다.

"경청과 공감을 하세요. 자신의 주장만 내세우지 말고 상대의 입장에서 생각하세요. 작은 일이라고 생각되는 일도 함께 대화를 하면서 결정하세요." 이런 방법을 몰라서 안 하는 것이 아니라 큰 맘 먹고 이런 방법을 시도해 보지만, 결국은 다시 말싸움으로 끝나버린 경험들이 다들 몇 번씩은 있을 것이다.


이제, 마음의 세상에서 보는 색다른 관점의 부부의 관계를 설명해 보려 한다. 부부간의 상황에 따라 여러 가지 복잡하고 다양한 원인이 있겠지만, 두 가지의 예를 들어 설명하려고 한다.

이 세상은 양 극단이 균형을 이루며 유지되고 있다. "음과 양, 하늘과 땅, 해와 달, 여름과 겨울, 기쁨과 슬픔, 태어남과 죽음…"으로 균형을 이루게 된다.

"남과 여" 또한 양 극단으로 존재한다. 온전한 인간의 완성은 한 인간의 내면에 있는, 여성(음)과 남성(양)이 합일을 이루는 것이다.

인간은 이미 자신의 내면에 여성과 남성(음과 양)이 같이 존재하고 있는, 완성된 존재(합일)로 태어난다. 이것이 사회적인 교육으로 인해 오감으로 인식되는 육체적인 성(여자, 남자)으로 나뉘게 되면서, 그에 따른 정체성까지 세뇌 받게 되는 것이다.

남자로 태어났으면 사회적으로 규정된 남성의 역할을 주입받고, 여자로 태어났으면 여성의 역할을 주입 받게 되면서, 자신은 '한쪽의 성'만 가지고 있는 존재라고 믿고 살아가게 되는 것이다. 결국 내면에 이미 양쪽의 성을 가진 채로 완전하게 태어났으나, 사회적인 교육을 받으면서 자신은 한쪽만 있는 불완전한 존재라고 여기게 되는 것이다.

"사람은 중년이 넘어가면서 철이 들고 새롭게 변한다"라는 옛 말을 누구나 한 번쯤은 들어 보았을 것이다. 이 말의 깊은 뜻은 젊어서 활발하게 육체의 성에 대한 역할을 다 채워 가게 되면서, 중년으로 넘어오면 무의식 속에 '숨어 있던 반대의 성'이 모습을 드러내게 된다.

중년 이후에는 육체의 성보다는 '숨어 있던 반대의 성'이 더 두각을 나타내게 되면서, 나이가 들어가면 자신 안의 여성과 남성을 다 찾아 가게 되는 것이다.

남자라면 그 내면에 존재하며 숨어 있던 여성성이 표현되기 시작할 것이고, 여자라면 그 내면에 존재하며 숨어 있던 남성성이 표현되기 시작할 것이다. 중년이 넘어가면서 젊어서 밖으로만 나돌던 남편은 집으로 들어오기 시작하지만, 그동안 애들 키우고 살림만 하던 아내는 사회적 모임이 늘어 가면서 밖으로 나가게 되는 상황을 떠올리면 이해가 쉬울 것이다.

남편과 아내들은 '숨어 있던 반대의 성'의 역할을 채우기 위해서 이렇게 변해 가고 있는 것이다. 이것은 자연의 오묘한 섭리이므로 서로의 배우자에게 간섭과 잔소리를 해봤자 별 소용이 없음을 알고 그냥 인정해주는 것이 필요하다.

이렇게 여성과 남성이 자신의 내면에 다 존재함을 알게 되는 '참나'의 완성을 이루기 전까지는, 우리는 자신이 잃어버렸다고 여겨지는 반대의 성을 찾아 헤매는 것이다. 자신이 남자라면 여자를, 여자라면 남자를 찾아서 음과 양을 합일시키려고 하게 된다.

자, 이렇게 힘들게 찾아낸 사랑하는 연인들에게 갈등이 왜 찾아오는 것일까?

우리는 무의식적으로 '완성된 존재'로 나아가고자 하는 욕구가 있다. 자신에게서 결핍된 부분들을 찾아서 채우고 싶은 것이다. 그러다 보니 자신도 모르게 이 무의식은 내 안의 결핍된 부분을 가지고 있는 상대를 찾아서 헤매게 된다. 이것이 자신과는 '반대 성향'에게 이끌리는 원인이 된다.

"조용한 사람-활발한 사람, 절약하는 사람-낭비하는 사람, 깔끔한 사람-털털한 사람, 강박적인 사람-산만한 사람, 소극적인 사람-적극적인 사람…"

자신에게는 없는 이러한 면들이 처음에는 아주 신선해 보여 관심을 끌게 되고, 사귀는 동안 잠깐씩 만나게 될 때는 서로 맞추어 주려고 애를 쓰게 된다. 하지만 결혼을 하게 되어 실제적인 삶을 살아가려고 할 때에는 자신의 생활 습관과 맞지 않다 보니, 하루하루가 점점 불편한 마음으로 오게 되는 것이다.

이 세상의 모든 장점과 단점은, 같은 하나이다. 전체적인 하나를 보지 못하고 부분적인 면들을 바라보면서 장점과 단점을 나눠서 판단하게 되는 것이다. 부부모임에서 이런저런 대화를 나누다 보면 신기하게도 공통점을 발견할 수 있을 것이다.

착하게 사는 게 뭐가 그리 중요하노?

"나는 이 사람이 정말 깔끔한 게 좋아서 결혼을 했는데 살면서 보니 어찌나 깐깐한지 너무 피곤해요…, 나는 이 사람이 정말 털털한 게 좋아서 결혼을 했는데 살면서 보니 어찌나 지저분한지 너무 힘들어요…."

이렇게 우주는 우리에게 한 사람을 보내 주었지만 같은 사람을 처음에는 내가 좋게 보고 평가했고, 나중에는 내가 나쁘게 보고 평가했을 뿐이라는 걸 깨우쳐야 한다.

이것은 우주가 자신의 한쪽 극단의 성향을 배우자의 반대 성향과 만나서 맞추어 감으로써, 서로 '중용'의 상태로 완성하라는 의미이다. 이것을 잘 이해하고 받아들여서 배우자의 반대 성향을 서로의 성장을 위해서 잘 사용하게 된다면, 그 부부는 새로운 '제2의 인생'을 찾게 되어 나머지 삶을 함께 즐기게 될 것이다.

자신이 감정을 잘 표현하지 못하는 사람이라면, 감정표현을 잘하는 배우자를 만나서 자신의 부족한 부분을 배워 갈 수 있다. 이것을 잘 풀어 나가면 감정 표현을 잘 못하는 성격을 극복해서, 적절하게 잘 표현하는 사람으로 성장하게 될 것이다. 이와 반대로 감정 표현을 잘하는 배우자도, 분명 자신의 부족했던 부분을 배워 가기 위해서 당신을 선택하게 되었다. 감정 표현을 잘하는 것이 다 좋은 것은 아니라는 것을 배우며, 표현할 때와 표현하지 않을 때를 알게 되면서 성장을 해 나가는 것이다.

적극적이고 활발하며 행동으로 바로 옮기는 사람이라면, 소극적이고 조용한 배우자를 만나게 되어 서로를 조율해 나가게 될 것이다. 적극적이고 활발하며 행동으로 바로 옮기는 사람이라고 할지라도, 마음속 무의식에는 그 반대의 다른 면이 존재하게 된다. 자신에게도 두렵기도 하고 멈칫하는 마음이 있지만, 살아오면서 체득된 습관적인 패턴이 자신을 적극적으로 바로 행동하도록 만드는 것이다. 그러다가 소극적이고 조용한 사람을 보면 무의식적으로 또 다른 면의 자신을 보는 것 같아 이끌리는 것이다. 그것이 의식적으로는 알아챌 수 없기에 "나와는 다른 면들이 신선하고 매력적으로 보여서 선택했다"라고 판단해 버리는 것이다. 이와 반대로 소극적이고 조용한 상대의 무의식에는 적극적이며 바로 행동하고 싶은 숨겨진 반대 성향이 있는 것이다. 그것이 자신과 반대 성향의 사람을 만나게 되면 무의식적으로 그 사람에게 이끌리게 되는 것이다. 이렇게 서로는 인식하지 못하지만 자신의 결핍된 반대의 성향을 만나게 되었을 때, 무의식적으로 묘하게 이끌리게 되며 서로를 알아보게 되는 것이다.

정리정돈을 잘하며 계획적이고 철저한 사람이라면, 그 반대인 질서 없이 제멋대로이며 무계획으로 그때그때 대처하는 사람을 만나게 될 가능성이 많다. 자신의 가치관은 정리정돈을 잘하고 빈틈없이 철저해야 한다는 것이지만 무의식에는 그 반대의 성향이 숨겨져 있기 때문이다. 이것은 세상의 균형을 잡는 우주의 아주 오묘한 조화이다. 극단의 한쪽 면만 발달해서는 균형 있는 조화를 이룰 수 없다. 양쪽 면이 고루 발달해 조화를 이루면서 이 세상을 더 넓게 보고 넓게 품으며 살아가게 되는 것이다.

이렇게 늘 정리정돈에 철저하기만 한 사람은 그 반대 성향의 사람을 만나서, 자신의 틀이 무너지면서 그 성향을 받아들여 제멋대로이고 무계획적인 사람들을 더 넓게 품어주고 이해하며 살아갈 수 있다. 반대로 제멋대로이며 늘 다급하게 대처하면서 살아왔던 그 상대는, 역시 반대 성향을 만나게 되면서 자신의 틀이 무너지고 정리정돈과 계획적인 생활로 안전하고 여유롭게 살아가는 방법을 획득하게 되는 것이다.

이런 식으로 서로의 성장을 위해서 우주는 우리에게 반대 성향의 사람들을 끌어다 준다. 이렇게 결혼을 해서 서로의 배우자로 만난다는 것은, 일생일대의 자신의 '스승'을 만나는 것과 같은 것이다.

만약 서로 맞추지 못하고 헤어지게 된다면 다음번에도 역시 겉모습만 다를 뿐, 여전히 반대 성향을 가진 사람을 선택하게 되어 다시 서로의 성장을 하기 위한 기회를 얻게 된다.

과거의 관계에서 이러한 지혜를 배우게 된 사람이라면 그다음은 더 수월하게 맞춰 갈 것이고, 그 관계에서 피해의식을 가진 사람이라면 그다음도 반복되는 상황에 더욱 극심한 고통을 느끼게 될 것이다. 그리고 이 고통은 상대방의 탓이 아니라, 온전한 자신의 성장(음양의 합일)이 이루어질 때까지 계속 반복되어 나타나게 된다.

이것은 우주가 우리에게 주는 벌이 아니라 정말 소중한 선물인 것이다. 이렇게 무의식 속에 숨겨진 자신의 그림자를 치유하고 자신을 한 단계 더 성장시키기 위해서, 우리는 스승(짝)을 만나게 된다.

그렇다면 지금 어떤 배우자나 연인을 선택해서 만나고 있으며, 나의 어느 부분이 결핍되었고 그 결핍을 나의 짝이 어떤 모습으로 나타내고 있는지를 잘 관찰해 보자. 그리고 나의 성장을 위해 반대 성향인 상대의 어떤 부분을 받아들이고 배워야 할 것이며, 배우자나 연인은 나의 어떤 부분을 성장의 도구로 쓰면 좋을지를 생각해 보자.

반대 성향의 배우자나 연인이 불편하고 괴로워졌다는 것은, 바로 그 불편하고 괴로운 부분을 내가 받아들여서 치유해야 한다는 우주의 신호이다. 상대방의 흠만 찾아내고 탓을 하면서 귀한 인연을 보내 버리기 전에, 수많은 사람 중에 하필이면 왜 이 사람이 나에게 와서 이러한 괴로움을 주는지를 가슴으로 느껴 보자.

처음 시작은 배우자나 연인으로 시작했다가 그다음엔 범위를 넓혀서 내 부모, 자식, 형제, 주변 사람들로 넓혀 가며, 가슴으로 다시 깨닫는 시간을 가지도록 하자.

분명 나에게 오는 모든 인연들은 나의 성장을 위한 인연이며, 그들에게서 내가 받아들여야 할 부분이 있음을 알고 배우게 되면 한 단계 더 높은 지혜로 올라가게 될 것이다.

# 8
## '부부 갈등 2' – 나의 부모와 닮은 배우자를 선택한다

**내 부모와는 전혀 다른 성향의 배우자를 만나고 싶었는데…**

우리의 무의식은 '해결되지 못한' 자신의 문제를 꼭 해결하려고 하는 욕구가 있다. 과거에 억눌린 자신의 상처를 다시 완전하게 치유하고 싶은 것이다. 그러다 보니 자신도 모르게 무의식은 자신의 '상처받은 어린 나'를 해결해 줄, 과거의 그 사람을 찾아서 헤매게 된다.

이것이 대부분 자신의 아버지나 어머니와 비슷한 성향을 가진 사람을, 파트너로 선택하게 만드는 원인이 되는 것이다. 이렇게 자신도 알아채지 못하는 사이에, 무의식적으로 과거의 나에게 상처를 준 사람과 비슷한 상대방에게 자연스럽게 이끌리게 되는 것이다. 우리가 다시 과거로 되돌아 갈 수는 없지만 이렇게 배우자나 의미 있는 사람에게서 자신의 상처를 치유 받을 수 있다면, 무의식에 박혀 나를 고통스럽게 했던 문제들이 해결되면서 풀려나게 된다. 하지만 배우자나 인간관계에서 원만하게 나아가지 못하고 갈등이 지속된다면, 무의식의 상처는 반복해서 자신의 삶에 고통으로 다가오게 된다.

우리의 무의식이 내면의 문제를 해결하는 패턴을, 예를 들어 설명해보자.

첫 번째, 어릴 때부터 아버지가 자주 집을 나가서 어머니와 단 둘이 지내며 버림받은 느낌을 받은 A가 있다.

A에게는 '버림받은 나'가 억압되어 있을 것이고, 무의식은 이 상처를 해결하고 싶을 것이다. 따라서 A의 무의식은 결혼을 하면 자신을 떠나지 않고 평생 자신과 아이들을 지켜줄 만한 남자를 우선순위로 찾아 헤매게 될 것이다. 그러나 A의 에고(현재의 나)는 이런 무의식을 전혀 알아차리지 못하고 살아간다.

A의 에고는, 그동안 무시 받았던 주변에 보란 듯이 보여주고 싶어서 잘나고 멋있는 남자들을 우선순위로 만나면서, 자신과 엄마의 과거를 보상 받고 싶어 한다. 하지만 A의 무의식은 잘나고 멋있는 남자들이 자신에게 구애를 신청해도 이런저런 이유로 거절하게 되고, 자신을 필요로 하는 능력 없고 부족한 배우자를 선택하게 되어 버림받지 않고 자신 옆에 계속 있어줄 사람과 함께 할 가능성이 많다.

이렇게 A는 그 사람의 보호자 역할을 자처하면서 그가 자신을 평생 떠나지 않고 '버림받은 나'의 곁에 있도록 만드는 것이다. 하지만 실제로 현실을 살아가기 위해서는 자신이 모든 것을 감내하고 보살피며 살아야 하니, 시간이 지날수록 점점 힘든 상황으로 빠지게 된다.

또 하나는, A가 정말로 잘나고 멋있는 남자를 선택해서 결혼을 하게 되었다고 하자. 자신이 봐도 잘나고 멋있는 남자는 사회적으로도 인기가 많고 사람들의 관심과 인정도 받고 있다. 이때 자신 옆에 '평생 붙들고 있어야 한다'는 A의 불안감이, 남편에 대한 과도한 집착으로 표현될 수 있다. 살아가면서 부부에게도 적당한 자신만의 공간이 필요한데 A가 사사건건 과도한 집착을 하게 되니, 남편이 그런 A를 회피하게 되면서 계속 바깥으로만 나돌 수가 있는 것이다. 결국 이런 결과를 정말 피하고 싶었지만, A는 어릴 때 자신처럼 '버림받은 나'를 재체험하게 되는 것이다.

두 번째, 어릴 때 아버지가 폭력을 휘둘러서 매를 맞고 자라 온 B가 있다.

B에게는 '매를 맞는 나'가 억압되어 있을 것이고, 무의식은 이 상처를 해결하고 싶을 것이다. (정서적인 폭력도 이와 비슷한 패턴으로 흘러간다.) 따라서 B의 무의식은 아버지처럼 거칠고 공격적인 사람을 만나서, 이번에는 상황을 잘 다스려 사랑을 쟁취하여 '매를 맞는 나'의 상처에서 벗어나려고 할 것이다. 그러나 B의 에고는 이런 무의식을 전혀 알아차리지 못하고 살아간다.

B의 에고는, 절대로 아버지 같은 사람은 만나지 않을 것이라고 결심을 하며 따뜻하고 다정한 사람을 찾게 된다. 하지만 B의 무의식은 아버지와 같은 주파수를 가진 사람을 찾아 헤매면서 과거의 상처를 해결하려고 한다.

B의 남편은 처음에는 따뜻하고 다정한 모습을 보였으나, 결혼 후에는 점점 거칠고 공격적인 모습으로 변해서 B에게 폭력을 휘두를 가능성이 많다. 이것은 B의 남편이 거칠고 공격적이었으나, 처음에 사귈 때는 잠시 그 성향을 덮고 B에게 부드럽고 따뜻하게 대했을 수 있다. B의 에고는 알아채지 못했지만, 무의식은 남편에게서 B의 아버지와 같은 주파수를 알아채고 선택했던 것이다.

물론 사귀는 중간 중간 언행에서 거친 면이 드러났을 것이나, B의 무의식은 예전부터 거친 낮은 주파수에 익숙해져 있어서 큰 거부감을 느끼지 못했을 수가 있다. 그 낮은 주파수에 익숙하지 않은 사람이었다면 바로 관계를 정리하게 되었을 것이다. 결혼을 해서 긴 시간 같이 생활을 하다 보니, 덮어두었던 남편의 성향이 완전히 드러나면서 폭력적이게 될 수 있다.

또 하나는 배우자는 따뜻하고 다정한 성향의 사람이었으나, B의 무의식이 '매 맞는 나'를 해결하기 위해, 계속 배우자를 시험하게 되면서 배우자가 점점 거칠고 공격적으로 변해 갈 수도 있다. B의 무의식은 계속 배우자를 시험하면서 '이래도 안 때리는 거야?', '이만큼 화나게 해도 안 때리는 거야?'라고 계속 교묘하게 분노를 부추길 수도 있다. 그렇게 자신에 대한 사랑을 재차 확인하려고 무리한 집착을 하게 되는 것이다. 여기에서의 문제는 B가 분명 심각한 상황임에도 불구하고 자신이 어릴 때부터 느꼈던 익숙한 감정을 다시 느끼게 되기 때문에, 그 관계에서 적극적으로 벗어나려고 하지 않을 가능성이 있다는 것이다.


세 번째, 아버지가 일찍 돌아가시고 집안의 가장을 자처하면서, 무기력하고 의존적인 어머니와 형제의 모든 짐을 다 떠맡고 자라온 C가 있다.

C는 '돌봄을 받지 못한 나'가 억압되어 있을 것이고, 무의식은 이 상처를 해결하고 싶을 것이다. 따라서 C의 에고는 자신의 무기력하고 의존적인 어머니를 대신해서, 자신을 잘 보살피고 챙겨 주는 밝고 독립적인 사람을 찾아서 결혼을 하려고 할 것이다. 하지만 C의 무의식은 다시 한번, 예전 자신의 어머니를 만나서 과거를 극복하고 사랑을 얻어 내고 싶어 할 것이다.

C는 밝고 독립적인 쿨한 여성을 만나서 결혼을 하게 됐지만, 결혼 후

점점 아내는 자신의 마음이 내키는 대로 책임감 없이 행동을 하다 보니 결국에는 C가 경제적인 부분이나 식사까지도 직접 챙기면서 다 맡아야 하게 되었다. 이것 또한 C의 아내는 사귈 때는 C의 어머니와 완전 반대의 모습을 보여 주었지만, 그 쿨해 보였던 양 극단의 끝에는 결국, 어머니와 같이 책임을 회피하고 의존하려는 성향을 덮고 있었던 것이다.

이 성향이 표면적으로 두 가지의 양 극단으로 나타난다. 외부의 누군가에게 늘 의존하는 성격으로 나타나거나, 아니면 그것을 회피하고 거부하면서 그 반대의 밝고 독립적인 쿨한 성격의 가면(연극)으로 위장하게 되는 것이다. 이런 면을 잘 관찰하지 못하고 겉으로 보이는 면만 보고 선택했다며 C는 자책하겠지만, C의 무의식은 자신의 어머니와 같은 주파수를 가지고 있음을 알아채고 선택했던 것이다. 만약 C의 아내가 가면이 아니라 진정으로 밝고 독립적인 높은 주파수의 성격이었다면, 낮은 주파수의 C하고는 주파수가 달라서 서로 이어지지 않았을 것이다.

또 하나는 C가 아내의 관심과 사랑을 얻어 내려는 집착으로 인해, 늘 가족에게 희생해 왔던 것처럼 습관적으로 자신이 먼저 나서서 직접 모든 것을 다 해결했을 수도 있다. 이렇게 C가 처음부터 모든 것을 혼자서 다 해결하는 상황이 지속되다 보니, 아내의 의존하는 성향이 더욱 더 C의 패턴에 길들여져 가면서 자신의 책임을 버려버리고 무책임하게 마음대로 행동하게 된 것이다.


네 번째, 부모님의 갈등이 심해서 남편과의 애정이 결핍된 어머니를 둔 D가 있다. D의 어머니는 남편 대신 D에게 모든 애정을 쏟으며 과다한 집착을 하며 살아왔다.

D는 무관심한 아버지 때문에 평생 불쌍하게 살아온 어머니를 차마 내

팽개칠 수 없어서 관계를 지속하고 있지만, 갈수록 심해지는 어머니의 집착에 진저리가 난 상태이다. D의 에고는 아주 독립적이고 자율적인 여성을 찾고 싶겠지만, D의 무의식은 자신의 어머니와 같은 성향을 만나서 그 상처를 치유하고 싶을 것이다. 그리하여 D의 무의식은 어머니와 비슷한 주파수를 가진 여성을 선택하게 되었지만, D는 그 여성과 관계를 할수록 그 여성이 보이는 애정과 관심이 부담스럽게 느껴지게 된다. 그 여성을 있는 그대로 보기보다는 자신의 부담스러운 어머니로 '투사'해서 보고 느끼게 되기 때문이다.

이 상대 여성 또한 어릴 때부터 부모에게서 '돌봄을 받지 못한 나'가 무의식에 존재해 있다. 따라서 D의 상대 여성은 자신을 잘 챙겨 주고 다정하게 애정 표현을 해 주는 사람을 만나고 싶어 하지만, 그 무의식은 자신을 돌봐 주지 않았던 무관심한 아빠를 만나서 그 상처를 치유하고 싶을 것이다. D의 상대 여성은 에고와는 다르게 무의식적으로 자신에게서 늘 벗어나려고 하며 관심을 부담스러워하는 D에게 끌리게 되고, D의 엄마처럼 다시 D에게 집착하게 되는 것이다.

D는 늘 애정을 과하게 주는 상대에게 끌리게 되지만 결국엔 그 상대가 부담스러워서 거리를 두고 피하게 된다. 또한 그 상대는 늘 자신을 부담스러워하며 무관심한 상대에게 끌리게 되지만, 애정 어린 관심을 갈구하게 되고 피하기만 하는 그에게 집착하게 되는 것이다. 이렇게 톰과 제리처럼 쫓고 쫓기는 끝없는 달리기를 하며, 자신의 해결하지 못한 '상처받은 어린 나'를 치유하기 위해 인생을 보내고 있다.

결혼을 하고 가정을 이룬 부부의 관계에서는, 우리가 확실하게 눈으로 확인하지 못하는 수많은 무의식의 작용들이 존재하고 있다. 부분적이지

착하게 사는 게 뭐가 그리 중요하노?

만 이러한 내용들을 참고하게 된다면 부부간의 갈등을 이해하는 데 많은 도움이 될 수 있을 것이다.

중요한 것은 위의 예시처럼 자신은 심각한 상황이 아니라고 지나쳐버리기보다는, 자신이 살아왔던 과정을 다시 한번 되돌아보면서 지금 자신이 어느 위치에 서 있는지를 명확하게 정리해보는 것이다. 그리고 함께 사는 배우자의 삶 또한 되돌아보면서, 배우자가 지니고 있을 아픔과 상처는 어떤 부분들이 있는지, 혹시 내가 그 부분들을 더 아프게 한 적은 없었는지 들여다보는 것이다.

결국 여기에서 우리가 배워야 할 것은 상대방이 크게 중요한 원인이 아니라, 나의 문제를 내가 해결하지 못한다면 내 인생에 고통으로 계속 반복해서 나타나게 된다는 것이다. 나는 배우자 때문에 고통을 받고 있다고 원망을 할 수도 있겠지만, 반대로 나의 해결 안 된 문제가 나의 배우자를 고통스럽게 하고 있을지도 모를 일이다.

우리가 명확하게 알아야 할 것은, 나의 반쪽을 찾아 하나를 완성하는 것이 아니라 먼저 자신의 결핍과 상처를 정리하고 건강해진 상태에 있는 것이다. 이 건강한 가운데서 상대를 만나야만, 상대에게 의존하지 않고 상처주지 않으며 자유롭게 살아갈 수 있다. 건강한 만남은 반쪽이 아니라, 하나로 선 두 존재가 만나서 서로 조화를 이루며 독립적으로 살아가는 것이다. 가장 중요한 것은 자신의 상처를 상대로부터 치유 받고자, 상대를 선택하는 우를 범하지 않는 것이다. 그리고 반대로 상대의 상처를 자신이 치유해 주고자 상대를 선택하지 않는 것이다.

상대를 치유해 주겠다는 엄청난 오지랖은 제발 접어 두자.

오직 자기 자신만이 적절한 시기와 준비가 되었을 때 자신의 상처를 이겨내고 치유의 과정을 시작할 수 있다. 상대를 치유하겠다는 집착이 생긴다면 자신의 내면을 더 탐색하는 과정이 필요하다. 자신의 상처를 회피하면서 오히려 상대에게 투사해서, 상대를 치유해 줘야 한다고 왜곡된 판단을 내리기가 쉽다.

이러한 알아차림과 낡은 관념을 무너뜨리는 지난한 노력들이, 결국은 나의 마음이 더 편안해지고 삶을 수월하게 만들어 가는 선물이 될 것이다.

지금 나의 가정에 대해서, 다시 한번 되돌아보는 시간을 가져보기로 하자.

착하게 사는 게 뭐가 그리 중요하노?

# 9
## 남편은 큰아들이 아니라, 함께 성장해 가는 '파트너'다

**지금 이 시대에도, 남편이 '큰아들'이라는 낡은 표현을 하고 있나요?**

대한민국에 전 국민적으로 통하는 아내들의 농담이 있다. "보시다시피 우리 집은 큰아들 키우는 것이, 제일 힘들어요⋯." 다들 짐작이 가겠지만 여기서 말하는 '큰아들'은, 다름 아닌 자신들의 남편이다. 우리는 왜 이러한 상황을 농담으로 표현해 버리면서 다들 그렇게 받아들이고 살아가야 하는 것처럼 지내고 있는 것일까?

이 표현대로라면 결혼 생활 20년이 넘어가는 중년의 아내들은 남편을 20년 넘도록 키우고 있는 것이라 할 수 있다. 결혼 생활 20년이면, 자신이 낳은 자식들도 이제 성인이 되어 독립을 해야 할 만큼 긴 세월이다. 대한민국의 아내들은 도대체 언제까지 '큰아들'인 남편들을 더 키우고 양육해야 하는 걸까?

요즘에 눈여겨봐야 할 부분은 각종 매스컴에 나오는 부부 생활에 대한 관찰 예능이다. 더 철없게 행동하는 남편일수록, 또한 이런 남편을 더 밀착해서 뒷바라지하고 챙겨주는 아내일수록 많은 관심을 받고 있다. 물론 재미를 더한 예능 프로그램들이지만 이렇게 부부 생활이 몇십 년씩 흘러간다면, 그 아내인 한 사람의 일생은 어떤 의미가 있는 것인지 의문이 든다.

지금은 많이 바뀌었지만 중년의 부부들은 대부분 철없던 20대의 남자와 여자가 만나서 결혼을 하게 되었다. 사회의 첫발을 내딛던 때라, 남자와 여자는 경제력도 없고 다양한 사회경험도 하지 못한 미성숙한 상태에서 함께 살아가게 된다.

지금부터 너무 다른 환경의 '두 쌍의 부부 생활'을 이야기해 보려 한다.

A 부부는, 미래에 대한 아무런 계산도 없이 서로 좋다는 감정 하나로 덜컥 결혼부터 하게 되었다. 흔히 말하는 부모 찬스도 없이 빈손으로 시작해서 갖은 고생을 하며 신혼 생활을 시작했다. 군대를 나와 이제 갓 사회생활을 시작한 남편은 딱히 내놓을 만한 직업이나 경제적인 능력이 없었기에, 사회생활을 일찍 시작한 아내가 더 많은 활동을 하며 가정 경제를 뒷받침했다.

아이들이 태어나고 정신없이 살다 보니 부부는 이제 30대가 되었다. 30대가 되었지만 여전히 남편은 가정생활의 많은 부분을 아내에게 미루고 의존하는 생활이 지속되었다. 10년이 넘는 세월 동안 직장과 양육, 시댁, 남편까지 자신의 모든 것을 희생하며 살아가던 아내는 점점 지쳐 가기 시작했다. 30대 후반의 어느 날, 더 이상 이렇게는 살 수 없겠다고 판단한 아내는 독립을 선포한다.

아이들이 어느 정도 자라자, 아내는 자신이 앞으로 남은 인생을 무엇을 하며 살아야 할지 심각하게 생각하기 시작했다. 한번 태어난 인생인데 가족들에게 넘칠 정도로 희생하고 노력해 온 자신의 인생이 너무 안

착하게 사는 게 뭐가 그리 중요하노?

타깝게 느껴지고 있었다. 독한 결심을 한 아내는 아이들과 남편이 각자 자신의 몫을 감당해 나갈 수 있도록 거리를 두며 선을 긋기 시작했다. 그동안 최선의 삶이라고 믿으며 자신을 토닥였던 착한 아내, 착한 엄마의 감옥을 서서히 무너뜨리고 있었다.

아내가 새로운 시도를 하려고 하자, 자식들에게 더 많은 투자를 하고 챙겨야 할 시기에 다 늙어서 무슨 공부를 시작하느냐고 주변에서 만류를 했다. 그럼에도 불구하고 아내는 미래에 하고 싶은 일을 하기 위해 과감하게 시간과 비용을 투자하며 자신의 영역을 구축해 나갔다.

늘 희생하며 주변을 우선으로 챙기던 과한 책임감을 내려놓자, 주변 가족들과 지인들은 불편해했지만 흔들리지 않았다. 그동안 늘 가족과 주변을 우선으로 챙기고 살아온 아내를 이제 남편이 지지해 주면서 많은 부분을 남편이 감당하며 도와주기 시작했다. 그렇게 10여 년의 세월이 흘러 40대 후반이 되자, 남편은 남편대로 독립적인 자신의 몫을 챙기고 있고 자식들도 각자의 몫을 챙기며 생활하게 되었다. 많은 어려움이 있었지만, 결국 아내는 자신이 원하던 영역에서 전문성을 키우면서 제2의 인생을 만들어 나가고 있다.

B 부부는, 학벌도 좋고 남부러울 것 없는 집안에서 자라오며 결혼을 할 때에도 양가의 부모 찬스를 흠뻑 받으면서 신혼 생활을 시작했다. 남편과 아내는 지극한 부모의 관심과 지원 속에서 새 집과 새 차, 새 영업점을 갖추게 되었고, 자식들의 양육도 양가 부모의 도움으로 수월하게 지나왔다. 큰 문제가 없이 10년이 넘는 시간이 흘러갔고 여전히 양가 부모의 굳건한 지원 속에서 살아왔다.

40대가 시작되자, 양가 부모는 노화로 인해 건강에 이상이 생기기 시작했고 이제는 늘 지원 받던 자신들이 양가 부모를 챙겨야 하는 상황이 되었다. 대부분의 세월을 부모의 도움을 받다 보니, 지금까지 부부를 위해 희생하며 베풀었던 양가 부모들이 병환이 시작되자, 이제는 B의 부부에게 의존하며 지원을 기대하는 것이다. 늘 챙기고 보호해 준 부모 찬스로 인해 B 부부는 40대가 되었지만, 내면은 아직도 미성숙한 20대의 남녀일 뿐이었다.

이제 그 자식들이 예민한 사춘기가 되어 사사건건 부모와 부딪히기 시작했으나, 그동안 양육의 대부분을 양가 부모에게 미루고 살아왔던 터라 부부는 자식들과의 큰 거리가 좀처럼 좁혀지지도 않았다. 늘 엄마의 그늘에서 의존했던 남편은 그 울타리가 사라지자 방황하기 시작했고, 아내를 자신의 엄마로 투사하며 엄마가 베푼 희생을 아내에게 요구하기 시작했다. 아내 또한 부모에게 의존하며 살아왔기에, 남편을 자신의 아빠로 투사하며 늘 자신을 배려해주기를 바랐고 부부의 갈등은 점점 크게 지속되었다. 신혼 때 보통의 부부가 겪는 치열한 갈등의 시기를, 중년이 된 지금에서야 시작하고 있는 것이다.

엄마의 그늘을 벗어나지 못하는 아들들은 언제까지고 그늘에서 핀 '시든 꽃'일 뿐이다. 이들은 엄마라는 그늘이 없어지면 아내라는 그늘 밑에서 또다시 '시든 꽃'의 여정을 이어간다. 빠르게 변화하는 시장에 대처하지 못했던 남편의 영업점은 상황이 악화되기 시작했고, 언제까지나 꽃길만 걸을 거라며 자기계발에 관심 없던 아내는 이제 양가 부모, 남편, 자식의 모든 책임이 쏟아지며 가시밭길을 걸어야 한다.

자, 이 두 쌍의 부부 생활을 보며 어떤 생각을 하게 되었는가?

요즘은 다양한 부부의 모습이 있지만, 대부분의 중년 부부는 미성숙한 젊은 시절에 만나서 부모라는 가장 큰 의무를 지니고 인생을 함께 살아가고 있다. 함께하면서 서로의 지원이 필요한 시기에 서로를 뒷받침해서 키워 주며, 미성숙에서 성숙으로 같이 성장해서 발전해 나가는 관계인 것이다. 젊은 시절부터 많은 시행착오와 갈등을 겪어오면서 '제2의 인생'으로 넘어가는 중년의 시기는, 그동안의 삶의 지혜를 활용해서 각자의 인생을 더 풍성하게 확장시켜 가는 단계이다.

30대와 40대를 어떻게 살아 냈는지에 따라서 그 후의 인생에 많은 영향을 끼치게 된다. 이렇듯 미성숙에서 성숙으로 가는 30대와 40대에 각자의 독립성을 확립하지 못하게 되면, 이제 서서히 그 몫은 자식의 큰 부담으로 나타나게 된다. 특히 지금은 수명이 점점 길어지는 100세가 넘는 시대가 시작되었는데, 부부가 노인이 되기 전에 서로의 독립성을 키워 주지 못한다면 그 부모의 남은 긴 세월을 누가 다 짊어지고 가야 한다는 것인가?

소중하고 귀하다고 물고 빨던 자식들이, 자신들의 삶을 살아가기에도 바쁜 상황에 긴 세월 부모의 무거운 짐을 다 떠안고 가야 하는 것이다. 이 문제를 심각하게 들여다볼 수 있다면, 과연 "우리 집은 큰아들 키우는 것이, 제일 힘들어요…."라는 농담을 하며 언제까지나 그 큰아들의 뒤처리를 하고 있을 수 있을까?

현대를 살아가는 우리의 상황을 냉철하게 들여다보기로 하자. 많은 어른들이 자신의 의존적인 아버지의 폐해를 고스란히 상처로 받고 자랐으며, 그 뒤편에는 희생하며 살았던 엄마의 인생을 보상해줘야 한다는 책임감을 무겁게 지니고 살아가고 있다. 성장해서 자신의 인생에 집중하며 에너지를 써야 하지만, 많은 기간을 부모의 노후 생활에 대한 책임을 안고 살아가야 하는 것이다.

이렇게 대대손손 얽매여 왔던 사슬을 이제는 의식이 발달된 시대를 살아가고 있는 우리 세대가 끊어 줘야 한다. 100세가 넘는 시대인 지금 50대와 60대에서라도 더 늦기 전에 변화를 시작해야 한다.

진정한 사랑은 그 사람의 자율성과 독립성을 키워 주는 것이다. 그 사람을 위해 자신을 희생하면서 모든 뒷바라지를 해 주는 것이 사랑이라는, 케케묵은 그 낡은 관념에서 벗어나야 한다. 이 과도하게 넘치는 엄마들의 왜곡된 애정으로 인해, 대한민국의 수많은 아내들이 얼마나 고통을 겪으며 삶을 살아왔는지 우리가 직접 자신들의 부모를 보면서 겪어오지 않았던가?

우리 인간은 우주와 같다. 한 사람의 성장과 발전은 어느 몇 명의 희생과 노력으로 이루어지는 것이 아니다. 자신의 희생과 노력으로 누군가의 인생을 완성시키겠다는 것은 엄청난 착각이고 교만일 뿐이다. 한 인간이 성장하고 발전해 나가기 위해서는, 온 우주가 움직여야만 가능하다.

"기쁨과 슬픔, 성공과 실패, 사랑과 미움, 빛과 어둠, 풍요와 빈곤, 호의와 배신, 건강과 질병, 상처와 회복, 축하와 질투, 가해와 피해, 진실과 거짓…" 이 모든 것을 경험하고 또 이런 경험을 가능하게 해 주는 인연들 속에서 울고 웃으며, 강하고 풍부하게 성장해 나가는 것이다. 이 오만 가지 우주의 환경에 적응해 나가도록 겸손한 마음으로 그를 기꺼이 내놓을 때, 내가 사랑하는 한 사람의 진정한 성장이 이루어진다.

각자가 자율성과 독립성을 확립해서 자신의 인생을 책임지고 살아갈 때 진정한 행복을 나눌 수 있는 것이다. 이제는 서로가 적당한 거리에서 지켜보며 자신들의 삶을 주체적으로 살아갈 수 있도록 사랑의 표현이 다시 새롭게 정립되어야 할 때이다.

착하게 사는 게 뭐가 그리 중요하노?

부모는 부모의 삶을 온전하게 책임지면서, 그 자식들이 그들의 삶을 온전히 책임지고 살아갈 수 있도록 방향을 잡아주고 서서히 거리를 띄워 가는 것이 현명한 부모의 역할이다. 아내인 우리 자신뿐만 아니라 소중한 우리의 자식들을 위해서라도, 더 늦기 전에 남편의 자율성과 독립성을 확립할 수 있도록 도와줘야 한다.

제발, 이제는 낡고 왜곡된 착한 아내와 착한 엄마의 낡은 감옥에서 벗어나도록 하자. 자신이 착한 아내와 착한 엄마가 되어 세상의 칭찬을 듣는 동안, 나에게 의존하게 만든 남편과 자식은 어느새 '시든 꽃'이 되어 버린다는 걸 기억하자.

또 하나, 지금 이 순간 아내인 자신의 모습은 어떠한가? 앞으로 자신의 남은 인생을 자율적이고 독립적으로 살아갈 준비가 되어 있는가?

이제 이렇게 정리를 해 보자.

"우리는 자신의 성장을 위해서 이 세상에 태어났다. 이 세상을 돕는 길은 누구에게도 의존하지 않고, 자신의 인생을 주체적으로 살아가는 것이다."

"그동안 자신의 몫을 미루고 회피하며 아내의 자율성과 독립성을 키워주었던 남편들이여, 이제는 자신의 몫을 찾아서 그늘의 보호에서 벗어나 '생생한 꽃'이 될 수 있기를…."

# 제3부

# 관계를 힘들게 하는 원인을
# 들여다보기

# 1
## 기억이 아니라, 그 속에 묻힌 '감정'을 뽑아내야 한다

**자동적으로 반복되는 과거의 아픔에, 평생 갇혀서 괴롭게 살아가지 않으려면…**

과거는 다 지나갔고 지금 이 순간은 그때의 그 순간이 아닌데, 우리는 예전에 경험했던 과거의 기억으로 지금을 인식하게 된다. 이것이 자동적으로 프로그램 되어서 지금 이 상황에서 무슨 일이 일어난다면, 과거와는 환경이 다를 수 있는데도 우리의 마음은 자동적으로 돌아가기 시작한다.

"그래, 예전에도 그랬으니 이번에도 또 그렇게 하겠지.", "나는 이번에도 안 될 거야, 저번부터 2번이나 떨어졌잖아. 나는 능력이 부족해…."

오늘 새로운 날을 보내고 있는데, 순간순간마다 이렇게 자동적으로 과거의 기억에 맞추어 작동되기 시작하면 빨리 알아차려야 한다. 자신이 멍한 상태로 최면 속에서 잠든 채로 하루하루를 살아가는 건 아닌지, 늘 염두에 두고 있어야 한다. 멍하게 지내게 된다면 계속 반복되는 과거에서 벗어나지 못하고 그 속에 갇혀서 평생을 보내게 된다.

살아오면서 어느 순간 내가 억눌렀던 기억 속의 감정들은, 무의식 속에서 또 하나의 '에너지체'로 꿈틀거리며 존재하고 있다. 이것이 없어지지 않고 억눌리다, 억눌리다 더 이상은 참지 못하고, 해결해야 할 때에 도달했을 때에는 다시 나의 에너지장의 표면으로 올라오게 된다. 이 '에너지체'는 그 감정이 해결되기 전까지는, 우리 안에 언제까지나 붙어살면서 계속 자신의 힘을 키워 가려고 한다. 그래서 지금의 상황은 과거의 기억과 전혀 다른 데도 불구하고, 눈 깜짝할 사이에 이미 그 과거로 다시 빠져 버리게 한다. 그 과거의 기억에서 늘 올라오는 익숙한 부정적인 감정을 다시 발생시켜 그 에너지체가 먹으며 더 강하게 충전한다.

그 기억의 장면이 떠올라서 우리를 고통스럽게 만드는 것이라 생각하기 쉽다. 하지만 마음의 세상으로 들어가 보면 정작 그 기억이라는 것은 스쳐 지나가는 필름일 뿐이고, 우리를 정말 고통스럽게 만드는 것은 그 기억에서 계속 올라오는 지독한 감정이다. 기억이 우리를 기쁘거나 슬프게 하는 것이 아니라, 그 기억에 해당하는 그 감정이 계속 무의식 속에 살아 있으면서 우리를 고통스럽게 하는 것이다. 따라서 보고 들었던 기억이 똑같은 두 명의 사람이 있어도, 이 두 사람이 그 상황을 떠올릴 때의 감정은 천차만별이 되는 것이다.

우리는 기억을 없애거나 정리해야 하는 것이 아니라 그 기억에 딸려오는 '감정'을 제거해야 한다. 그 부정적인 습관화된 감정이 자꾸 자신을 물귀신처럼 끌어당겨, 우리를 계속 옭아매어 묶어놓는다. 우리가 아무리 '이제는 그렇게 생각하지 말아야지' 하고 수십 번을 되뇌지만, 예전과 비슷한 상황이 발생하면 자신도 모르게 끌려들어가 그 감정 속에 갇히고 마는 것이다. 아주 질기고 질긴, 평생의 습관이 되어 버리는 것이다.

우리는 이 세상에 존재하는 모든 오만 가지의 감정들을 내 안에 모두 다 가지고 살아가고 있다. 그중에서 긍정적이든 부정적이든 내 안에 가장 많이 자리 잡은 그 감정의 지배를 받아서 대부분 말하고 행동하게 된다. 그 감정이 긍정적이라면 더할 나위 없지만 부정적 감정이라면 정화해서 흘려보내야 한다.

나를 둘러싸고 있는 부정적인 에너지장에서 그에 맞는 낮은 주파수가 방출되고, 그 주파수는 주변으로 퍼져 나가며 자신과 꼭 맞는 다른 낮은 주파수들을 공명시킨다. 이로 인해 우리가 일상에서 낮은 주파수를 가진 사람들이나 상황들로 마주치게 되며, 갈등을 일으키게 된다.—마치 우리가 마술 프로그램에서 여러 개의 접시를 매달아놓고 한 개의 접시를 '쨍' 하고 때리면, 그 소리와 맞아떨어지는 다른 접시들이 스스로 '쨍' 하고 같이 소리를 울리는 것과 같다.

이 억눌린 감정들은 우리가 생활하면서 전혀 의식하지 못하고 있는 부분이기에 우리는 다른 사람들과 다른 상황 탓으로 돌리게 만들어 버린다. 나중에는 끈질기게 붙잡고 늘어지는 고질병이 되어 편안한 상황이 계속 펼쳐져도 그것을 누리지 못하게 된다. 그 편안함 속에서도 무의식적으로 분노할 것이나 짜증 낼 것을 찾고 있거나, 없어서 찾지 못하면 옛 기억을 더듬어 그 불편한 감정을 불러와서 다시 그 감정에 빠져 있게 된다.

예를 들어, 내가 마음속에 말 안 듣는 자식이랑 짜증나는 남편에 대해 불만을 가지고 살고 있다면 계속 이 현실이 반복된다는 것이다. 이미 내가 과거에 경험한 그 기억 속의 감정이 자동적으로 작동되면서 늘 말을 안 듣고 짜증을 나게 했으니, 지금도 그럴 것이라고 프로그램이 돌아가게 된다.

그리고 그 프로그램에 맞는 결과를 만들기 위해 모든 감각이 동원되어 한 편의 드라마를 완성하는 것이다. 우리가 상대의 어이없는 추궁에 대꾸하는 "아예 소설을 쓰고 있네….."라는 말이 바로 그것이다. 말을 안 듣는 자식일지라도 다른 좋은 면들이 많이 있을 텐데 그 다른 면들은 하나도 안 보이고, 오로지 그 말 안 듣는 한 단면만 집중해서 눈에 보이고 귀에 들리게 된다는 말이다. 남편도 다른 좋은 부분들이 분명히 있을 것인데 그런 면들은 보이지 않게 되고, 계속 짜증나게 하는 부분들에 온 신경을 집중하고 되뇌게 된다는 것이다.

계속적으로 이렇게 반응하게 되면 별 문제없던 남편과 자식이 점점 그 짜증에 반응하게 되고, 그것이 반복되면서 이제 집안 분위기는 그렇게 자동적으로 길들어져 간다.

끔찍하지 않은가? 절대로 자신은 그렇지 않다고 확신하지는 말자. 이것은 우리가 눈치채지 못하는 사이에 이미 벌어지고 있는 현상이기에…. 억압된 무의식의 기억과 감정이 어떻게 자신을 휘몰아가고 있는지를 깨달아야 한다. 얼마나 자신의 관점을 좁고 편협하게 만들며 생활 반경을 위축시키고 현실을 망쳐 가는지 이해할 수 있어야 한다.

만약 자신이 혼자 사는 사람이라면 그 자신만 괴롭고 고통스러우면 되는 것이지만, 결혼을 해서 배우자나 자식들이 있다면 온 가족 전체가 고통 받으면서 그 긴 세월을 살아가야 하는 것이다.

혹여라도 부모 중의 누군가가 늘 시기와 질투에 빠져서 살아가는 사람이라면, 그 가족은 어떠한 삶을 살아가게 되는 것일까? 이 부모의 입에서는 주변에 누가 자신보다 조금이라도 일이 잘 풀리면 온갖 비아냥과 비난을 끊임없이 쏟아 낼 것이다. 그리고 거기에 더해 왜 배우자나 자식들은 이 모양 이 꼴이냐고, 주변의 사람들과 비교하며 평생을 달달 볶게 될 것이다. 성향에 따라 표현방법이 강하고 약하다는 차이만 있을 뿐, 이미 자신들이 만든 그 '비아냥 프로그램'으로 자동화되어 기계적으로 인생을 살아가고 있을 뿐이다.

이 사람은 열등감과 피해의식으로 평생이 습관화되어 모든 생각과 판단이 다른 사람을 비난하는 것에 맞춰져 있다. 살아온 시간과 앞으로 살아갈 수십 년을 남에게 하는 험담만 입에 담을 뿐, 남들의 좋은 점이나 세상의 감사함은 한 번도 생각하지도 쳐다보려고도 하지 않는다. 이것이 1년, 2년으로 끝나는 것이 아니라, 남처럼 관계도 끊지 못한 채로 미우나 고우나 평생을 보고 지내야 하는 가족이라면, 그 긴 수십 년의 세월을 가족 전체가 우울하고 미칠 것 같은 괴로움 속에서 살아가야 한다.

모두에게 이 얼마나 무섭고 끔찍한 불행인가? 이제 이 사실을 알고 이해했다면 우리는 자신들이 만들어가는 이 반복되는 소용돌이 속에서 빠져나와야 한다. 과거는 이미 지나갔고 지금의 나는 예전의 나가 아니다. 지금 그 과거와는 다른 현재에 살고 있으며, 늘 새롭게 변하며 성장하고 있다는 것을 인식해야 한다.

그 오래된 감정의 습관이 나를 끌고 가려고 하면 그 덫에 갇히기 전에 알아차리고, 내가 지금 이 상황과 인간관계 속에서 정말로 '무엇을 원하는가'를 집중해서 떠올려 봐야 한다. 내가 생각한 새로운 현재를 떠올리며 자꾸 집중하게 된다면, 지나간 감정들은 조금씩 흘러가고 그 자리에 새로운 밝은 에너지가 들어오게 된다.

인생은 이렇게 한 걸음, 한 걸음씩 바뀌는 것이다. 계절이 어떤 모습으로 변해 가는지 그 예쁨도 느껴 보고, 내리는 빗소리에 가슴 설레는 음악도 들어 보자. 내년 이맘때에 나는 어떤 모습으로 살고 있을지도 상상해 보고, 정말 내가 원하는 버킷리스트도 작성해 보고 맛있어 보이는 요리도 푹 빠져서 즐겨 보고….

자신에게 편안함과 즐거움을 주는 모든 것들은 자신의 주파수를 높여 준다. 이렇게 주파수를 계속 높여 가면서 그 높아지는 주파수에 맞는 현실을 경험하는 즐거움을 누려 보자.

나는 소중한 존재이고, 내 주변의 사람들도 소중한 존재이기에….

# 2
## 고집스런 신념이 강할 때, 우주가 가져다주는 것은?

**우주가 우리에게 가져다주는 여러 상황들은, 우리의 양 극단을 통합해 주기 위한 '선물'이다**

자신의 고집스러운 신념이 강할 때, 우주는 그 반대 상황을 자꾸 가져 다준다. 우리에게 양 극단을 통합하는 것을 가르치기 위해서다. "밤과 낮, 뜨거움과 차가움, 기쁨과 슬픔, 가난과 풍요, 미움과 사랑, 밝음과 어 두움, 가벼움과 무거움…"의 양 극단은 같은 것이다. 정도의 차이가 있을 뿐, 한 범위 안에서 움직인다.

자신의 신념이나 고집이 아주 강한 사람들이 있다. 그들은 자신이 절 대적으로 '옳다'라고 믿으며, 자신이 알고 있거나 믿고 있는 것이 '맞다'라 고 고집하며 살아간다. 그들은 그 버팀목으로 힘주고 애쓰며 죽도록 노 력하기에, 점점 무표정해지고 굳어져 간다.

모든 딱딱한 것들은 흐르지 못한다. 오히려 우주의 자연스러운 에너지 흐름을 막는 역할로 쓰이고 있다. 그 흐름을 가두어 놓는 벽돌이 되어 주 변에 하나 둘씩 벽을 자꾸 세우게 되는 것이다. 처음에는 자신을 방어해

착하게 사는 게 뭐가 그리 중요하노?

주는 그 벽들이 안전하게 지켜 준다고 느껴질 것이다. 바람이나 빗물, 그리고 뜨거운 태양, 위험하고 사악한 존재들로부터 자신을 보호해 준다고 생각될 것이다. 그 생각에 자꾸 빠지다 보니 점점 더 많은 벽돌을 만들어서 보호막을 세우는 데만 집중하게 된다. 어느덧 시간이 흐르고 흐르게 되면 명확하게 알게 될 것이다. 자신을 방어해주는 그 벽들이 결국은 자신을 가두는 감옥이 되어, 어느 것과도 소통이 안 되고 막혀서 문제를 일으키게 된다는 것을….

이 세상 만물과 사람들은 온갖 소용돌이를 경험하며 그 속에서 퇴출될 것은 퇴출되고, 발전할 것은 발전하면서 그렇게 성장해 나가게 된다. 그 무수한 고통을 겪어 가며 성장하는 세상 속에서 자신만 웅크리고 틀어박혀 있다 보니, 자신은 예전의 그대로이지만 객관적으로는 완전히 퇴보된 사고방식과 생활을 하고 있는 것이다. 그러다보니 이제는 변화된 세상을 따라가지 못하고 자꾸 모든 일과 관계에서 트러블이 일어나게 된다.

이제 해결방법은 용기 내어 그 벽들을 하나씩 무너뜨리고, 딱딱하게 굳은 자신을 부드럽게 풀어 줘야 한다. 점점 부드럽게 풀어지게 되면 말랑말랑해지고 그 말랑해짐이 더 풀어지면 자연스럽게 흐르게 된다. 물은 부드러워서 유유히 흘러간다. 흘러야만 순환이 되고 깨끗해지고 생생해진다.


우주(삶)의 기운도, 흘러야 한다. 따라서 우주는 기운을 흐르게 하고 순환시키기 위해 막힌 것은 뚫거나 무너뜨려야 한다. 우주는 꽉 막힌 것(강한 에고)을 무너뜨리기 위해, 그 반대되는 것들을 계속 갖다 놓는다. 양쪽 반대되는 극단이 통합이 되어야, 뚫리기 때문이다.

융통성 없이 꽉 막히고 빈틈없이 철저한 사람은, 반대 성향의 사람을 만나게 되어 갈등을 겪게 될 것이다. 이들은 처음에는 자신이 가지지 못한 반대 성향을 매력으로 느끼게 되지만, 시간이 지나면서 자신과 다른 생활방식 때문에 많이 부딪히게 된다. 결국엔 서로가 잘 통합해서 서로의 좋은 점을 배우게 된다면 인생 과제를 풀게 되지만, 그 갈등을 이겨내지 못하고 헤어지게 된다면 다음번에도 그런 사람과 상황이 반복되며, 자신의 반대극과 통합하도록 요구받게 될 것이다.

자신은 정직하다고 우월감에 빠진 사람은, 부정직하다고 느끼는 열등한 사람이나 상황을 만나게 될 것이다. 늘 긍정적으로 밝게 웃으면서 활기차게 살아야 된다고 그렇지 않은 사람은 열등하다고 말하는 사람은, 부정적이고 우울하며 어두운 기운을 가진 사람이나 상황들을 만나게 될 것이다. 이처럼 우주는 우리에게 통합을 가르쳐 주기 위해서, 다양한 상황과 다양한 역할들을 만나게 해 준다.

마음의 세상에서는 현실의 갈등이 우주가 주는 벌이 아니라, 이렇게 자신을 통합해 가는 배움을 주기 위한 선물이라고 여긴다. 우리가 배운 수학에서 '-1'이 '0'이 되려면, '+1'이 와야 하고, 꽁꽁 얼은 차가운 얼음을 따뜻한 열로 녹여야 하는 것처럼 그 반대가 필요한 것이다. 배가 고파서 속이 비었을 때는 먹어서 속을 채워야 하고, 너무 많이 먹어서 속이 찼을 때에는 굶어서 속을 비워야 하는 것이다.

이러한 이유로 강한 신념이나 집착을 가진 자들은 삶이 자신이 원하는 대로 잘 되지 않는다. 이럴 때 고집을 놓아 버리지 않고 에너지가 흐르지 못하도록 만든다면 그다음에는 더 큰 갈등이나 고통이 찾아올 것이다. 우주의 의도는 이 왜곡된 강한 신념을 벗겨버리고 삶을 확장시켜서 성장하게 만들기 위함이다. 이들은 자신은 운이 없으며 늘 가족이나 주변인들이 자신을 힘들게 하고 괴롭힌다고 생각하며 살아간다. 그 말은 자기 자신에게 해야 할 말이다. 강한 신념이나 믿음으로 인해 자신을 좁은 틀에 가두고, 남들을 바로잡기 위해서 주변 사람들을 비난하며 불행하게 만들고 있음을 깨우쳐야 한다.

이 글을 읽고 있는 당신은 어떠한가? 아직도 자신이 알고 있고 믿고 있는 것들이 다 옳다고 우기면서 자신에게 그 반대의 것들을 가져다 달라고 우주에게 요청하고 있지는 않은가?

A의 사례를 읽어 보며, 지금 자신에게 필요한 깨우침은 무엇인지 생각해 보자.

열심히 살려고 온갖 고생을 마다하지 않고 애쓰는 A는, 일을 하다가 자주 어깨를 반복해서 다치게 되었고 힘든 생활이 반복되자 상담을 하게 되었다. A는 자신을 '가방 끈이 짧고 무시를 잘 당하는 사람'이라고 표현했으며, 누구도 자신을 함부로 대하지 못하도록 온몸에 힘을 바짝 주면서 살고 있다고 했다. 공사장에서 힘든 노동을 하지만, 늘 정신을 바짝 차리고 빈틈없이 행동해서 관리자에게 흠을 잡히지 않도록 노력한다고 했다.

상담이 진행되고 시간이 흐른 후, 신체의 수많은 부위 중에서 하필이면 왜 어깨를 반복적으로 다치는 것 같으냐고 물었다.

한참 동안 말없이 생각에 잠겨있던, A가 말했다.

"사람들에게 무시당할까 봐 계속 어깨에 힘을 주고 살아서 그런 것 같네요. 이제 어깨에 힘을 좀 빼고 살라고 하는 것 같아요…."

이 말이, A가 그냥 지나치는 말로 내뱉은 것이라고 판단하지 말라. 이 말이야말로 A의 내면의 직관이, A에게 해주는 가장 소중한 선물이 될 것이기에….

이 가슴이 열리는 짧은 한 순간은, A가 살아가는 인생 태도를 새롭게 결정짓는 '최고의 순간'이었다.

이렇게 우주가 가져다주는 반대 상황을, 우리는 어떻게 통합시켜 나가야 하는가?

정직하다고 우월감에 빠진 사람은, 자신 안에 부정직하고 열등한 마음이 있음을 알아차려야 한다. 그 열등감을 인정하기 싫어서 바깥으로 자꾸 우월감을 보이면서 사람들에게 인정을 받고 싶어 한다. 자신의 열등감을 알아차릴 때 부정직하고 열등한 모습을 보이는 사람들을 허용하고 이해할 수 있으며, 자신의 기운이 통합되어 우주 에너지가 잘 흐를 수 있다.

늘 긍정적이고 밝게 웃으며 활기차게 살아야 되고 그렇지 않으면 열등하다고 믿는 사람은, 마음속에 엄청난 두려움이 존재한다. 따라서 그 두려움을 회피하기 위해 늘 밝은 면만 보여주려고 애쓰고 노력하는 데에 자신의 에너지를 다 소비해 버린다. 늦은 밤 집으로 귀가하는 순간, 늘 원인도 잘 모르는 깊은 우울감과 무거운 피로감이 덮쳐올 것이다. 부정적이고 우울하며 어두운 기운을 가진 부모나 가족, 또는 주변 사람들이 늘 따라다니는 것은, 우주가 자신의 깊은 두려움을 깨닫고 받아들이라는 뜻으로 반복해서 보여주는 것이다.

자신도 모르게 숨어 있던 반대 모습을 알아차리고 이해했을 때, 다른 사람들도 어느 순간에는 부정적이고 우울하며 어두운 시기가 있다는 것을 이해하게 된다. 긍정적이든 부정적이든 모든 감정들이 인간에게 내재되어 있고 또 그 모든 것이 필요하다는 것을 허용하고 품어 주게 된다.

그렇게 될 때 우주의 에너지(마음의 힘)가 통과해서 흐르며 자신의 온

착하게 사는 게 뭐가 그리 중요하노?

몸을 타고 움직이기 시작한다. 우리가 해야 할 것은 자신만이 옳다고 우기지 않는 것, 자신이 아는 것이 모든 진리라고 오만함에 빠지지 않는 것, 무엇이든 우월해야 하고 열등한 것은 비참한 것이라고 무시하거나 비난하지 않는 것이다. 이렇게 하나씩 깨우치며 딱딱한 자신의 낡은 관념과 신념이 무너지기 시작할 때, 자신의 인생도 완전히 바뀔 준비를 한다.

고차원 의식 수준의 우주는 3차원 의식 수준의 우리가 전혀 상상하지 못한 방법으로, 알맞은 때에 필요한 모든 것들을 자연스럽게 가져다준다. 우리는 긴장되고 위축된 자신을 그냥 부드럽게 풀어놓고 자신이 딱딱해지지 않게 잘 관찰하는 것뿐이다.

이제부터는 긴장을 풀어내고 좀 말랑말랑하게 살아가 보자. 그 이완된 틈의 사이로 우주 에너지가 잘 통과할 수 있도록 힘을 빼고 오롯이 내맡겨 보자. 우주의 에너지는 우리가 힘을 빼고 충분히 이완하며 생활하고 있을 때 그 여유로운 감정들을 타고 들어온다. 우주의 최고 마법은, 최소한의 에너지로 최대의 효율을 만드는 것임을 기억하자.

세상의 모든 진리는 가장 단순하고 가장 간단하다.

머리로 바쁘게 계획하고 통제하며 딱딱하게 굳어진 삶의 방식을 멈추고 가슴으로 삶의 결을 느끼는 부드러움을 선택한다면, 자신에게 흘러오는 뜻하지 않은 '삶의 선물'을 받게 되는 기쁨을 경험하게 될 것이다.

# 3
## '착하다'는 칭찬 한 마디가, 평생을 바칠 만큼 그렇게 중요한가?

**이제, 지나가버린 '콩쥐와 신데렐라'의 낡은 감옥일랑 부숴버리자!**

우리나라에서 태어나고 자란 40대 후반의 여성인 나에게 인식된 '착하다'의 정의는 뭘까? "순종하다, 희생하다, 무조건 용서하다, 무조건 양보하다, 주변에 맞춰 주다, 솔직하지 마라, 속 시끄럽지 않게 침묵해라, 단호하지 말고 우유부단해라…"라고 인식하고 있다.

나는 어릴 때 전래동화를 읽으면 마음이 답답했던 기억이 난다. "왜 콩쥐는 저렇게 답답하게 살지? 우리 엄마도 콩쥐처럼 사는구나.", "왜 신데렐라는 왕자가 왔을 때 바보같이 자기 구두라고 말을 안 하지? 나중에 왕자가 구두 주인을 찾아서 다행이지. 안 그랬으면 신데렐라는 평생 저렇게 살았겠다…"

'착함'의 의미에서 좋은 느낌보다는 답답한 느낌을 많이 받아온 나는, 내 아이들을 키우면서는 더 이상 전래동화를 읽히지 않게 되었다.

학교에 집단 상담을 나가서, 지금 현재 자신을 제일 힘들게 하는 말들에 대해서 이야기를 나눴는데 대략의 내용은 이렇다.

"어른들 말에 말대꾸하지 마라, 언니니까 네가 양보해, 동생이니까 네가 양보해, 네가 첫째니까 모범을 보여야지, 네가 동생이니까 오빠 심부름 좀 해….

'네가 그럼 그렇지' 기대한 내가 멍청이다, 쓸데없는 관심 끄고 공부만 해, 시끄러워지니까 네가 한 번만 참아, 앞집에 ○○는 이번에 상 탔다더라…." 우리의 의식은 아직도 산업화 시대를 벗어나지 못하고 있는 경우가 많다. 내가 어릴 때 듣던 이런 말들을 40년이 지난 지금까지 우리의 아이들이 듣고 있다는 사실이 안타깝다.

우리는 이제부터 '착하다'는 단어는 되도록 쓰지 않기로 의견을 모았다. 대신에 '착하다'는 단어를 대체할 수 있는 단어를 찾아보았고, 되도록 그런 표현을 자신에게나 다른 사람들에게 써 보기로 했다.

"진실하다, 당당하다, 솔직하다, 현명하다, 용기 있다, 인정스럽다, 멋있다…"

'착하다'는 단어의 가면을 벗기고 마주 보면, 사회적으로 합의된 많은 강요와 폭력이 똬리를 틀고 있음을 또다시 알아차리게 된다. '착해야 된다'라는 낡고 오래된 관념으로 자신의 삶을 아주 힘겹게 살고 있는 사람들을 많이 만나게 되었고, 나 또한 이 문제에서 한참 동안 자유로울 수 없었다.

자신을 '착하다'라고 생각하는 사람일수록, 개인적인 것을 이기적인 것으로 혼동을 많이 하고 있다. 우리는 자신을 먼저 챙겨야 한다고 배우기보다는 늘 부모에게 효도하고 형제들과 우애 있게 지내며 다른 사람들을 배려해야 한다고 배우며 살아왔다. 나는 한 가지 묻고 싶다.

"그래서 부모와 자식 관계가 그렇게 행복하고, 형제들끼리 우애가 넘치며, 이 사회가 그렇게 따뜻하고 행복한가요? 왜 이렇게 부모와 자식 관계로 고통 받는 사람들이 넘쳐나고, 형제간의 문제로 늘 시끄러우며, 사건사고는 넘쳐 나는 건가요?"

이것은 우리 자신이 먼저 행복해지는 것을 배우기보다 남을 위해 자기의 몫도 늘 양보해야 한다는 것을 미덕으로 여기는 사회적인 분위기 때문이다. 진정으로 자신을 챙기지 못하고 늘 불안정하니 다른 사람을 안정적으로 챙길 마음의 여력이 없는 것이다. 이러한 낡은 관념을 벗어나지 못해 자신을 먼저 챙기는 것이 당연한 것인데도 불구하고, 그것을 이기적이라고 판단을 해 버리는 안타까운 경우가 많다.

마음이 여리고 섬세한 사람들은 발달된 '직관'으로 인해서, 누가 말하지 않아도 그 미묘한 분위기를 재빠르게 알아챈다. 그리고는 결국 자신이 받게 되는 많은 부탁들을 거절하지 못하고 자신을 힘들게 하는 경우가 많다.

이들은 어릴 때부터 부모와의 관계 속에서도 늘 부모에게 자신을 맞춰 가며 부모의 욕구를 충족시켜 주려고 많은 노력을 하며 살아왔을 것이다. 이러한 패턴들이 무의식적으로 자신에게 굳어지면서 자라면서는 친구나 선생님, 직장 동료나 상사들에 이르기까지 그들의 기대에 맞추기 위해 애쓰며 살아왔을 것이다. 결혼을 했다면 배우자나 배우자의 부모까지도 맞춰 가며, 실망시키지 않기 위해 거절하지 못하고 자신을 포기하며 괴로운 삶을 이어 왔을 것이다.

이것이 계속 지속되면 어떻게 될까? 한없이 베푸는 마음 좋은 사람이라서 점점 인간관계가 넓어지고 좋아지는 것일까? 내가 만나 본 사람들의 결론은, 그 반대였다.

착하게 사는 게 뭐가 그리 중요하노?

다른 사람에게 친절하고 자신에게 친절하지 못한 사람은, 결국 그 짜증과 분노를 억누르게 된다. 자신의 짜증과 분노를 다 표현한다면 사람들에게 이기적이라는 평가를 받게 될 것이고, 그것은 이제껏 참고 인내해 온 자신의 사회적 이미지를 손상시키게 되기 때문이다.

부정적인 감정을 표현하거나 부정적인 모습을 보여 준다면, 사람들에게 거절당하고 인정받지 못하게 될 것이라는 왜곡된 관념에 아직도 지배당하고 있는 것이다.

시간이 흐르면 없어지길 바라면서 억누른 그 짜증과 분노는, 더 힘이 응축되어 자신을 낮은 주파수(의식 수준)로 끌고 들어가게 된다. 그 후에는 낮은 주파수에 해당하는 어둡고 무거운 현실들이 펼쳐지게 될 것이다. 부탁했던 상대방은 편한 마음에 더 친하게 지내려고 할 것이나, 그 부탁으로 인해 힘들었던 자신은 자신도 모르게 그 상대방이 불편해지기 시작하게 된다.

그 상대와 더 친밀한 관계를 맺게 된다면 그다음에 또 자신에게 주어질 부탁을 거절하지 못하고, 다시 자신이 다 받게 될 것이라는 것을 무의식적으로 알기 때문이다. 그렇게 한두 명씩 서서히 거리를 두게 되고, 상대방은 이유도 모른 채 본인들이 거부당하는 느낌을 받게 되어 다시 그 사람을 비난하게 되는 것이다.

이렇게 반복되며 시간이 흘러간다면 늘 다른 사람을 위해 양보하고 배려해 온 '착하기만' 한 자신에게 되돌아오는 건, 힘들고 어두운 현실이 되는 것이다. 이것을 알아채지 못하면 착하기만 한 자신은, 늘 재수가 없고 인복이 없는 피해자라고 여기면서 살아가게 된다.

변화할 수 없도록 발목을 잡고 늘어지는 이 '착한 굴레'에서, 어떻게 벗어날 수 있을까?

지금은 다 자라서 성인이 되었다고 해도, 어릴 적부터 자신의 무의식에 깊이 박힌 '부모의 관념'들이 뽑혀 나가지 않고 계속 존재하며 명령을 내리고 있다. 평생을 이 '부모의 관념'으로 살아가면서도 어릴 때부터 세뇌되어 늘 익숙하게 반복하며 살아왔기에, 전혀 알아차리지 못하고 살고 있는 것이다. 어려서는 부모님의 말들이 전부라 생각하고 자랐기에 우리의 생활 습관으로 완전히 몸과 마음에 세뇌되어 있다.

왜곡된 부모의 말을 듣고 자란 착한 사람들은, 아직도 그 낡은 관념에 얽매여서 괴롭게 살아가고 있다.

수많은 장남과 장녀들은 늘 "네가 부모 대신이니까, 네가 동생들을 다 책임져야 한다."는 말을 듣고 자랐기에, 겨우 두세 살 차이 나는 동생들을 자신이 계속 보살펴 줘야 한다는 무거운 책임감을 평생 동안 짊어지고 살아가게 된다.

능력 없는 부모의 "네가 우리 집 기둥이다. 네가 우리 집안을 일으켜야 한다. 우리는 너만 믿는다."라는 하소연을 듣고 자란 자식은, 자신이 성취를 했어도 그것을 즐기지 못하고 계속 늙은 부모와 형제들에게 다 나눠줘야 한다는 생각에 짓눌려 살아가게 된다. 그러다 보니 자신이 좋은 곳에 여행을 가거나 좋은 음식을 먹으면 그 행복을 누리지 못하고, 그 자리에 없는 다른 가족들 생각에 늘 마음 한쪽에 무거움을 느끼며 살아가게 된다. 자신이 성취한 결과를 충분하게 즐기고 누리지 못한다면 얼마나 인생이 무겁고 답답하게 느껴질까?

남들의 평가를 과도하게 의식하는 부모에게 "다른 사람들 앞에서는 체면을 차려야 한다. 늘 다른 사람을 먼저 챙겨야 '좋은 사람'이라는 소리를 듣는다."라고 배운 사람은, 남들 앞에서 자신을 솔직하게 드러내지 못한다. 자신의 부모처럼 늘 남들의 시선에 신경을 쓰며 자신을 챙기기보다는 남들에게 양보하고 늘 남부터 챙기면서 살아가게 된다.

이렇게 왜곡된 습관에 길들여지면 자신의 것을 먼저 챙기는 것이 오히려 죄책감이 들면서, 이기적이라는 느낌을 가지게 된다. 주변 사람들에게 '착한 사람'이라는 칭찬이 자자하지만 자신의 욕구를 늘 억누르며 살아가기에, 정작 자신은 늘 답답하고 피곤하며 스트레스를 풀 다른 대상을 찾아서 헤매게 된다. 그것이 사회적으로 알려져 있는 여러 가지 중독들인 도박중독, 알코올중독, 약물중독, 운동중독, 일중독, 섹스중독, 게임중독, 다이어트중독 등으로 표출되기도 한다. 또한 비틀린 행동으로 건강하지 못하게 표출되는 경우도 많은데 요즘 한참 이슈가 되고 있는 심각한 문제인 '미투'의 사건들이나, 사회적인 약자에 대한 정서적 폭력, 힘없는 아이들의 아동학대 등으로 표출되기도 한다.


착함이 가져오는 가장 대표적인 폐해는, 우리나라에만 존재한다는 여성들의 '화병'이다.

착한 아내, 착한 엄마, 착한 며느리가 되어야 한다는 낮은 주파수 시대의 그 낡은 관념이 지금까지 강요되면서 우리나라의 기혼 여성들의 삶을 고통스럽게 만들고 있다. 매스컴에서도 자신의 인생을 완전히 희생해서 철없는 남편을 벌어 먹이고, 그의 가족들까지 다 챙기며 뒤치다꺼리를 하는 여성들이 '착하다'라고 주목을 받으며 인기를 끌고 있는 경우가 많다.

평생을 희생하며 '화병'으로 박힌 이 여성들의 갑작스러운 감정폭발이나 정신과 약물복용에 대한 심각성을 다루기보다는, 철없는 남편의 행동으로 누가 더 힘들게 마음고생을 했는가에 초점을 맞추고 있어 자연스럽게 여성은 '참고 희생하는 것이 미덕'이라는 비틀린 관념을 심어 주고 있다. 자신의 행복을 위해 결혼을 했고 자신의 가정을 꾸리면서 자신의 인생을 살아가는 기혼 여성들은, 아직도 주변 사람들의 "이기적이고 자기밖에 모르는 냉정한 인간…."이라는 터무니없는 악평을 견뎌 내야 한다.

이제 우리가 해야 될 것은, 무의식에 깊이 박혀서 평생 우리를 조종하고 있는 왜곡된 '부모의 말'들을 뽑아내야 한다. 계속적으로 자신이 현재 생각하는 것과 말하는 것들이 나의 것인지 아니면 부모의 것인지를 구분해 나가야 한다.

이것을 관찰하기 시작한다면 깜짝 놀라게 될 것이다. 이제까지 나의 생각과 말이라고 여기고 살았는데 대부분의 것들이 낡고 낡은 부모의 말과 생각이라는 것을 알아차리게 된다. 지금의 나는 어엿한 성인이 되었으며 내 인생을 스스로 책임지고 살아갈 나이가 되었다. 이제 더 이상 부모에게 사랑을 구하며 의존해서 살아가야 하는 어린아이가 아니라는 것을 깨달아야 한다. 그래야 지금의 반복되는 괴로운 현실에서 벗어날 수 있게 된다.

이 글을 읽는 누군가는 이렇게 생각할 것이다. "아니, 당연히 나는 지금 성인이죠, 그걸 누가 모른다고…." 하지만 이것은 다 머리로 이해한 것들이다. 정말 자신의 삶에 변화를 가져오기 위해서는 가슴으로 깨달아야 한다.

가슴으로 깨닫는 순간, 자신 안에서 웅크리며 살고 있던 '상처받은 어린 나'가 이 현실을 받아들이면서 성장하는 것이다.

우리는 겉으로는 나이를 먹고 성장해 가지만, 가슴속의 무의식에 깊이 박혀있는 '상처받은 어린 나'는 크지 못하고 늘 그때의 상황으로 존재하면서 우리를 조종하게 된다. 내가 아무리 "이번에는 진짜 다르게 해 봐야지…."라며 다짐을 해도, 같은 상황이 닥치면 지금의 나는 마네킹이 되고 무의식 속의 두려움에 움츠린 어린 나가 튀어나와서, 과거와 똑같이 살도록 조종하고 있는 것이다.

먼저 자신을 힘들게 하는 그 상황이나 관계에서 자신이 정말 원하는 것이 무엇인지 깊이 생각해 보자.

늘 "싫다, 싫다…."라고 외치면서 회피하는 데만 급급해서, 정작 자신이 원하는 것이 어떤 것인지는 생각하지 못하고 지내는 경우가 많다. 원하는 것도 명확하게 알지 못하고 또 상대방에게 내가 원하는 것을 말하지 않으면 그 누구도 내 마음을 알아주지 않는다. 나는 민감하고 섬세해서 다른 사람들의 욕구를 바로 알아차리지만 이 세상 사람들은 나처럼 다른 사람에게 그다지 신경을 쓰지 않고 살아간다.

또한 자신의 능력을 과대평가하지 말자. 우리는 자신이 착하게 계속 베풀면 언젠가는 상대방이 진심을 알아주면서 변화될 것이라고 전래동화의 결말을 꿈꾼다. 하지만 우리의 '착함'으로 인한 희생으로는 상대방을 절대 변화시킬 수는 없다는 것을 알아야 한다. 오히려 그 착함의 희생이 독이 되어 상대의 나쁜 생각과 행동을 더 강하게 지속시킬 수도 있다.

상대방의 우주도 그를 변화시키지 않고 있는데 어떻게 착함으로 지치고 힘들게 사는 자신이 그 우주를 뛰어 넘어서 상대를 변화시킨다는 말인가?

상대방은 그 자신의 인생 과정에서 변화될 적절한 시기가 되어야 스스로 인식해서 깨달으며 변화되는 것이다. 이것을 깨우치지 못하고 착한 자신이 더 착하게 대하면 자신의 노력을 알아줄 거라는 그 왜곡된 믿음 하나로 무수히 긴 시간을 희생하면서 견디기도 한다.

"왜 그들이 자신을 알아봐 주기를 바라면서 소중한 긴 시간을 자신에게 쓰지 못하고 흘려보내야 하는가?"

"왜 그들의 인정이 자신의 인생을 바칠 만큼 그렇게 중요하다고 생각을 하는 것인가?"

"이 세상에서 자신에게 제일 중요한 존재는 누구인가?"

"도대체 언제까지 사람들에게 '착하다'는 말을 듣기 위해서 자신을 억누르면서 고통스럽게 방치할 것인가?"

우리는 계속 변화하고 성장해나가기 위해서 살아간다. 한 번뿐인 인생을 내가 원하는 것을 하면서 그 즐거움을 누리고 그로 인해 자신이 더 확장되는 것을 느껴 보자. 이렇게 자신이 충만하게 채워졌을 때 그 높은 진동(기운)이 주변으로 퍼져 나가면서 자연스럽게 다른 사람들도 진심으로 도울 수 있게 되는 것이다.

현재 자신의 문제가 가득하고 자신이 고통 속에 빠져 있으면서 다른 누군가에게 진정으로 도움을 줄 수는 없다. 자칫하면 낮은 주파수에서 생각해 낸 남을 돕는다는 그 행동들이, 오히려 그 사람에게 피해와 불편함을 가져다주는 결과를 불러올 수도 있게 된다.

먼저 현명하고 지혜롭게 자신의 삶을 살아갈 때, 그 모습이 본보기가되어 다른 사람들에게도 그 지혜를 나눌 수 있는 것이다.

지금부터는 순간순간 용기가 없어질 때마다 자신에게 늘 이렇게 말해주자.

* 세상에서 제일 중요하고 먼저 해야 할 일은 소중한 내가 원하는 것을

착하게 사는 게 뭐가 그리 중요하노?

하고 편안해지는 것이다.

* 내가 나 자신을 챙기지 않으면 이 세상 그 누구도 나를 챙겨 주지 않는다.
* 내 부모도, 내 자식도, 내 형제도, 내 친구들도 다들 자신의 삶을 살아 가기에 바쁘다.
* 이 세상에 그 누구도 원하는 것을 말하지 않고 우두커니 있는 나를 먼저 챙겨 줄 사람은 없다.
* '아니요'라고 말하는 사람이 나쁜 사람이 아니라 무조건 '네'라고 말하는 사람이 자기 자신에게 나쁜 사람이다.
* 제발, 이제는 착하게 살지 말자.
* 사람들의 평가는 던져 버리고 자신에게 솔직하고 당당하고 용기 있게 살아가자.

'착하다'라며 칭찬받던, '착하다'는 것이 미덕이었던 그 낡은 시대는 이미 예전에 다 사라졌다.

'착함'은 어정쩡하게 여기저기 휘둘리는 약함이 아니라, 명확하게 자신의 영역을 지키는 강함이다.

# 4
# 우습게 본다고 화내지 말고, 우습게 못 보게 하라

## 누가 뭐래도 일단, 나를 제일 '우선'으로 두고 살아가 보자

우리가 어려서부터 가장 많이 들어온 말 중의 하나는 "착하게 살아야 된다"라는 말이었다. 이 "착하게 살아야 된다"라는 말은 정확하게 어떻게 사는 것을 뜻하는 걸까?

우리가 제각각 규정한 '착함'의 잣대로 인해, 이 세상에는 수많은 판단과 평가가 끊이지 않으며 서로를 괴롭게 만들고 있다. 이 "착하게 살아야 된다"라는 낡은 관념으로 살아가는 우리에게 지금 남은 것은 무엇일까?

"나는 착한 사람. 너는 나쁜 사람. 사람이 그러면 안 되지. 네가 어떻게 나한테 그럴 수 있어?…."

'착한 사람'들이 많이 경험하고 있는 일상들을, 한번 따라가 보자. (이해를 돕기 위해, '착한 사람'과 '나쁜 사람'으로 표현하기로 한다.)

착한 사람들은 너무나 착해서 배려심이 늘 넘쳐나고 있다. 이 착한 사람들은 자신이 있는 어떠한 상황에서도 도와줘야 할 사람이 누구이며,

어떻게 도와줘야 할 것인지를 자동적으로 알아챈다. 따라서 누가 직접적으로 부탁을 하지 않아도 자동적으로 알아서 상대방을 배려하기 시작한다.

친구들과 4박 5일 해외여행을 간다면, '착한 사람'은 더 바쁘고 짐 가방은 다른 사람보다 훨씬 클 것이다. 그 짐 가방 안에는 자신이 필요한 것들 외에도 함께 가는 친구들을 위해 챙겨 간 물건들이 쟁여져 있다. 자신이 마사지 팩을 하고 싶다면 자신의 것을 비롯해서 함께 가는 친구들의 것도 다 챙겨야 한다. 혹시 누군가 찾을 것을 대비해서 고추장도 챙겨야 하고, 비상약도 챙겨야 하고 화장품도 넉넉하게 챙겨야 한다. 쌀쌀한 날씨에 대비해서 긴 카디건을 챙길 때에도 여유분의 카디건을 더 넣어야 마음이 편하다. 이렇게 원하는 걸 몇 개만 선택해도 가방은 이미 꽉 차서 빈틈이 없다.

여행을 가서도 여행을 마음껏 즐기지 못한다. 누군가 말하기도 전에 필요한 것을 먼저 스캔한 '착한 사람'은 항상 먼저 준비하고, 연락을 하고 자신이 챙겨간 물품들을 주기 위해 분주하게 움직이고 있다. 이 '착한 사람'이 정말로 쿨한 성격이라면 별 탈 없이 잘 마무리가 되겠지만 우리 대부분이 이렇게 쿨하기는 어렵다는 것을 인정하자. 보기와는 다르게 쿨한 성격이 아니라면 흡사 백조처럼 조용한 표면 밑으로 여러 감정들이 재빠르게 움직이기 시작한다.

짐을 싸며 여행 가방이 터질 듯 부풀어도 '착한 사람'은 마음이 아주 뿌듯했다. 가방이 무거워서 힘들긴 하지만 자신이 이렇게 준비해 가면 필요한 친구들에게 도움을 줄 수 있기 때문이다.

(→ 자신도 알아채지 못하지만 무의식에서 보면, 이 뿌듯함의 밑 마음에는 자신은 이

렇듯 배려심 많은 '착한 사람'이라는 자부심이 들어가 있다. 또한 자신처럼 이렇게 배려하며 행동하는 것이 '착함'이라고 여기는 왜곡된 관념이 점점 강해질 수 있다.)

여행을 함께 다니다 보니 내가 힘들게 챙겨 간 물건들이 크게 필요하지 않아 보인다. '착한 사람'은 그 힘듦을 무릅쓰고 가져온 노력들이 아까워서 이 사람 저 사람에게 권해 보지만 딱히 그들이 내켜 하지 않는 분위기다. 오히려 왜 이렇게 많은 짐을 바리바리 싸 들고 왔냐고 자신을 타박하는 분위기다.

(→ 슬슬 '착한 자신'에 대해 짜증과 후회가 올라오기 시작한다. 내 것만 챙기면 될 것을 군이 이것저것 챙겨서 힘들게 들고 온 자신이 미련해 보여 기분이 좋지 않다. 그리고 내 정성을 몰라주고 저렇게 무심한 친구들에게 섭섭한 마음이 올라오기 시작한다.)

친구들 짐을 보니 다들 자기들 것만 챙겨서 가볍게 왔다. 그리고 마사지 팩을 하면서도 나에게는 권하지도 않고 자신만 챙겨서 한다. 나는 아이스크림이나 음료수를 먹을 때마다 다 물어보고 챙겨줬는데 친구들은 그런 배려심도 없이 자신들만 챙겨서 먹고 있다. 가만 생각하니 멋진 곳에서 사진을 찍을 때도 친구들 찍어주기에 바빠서 정작 내 사진은 별로 찍지도 못했다. 나는 어제저녁에 너무 피곤했지만 혼자 산책 나가는 친구가 심심할까 봐 같이 나가줬는데, 그 친구는 오늘 내가 혼자서 산책을 나가도 본체만체 신경도 쓰지 않고 있다.

(→ "아니, 이런 걸 꼭 해 달라고 부탁을 해야 아나? 이런 기본적인 배려심도 없는 건가? 왜 자기들만 챙기고 나한테는 한 번도 권하지 않는 거지? 이건 너무 섭섭한데? 저번에도 그러더니 어떻게 이럴 수 있어?….")

착하게 사는 게 뭐가 그리 중요하노?

이제부터는 수많은 말들이 올라오면서 머릿속에서 시끄럽게 떠들기 시작한다. 그리고 그 말들과 함께 짝을 지어서 불편한 감정들이 불쑥불쑥 표면을 건드리기 시작한다. 자신은 친구들을 늘 배려하고 존중해 줬는데 정작 자신은 친구들에게 배려 받고 존중 받지 못한 것 같아서, 아주 기분이 불쾌해진 것이다. 이 불쾌한 기분의 무의식적인 밑 마음에는, 나는 '착한 사람'이고 너는 '나쁜 사람'이라는 잣대가 작용하고 있다. 돌아온 공항에서는 즐거웠다고 웃으며 헤어졌지만 이 불편한 감정이 가라앉을 때까지 아무에게도 며칠 동안 연락을 하지 않고 있다.

(→ '착한 사람'은 이 불편한 감정이 배려심 없는 친구들 탓이라고 표면으로만 인식하고 있다. 하지만 무의식의 밑 마음은 친구들처럼 솔직하고 당당하지 못한 자신에 대한 원망과 비난인 것이다. 이 '착한 사람'은 현재 낮은 주파수에 머물고 있어서 폭넓은 관점을 가지지 못한다. 자신만의 좁은 잣대로 자신의 행동만이 옳은 것이라고 우기고 있다는 걸 모르고 있다. 친구들이 배려심 없고 이기적인 것이 아니다. 그들은 자신의 것을 먼저 챙기고 도움이 필요하면 솔직하게 요청을 하기에, 다른 사람들도 자신처럼 그렇게 할 것이라고 생각하는 것이다.)

자, 위의 내용들이 너무 터무니없는 이야기라고 생각이 되는가?

여행을 간단한 예시로 들었지만 우리의 생활 속에서 이러한 과다한 배려심 넘치는 착한 행동들은 너무나 많다. 그리고 그 착한 행동 뒤에 따라오는 이런 불편한 감정들은 표현되지 못하고 각자의 가슴에 켜켜이 쌓이고 있다.

'착한 사람'들은 누가 부탁하기도 전에 너무나 많은 배려와 희생을 자처한다. 이런 착한 행동을 인정받고 싶은 욕구의 다른 표현이라고 말한다면 그들은 엄청나게 분노가 올라올 것이다. 자신들은 절대 바라는 것

없이 순수하게 하는 행동들이라고 믿고 있기 때문이다. 과연, 정말 바라는 것 없이 순수하게 한 행동들이라고 단언할 수 있을까? 정말 바라지 않고 순수하게 한 행동이라면 상대의 행동에 대해 섭섭하거나 불편한 마음이 올라오지 않는다는 것을 기억하자.

자기 자신에게 열등감과 수치심을 많이 느끼고 있으면 자신도 모르게 자동적으로 모든 관심이 외부로 쏠리게 된다. 혹시라도 자신의 부족한 모습을 다른 사람들도 알아채고 있는지가 두렵기 때문이다. 열등감과 수치심으로 가득한 이런 내 모습을 다른 사람들은 어떻게 평가하고 있는지 계속 신경이 쓰인다.

그러다 보니 자신도 모르게 무의식적으로 외부의 인정을 받기 위해서 과도하게 배려하고 희생하는 모습을 보여 주며, 좋은 이미지 만들기에 온갖 애를 쓰고 살아가게 된다. 하지만 날마다 자신의 이 모습을 적나라하게 인식하고 살아간다면 삶이 너무 슬프고 힘들어질 것이다. 따라서 이 사실을 깊은 무의식 속으로 던져 버리고 우리는 자신을 '착한 사람'이라고 계속 세뇌시키면서 이렇게 살아가는 것이다.

한 인간의 내면에는 세상의 모든 오만 가지의 감정들이 다 들어있다. 모든 인간에게는 이 열등감과 수치심이 다 작용하고 있는 것이기에, 자신만 모자라고 부족한 사람이라고 일찍 결론지어 버리지는 말자.

이러한 무의식 속의 열등감과 수치심이, 우리에게 어떠한 모습으로 작용하는지 알아보자.

첫째, 자신에게 해야 할 비난을 다른 사람들에게 지속적으로 퍼붓게 된다.

명절이나 제사의 예를 들어 보자. 명절이 오면 대한민국 대부분의 가

착하게 사는 게 뭐가 그리 중요하노?

정들은 소리 없는 대형 전쟁터가 되어 "명절 증후군"으로 몸살을 앓고 있다.

여기서 '착한 사람'은 누가 시키지 않았어도 스스로 일찍 시댁이나 친정으로 향한다. 며칠 전부터 체크하기 시작해 아침 일찍 일어나서 양손 가득 장을 보거나 선물을 챙겨서 도착한다. 도착해서 보니 다른 식구들은 아직 오지 않았다. 혼자서 열심히 준비하고 힘들게 음식을 하고 있으려니 한참 나중에서야 한두 명씩 도착하기 시작한다. 늦게 와서는 미안한 내색도 없이 자신들 할 일 다 하고 느릿느릿 주방으로 들어온다. 나는 무겁게 장도 보고 선물도 사서 들고 갔는데 빈손으로 가볍게 온 것도 이해가 되지 않는다.

이미 짜증은 나 있었지만 '착한 나'는 절대 이 많은 가족 앞에서 기분대로 표현할 수는 없다. 이렇게 하루나 이틀을 지내고 집으로 가는 차 안에서 참았던 짜증과 분노를 남편에게 폭발시킨다.

"당연히 일찍 와야 되는 거 아니야? 누구는 일찍 오고 싶어서 오는 줄 알아? 아니, 어떻게 저럴 수가 있어? 기본적인 사람의 예의 아니야? 왜 어머니는 나한테만 계속 일을 시키는 거야? 내가 그렇게 만만해? 아무 말 안 하고 있으니까 지금 사람을 우습게 보는 거야, 뭐야?…."

지금부터 이러한 짜증과 분노를 지워 내고 냉정하게 다시 생각해 보자.

누구도 일찍 오라고 한 적이 없었는데 자신이 일찍 갔다면 그것은 자신의 선택이었다. 한참 늦게 눈치도 없이 온 사람은 그 또한 그 사람의 선택인 것이다. 돈 들여서 장을 보고 선물을 산 것도 나의 선택, 그냥 가볍게 온 상대방도 그의 선택인 것이다. 각자의 가치관과 생활 방식은 그 사람이 살아가고 있는 의식 수준에 따라 다른 것이다. 그 의식 수준에 따라서 생각하는 범위와 행동하는 모습들이 제각각인 것이다.

이 문제로 계속 '화'가 올라오고 있다면, 자신의 마음속을 가만히 들여다보자.

사실은 늦게 온 상대방이 밉기도 하지만 어쨌든 저렇게 눈치 안 보고 자유롭게 행동하는 것이 부럽기도 했을 것이다. 그리고 일찍 가서 혼자 고생한 나 자신이 답답하고 한심하게 느껴졌을 것이다. 나 자신도 미치도록 다르게 살고 싶은데 어려서부터 세뇌 받은 "착해야 된다"라는 사고방식이 나를 꽁꽁 묶어놓고 있다.

스스로 나쁜 사람이 될 것 같아 저 사람처럼 행동할 수 없는 것이 너무 화가 나는 것이다. 나는 그 화를 나 자신에게 내지 못하기에 상대방에게 쏟아내며 상대방을 비난하는 것이다. 이런 답답하고 소심한 내 자신이 나도 싫은데 남편이나 자식이 나를 이렇게 생각할까 봐 너무 두렵다. 이 모든 사실들을 회피하기 위해서는 상대방을 나쁜 사람으로 평가해 버려야 하는 것이다. 이렇게 그 상대방의 행동을 이기적이고 나쁜 사람이라고 비난을 해 대면서, 나의 딸에게는 "나처럼 살지 말라"고 늘 하소연한다.

이러한 상처에서 벗어나기 위해서는 내 자신이 용기를 가지고 새로운 시도를 하는 수밖에 없다. 새로운 시도를 하기 위해선 그전에 자신이 '이 상황에서 무엇을 원하는가?'를 명확하게 알아야 한다.

굳이 일찍 가서 자신이 일을 해야 되는 상황이 아니라면, 나쁜 사람으로 비난받을 것이라는 두려움을 맞닥뜨리고 자신이 원하는 시간에 출발을 해 보자. 그러나 누군가 일찍 가서 일을 해야 되는 상황이라면, 늦게 온 상대방에게 차분하게 나의 의견을 말하고 시간을 조율해서 명확하게 정하도록 하자. 내가 용기 내어 말하지 않는다면 그 생활 습관에 젖은 상

착하게 사는 게 뭐가 그리 중요하노?

대방과 시댁 식구들은 결코 변화하지 않을 것이다.

"말을 안 하고 있으니 사람을 우습게 본다."라고 엉뚱한 남편에게 화를 퍼붓지 말고, 우습게 보지 않도록 그 상대방이나 시댁 식구들에게 내가 원하는 것을 용기 내어 말해 보자. 내가 나 자신을 먼저 챙기고 대접하지 않으면서 남편이 나를 대신해서 나의 억울함을 말해주지 않는다고 비난하지 말자. 왜 나의 가족과는 상관없는 다른 사람의 행동으로 화가 올라온 것을, 그 사람이 아닌 나의 가족에게 쏟아 내면서 나의 가정을 지옥으로 만드는 것인가? 자신이 너무 어리석고 안타까운 행동을 하고 있다고는 생각하지 않는가?

둘째, 자신의 열등감과 수치심을 회피하며 우월감을 느끼기 위해 주변 사람들에게 그 감정을 뒤집어씌운다. 자신의 열등감과 수치심에 너무 깊이 빠져 있게 되면 절대 자신의 모습을 객관적으로 보지 못한다. 아니 객관적으로 볼 수 있어도 무의식이 절대 거부하며 외면하도록 만들어 버린다.

이 엄청난 열등감과 수치심을 느껴 버린다면 두려움과 우울에 빠져 정상적으로 사회적인 기능을 할 수 없게 될 수 있기 때문이다. 생존을 위해 무의식은 아주 교묘하게 이 열등감과 수치심을 그 양극의 반대인 우월감으로 바꿔서 인식하도록 만든다.

착한 사람은 주변 사람들에게서 슬프고, 처량하고, 불쌍하고, 측은한 면을 유난히 크게 느끼며 바라본다. 그리고 그 아픈 마음을 크게 느끼는 만큼 그들을 위해 과도하게 배려하고 희생하는 패턴이 반복되는 것이다. 이러한 행동의 무의식적인 밑 마음에는 그들의 모습 속에서 자신의 슬프고 처량하고 불쌍한 모습을 대신 '투사'해서 보고 있는 것이다. 자신에게서 그러한 부분들을 크게 느끼고 있기에 상대방의 그 많은 면들 중에서도 유난히 그러한 부분들이 공명되어 크게 느껴지는 것이다.

이런 마음이 비틀린다면 주변 사람들을 잘 보살피며 도와주는 자신은 착한 사람이 되고, 그렇지 못한 다른 사람들은 정이 없는 나쁜 사람이라고 여기게 된다. 이런 식으로 자신은 정이 없는 그들보다는 우월한 위치에 있다는 느낌을 만들어 가는 것이다. 정이 없다고 느껴지는 그들이 자신이 판단한 만큼 나쁜 사람이 아니다. 이것은 자신의 기준에서 바라본 그들의 한 단면일 뿐, 그들의 다양한 면을 다 보지 못했을 뿐임을 알아야 한다. 그들은 나와는 다른 방법으로, 다른 시기에 주변 사람들을 도와주거나 도와줄 생각을 할 것이다.

또 하나 비틀린 마음은, 주변 사람들에게 도움을 주면서 자신은 그들보다 더 나은 사람이라고 우월감을 느끼는 것이다. 그들을 배려하고 챙겨주는 행동은 계산 없는 호의에서 나왔을 것이나, 무력한 그들의 모습에서 열등한 모습과 수치스러운 모습을 발견하게 된다. 이 또한 자신의 열등한 모습과 수치스러운 모습을 그들의 모습에서 보는 것이나, 그것을 알지 못하고 그런 모습들이 그들만의 것이라고 여겨 버리는 것이다. 그리고 그들을 위해서 좋은 충고를 해 준다고 하면서 교묘하게 그들의 열등감과 수치심을 건드려 버린다.

"그래, 네 친구 ○○이는 그 힘든 공무원에 합격했다면서? 근데 너는 아직도 시험 준비만 하고 있으니 어떡하냐?"

"그때 네 남편 바람피우다 걸렸다더니 진짜 상처받았겠다. 그래, 지금은 정신 차렸어? 아무 일 없는 거야?"

"네 며느리는 그렇게 똑똑하고 능력도 좋은데 여태까지 애가 안 생겨서 어떡하니? 노력해도 안 되는 게 자식인데."

착하게 사는 게 뭐가 그리 중요하노?

자신의 무의식적인 열등감과 수치심을 그들이 대신 느끼도록 만들어 버려서 자신은 그 감정과는 상관없는 것처럼 회피해 버리는 것이다.

우리가 이 세상과 사람들을 보면서 느끼는 이 모든 것은 우리가 지어 내는 환상일 뿐이다. 이것들이 환상이 아니라면 분명 이 세상에 사는 우리들은 같은 것을 보고, 같은 것을 느껴야 한다. 하지만 우리는 모든 상황에서 생각하는 것과 느끼는 것들이 사람에 따라 제각각 다 다른 모습이다. 이것은 자신만의 무의식에 쌓여있는 감정들로 이 세상을 제각각 바라보고 느끼기 때문이다. 따라서 이 세상에 "착하게 살아야 된다"라는 것은, 더 이상 존재하지 않는다. 우리는 자신의 무의식이 생각하고 느끼는, 지금 자신의 모습 그대로 살아갈 뿐이다.

'착함'과 '나쁨'의 기준을 정하는 것도 지금 나의 주파수에서 인식하는 나만의 기준일 뿐이다. 내가 좁은 소견으로 보지 못하는 다른 면들을, 다른 사람은 그들의 주파수에서 그들의 기준으로 바라본다는 것을 이해하자. 자신의 방법만이 상대방을 위해 무조건 옳은 것이라는 왜곡된 관념은 버리자. 그리고 자신처럼 착한 행동을 하지 않는다고 남을 비난하던 자신의 뒤틀린 마음을 제대로 바라보자.

'착함'을 내세우기 전에 가장 먼저 해야 할 것은 나를 소중하게 여기고 대접해 주는 것이다. "착하게 살아야 된다"라고 사회적으로 외치지 않아도 우리 각자가 자신을 소중하게 생각하고 대접해 준다면 모든 것은 해결된다. 왜냐하면 우리는 무의식적으로 자신의 모습을 타인에게서 찾아서 보기 때문이다.

자신을 폄하하며 가치 없다고 여긴다면 분명히 타인도 자신처럼 폄하하며 가치 없게 여길 것이다. 자신을 소중하게 생각하고 대접해 준다면 분명히 타인도 자신처럼 소중하게 생각하고 대접해 주게 된다. 그리고 자신에게서 열등감과 수치심이 점점 가벼워질수록 외부로 향하던 두려운 시선은 자신의 내면으로 향하게 된다. 이렇게 자신의 내면으로 시선이 돌려진다면 외부로 두리번거리던 자신의 에너지를 자신의 성장을 위해서 쓸 수 있게 된다.

자신이 성장하고 더 지혜롭게 확장되어 간다면, 주변에 정말 필요한 도움을 적절한 때에 적절한 방법으로 줄 수 있게 될 것이다. 그 사람의 일을 나눠서 대신해 준다고 해서, 그 사람에게 물질적인 도움을 준다고 해서 그것이 진정한 도움이 될 거라는 왜곡된 관념은 버리자.

그 사람에게 정말 필요한 것은 그러한 일시적인 도움보다 그의 '낮은 의식 수준'을 깨우치게 만드는 것일 수도 있다. 이론적인 훌륭한 말들만 앞세우기보다는 직접 나 자신이 성장하고 지혜롭게 살아가는 모습을 보여 줄 때, 그는 그 모습을 보며 어떻게 살아가야 할지를 가슴으로 깨닫게 되는 것이다.

현재 자신이 "착하게 살아야 된다"라는 낡은 관념에 빠져 과도하게 애쓰고 사는 건 아닌지, 잘 관찰해 보자.


"지금부터는, 소중한 나 자신을 먼저 대접해 주고 보살펴 주기로 하자."

# 5
## 사람들이 '나의 영역'을 자꾸 침범하는 이유는?

**남들이 나에게 던진다고, 왜 무조건 받는 것인가? - NO!**

TV 드라마에 자주 등장하는 장면이 있다. 한 남자가 무심코 길을 걸어가다 가게 앞을 지날 때 청소를 하고 난 구정물을 길에 확 뿌리는 주인이 나타난다. 그리고 그가 무방비 상태에서 느닷없이 구정물을 온몸에 덮어쓰던 그 장면을 기억하는가?

뜬금없는 이야기 같지만 우리의 삶도 이와 비슷하다. 우리는 각자의 주파수(의식 수준)에서 다들 열심히 노력하며 살아가고 있다. 나름대로 잘 살아가려고 애쓰면서 생활하고 있는데, 위의 드라마 같은 일들이 예상치 못하게 확 덮쳐 올 때가 있다.

별다른 일들도 아닌 것 같은데 그들이 오만가지 부정적인 기운이 들어간 말들을 우리에게 퍼붓는 상황을 경험할 때가 있다. 이 상황에서는 누구라도 당황스러울 것이다. 그리고 뒤이어 당황스러움이 가시고 나면 불쾌함과 짜증이 올라올 것이다. 이런 상황에서 올라오는 이 부정적인 감정들은 자신이 과민한 것이 아니라 자연스러운 반응이다. 하지만 이런 상황이 자신의 삶에서 자꾸 반복된다면 다시 진지하게 생각하는 시간을 가져야 한다.

왜 다른 사람들이 뿜어낸 부정적인 감정들을 다 받아내고 살아야 하는가? 멍하게 있으면, 남들이 던지는 대로 무심코 다 받게 된다.

삶에서 이렇게 반복되는 패턴을 깨뜨리려면, 우리는 어떻게 해야 할까?

먼저 자신의 마음에서 지금 불쾌함과 짜증이 올라오고 있다는 것을 느끼며 인정해 준다. 이 부정적인 감정들을 충분히 느껴주면 소용돌이치던 감정들이 서서히 정리되며 잦아들기 시작한다. 그러나 자신은 마음이 아주 넓다거나 이해심이 깊은 사람이라서 "다 괜찮다"라고 이 감정들을 회피해 버리면 어떻게 될까? 회피하고 억누른 감정들은 없어지지 않고 살아남아서 무의식 속에 켜켜이 쌓이기 시작한다. 그리고 자신도 모르는 사이에 자신의 성장을 위해 사용해야 할 그 귀한 에너지를 집요하게 빨아먹으며 살아갈 것이다.

그다음 우리가 챙겨야 할 것은 '이 불편한 감정을 어떻게 정리해야 할 것인가?'이다.

이런 낮은 주파수의 감정에 그대로 빠져 있는 건, 앞서 말한 드라마 속의 그가 구정물을 뒤집어쓴 젖은 옷을 꿉꿉하게 그대로 계속 입고 있는 것과 같다. 눈에 보이는 젖은 옷만 중요하다고 착각하면 안 된다. 우리를 움직이는 모든 힘은 '마음의 힘'이라는 것을 늘 기억하고 있어야 한다. 눈에 보이지 않는 젖은 우리의 감정도 꿉꿉하게 그대로 방치한다면 곰팡이가 슬어갈 것이다. 그가 집에 돌아와 샤워를 하고 뽀송뽀송한 옷으로 갈아입어야 하듯이, 우리도 내 마음속에 올라온 불편한 감정들을 털어내고 새로운 기분으로 전환해야 한다.

낮은 주파수의 감정(불쾌감, 짜증, 분노, 화, 미움, 두려움, 질투…)에 빠져서 헤어 나오지 못하고 그 주파수를 높이려는 노력을 하지 않는다면, 그 어두운 현실의 상황을 계속 마주치며 살아가게 될 것이다. 이 불편한 감정을 정리하기 위해서는 자신의 내면을 잘 성찰할 수 있어야 한다. 짜증 난 감정을 팽개쳐 버리지 말고 단 5분만이라도 혼자 있을 시간을 만들어야 한다.

'정말 잘못된 말과 행동으로 다른 사람에게 피해를 준 것은 아닌가?'라고 먼저 생각해 보자. 여기에서는 두 가지로 나뉘게 된다.

첫째, 자신이 잘못된 말과 행동을 했다고 생각된다면 솔직하게 인정을 하자.

그 사실을 솔직하게 인정하는 순간, 우리는 그 일로 나에게 불쾌감을 준 상대방에게 오히려 고마움을 느끼게 된다.

"아, 이 사람으로 인해서 나의 잘못된 부분을 깨우쳤구나."

"이 사람이 그냥 지나쳤더라면 내 잘못을 알아채고 고칠 기회를 놓쳤을 텐데, 참 고맙다." 상대가 거칠고 공격적으로 나를 대했던 건 불편하긴 했지만 그래도 고마운 마음이 불편한 감정을 상당 부분 씻어줄 것이다.

둘째, 자신이 잘못된 말과 행동을 하지 않았다고 생각된다면 이 지점부터는 명확한 분리가 이루어져야 한다.

상대방을 찾아가서 그 상황을 구구절절 설명하며 이해를 시키려고 해도 그것을 받아들이는 건 상대방의 몫이다. 우리는 다른 사람을 변화시킬 수 없고 오직 그 사람 본인이 결정할 일이다. 나의 몇 마디 말에 변화될 사람이었다면 처음부터 그렇게 거칠고 공격적인 언행을 뿜어내지도 않았을 것이다.

하지만 꼭 짚고 넘어가야 할 것은 현재 나의 감정 상태가 어떠하다는 것을 상대에게 명확하게 말할 수 있어야 한다. 그 누구도 내가 표현하지 않는 것들을 정확하게 알 수가 없기 때문이다. 상대를 비난하고 공격하라는 것이 아니라 그 상황으로 인해 나의 마음 상태가 어떠하다는 것을 알리는 것이다.

처음에 이렇게 '나의 영역'을 확실하게 정하지 못한다면, 그 뒤에는 두 번, 세 번, 네 번…. 그 사람을 비롯한 다른 사람들이 나의 영역을 침범하기 시작할 것이다.

자신에 대한 분노로 자기 자신을 공격할 수 없는 사람이 그 분노를 뿜어낼 다른 사람을 찾게 된다. 첫 번째 공격에서 그 사람이 별 반응 없이 만만하다고 느껴지면, 이제 그다음부터는 그를 자신의 분노를 쏟아내는 샌드백으로 취급할 것이다. 이것을 지켜보던 주변 사람들도 처음에는 거부감을 느끼지만, 습관처럼 지속되면 자신들의 분노가 올라왔을 때 자연스럽게 그 만만한 사람을 찾아 표출하게 되는 것이다.

나의 영역을 자신이 명확하게 구분 짓지 않는다면, 그 '주인 없는 땅'은 누구라도 쉽게 드나들게 될 것이다. 처음에는 그들이 주저주저하며 침범하지만 시간이 지날수록 아주 당연한 권리처럼 드나들게 되어 버린다. 누구도 나의 허락 없이는, 나를 함부로 취급할 수가 없다. 내가 나 자신을 지키지 않고 소중하게 대하지 않기에 그것을 본 다른 누군가도 나에게 함부로 대하는 것이다.

상대에게 명확하게 표현을 한 다음에는, 이제 나 자신에게 할 일만 남은 것이다. 지금 나에게 남아 있는 감정의 쓰레기들을 건져내야 한다.

"저 사람의 마음이 부정적인 감정들로 꽉 차 있어서 아무 데서나 터져 나오고 있는 것이구나."

"저 사람이 뿜어낸 낮은 주파수에 내 안에 있는 낮은 주파수가 공명을 해서 나도 이렇게 분노가 올라오는구나."

"이렇게 많은 분노가 올라온다는 건 내 안에도 저렇게 많은 낮은 주파수의 감정이 쌓여 있다는 것이구나."

"야, 그거 다 네 꺼야. 나한테 함부로 던지지 마. 네 쓰레기는 네가 책임져. 나는 이제부터 내 주파수 관리에만 집중할 거야…."

너무 쉬운 방법이라 실망스러운가? 가장 큰 진리는 가장 단순하고 가장 간단하다. 자꾸 어렵고 복잡한 방법만 찾아 헤매지 말고, 지금 당장 이 쉬운 방법을 한 번이라도 실천해 보라. 분명히 자신도 놀라운 효과를 경험하게 될 것이다.

이 세상의 모든 인간관계도 이처럼 아주 쉽고 작은 것을 지나쳐버리기에 엉켜가기 시작한다. 차라리 큰 사건이라면 명확하게 따지고 잘잘못을 가려서 깔끔하게 정리하기가 쉽다. 오히려 아주 작고 사소한 것들이 표현되지 못하고 반복되고 쌓여서 문제를 일으킨다. 나중에는 본인조차 그 원인을 기억하지도 못하는데 쓰나미처럼 밀려오는 감정에 휘말려 버리는 것이다.

처음에 간단하게 정리할 수 있는 것을 미루고 회피한다면 나중에는 그 수십 배에 해당하는 에너지를 써야 할 고통스러운 상황을 만나게 될 것이다. 명확하게 '나의 경계'와 '남의 경계'를 구분하지 못하고 살아가게 된다면 낮은 주파수에서 정신없이 살아가게 된다. 다른 사람들이 낮은 주파수로 나를 휘두를 때마다 공명하여 꼭두각시처럼 이리저리 휘둘리며 인생을 낭비하게 된다.

나의 영역을 침범하는 다른 사람들이 내가 판단하는 것만큼 그렇게 나쁜 사람이 아니다.

먼저 나의 영역을 명확하게 정하지 않았기에, 다른 사람들은 '나의 경계선'이 어디에서 어디까지인지 알 수가 없었을 뿐이다. 나 자신이 나의 영역을 확실하게 표시하지 않았으면서, 어떻게 나의 영역을 침범할 수 있냐고 나쁜 사람이라고 원망하고 있는 것이다.

그들은 '나의 영역(경계선)'이 불명확해서 어디서 어디까지인지 잘 이해하지 못했고, 내가 이렇게 분노로 몸부림칠 만큼 나쁜 짓을 했다고 전혀 생각하지 못하고 있을 것이다. 각자의 주관적인 기준은 모두 다 다르기 때문이다. 내가 생각하는 적절한 거리가 1m라면, 다른 사람들은 50cm가 될 수도 있고, 2m가 될 수도 있는 것이다. 그렇다면 1m를 기준으로 삼은 나에게는 50cm를 기준으로 둔 상대가 본의 아니게 상처를 줄 수도 있다. 나 또한 2m를 기준으로 가진 상대에게 본의 아니게 상처를 준 적도 있을 것이다.

나의 피해 의식에만 빠져서 상처를 입었다고 주장하지만, 나로 인해 상처를 입은 사람 또한 그렇게 주장하고 있을지도 모른다. 그렇다면 이것은 누구의 책임이라고 하겠는가? 이제는 좀 더 확장된 높은 주파수로 현실을 바라보고 살아가야 한다.

그렇게 되기 위해선 자신이 어떻게 행동하며 살아가고 있는지를 객관적으로 관찰하는 것이 필요하다. 나의 영역을 명확하게 표현하고 중심을 잡고 산다면, 누구도 함부로 침범할 수 없을 것이다. 그렇다고 침범당하지 않기 위해 두려움으로 늘 과도한 힘을 주고 긴장하며 살아갈 필요는

착하게 사는 게 뭐가 그리 중요하노?

없다. 하지만 정말 자신을 보호해야 할 중요한 순간이 오면, 용기 내어 자신에게 '필요한 힘'을 쓸 수 있어야 한다.

오늘, 시간을 내어 다시 자신에 대해 성찰해 보자.

"지금 '나의 영역'을 명확하게 정하고 살아가고 있는가?"
"그리고 그 영역(경계선)은 잘 지켜지고 있는가?"

# 6
## 사람들은, 나에게 어떤 말을 제일 많이 하는가?

**내가 듣고 있는 모든 칭찬과 비난은, 내가 나 자신에게 말한 것의 부메랑이다**

다른 사람들이 나에게 하는 비난, 칭찬, 인정의 말들은 모두 스스로 만들어 낸 자신의 이미지들이다. 누군가 나에게 비난과 무시의 말을 했다면 사실은 스스로 자신을 미워하고 의심하던 그 내용들을 다른 사람들이 거울처럼 비추어, 그대로 나에게 다시 반복해서 말해 준 것이다.

누군가 나에게 칭찬과 인정의 말을 했다면 그 또한 스스로 자신을 인정하고 칭찬한 그 내용들을, 다른 사람들이 그대로 나에게 다시 반복해서 말해 준 것이다. 내가 아예 나 자신에 대해 그런 상상조차 한 적이 없다면 그 누구도 나에게 그런 말을 하지 않는다. 내가 전혀 나 자신에 대한 그런 인식이 없는데 누군가가 나에게 그런 말을 한다면, 나는 그 말이 기억되지도 않을 것이고 좋은 감정이든 나쁜 감정이든 어떤 감정이 올라오지도 않을 것이다.

예를 들어, 길을 가다 개가 나를 보고 짖는다고 해서 개가 나를 무시한

착하게 사는 게 뭐가 그리 중요하노?

다고 느껴지거나, 두고두고 기억에 떠올라 감정을 상하게 하지 않는 것과 똑같다. 길을 가다 5살 꼬마가 나에게 '이 바보야'하고 뛰어간다면, 그 아이를 쫓아가서 따지거나 아니면 두고두고 억울해하거나 원망하지 않는 것과 똑같다.

또한 내가 나를 멋지다거나, 예쁘다거나 하는 생각을 한 번도 해보지 않았는데 누군가가 나에게 그런 말을 한다면, 나는 그 말을 그대로 받아들이지 못할 것이다. 그냥 하는 말이라던가, 입에 발린 말이라던가, 아니면 교묘하게 틀어서 하는 말이라고 생각해버릴 것이다.


예를 들어 보자. A는 친정 부모님이 이혼을 하고 아주 가난한 형편에서 아버지와 살아오며 따뜻한 보살핌을 받지 못하고 자랐다. 학창시절부터 자신의 초라한 환경을 부끄럽게 여기다보니, 친한 친구도 만들지 않았고 직장생활을 해도 친한 동료로 연결되지 못했다.

늘 혼자서 모든 것을 책임지며 살다보니 따뜻한 가정이 그리웠고 자신은 꼭 성공적인 가정생활을 하겠다는 마음으로 서둘러 결혼을 하게 되었다. 그러다보니 형편상 결혼 예단도 생략을 하게 됐고 시어른들이 탐탁지 않게 여기는 분위기에서 결혼 생활을 시작하였다.

A에게는 늘 인정받지 못한 열등감이 마음속에 자리 잡고 있었다. 시댁 가족들은 처음에는 A를 서먹서먹하게 대했지만, 시간이 갈수록 진실한 사람됨에 친밀감을 느끼며 마음을 열고 A를 대했다. A의 윗동서는 잘 사는 집안의 외동딸에 공무원을 직업으로 가지고 있었고, 새로 들어온 아랫동서도 예단을 화려하게 해 오고 직업도 약사였다.

아무도 A를 무시하면서 대하지 않았지만 A는 자신의 열등감이 더 심화되었으며, 시댁 가족모임에서 서로 대화하는 내용들이 모두 자신을 두고 빗대어하는 말로 느끼기 시작했다. A처럼 아이는 엄마가 키워야 하는데 직업 때문에 그렇지 못해서 속상하다는 동서들의 말도 자신은 능력이 없어서 무능하게 전업주부를 한다는 말로 들었고, 예단을 허례허식이라 생각해서 안 하고 싶었는데 어른들의 고집으로 하게 됐다는 말도 자신을 비꼬아서 하는 말들이라고 생각했다.

자신이 이처럼 자신에 대해 먼저 판단을 하고 비난을 하고 있으면 다른 사람들이 하는 모든 말들이 자신에게 하는 그 말들로 들리기 시작한다.

A가 자라온 환경은 외롭고 힘들었지만 그 고난을 이겨내고 떳떳한 사회인으로서 잘 자랐고 열심히 자신의 삶을 이루어나가고 있다고 자신을 인정하고 살았더라면, 동서들의 이런 모든 말들이 있는 그대로 왜곡 없이 들렸을 것이다. 동서들이 이상한 성격이었던 것이 아니라, 그들과 거리를 두고 예민하게 반응했던 A의 행동들이 점점 A를 고립되게 했다. A가 자신의 인간관계에서 반복되는 이러한 트러블들이 자신의 뿌리 깊은 열등감에서 나왔다는 것을 알아채고 그 부분을 정화시키고 받아들이는 노력을 하였다면, 사람들과 오래도록 좋은 관계를 유지하며 즐겁게 생활했을 것이다.

만약 자신이 아주 끼가 많은 사람이라고 스스로 생각하고 있고 과거의 자신의 삶도 그런 경험이 많은 사람이라면, 다른 사람이 자신에게 '끼가 많아 보인다'라는 말에 괜스레 위축되고 무시당했다는 느낌이 올라올 것이다.

그 사람은 무시하는 마음이 아니라 매력이 있다는 뜻으로 장난스럽게 표현한 것이나, 내가 나를 스스로 그런 이미지로 열등감을 느끼고 있어서 지나가는 한마디 말에도 그런 감정들이 확 올라오는 것이다. 자신이 아주 매력이 있다고 생각하는 사람이라면 이 사람의 말을 장난스럽게 받아넘기고 기분 좋은 분위기로 이끌어 갔을 것이다. 이렇듯 자신이 스스로를 어떻게 느끼고 인식하느냐에 따라서, 다른 사람들이 자신에게 하는 말들도 제각각 자신의 '필터'로 번역해서 듣고 판단하게 된다. 이것은 우리의 삶에서 아주 큰 부작용을 반복해서 발생시킨다.

자신이 낮은 주파수에 있게 된다면 모든 좋은 의미의 말들도 그 속에서 강박적으로 안 좋은 뜻을 찾아내어 확인하려고 할 것이다. 그렇게 된다면 자신의 삶에서 많은 기회를 차단하는 선택을 반복하게 되며 새로운 변화를 만들어내지 못하게 된다. 계속 흠을 찾아내며 안정적이라는 변명 아래서, 늘 같은 생각을 하며 같은 모습으로 인생을 지루하게 살아갈 것이다.

우리는 이런 상황들이 생긴다면 좀 더 높은 주파수에서 사고할 수 있어야 한다. 이것 또한, 우주의 선물이다. 남들이 나를 무시해서 그런 것이 아니라 지금 자신을 이렇게 부정적으로 인식하고 있으니, 자신부터 그릇된 인식을 바꿔야 한다는 우주의 가르침임을 알아야 한다.

현대 사회에서 비교와 경쟁에 지친 우리들은 지금 대부분이 낮은 주파수에서 자라고 살아가고 있다. 따라서 이 낮은 주파수의 사고방식을 조금 더 높게 발전시키는 것이 정말 필요하다. 이것은 그런 무시를 당하지 않기 위해 기를 쓰고 애를 쓰며 무언가를 자꾸 더 해야 한다는 것이 아니다. 무언가를 과도하게 자신을 던져가며 힘겹게 노력을 하는 것도 인정을 받고자 하는 결핍으로 나타나는 행동이다. 이렇게 되면 자신이 진짜 원했던 것을 선택하는 대신에 사람들이 좋아하고 인정할 것 같은 것들만 우선으로 선택하게 되기에, 처음 한두 번은 그 결과가 만족스러울지 몰라도 오래도록 지속되기가 힘들 것이다.

옛말에 "노력하는 자는, 즐기는 자를 이길 수 없다."라는 말이 있다. 이것을 현대식으로 설명을 해 보자면, 과도하게 애를 쓰고 노력을 하는 사람은 그 에너지장에 힘들고 불안한 진동(기운)이 쌓이게 되고 그것이 주변으로 퍼져 나가게 된다.

원하는 것을 생각하며 그 과정이 정말 재밌어서 즐기는 사람은, 그 에너지장에 재밌고 즐거운 진동이 쌓이게 되고 그것이 주변으로 퍼져나가게 된다. 이렇게 신체를 둘러싼 에너지장에 쌓인 진동이 주변으로 퍼져나가게 되면, 그 주변에 있는 사람들이 본능적으로 그 진동에 반응을 하게 되는 것이다.

과연, 우리는 힘든 진동에게 이끌리겠는가, 즐거운 진동에게 이끌리겠는가?


이렇듯 계속적으로 뭔가를 더해야 한다는 것 또한 낮은 주파수의 사고방식이다. 생활 속에서 이런 감정이 늘 올라와서 마음이 괴롭다면 가만히 홀로 자신의 내면으로 들어가 보기를 권한다.

잔뜩 움츠리고 긴장하며 늘 애쓰고 있는 그 뻣뻣한 힘을 빼는 연습을 해 보는 것이다. 양 극단은 서로 통한다고 했다. 두려워서 움츠린 무의식의 열등감이, 겉으로는 과하게 힘을 주며 우월한 척하는 모습으로 나타나게 된다.

목과 어깨에 잔뜩 버티며 들어간 힘을 빼고 이완을 해보자. 도대체 왜 그렇게, 바짝 힘을 주고 살아가야 하는가?

힘을 좀 빼자. 그래도 괜찮다. 아니, 틈이 있어야 바람도 불어온다. 남들이 내게 하는 말들이 유독 나에게 왜 그렇게 고통스럽게 부딪쳐 오는

지를 관찰해 봐야 한다. 단 한 가지 사건만 관찰을 한다 해도 그것이 기억의 기억으로 들어가, 고구마 줄기처럼 엮이고 엮인 오래된 열등감의 억압된 기억들과 그 감정들을 두두둑- 뽑아 올리게 될 것이다. 다시 과거의 그 고통스러운 감정들을 느끼는 것이 힘들지만 회피하지 말고 그 아픈 기억들과 감정들을 오롯이 느껴 준다. 그리고 슬픔이 올라오면 홀로 크게 목 놓아 울고, 분노가 올라오면 그 분노를 홀로 표현하고, 누군가에게 비난이 올라오면 홀로 그때 하지 못한 말들을 뽑아내라.

그동안 가슴속 깊이 숨어 있던 감정들이 한동안 표출되고 나면, 이내 차분함이 다가올 것이다. 그때가 되면 자신을 얽매고 있는 감옥에서 빠져나와, 조금 더 높은 관점에서 자신의 상황과 자신의 모습을 더 넓고 여유 있게 다시 바라볼 수 있게 된다.

내면의 오래 묵혀둔 두려움이 쌓여 있으면, 그 사람의 온 마음과 몸과 표정이 딱딱하게 굳어 있고 반응 또한 예민하고 날카로워진다는 것을 알자. 이것을 자신이 그렇게 철저하게 관리하고 살고 있다고 착각하고 지낸다면 새롭게 변화될 기회는 더 멀어질 것이다.

내가 자신감이 생기고 마음에 여유가 있게 되면, 빳빳하게 버티던 힘이 빠지고 오히려 언제라도 유연하게 숙일 수 있게 된다. 누가 나를 건드릴까 봐, 나한테 피해가 올까 봐 두려운 마음이 흘러가고, 그 자리에 어느 누가 오더라도 괜찮은 넉넉함과 자신감이 자리 잡게 된다.

그 순간 자신의 주파수는 조금 더 높은 영역으로 상승하게 된다. 한번 상승한 주파수는 다시 예전으로 돌아가지 않는다. 아동기를 거쳐 성장한 성인이 컨디션이 안 좋다고 다시 아동기로 돌아가지 않는 것처럼….

* 지금 내가 바라보는 나의 '진짜 모습'은 어떠한가?

* 지금 이 순간 나에게 '진짜 나'는 어떤 말을 해 주고 싶은가?

내가 나 자신을 받아들이고 인식하는 꼭 그만큼을, 세상 사람들이 그대로 나에게 확인시켜 줄 것이다.

# 7
## '수동 공격', 우아하고 교양 있는 모습 뒤의 그림자

**'수동 공격'으로 점점 힘들어지는 인간관계에 대처하는 방법**

이왕이면, 우리는 진열대에 예쁜 조명과 화려한 포장으로 반짝이는 물건들을 사고 싶어 한다. 인간관계도 그러하다. 처음부터 상대방의 진면목을 알 수가 없다 보니 첫인상의 중요성을 간과할 수 없게 된다. 그 물건을 구입해서 실생활에 사용하기 위해서는 포장지를 벗겨내고 자세히 보아야 한다. 이와 같이 우리도 누군가와 관계를 맺기 시작하면 시간이 흐를수록 그 사람의 포장지를 하나씩 벗기면서 알아 간다.

이쯤에서 첫인상의 기대와는 다른 경험을 하게 되면서 혼란에 빠지는 여러 상황들이 생겨나기 시작한다. 상황을 재빠르게 분별할 수 있는 지혜나 안목이 갖춰진 사람들은 인간관계에서 큰 무리 없이 관계를 지속하겠지만, 문제는 자신이 처음에 가졌던 이상화의 기대를 절대 깨뜨리지 않으려는 사람들이다.

물질적인 가치가 중요시되다 보니, 인간관계를 수단으로 사용하거나 과도한 경쟁의식을 가지면서 피상적인 관계로 교류하게 된다. 따라서 눈에 보이는 모습에만 집중하고 보이지 않는 다른 면들이 말해주는 그 느낌들을 다 지나쳐버리는 경우가 많다. 자기 자신에 대해서 확신이 없는 사람들은 다른 사람을 대하면서도 자신의 느낌에 대한 확신을 갖지 못한다. 자신도 상대방을 진정성 있게 대하지 않고 자신의 우아함과 교양을 지키는 선에서만 관계를 하다 보니, 상대방에게도 솔직하게 뭔가를 말하지 않게 된다. 상대방이 나를 대하는 말과 행동에서 뭔가 '이상하다'는 느낌이 들지만 '아닐 거야….'라며 억눌러버린다.

"내가 이상한 건가? 내가 오해하고 있는 건가?"

"다들 저 사람이 훌륭하고 인품이 깊다고 칭송하는데, 나는 왜 자꾸 아닌 것 같은 느낌이 들지?"

"왜 저 사람만 만나고 나면 별일이 없었는데도 묘하게 기분이 안 좋은 거지?"

"저렇게 돈도 많고, 우아하고 교양 있는 사람이 그럴 리는 없을 거야…."

자기 혼자만 별난 사람이 되기 싫어서 이러한 느낌들을 마음속에 꾹꾹 눌러 담은 채로 지나쳐 버리니, 모두들 어떤 문제가 썩고 썩어서 터져 나올 때까지 침묵만 하고 있다가 당하는 것이다.


외부의 시선에 중요성을 두며 상대방에게 관심이나 인정을 받으려고, 애를 쓰는 사람들의 특징이 있다.

자신의 뜻대로 되지 않으면 자신에게 퍼붓고 싶은 비난을 상대방에게 퍼붓게 된다. 특히, 자신이 얻지 못한 그 관심과 인정을 받은 사람에게 다 쏟아붓게 된다. 그런 식으로 자신이 감당해야 할 책임감을 회피하려고 하거나 자신에게서 올라오는 열등감과 수치심을 버리려고 한다. 직접적인 공격과 비난은 누구라도 알아차릴 수 있어서 드러나기 마련이지만, 정말 무서운 것은 간접적으로 하는 수동적인 공격이다.

이 수동적인 공격과 비난은 너무나 교묘하게 위장되어 있어서 정작 공격하는 자기 자신도 속아 넘어갈 만큼 위험하다. 이렇게 교묘하다 보니 상대방도 헷갈리게 되어 결국은 자신과 상대방 양쪽이 피폐해질 때까지 지속된다. 자신의 공격적인 마음과 질투와 시기심을 숨기기 위해서 다른 사람들보다 그 대상에게 표면적으로는 더 웃으면서 더 친절하게 대해 준다.

그냥 좋은 척, 이해하는 척, 도움을 주는 척, 관심을 가지는 척…. 이렇게 '척' 하면서 가면을 쓰기 시작하면 나중에는 그 가면과 진짜 자신을 구분할 수 없게 되어 버린다. 이렇게 계속적으로 수동 공격을 하다 보면 처음에는 '긴가민가' 속아 넘어가는 사람들도 언젠가는 비틀린 공격과 비난이라는 것을 알아차리게 된다. 그리고 '나만의 착각인가?' 하면서 혼자서 망설이고 있던 사람들이 하나둘씩 공감을 하게 되면서 결국은 다 발가벗겨 드러나게 된다. 수동 공격을 했던 사람도 주위로부터 고립되며 힘든 상황을 겪게 되지만, 수동 공격을 당했던 사람들도 마찬가지로 힘든 상황에 빠지게 된다.

수동 공격을 당했던 사람들은 바보같이 무방비 상태로 상대에게 당했다는 억울함과 수치심이 올라올 것이고, 침묵을 하며 모르쇠로 일관했던 주위 사람들에 대한 신뢰도 바닥으로 떨어지게 된다. 이런 상황들이 반복되면 세상에는 아무도 믿을 사람도 없고 서로 이용하고 이용당하는 관계만 있을 뿐이라고 생각하게 되며, 더 외롭고 고립된 생활을 선택하게 된다.

그렇다면 왜 이렇게 '수동 공격'을 선택하게 되는 것일까?

부모가 '수동 공격형'이었다거나 주변 어른들이나 자주 관계하는 사람들이 '수동 공격형'이라면, 그렇게 될 확률이 높아지게 된다. 우리가 새로운 환경에 적응하려 할 때 주변 사람들이 자신의 기분에 따라 "지금은 해도 돼"라고 말하지만, 나중에는 "지금은 하면 안 돼"라고 한다면 그 상황에서 어떻게 하는 것이 적절한 방법인지 헷갈릴 수밖에 없다.

눈빛은 차갑고 냉정한데 말투와 목소리 톤은 친절하다면, 그것이 친절인지 거절인지 헷갈려서 어느 정도의 거리로 다가서야 하는지 헷갈릴 수밖에 없다. 칭찬인 거 같은데 그 말속에 뭔가 꼭 비아냥거리는 날카로운 한 구절이 들어가 있다면, 그것이 칭찬인지 비난인지 헷갈려서 웃어야 할지, 침묵을 해야 할지 종잡을 수가 없게 된다.

"그 어려운 시험에 이번에 합격했다며? 정말 너무 잘됐다. 축하해. 하지만 그건 절대로 네가 잘해서 합격한 게 아니라 내가 해준 기도 덕분이란 걸 명심해."

다른 사람들이 자신을 싫어하게 될까 봐 분노를 억압하면서 모욕적인 말로 은근하게 비틀어서 상대를 상처 준다면, 정작 자신의 의견을 말해야 할지, 숨겨야 할지 결정하는데 어려움을 겪게 된다. "나는 정말 괜찮으니까 신경 쓰지 마. 잘 지내고 있어. 너희들이 더 좋은 거 먹고, 더 좋은 데 여행 다니는 게 중요하지. 나 같은 게 뭐가 중요하다고 신경을 쓰겠니. 괜찮아."

이런 주변의 이중적인 말과 행동이 지속된다면 사람들에 대해서 신뢰를 형성하기 어렵게 되고, 자신이 어떤 상황에서 어떻게 말하고 행동해야 하는지 적응할 수 있는 기회를 놓쳐 버리게 된다. 이런저런 눈치만 보면서 적당한 말과 행동으로 적당하게 넘어가도록 자신의 속마음을 표현하지 못하고 교묘하게 위장하게 되는 것이다.

더 염려스러운 것은 아이가 자라면서 이러한 인간관계를 맺게 된다면, 자신과 닮은꼴의 비슷한 유형들하고만 폭 좁게 교류하게 되기가 쉽다. 자신의 감정에 대해 거침없이 솔직하게 말하고 행동하는 사람들은 익숙하지 않아서 오히려 부담스럽게 느껴질 수 있다. 이들은 다른 사람에 대한 신뢰감을 쌓았던 경험이 부족했기 때문에, 자신처럼 서로에게 적당한 거리를 유지하면서 적당한 감정만 표현하는 사람들이 더 안전하고 편안하게 느껴질 것이다.

이렇게 계속 피상적인 관계가 지속된다면, 점점 자신의 마음이 공허함과 외로움으로 채워지게 된다. 그리고 억눌러 놓았던 부정적인 감정들이 한 번씩 불쑥 튀어나오게 되면 자신도 모르게 상대방에게 독기어린 비난을 퍼붓게 되고, 나중에는 후회와 자책으로 인해 다시 상대에게 감정을 억누르며 맞춰 주게 된다. 처음에는 한두 번 이해하고 받아 주었던 사람들도 계속 이런 일이 반복된다면 점점 거리를 두며 멀어져 갈 것이다. 이런 삶의 반복이라면 사는 게 너무 어둡고 힘들게 느껴지지 않을까?

여기서 벗어나기 위해 제일 중요한 것은 자신이 '수동 공격'을 계속하고 있다는 것을 스스로 깨달아야 한다.

먼저 자신의 상태를 정확하게 인식을 하고 받아들여야만, 그다음 단계로 나아갈 수 있는 것이다. 하지만 자신을 포함한 주변 사람들이 비슷한 수동 공격 패턴을 보이는 경우가 많아서, 대부분이 자신의 상태를 인정하지 않으려 한다. 오히려 자신이 오해받고 있어서 억울하다고 정말 고쳐야 할 사람은 상대방이라고 굳게 믿다 보니, 더 오래도록 자신과 상대방이 고통을 겪고 있다.

더 심각한 것은 자신이 분노를 표현하지 않는 대신 상대방을 교묘한 방법으로 조종하여 그 사람이 대신 분노를 터트리게 한다는 것이다.

그렇게 되면 자신은 우아함을 지킬 수 있고 분노를 쏟아낸 상대방이 대신해서 비난을 받게 되는 이점이 있다. 이들은 싫어하거나 공격하고 싶은 상대를 포착하면 은근하게 지속적으로 그 상대방만 알 수 있도록 하나씩 하나씩 교묘하게 트러블을 만들기 시작한다. 큰 트러블이 아니기 때문에 상대방은 바로 드러내지 못하고 계속 참고 넘어가지만 그것이 지속되면 어느 순간 그도 모르게 폭발하게 된다. 그 폭발하는 표면적인 모습만 경험한 주변 사람들은 거칠고 공격적이라며 분노를 표출한 상대방에게 오히려 문제가 있다고 인식하게 된다.

또한 이들이 많이 쓰는 방법은 자신은 피해자 역할을 자처하면서 주변에 늘 하소연하며 억울함을 호소하는 것이다. 그렇게 하소연과 억울함을 들어주던 사람이 자신을 대신해서 그 상대방을 공격하게 만들기도 한다. 결국엔 대신해서 공격해 준 사람과 표적이었던 상대의 불편한 뒷감당은 자신의 책임이 아닌 듯 교묘하게 회피해 버린다. 이로써 자신의 목적은 달성했고 이미지도 손상되지 않았다고 여기기에 모른 척 하지만 결국엔 주변의 인간관계가 다 끊어지게 된다.

우리의 일상생활에서도 비일비재하게 이런 비틀린 상황들이 일어나고 있지만, 표면만 보고 판단해 버리는 대부분의 사람들은 그 상황에 속아 넘어가게 된다. 예를 들어 며느리나 자식에 대한 분노를 시어머니가 교묘하게 다른 자식들에게 넘기는 경우라면 얼마간은 그 시어머니는 자신이 뒤로 빠질 수 있겠지만, 결국엔 그 집안의 형제간 우애는 다 끊어지게 될 것이다.

권위자 앞에서 자신이 돋보이고 싶을 때 자신의 장점보다는 옆 사람의 장점을 몇 가지나 얘기하며 그를 치켜세운다. 그 후 권위자가 제일 싫어하는 단점 하나를 교묘하게 터뜨림으로써 자신을 띄우는 경우도 많다. 그렇게 모래성을 쌓아 간다면 결국엔 한순간에 다 흩어져 버릴 것이다.

자신이 이러한 '수동 공격'을 받아서 힘든 상황에 놓여 있다면, 먼저 그 상대방과 거리를 두는 것이 중요하다. 자신의 보호 영역을 자신이 명확하게 정해서 그들이 그 안으로 침범할 수 없도록 단호하게 대처해야 한다.

처음에는 자신이 '냉정하고 나쁜 사람'이 된 것처럼 느껴져서 죄책감에 빠지기도 할 것이다. 또한 정말 그들로부터 냉정하고 나쁜 사람이라고 엄청난 비난을 받을 수도 있고 그들이 안 좋은 뒷담화를 퍼뜨릴 수도 있다. 그들이 얼마나 교묘하고 잔인하게 상대를 긴 시간 동안 괴롭혔는지는 까마득히 잊어버린 채, 그들에 대한 배려와 의무를 다하지 않는다고 주변에 '피해자 코스프레'를 하고 다닐 것이다.

그러한 것들이 두려워서 이런 모든 불합리함을 견디겠다는 것은 결국 자기가 스스로 자신을 더 잔인하게 방치해 두는 것이다. 상대방의 '정서적인 폭력'에서 피폐해진 자신을 보호하는 것이 가장 중요하다. 자신이 용기를 내어서 단호해지지 못한다면 그들은 언제까지고 질척거리며 들러붙어 놓아주지 않을 것이다. 자신을 먼저 안전하게 돌보는 시간을 가진 다음 마음의 여유가 생기면 자연스럽게 그들의 교묘한 '수동 공격'에 대처할 힘이 생겨나게 된다.


자신의 삶에서 트러블이 반복적으로 발생한다는 것은 다른 사람들 탓만 하고 있는 자신을 다시 살펴보라는 정확한 신호라는 것을 깨우쳐야 한다. 반대로 자신에게서 이제껏 알지 못했던 '수동 공격형' 성향이 느껴진다면 이런 방법을 시도해 보자.

지금부터 자신의 생각과 느낌에 대해 신뢰를 하는 것이 중요하다. 그동안 자신의 생각이나 느낌들이 올라오면 무시해 버리거나 의심을 많이 가져왔을 것이다. 이 마음의 밑바닥에는 책임을 회피하고 비난을 회피하려는 두려운 마음이 있을 것이다. 자신의 의견이나 느낌들을 표현할 때마다 대부분 그 마음들을 존중받고 수용 받았던 경험들이 많이 없었을 것이다. 그러다 보니 이것도 아니고 저것도 아닌 어중간한 영역에서 자신이 무엇을 생각하고 원하는 것인지도 모르는 상태로 지내고 있었던 것이다.

이들의 대부분은 부정적인 감정들이 나쁜 것이며 사람들에게는 항상 좋은 인상을 보여 줘야 한다는 왜곡된 신념을 가지고 있다. 부정적인 감정이든 긍정적인 감정이든 자신의 감정을 명확하게 느낀다는 것은 아주 건강한 심리상태에 있다는 것을 알려 준다.

정작 중요한 것은, 이 부정적인 감정을 상대방에게 솔직하고 진정성 있게 내보이는 방법인 것이다. 거칠고 공격적인 표출이 아니라 지금 상황에서 자신이 느끼는 마음 상태를 잘 설명한다면, 상대방도 전혀 몰랐던 나의 입장에 대해 알아가는 기회를 만들어 주게 된다. 용기를 내어 불편함을 조금이라도 감수하겠다고 결심을 한다면 자신이 생각했던 것보다 세상 사람들이 날카롭거나 냉정하지 않다는 사실을 느끼게 될 것이다. 오히려 자꾸 억압하고 회피할수록 두려움과 분노는 더 커져 간다.

갈등을 드러내어 서로의 불편한 마음들을 맞닥뜨리며 처리해 나가는 동안 진짜 친밀한 관계가 형성된다. 정말 친밀한 관계는 긍정적인 감정과 부정적인 감정을 다 보여 주고 나눌 수 있는 관계이다. 그리고 이 모든 시도들이 그다음 단계로 이끌어 주면서 자신을 자유롭게 표현하게 되고, 자신의 성향과 달랐던 사람들하고도 신뢰롭고 안정적인 교류를 할 수 있는 기회도 만들어 주게 된다.

그렇게 되면 삶이 다양한 경험으로 채워지게 되고 새로운 사람들을 만나게 되면서 예상치 못했던 좋은 기회들도 만나게 된다. 세상에 대한 두려움이 점점 사라지면서 자신의 삶이 점점 더 즐겁고 풍성해져 가는 것이다.

이렇게 하나씩 하나씩 깨닫고 배워 가면서 자신을 점점 지혜롭게 만들며 성장해 나가는 것이, 인생의 참뜻이 아닐까 생각해 본다.

# 8
# '상처 입은 어린 나'가 만든 어른이 되어 버린 아이

## '상처 입은 어린 나'는 늘 그렇게 무의식 속에서 '어린아이'로 남아 있다

요즘 우리의 주변이나 매스컴 등에서 어른들의 뒤틀린 신념과 행동들을 보면서 마음이 답답해지는 것은 비단 나만의 경험은 아닐 것이다. 나이가 들어간다고 해서 내면의 나이까지 비례해서 성장할 거라는 낡은 관념에서 벗어나자. 이러한 착각으로 인해 고통 받고 피해를 입는 사람들이 너무 많다는 사실을 우리가 다 알고 있지 않은가?

어른이 되어도 내면에는 대부분이 '해결되지 못한' 자신만의 수치심과 열등감을 비롯한 두려움이 있다. 부끄럽게 여길 것이 아니라 사회적으로 인정하는 분위기가 형성되어야, 우리가 좀 더 열린 마음으로 서로를 대할 수 있지 않을까? 그래야 중년으로 넘어선 어른들이 무조건 버티기보다는 뭔가 실수를 하거나 다른 사람들에게 피해를 줬을 때, 자신의 해결되지 못한 어둠이 있었음을 인정하고 그에 따른 치유를 받을 수 있는 것이다.

어떤 상황들이 우리를 성숙한 어른으로 살아가지 못하고, 여전히 아이 같은 자신만의 세상에 갇히도록 만드는 것일까?

첫째, 성인이 되었지만 정신적인 독립을 하지 못하고, 여전히 부모의 '순종적인 자식'으로 살아가고 있는 경우이다.

이것은 아들과 딸, 어느 쪽이라고 할 것도 없이 공통적으로 자식들에게 나타나는 현상이다. 자신은 절대 순종적이지 않고, 부모에게 할 말을 다하면서 모든 감정을 다 표현하기에 해당사항이 없다고 착각하지 말자. 언제나 양 극단은 서로 통한다고 했다. 순종과 저항은 겉모습만 다를 뿐, 같은 하나의 상태에 속한다.

부모에 대한 지나친 책임감과 의무감을 짊어지고 살아가는 어른들은, 성인이 되어서 자신의 가정을 꾸렸어도 원부모의 간섭과 집착에서 벗어나지 못하고 있다. 그러다 보니 남편은 자신의 부모와 형제들을 챙겨야 하고, 아내 또한 자신의 부모와 형제들을 챙겨야 한다. 이렇게 양쪽 집안의 요구를 다 받들어서 살아간다면, 도대체 자신들의 가정은 언제 우선순위가 될 수 있을까? 그에 더해 부부가 서로 자신의 원가족을 더 많이 챙겨 주기를 원하는 욕심까지 부린다면, 그 가정의 화목은 성사될 수 없을 것이다.

수많은 가정의 불행의 원인이 서로의 원가족의 그늘에서 벗어나지 못하고, 결혼 후에도 이리저리 휘둘리는 데에 있다는 것을 명심하자. 성인이 되었고 자신의 독립된 가정까지 꾸렸다면, 확실하게 자신의 인생과 부모의 인생의 분리가 이루어져야 한다.

'착한 아들'과 '착한 딸'로 살아가야 하는 그들은 늘 부모의 요구에 따라 살아왔기에, 정작 자기 자신이 무엇을 원하는지도 크게 생각하거나 발견하려고 노력할 기회도 없었다. 간섭과 집착과 의존성이 강한 부모일수록 자식들 중에서 가장 착한 자식을 '희생양'으로 삼아 마음대로 휘두르며 자신들의 욕구를 충족시키려고 한다. 착한 자식은 그냥 순종적으로 살게 되면 집안에 큰소리가 줄어들고 겉으로는 평화로움을 유지하게 되니, 자신이 이룬 새로운 가정에도 그대로 그 케케묵은 분위기를 이어가려고 한다.

과연, 큰소리 없이 조용하기만 한 집안 분위기가 진정으로 화목하다고 할 수 있을 것인가?

그들은 자신들이 부모와 형제에게 헌신한 만큼 자신의 배우자나 자식들에게 그 보답을 받으려 한다. 그것이 잘 안된다면 주변 사람들에게서 못 받았던 인정과 관심을 받으려 애를 쓸 것이다. 헌신하면서 자신의 에너지를 소비한 만큼 어딘가에서 그만큼의 에너지를 채워야 하기 때문이다. 그렇게 자신의 불행을 다시 주변으로 퍼뜨리며 고통 속에 살아가게 된다.

그들이 부모의 간섭과 집착에서 벗어나기 위해서는, '착한 자식'이라는 올가미를 벗어던져야 한다. 그것이 부모를 위하는 것이 아님을 명확하게 인식해야 한다. 그렇게 자신이 이중적인 모습으로 부모를 대하고 있다는 사실을 인정하자. 웃고 있는 얼굴 밑에 엄청난 분노와 수치심이 억압되어 있음을 인정하자.

자신이 가식에서 벗어나서 용기를 내어 자신의 감정에 대해 솔직하게 말할 수 있을 때, 부모도 자신들의 본모습을 객관적으로 생각할 기회를 얻게 된다. 겉으로만 웃으며 관계를 계속하는 한, 그것은 부모와 자신을 포함하여 배우자나 자식까지도 피상적인 관계에 길들여지기를 재촉할 뿐이다.

부모와 연결을 끊으라거나, 부모를 무시하라는 말이 아니다. 부모가

착하게 사는 게 뭐가 그리 중요하노?

변하지 않더라도 자신이 용기를 내어 변화를 시도한다면, 최소한 자신의 가정의 평화는 지킬 수 있을 것이다. 간섭과 집착에 얽매였던 자신의 불행한 연결고리를 나의 자식에게는 대물림하지 않게 될 것이다. 그리고 자신의 경계를 지키게 되면서, 자신의 둘러싼 모든 관계에서도 경계를 다시 세워 갈 수 있을 것이다. 성숙한 어른이 되기 위해서는 성인이 되면 부모의 영향에서 완전히 벗어나야 한다. 그렇지 않으면 성숙한 어른으로 새롭게 성장할 수 있는 소중한 기회와 시간을 영영 떠나보내고 만다.

둘째, 겉으로는 어른이 되었지만 무의식 깊은 곳에는 과거의 '불행했던 어린 나'가 억압되어 있으면서, 아직도 자신을 조종하고 있는 경우이다.

이 사실을 모르고 살아가게 된다면 자신의 인생이 꼬이고 엉키는 원인이, 모두 불평등한 사회와 다른 사람들의 이기적인 행동 때문이라고 믿어버리게 된다. 이 세상은 흑과 백, 선과 악이라는 두 가지면만 있다고 생각하게 되는 것이다. 아직 무의식 깊은 곳에서 자라지 못하고 억눌려만 있던 '불행한 어린아이'가 그렇게 세상을 보고 있는 것이다. 이렇게 자신이 정해 놓은 자신만의 세상에 빠져들게 되면, 착한 자신은 늘 불쌍한 존재이고 나쁜 사람들은 늘 벌을 받아야 할 존재로 나뉘는 것이다. 너무 극단적인 평가라고 불편한 마음이 올라오는가?

내가 만나 본 수많은 사람들이 사회적으로는 정말 인격적이고 포용력 있는 성숙한 모습으로 살아가지만, 그들의 내면에는 이러한 극단적인 모습들이 고통을 만들어 내고 있는 경우가 많았다. 불편한 감정을 여과 없이 표현하는 사람들을 보고 우리는 미성숙한 사람이라고 비난하지만, 오히려 아무런 표현도 하지 않는 성숙해 보인다는 사람이 속으로 무슨 생각을 하며 살아가는지는 우리가 절대 알 수 없는 것이다.

마음의 세상에서 본다면 차라리 미성숙하게 겉으로 표현하는 사람이 더 쉽게 치유될 수 있다. 드러나 있는 것들을 다른 관점에서 다시 들여다볼 수 있도록 하면 되는 것이다. 그러나 표현하지 않고 겉으로만 점잖은 사람들은 많은 시간과 방법을 들여서 치유를 해야 할 수도 있다. 상처를 찾아서 표면으로 드러내기까지는 엄청난 저항과 부인하는 과정이 필요하기 때문이다. 이성적이고 합리적으로 정평이 난 사람이라고 해서 치유가 쉽게 될 거라고는 생각하지 말자. 머리와 마음은, 같이 움직이지 않는다. 마음은 머리로 조종하는 것이 아니라 내면의 무의식으로 조종되기 때문이다.

오히려 이성적이고 합리적이고 분석적인 그 강점이, 마음에서는 큰 약점으로 작용할 수 있다. 마음을 열어 머리를 거치지 않고 그대로 그 감정을 느껴 줘야 하는데 머리로 분석하는 습관이 베여있다면, 마음에서 올라오는 그 감정을 머리에서 분석해서 판단을 내리려고 하기 때문이다. 모든 것을 머리로 분석하고 판단하도록 교육받고 살아온 지금의 어른들이 나이가 들어갈수록 마음의 병이 늘어가면서 고통이 심해지고 있음을 알아야 한다.

별다르게 생각 못하고 살아왔지만 상담을 받거나 상담에 관한 책을 통해서, 생각지도 못한 자신의 문제를 발견하게 되기도 한다. 지금까지 자신은 부모의 보호 밑에서 자라왔다고 믿고 살아왔지만 그 마음을 따라 깊이 들어가다 보니, 자신이 어릴 적부터 부모의 부모역할을 '뒤바뀐 채'로 하며 살아왔다는 것을 알게 되는 것이다. 한참 부모의 보살핌과 보호를 받으면서 세상에 대한 신뢰를 배워가야 할 나이에 의존적이고 나약한 부모로 인해, 아직도 한참 어리기만 한 어린아이가 오히려 그 부모를 책임지고 다독이며 살아와야 했으니, 얼마나 힘들었을까?

제일 큰 문제는 이런 사실을 전혀 알아채지 못하고 오히려 당연하다고 여기면서 지금까지 살아왔고 살고 있다는 것이다. 그러다 보니 언젠가부터 이유 없이 성인 남자들을 보면 자신의 불편한 아버지를 투사해서 관계가 매끄럽지 못하다거나, 성인 여자들을 보면 자신의 불편한 어머니를 투사해서 트러블이 생기는 일이 많아지게 되었다. 더 무거워지는 책임을 회피하기 위해서 우유부단한 자세만 취하다가 주변으로부터 외면을 받기도 하였다.

또한 알 수 없이 올라오는 분노들을 표현하지 못하고 계속 습관적으로 억누르다 보니, 이유 없이 우울해지고 무기력해지며 온갖 질병으로 인해, 사회생활에서 문제를 만들기도 하였다. 무조건적으로 순응만 하는 자신과는 반대인 거칠고 공격적인 '나쁜 남자'에게 이끌리거나, 자신과는 반대로 마음대로 휘두르고 차갑게 거절하는 '나쁜 여자'에게 이끌리는 경우도 많다. 그렇게 자신이 힘들게 번 돈을 그들에게 다 투자하고서도 계속되는 불합리한 관계를 끊지 못하고 헌신하면서 힘들게 살아가는 것이다.

자신도 모르게 무의식적으로 부모와 닮은 사람을 보거나 바보같은 자신의 모습과 닮은 사람을 보면, 원인도 모른 채 저항하고 분노를 뿜어내다가 좋은 기회나 인연들을 잃게 되는 상황도 많이 겪게 된다.

혹시, 이 모든 내용들이 이 시대를 살아가는 대부분의 우리를 설명하는 것은 아닌가?

먼저 자신 안에 평생 동안 '억눌러온 불행한 자신'을 밖으로 꺼내어보자. 그 존재가 마음 깊은 곳에 살아가고 있으면서 우리를 조종하고 통제한다는 사실을 받아들이자. 그리고 그 불행했던 자신이 어떤 감정을 느끼고 있는지 오롯이 느껴 주자. 억압된 감정들이 있었다면 점잖은 어른의 가면을 벗어던지고, 그 불행한 아이로 돌아가서 유치하다고 여겨질 만큼 다 드러내 보자.

자신의 유치함을 드러내도 안전하다고 느껴지는 상대가 있다면, 그 상대 앞에서 자신이 느껴지는 감정들을 표현해 보자. 그런 상대가 없는 상황이라면 홀로 있는 장소를 마련해서 자신의 억압된 감정을 있는 그대로 표현해 보자. 한 번도 자신에게 존재하지 않았던 유치하고 나약한 어린 시절을 다시 느껴봄으로써, 그 결핍된 인생 발달단계가 채워지는 것이다. 이렇게 나의 깊은 마음속에서 자라지 못하고 웅크리고 있던 불행한 어린아이를 토닥이며 보살펴주자. 이제 성인이 된 내가, 이 불행한 어린아이를 잘 자랄 수 있도록 키워 나가면 되는 것이다.

"아니, 이미 다 지나갔는데…, 이런 것을 꼭 해야 하나요? 유별나게 느껴져요…."라고 말할 수도 있겠다. 이렇게 말하는 사람들에게 하나 묻고 싶다. "지금 당신은 늘 점잖은 어른으로만 존재하나요? 보이지 않는 곳에서 뒤틀린 모습으로 존재한 적은 없었나요?"

힘들지만 용기를 내어 이러한 과정들을 거쳐서 마음을 정화시키게 되면 '억눌린 불행한 자신'의 크기가 점점 줄어들면서, 지금의 내 삶에 침범하지 않게 된다. 이 과정을 거치지 않는다면, 평생을 어른으로 살아가면서도 늘 유치한 7살의 의식 수준에서 벗어나지 못하는 사람이 될 수도 있다. 또한 부모가 되어 자식을 양육하고 있지만, 부모 자신이 철없고 충동적인 사춘기의 의식 수준에서 벗어나지 못해 늘 말썽을 피우고 문제를 만들면서 살아가기도 한다.

객관적인 시각으로 지금 자신의 모습을 관찰해 본 적이 있는가? 지금 자신이 유치한 어린아이인가, 철없는 사춘기인가, 고집스러운 답답한 어

착하게 사는 게 뭐가 그리 중요하노?

른인가?

이러한 정화 과정을 거치게 되면 인생 발달의 모든 시기를 비로소 통합할 수 있게 된다. 나에게는 점잖은 어른의 모습도 있고, 유치한 어린아이의 모습도 있고, 철없는 사춘기의 모습도 있다는 것을 인정하고 표현하자. 자신의 모습을 인정하고 받아들이게 되면 다른 사람들의 유치함과 철없음이, 더 이상 분노와 짜증으로 쓰나미가 되어 나를 덮치지는 않을 것이다. 자신이 감정이 억압되어 있고 자신의 유치함을 수치스럽게 여긴다면, 다른 사람들의 그런 모습들을 볼 때마다 자신이 투영되어서 분노와 짜증으로 올라오는 것이다.

이러한 간극이 하나씩 줄어들게 되면서, 더 여유로워지고 넓은 품을 간직한 멋진 어른의 모습을 젊은 세대들에게 보여줄 수 있게 될 것이다.

"나이로 대접을 받는 것이 아니라, 인간의 존재를 존중해 주는 그 인격으로 대접을 받게 되는 것이다."

# 9

## '질병'이나 '마음의 고통'이, 내가 선택한 거라고요?

**표면으로 드러난 여러 증상들이, 지금 해결해야 할 '숨어 있는 다른 문제'들을 말해 주고 있다**

마음공부를 시작하기 위해서는, 현실의 사고방식과 마음의 사고방식이 완전히 다르다는 것을 받아들여야 한다. 당연하다고 여겼던 것들을 "그건 아니야, 이제 전부 반대로 받아들여야 해."라고 한다면, 거부감부터 올라오기 때문이다.

우리는 눈으로 확인되고 수치로 검증되는 현상만을 과학적이라고 인정하지만 '마음'은 감각이나 수치로 판단을 내릴 수가 없는 것이다. 무한한 것을 유한한 것에 가둘 수 있을까? 이제는 양자물리학의 발전과 함께이 마음을 과학이나 의료영역에서도 아주 중요하게 인식하고 있다.

지금부터는 우리의 지식이 아닌 완전히 '마음'에서의 관점으로 설명해 보려 한다. 몸과 마음이 하나라는 마음의 관점으로, 이 글을 읽어나가 보자.

지금 현실은 신체의 질병이나 마음의 고통이 자신의 의지와는 상관없이 우리에게 닥쳐오는 불행일 뿐이라고 인식하고 있다. 하지만 마음의 세상에서는 지금 나에게 일어나는 어떠한 상황도, 모두 내가 선택했기에 나타난 것이라고 인식한다.

이 말에 마음공부에 입문하지 않은 사람들은 거부감을 일으키며 이렇게 말할 수도 있겠다. "아니, 어이가 없네요. 그럼, 갑자기 교통사고가 나서 부딪혔다면, 그거는 어떻게 설명할 거예요?"

그렇다. 마음의 세상에서는 이 삶에서 일어나는 어떠한 사건사고도 다 자신이 무의식적으로 선택했기에 이끌려 온 것이라고 인식한다. 교통사고 또한, 자신이 교통사고가 나기 전에 이미 아주 어둡고 불편한 감정이 누적되어 쌓여 있었으며, 그 주파수에 해당하는 다른 주파수와 공명이 되어 일어난 것이라고 인식한다.

자신이 거칠고 공격적인 낮은 주파수에 있었고, 같이 교통사고를 일으킨 상대방 또한, 그 순간에 그에 맞는 낮은 주파수에 있었기에 공명이 되어 사건사고로 부딪힌 것이다. 이들은 그 순간에 그 사건을 통해 각자가 깨우쳐야 할 과제가 있었기에 그렇게 만나게 된 것이다. '재수가 없었다'거나 상대방의 잘못이라고 탓하며 지나치기보다는 자신이 이 사건에서 무엇을 알아채고 변화해야 하는지를 깊이 생각해본다면 큰 의미를 깨닫게 된다.

그렇다면 우리가 지금 현재 앓고 있는 '신체의 질병'이나 '마음의 고통'도, 우리의 무의식적인 선택이라는 것일까?

그렇다. 우리는 생존하고 버텨 내기 위해서 자신에게 유리하다고 여겨지는 것들을 자동적으로 선택하게 되어 있다. 우리가 살아오면서 제각각 익숙하게 경험했던 감정들을 무의식적으로 습관처럼 반복하며 선택하게 된다. 이 습관적인 무의식적인 감정들은 늘 우리를 둘러싸고 있는 에너지장에 퍼져 있게 되고, 이것이 계속 쌓이면서 시간이 흘러가면 현실에 물질화(입체화) 되어서 나타나는 것이다.

우리가 살아가기 위해서는 높은 주파수의 감정(기쁨, 편안함, 여유, 친절, 배려, 활기…)도 필요하지만, 낮은 주파수의 감정(두려움, 불안, 걱정, 회피, 열등감, 질투, 슬픔, 미움, 분노…)도 필요하다. 낮은 주파수의 감정들은 우리가 그 힘든 상황에서 벗어나기 위해서 무언가를 행동해야 한다고 느낄 수 있게 만들어 주는 긍정적인 역할도 한다.

우리에게 두려움과 불안이 없다면 지금의 상황을 변화시키기 위해 뭔가를 해야겠다는 시도도 안할 것이고, 후회와 미련이 없다면 지나간 실수를 통해 반성하고 더 나아지려는 성장도 없을 것이다. 하지만 오랜 시간 이 낮은 주파수에 습관이 들어 버리면, 지금과는 다른 더 좋은 상황이 다가와도 모든 감정을 낮은 주파수로 끌고 가서 계속 문제를 만들어 내며 고통스러운 감정 속에 있으려고 한다. 마치 자동화된 기계처럼 '자동 프로그램' 되어 조작되는 것과 같다.

예를 들어 보자. 부모님이 평생 만성화된 질병을 가지고 고통 속에 살아가는 것을 겪은 A는, 자동적으로 주변에 누가 큰 병에 걸렸다거나 뉴스에 심각한 질병에 대한 내용이 나오면 집중을 하게 될 것이다. 그리고 '몸에 무엇이 좋다더라, 안 좋다더라'라는 여러 가지 정보를 끌어모으면서 모든 관심이 그쪽으로 집중되기 시작할 것이고, 다른 밝고 건강한 정보들은 다 지나치고 자신이 집중하고 있는 질병과 고통에만 초점을 맞춰서 끌어모을 것이다. 또한 '질병은 유전된다'라는 속설을 믿으면서, 자신의 건강 상태나 가족의 건강 상태를 염려하며 늘 두려움과 불안 속에서 살아갈 것이다. 결국 이러한 두려움과 불안의 에너지장에서 오랜 시간

착하게 사는 게 뭐가 그리 중요하노?

살아가는 A는 낮은 주파수에서 계속 생활하게 되며, 나중에는 자신이 늘 두려워하던 것들이 현실에 물질화(입체화)되어 나타나는 것을 경험하게 될 것이다.

만약 A가 높은 주파수에 있게 되면, 부모님의 질병으로 인한 그 고통스런 경험을 배움으로써 자신의 건강한 생활습관에 더 집중을 할 것이다. 그리고 몸이 아프면 아무것도 할 수 없다는 것을 깨달아서 건강한 몸을 유지하며 많은 좋은 것들을 즐기며 누리고 살아갈 것이다. 우리의 몸과 마음은 따로 분리해서 생각할 수 없다. 몸이 있어야 그 속에 마음이 있는 것이고, 마음이 있어야 그 몸이 움직이고 행동하게 되는 것이다.

그렇다면, 이 무의식의 선택들은 어떻게 이루어지고 있을까?

첫 번째, 마음의 고통으로 인해 계속 낮은 주파수에 있었기에 '신체의 질병'으로 나타나는 경우이다.

신체적인 질병이나 마음의 고통처럼 아픔과 고통은 '낮은 주파수'에서 오는 감정들이다. 따라서 자신이 '지금의 삶이 복잡하고 힘들다'라고 느끼고 있다면 현실을 살아 내기 위해서 이 낮은 주파수의 감정들로 버티게 되는 것이다. 우리의 마음이 계속 낮은 주파수에서 버티고 있으면 자연스럽게 마음과 연결된 몸도 낮은 주파수에 있게 된다. 이 경우는 자신의 에너지장이 오랜 시간 마음의 고통에서 헤어 나오지 못해서 이것이 현실에 물질화되어 신체의 질병으로 표출된 것이다.

예를 들어보자. 우리의 '여성성'을 상징하는 곳은, 자궁이다. 특히 우리나라는 가부장 제도로 인해 여자로 태어나면서부터 전통적으로 여성성에 많은 억압을 받고 있다. 여자라서 하면 안 되고, 여자라서 해야만 하는 의무와 규제들이 산더미처럼 강요되고 있는 것이다.

이러한 여성성에 대한 책임감이나 억울함 등을 계속 억압하면서 참게 되면 그것들이 자궁의 질병으로 나타날 수 있다. 실제로 내가 십 년 전쯤 힘들었던 시기에 반복적으로 자궁 질환을 경험했던 적이 있기도 했다. 남성이라면 남성도 남성성에 억압을 받게 되면 마찬가지로 같은 현상으로 나타날 수 있다.

갈수록 늘어나는 여성의 유방 질환을 마음의 세상에서 설명을 해보자. 마음에는 '차크라'라고 하는 영역들이 있으나 이 복잡한 내용은 제외하고 간단하게 설명하도록 한다. 우리는 자신의 감정을 표현할 때 머리를 쓰지 않고 가슴을 쓰게 된다. 따라서 자신의 감정을 표현하지 못하고 계속 억누르며 참거나 회피하게 되면, 그 억눌린 감정들이 가슴에 쌓이게 된다. 또한 자신의 감정을 다 알고 있다며 머리로만 감정을 이해하고 넘어간다면 가슴속에 깊은 감정들은 그대로 남아서 쌓이게 된다. 그렇게 가슴에 쌓이게 되면 가슴 차크라 영역이 막히게 되어 가슴 부위의 신체 질병으로 나타날 수 있는 것이다. 여성의 경우는 그 영역에 넓게 차지하는 유방 질환으로 나타나게 될 수 있다.

요즘 심리에 관한 책들이 유행을 하면서 많은 사람들이 책과 여러 정보를 통해 감정에 대해 이해하고 받아들이고 있다. 좋은 흐름이지만 주의할 것은, 머리의 지식으로만 자신의 감정을 이해하면서 감정에 대해 잘 알고 처리하고 있다고 믿고 있는 경우가 많다. 이렇게 되면 가슴의 진짜 감정을 알아차리기가 더 힘들어질 수도 있다.

두 번째, 자신도 모르게 무의식적으로 '신체의 질병'을 선택했고, 이 질병으로 인해 주변에 의존을 하게 되는 경우이다.

어떠한 질병을 가지고 있게 되면 자신의 역할에 대한 부담감에서 벗어나게 된다거나, 자신이 힘들다는 것을 보여주면서 주위 사람들의 관심을 받게 된다. 자신이 사람들의 관심과 보호를 받고 있다는 마음이 생겨서 거기에 의존하게 되는 것이다.

예를 들어 보자. 자신이 지금 해결해야 할 큰 문제가 있다면, 성공적으로 끝내야 한다는 압박감과 실패를 하게 됐을 때의 불안함이 올라오게 될 것이다. 그 상황을 주변의 비난 없이 마무리하기 위해서는 무의식적으로 신체의 질병을 선택해서, 사람들의 동정심을 끌어내어 회피해 버리는 것이다. 이렇게 무의식적으로, 신체적 질병이나 사건·사고로 인해 몸을 다침으로써 책임을 피하고 사람들에게 이해를 구하며 의존하려는 마음이 생기게 된다.

소소한 예를 든다면, 매 해마다 새 학년이 시작될 때 아이들이 배가 자주 아프거나, 몸에 열이 나서 등교를 안 하게 될 때가 많다. 명절이 다가올 때 며느리들이 사고로 다치거나 몸이 아픈 경우들이 여기에 해당된다. 실제로 몇 년 전, 추석이 다 되어서 내가 손가락을 다쳐 외과에 갔을 때, 의사가 "가짜 깁스를 좀 해 줄까요? 곧 추석인데."라고 한 경험이 있기도 하다.

그리고 '빈 둥지 증후군'으로 소외감을 느낀 중년들이나 외롭게 생활하는 노인들이 여기저기 질병이 끊이지 않는다면, 가족의 관심을 계속해서 받고자 하는 무의식적인 마음이 작용했을 가능성이 클 것이다. 이때에는 이곳저곳 병원만 계속해서 찾아다니기 전에, 이러한 외로움이나 그들의 주변 관계를 염두에 두고 눈여겨 관찰을 해 보는 것도 큰 도움이 될 수 있다.

신체적인 질병 대신에 무의식적으로 '정신적인 질병'이 표출되어 나타나기도 한다. 자신이 어떠한 질병을 가지고 있음을 알게 되면, 그동안 얼마나 마음이 힘들었으며 지금도 힘든 상황임을 상대방에게 일일이 설명하지 않아도 된다. 주변 사람들이 자신에 대해 지속적인 관심과 주의를 기울여 줄 수 있게 된다. 예전에는 정신과 질환이 사회적으로 많은 불평등한 제약을 받았지만 근래에는 신체적인 질병과 정신적인 질병을 거의 같이 인식하게 되면서, 이 영역에서 환자들이 급증하고 있다. 이것은 드러내지 못했던 분위기에서 벗어나면서 환자가 늘어나는 원인도 있고 다양한 사회적인 문제들도 있을 것이지만, 지금은 '마음'이라는 한 영역에서만 말하고자 한다.

인간의 삶은 변화무쌍하고, 너무나 많은 다양한 상황들이 펼쳐지기에, 당연히 모든 경우들을 이렇게 판단할 수는 없다. 다만 몸과 마음을 완전히 따로 분리해서 취급하던 시절이 있었기에, 몸과 마음이 이런 식으로 하나로 연결되어 있음을 설명하기 위한 몇 가지의 예시들이다.


몸에 큰 질병이 오기 전에는, 몸이나 마음에 이미 '작은 신호'들을 주면서 미리 알려준다. 그러나 우리가 온통 외부로만 관심이 쏠려있다 보니 몸이 주는 그 미묘한 신호들을 계속적으로 놓쳐 버릴 때가 많다. 뭔가 이상하다는 느낌을 받긴 하지만 이것저것 눈앞에 놓인 더 바쁜 일들을 처리한다고 그냥 지나쳐 버린다.

또한 충분한 휴식의 시간에도 쉬지 못하도록 마음이 끊임없이 지나간 분노를 뿜어낸다거나, 불안과 두려움에 젖어 있을 때가 많다. 이때에는 휴식이 필요한 '몸'이 충분히 이완하지 못하고, 계속 위축되며 굳어 있게 된다. 일을 다 마무리했음에도 불면증으로 잠 못 이루거나, 소화가 안 되고 계속 더부룩하다던가, 몸의 각 부위가 뻐근하면서 통증이 느껴지기도 할 것이다.

사회적 활동이 중요한 역할을 하고 있지만, 적어도 잠에 들기 전이나 일어나기 전에 잠깐 동안 시간을 내어 자신의 몸과 마음의 소리에 귀 기울여 보자. 지금 자신의 몸이 어느 부위가 제일 불편한지, 마음은 어떤 감정이 가장 짓누르고 있는지 고요히 내면으로 들어가 느껴 보자.

하나의 관점으로 세상을 바라보고 자신을 바라보게 되면 풀리지 않는 문제들이 지속되는 경우가 많다. 왜 몸에 질병이 끊이지 않는지, 왜 마음의 고통이 끊이지 않고 계속되는지 깊이 자신을 들여다본 적이 있는가?

지금까지의 관점과는 다르지만 더 다양한 관점으로 자신과 세상을 다시 바라본다면, 절대 풀지 못할 것 같던 문제들도 의외로 쉽게 풀리는 경험을 하게 된다.

* 지금 나는 어떠한 패턴으로 살아가고 있는가?
* 혹시라도 무의식적으로 신체의 질병이나 마음의 고통을 선택하고 있지는 않은가?

그냥 아픈 것이라고 지나쳐 버리기보다는 '다른 관점'에서 마음을 한 번 더 들여다보고 관심을 가지도록 해 보자.

표면으로 드러난 여러 증상들이, 자신이 지금 해결해야 할 숨어있는 다른 문제들이 있음을 말해 주고 있다는 관점으로 다가가 보자. 이러한 증상이 고통으로 주어진 것이 아니라 지금까지와는 다른 습관이나 다른 관점으로 살아갈 '새로운 기회'를 알려 주고 있을지도 모른다.

이제 보이는 표면적인 문제 뒤에 숨어 있을 보이지 않는 부분들을 잘 관찰해 보는 안목을 키워 가자. 절대 풀리지 않던 해결의 열쇠가 그곳에 숨어 있을 수가 있기 때문이다.

# 10
## 용서를 하면, 전래동화 같은 행복이 바로 오나요?

**"착한 주인공은 그들을 용서하였고, 행복하게 살았습니다."**
**현실도 과연, 그럴까?**

우리가 지금껏 배우고 이해하고 있는 '용서'라는 단어의 깊은 의미는 무엇일까? 전래동화에서 보면 항상 마지막이 '용서'로 해결되고 아름답게 결말이 난다.

"그래서 착한 주인공은 자신을 괴롭히던 ○○를 용서하였고, ○○는 깊이 뉘우치고 주인공과 행복하게 살았습니다."가 보편적인 내용이다. 물론 이 내용은 정말 마음의 세계를 보여 주는 진실이다. 하지만 이 한 문장으로 모든 것들이 마무리되기에는 현실적인 격차가 따르기에, 사람들이 '왜 자신은 책의 내용과 다른 것'인지 자괴감에 빠질 때가 많다는 것이다.

진정한 용서가 우리가 교육 받은 것처럼 그렇게 간단하게 이루어질 수 있는 것일까? 우리가 쉽게 말하듯이 진정한 용서를 할 거라고 결심했다고 해서, 그것이 내가 마음먹은 대로 잘 되는 것일까?

착하게 사는 게 뭐가 그리 중요하노?

상담실에 A가 왔다. 그녀는 어릴 때부터 가정폭력에 시달려 왔으며 부모의 보호를 받지 못하고 오히려 자신이 부모를 책임져야하는 상황에 방치되어 자랐다. 그녀가 할 수 있는 건, 어서 성인이 되어서 그 집을 탈출하기만을 고대하며 시간을 견디는 것뿐이었다. 만 20세가 되자, A는 자신을 이 진흙탕에서 꺼내 주고 기댈 만한 사람을 찾기 시작했다. 다행히 아르바이트하던 곳의 사장님을 만나게 되었고 친절하게 대해주던 사장님과 결혼을 약속하게 되었다. 인사를 드리러 사장님 집에 갔을 때에도 너무나 친절한 예비 시댁 식구들의 모습에 마음을 뺏겨서, 교류하며 서로를 알아갈 시간도 없이 바로 결혼식을 올렸다.

결혼 초 얼마간은 서로 이미지 관리를 하며 점잖은 척 지냈지만, 결혼 후 3~4개월이 지나면서 슬슬 남편을 비롯한 시댁 식구들의 혐오스러운 행동들이 표면으로 드러나기 시작했다. 남편 역시 친정아버지처럼 늘 만취상태에 돈 낭비에 여자 문제로 속을 썩였고, 그 시댁 부모는 아주 교묘하게 A를 조종하며 끝없이 요구하고 강요했으며 원하는 대로 안 될 때에는 A를 비난하며 A의 잘못으로 몰아세웠다. 그 가족들 또한 이중적인 모습으로 잡다한 일들을 다 떠맡기고 있었다. 오랜 시간을 참은 A는 결국에는 이렇게 사느니 자신이 혼자서 모든 걸 감내하고 자유롭게 살겠다고 결심을 하게 되었다.

자, 이제 다음의 진행 과정들은 '마음의 차원'에서 설명해 보려 한다.

A는 친정식구들의 가정폭력에 대한 두려움과 억울함, 그리고 의존하고 싶은 마음을 억누른 채 결혼을 하였다. A의 주파수(의식 수준)는, 그때 어느 영역에서 머무르고 있었을까?

그렇다. 아주 낮은 주파수에 머물고 있었다. A는 겉으로는 웃으며 상냥하지만 그녀의 주파수는 낮은 주파수(무겁고 어두움)에 있었고, 그 주파수에서 만난 사람 역시 겉으로는 괜찮게 보이지만 낮은 주파수에 있었을 것이다.

A는 자신이 의존하고 기댈 만한 사람을 찾고 있었고, 남편과 시댁은 자신들이 마음대로 휘둘러도 문제를 제기하지 못할 만만한 사람을 찾고 있었던 것이다. 결국은 양쪽 모두가 건강하지 못한 사고방식을 가지고 있었으며 그것이 같은 주파수끼리 공명하여 만나지게 된 것이다. 사람은 비슷하게 어울린다는 옛말의 '유유상종'과도 같다.

A가 과거의 엄청난 분노와 두려움, 의존성을 억누르며 낮은 주파수에 머물러 있었을 때, 주변 상황과 시댁 식구들은 그 고통스럽고 무거운 감정들을 그대로 현실에 나타내어 주었다. 그럼, A가 이 환경에서 벗어나기로 새롭게 결심을 하며 주파수를 높여서 자유와 독립으로 변화시켰으니, 상황은 어떻게 되었을까?

그렇다. A가 억누르며 회피했던 그 무거웠던 감정들을 인정하고 벗어나자 자신의 상황과 주변의 사람들도 A의 변화된 주파수에 따라 움직이기 시작한다. 그리하여 친정을 비롯한 남편과 시댁 식구들도 변화된 A의 모습에 더 이상 예전처럼 함부로 대하지 못하게 되었다.

그럼, 여기에서 동화는 아름다운 결말을 내려야 할까? 아니다. A의 주파수가 한층 더 높게 변화되면서 주위 사람들의 무시와 폭력은 멈췄지만, 이것이 A의 마음의 평안을 가져다주는 상황은 아니다. 보통의 사람들은 문제가 일어나서 이 단계 정도까지 거치면 여기에서 서둘러 용서와 화해를 하고 마무리를 해 버린다.

좋은 게 좋다는 선에서 또 다른 트러블이 생기기 전에 사전에 차단해 버리는 것이다. 이것이 나중에 어떠한 결과를 가져오게 될까?

이렇게 급하게 서두르듯이 용서와 화해를 해 버리면, 그 마음 밑에서 웅크리고 있는 수많은 감정들은 처리되지 못하고 무의식에 잠들어 있다가 다른 상황에서 다시 강하게 튀어나오게 된다.

제대로 된 정화과정을 거치지 않은 용서는 서로의 부담감을 없애 버리려는 회피의 또 다른 선택이 되기 때문이다.

이렇게 회피하듯이 용서를 해 버리게 되면 해결되지 못한 마음속 밑에 웅크린 감정들은 다음 기회를 차분히 기다리고 있다가, 비슷한 상황을 끌어당겨서 튀어나갈 수 있게 만들어 버린다. 이렇게 계속 끈질기게 물고 늘어지며 다음 상황에서도 똑같이 반복되어 억누른 감정들을 경험하도록 만드는 것이다.

그렇다면 어떠한 과정을 거쳐서 '진정한 용서'로 나아갈 수 있게 되는 것일까?

자유를 선포한 A가 이제 해야 할 것은 무엇일까? A가 억누름에서 표면으로 올라온 분노와 두려움의 쓰레기를 건져 내어 그 자리를 비워 놓을 수 있을 때만이, 우주의 새로운 에너지가 그 자리를 채우며 온전히 변화될 수 있다.

오랜 시간 분노를 계속 억눌러 왔던 그들에게 정확하게 A의 감정 상태를 말하는 것이다. 명확하게 그들에게 말을 함으로써 자신의 마음속에 이리저리 엉켜 있던 복잡한 마음도 정리가 되어 받아들여지는 것이다. 물론 직접 마주 보고 말을 할 수도 있지만 그들이 아직 수용하지 못하는 상황이라면, A가 혼자서라도 그들 한 명 한 명에게 정확하게 말할 수 있다.

"자신에게 폭력을 휘둘렀던 친정아버지, 그 폭력에서 무기력하게 방관

하며 침묵을 요구했던 친정어머니, 아버지를 대신해 줄 보호자를 찾았으나 결국은 아버지와 똑같이 자신에게 폭력을 휘둘렀던 남편, 그리고 늘 교묘하게 조종하며 이중적인 모습으로 무리한 요구를 해대던 시댁 식구들…."

그동안 A의 마음속에 켜켜이 쌓인 이 모든 앙금들이 씻겨질 때까지 몇 번이고 몇십 번이고 계속 용기를 내서, 이 불편한 감정들을 다루어야 한다.

마지막으로 정말 중요한 마무리가 남아 있다. 그들에 대한 억눌린 감정들이 어느 정도 정리가 되었다면, 이제는 A가 자기 자신에 대해서 억눌린 감정들을 해결해야 한다. 자신의 내면으로 들어가서 긴 시간 당하기만 했던 바보 같은 인간이라고, 외면하고 무시했던 자신을 마주 보고 위로해 주어야 한다.

자신을 정확하게 보지 않는다면 이 상황이 끝나고 비슷한 상황이 다시 오게 될 때, 계속 분노와 수치심이 올라와서 괴롭히게 된다. 이렇게 어느 정도 감정 정리가 되면 A는 이제 높아진 주파수에서 깊이 생각해 본다.

"왜 이런 일들이 나에게 펼쳐졌던 것일까?"

좀 더 높은 관점에서 넓게 생각해본다면 그 의문이 조금씩 풀릴 것이다. 그렇다. 그건 A에게 진정한 자유로움과 독립적으로 산다는 것이 무엇인지를 깨우쳐 주려는 우주의 의도였다.

그 사람들은 A가 자신의 왜곡된 관념의 벽(순종하고 늘 희생해야 한다)을 깨고 그만이라고 외칠 수 있도록 우주가 보낸 촉진자들이었다. 그들이 그렇게 잔인하게 몰아붙이지 않았다면, A는 결국 그 벽을 깨려는 용기를 내지 못하고 그냥 머뭇거리며 또다시 주저앉았을 것이다. 그리고 인생의 긴 시간을 초반에는 친정 식구들에게, 후반에는 시댁 식구들에게 휘둘리며 다 낭비해 버렸을 것이다.

A는 그 힘든 시간을 견뎌 내며, 결국은 그 두려움과 의존성을 이겨 내고 '자유와 독립'을 선포했던 것이다. A가 내면의 성찰을 통해서 그들이 자신의 성장을 위한 도구로 우주가 보낸 촉진자였다는 걸 깨닫게 되면, A의 세상은 새롭게 변하기 시작한다. 자신을 조종하며 정신적으로 폭력을 휘둘렀던 그 사람들을 다른 관점으로 바라볼 수 있을 것이고, 그들에 대한 분노와 억울함이 빠져나가는 자리에 새로운 평안이라는 에너지가 들어오게 될 것이다.

이제는, 우리가 알고 있던 용서의 개념을 다시 정리해 볼 필요가 있다.

"모든 걸 용서하고, 그들과 서로 아껴 주며 평생 행복하게 살았습니다."는 부처나 성인의 수준일 것이다. 이렇게 되면 좋지만 낮은 주파수에서 바로 성인들의 최상의 높은 주파수로 상승하기는 어렵다. 그저 바랄 수 있는 것은 용서의 개념을 이상적인 개념에서 평범한 수준으로 조금 낮춰서 잡는 것이다.

A가 그들을 용서했다고 해서 아무 일이 없었던 것처럼 다시 웃고 나누며 행복하게 살아야 한다는 것이 아니다. 다만 현재 A의 주파수에 맞게 용서함으로써 그들에 대한 미움과 분노만 없어져도 그것은 엄청난 내면의 변화인 것이다.

명심할 것은 용서했다고 해서 그들이 착하고 순수하게 변하지는 않을 것이다. 자신들보다 더 높아진 A의 주파수에 그들이 예전처럼 대하지 못하는 것일 뿐, 그들이 언제 어떻게 변화될지는 그들의 내면만이 알 수 있다. 그들이 스스로 알아차리고 깨우치는 그 순간이 와야지만 그들이 진정으로 변화되어 가는 것일 뿐, 그 누가 아무리 훈계를 하고 교육을 시킨다고 해서 변화되지는 않을 것이다.

　우리는 자기 자신만 변화시킬 수 있을 뿐 다른 사람들의 인생 과제에 침범할 수 없기에 그들의 변화를 우리가 만들어 낼 수는 없다. 그 깨우치는 주파수와 적절한 시기가 사람마다 모두가 다르기에 그것은 '그들의 몫'인 것이다. 이렇게 A의 마음이 자유롭고 편안하게 펼쳐진다면 시간이 지나면서 자연스럽게 그들에 대한 용서를 넘어서서, 이제는 그렇게 살아가는 그들에게 안타까운 자비로운 마음이 생기게 될 것이다. 이렇게 발전하는 과정은 서서히 단계적으로 자연스럽게 이루어진다. 욕심내지 말고 개인의 주파수에 따라서 모든 것이 자연스럽게 흘러갈 수 있도록 느긋해지는 마음이 필요하다.

　자신의 주파수를 알아챘다는 것은, 에고(현재의 나)의 힘을 낮추는 것이다. 자신의 알아차림보다 남들에게 착하게 보이는 모습에 욕심을 낸다면, 아직 분노의 감정도 처리하지 못했는데 벌써 부처의 수준으로 모든 걸 용서했고 자비심을 느낀다고 자신을 세뇌시킬 것이다. 이렇게 잘못된 알아차림은 오히려 예전보다 더한 '독'을 주입시키는 것과 똑같다. 모르는 채 사는 것이 낫지, 모르면서 자기는 다 안다고 착각하며 왜곡된 인식을 하게 된다면 마음공부를 안 하니만 못한 것이 되어버리는 것이다. 오히려 쓰레기 위에 또 다른 더 예쁜 쓰레기를 갖다 얹는 것이 된다.

　용서는, 마음속의 쓰레기를 건져내고 정화시켜 주는 중요한 과정이다. 이를 통해서 그 자리가 깨끗이 비워지는 것이 삶이 변화되는 '시작점'이 된다. 조급한 불안함을 버리고 느긋하게 이완할 때, 지금 있는 그대로도 괜찮다는 것을 알게 될 때, 그 이완된 틈을 타고 에너지가 흐르기 시작하며 지혜의 깨달음을 놓아줄 것이다.

용서는 다른 사람을 위해서가 아닌 나 자신의 에너지장에 깃들어 있는 분노와 미움을 빼내기 위해서 하는 것이다. 이 분노와 미움의 감정들이 빠져 나갈수록, 나의 에너지장의 주파수는 더 높아지게 되고 현실에서 더 나은 환경으로 나타나게 된다. 그리고 이러한 아픈 경험들을 겪으며 그 속에서 깨우쳐 나간다면, 나의 어리석고 좁은 세상들이 하나씩 부서지면서 점점 더 넓고 확장된 세상으로 이끌려 가게 된다.

이제, 지금까지 나를 둘러쌌던 하나의 세상을 잘 마무리하고, 더 확장되고 성장해서 더 넓은 세상을 만나러 가 보자.

# 11
## 에고는 '지루함'을 견디지 못해서, 자꾸 사건을 만든다

**"소금 장수와 우산 장수의 두 아들을 둔 어머니"의 끝없는 걱정이, 정말 남의 얘기인 것일까?**

에고는 지금 이 세상을 살아가고 있는 '현재의 나'를 뜻한다. 세상은 초 단위로 바쁘게 흘러가고 있고 우리는 쏟아붓는 각종 정보에 정신없이 시간을 보내고 있다. 에고(현재의 나)는 오감으로 자신과 세상을 인식하기 때문에 항상 바쁘고 시끌벅적하고, 행동해야 할 뭔가에 이끌리게 된다. 이렇게 오감을 지속적으로 자극 받음으로써 에고는 자신의 존재를 확인하게 된다.

이 에고에게 가장 많은 감정은 두려움이다. 생존에 대한 두려움이 무의식에 숨어서 늘 에고를 조종하고 통제한다. 태어나서는 본능적인 생존의 두려움으로, 자라면서는 경쟁에서 생존해야 하는 두려움에 우리는 늘 노출되어 왔다. 그러다 보니 이 두려움이 주는 긴장감과 불안한 감정에 익숙해지게 되어 이제는 어느 상황에서나 긴장과 불안을 습관적으로 만들며 살아가는 것이다.

착하게 사는 게 뭐가 그리 중요하노?

"소금 장수와 우산 장수의 두 아들을 둔 어머니"의 전래동화를 떠올려 보자. 낮은 주파수에서는 비가 오면 소금이 녹을까 봐 걱정이고, 맑은 날에는 우산이 안 팔릴까 봐 걱정을 만들어 낸다. 반대로 높은 주파수에서는 비가 오면 우산이 잘 팔릴까 봐 즐겁고, 맑은 날에는 소금이 잘 팔릴까 봐 즐거운 것이다.

아무런 사건·사고가 일어나지 않는 평안한 시절이 오면 대부분 낮은 주파수에 있는 에고는 그것을 누리고 즐기지 못한다. 습관적인 긴장과 불안을 느껴야만 자신이 살아 있음을 인식하기 때문에, 일어나지도 않은 미래에서 두려움을 미리 만들어 그 감정에 젖어들거나 이미 일어났던 과거의 후회와 죄책감을 끌어와서 그 감정에 빠져 있게 된다. 말로는 늘 평안을 바라고 외치지만 막상 우주가 그 평안한 소원을 들어 주면, 이제 "내 삶은 너무 지루해⋯." 또는 "이건 뭔가 잘못되어 가고 있어. 이렇게 고요한 적이 없었는데, 분명히 뭔가 일이 또 생길 거야⋯."라며 그 평안을 자꾸 밀쳐 내려고 한다.

이것의 대표적인 예가 바로 '빈 둥지 증후군'이라고 할 수 있다. 늘 문제투성이의 가족들을 뒷바라지하면서 정신줄을 놓을 만큼 바쁘게 뛰어다니다가 무탈하게 잘 자라서 자신들의 인생을 찾아가는 자식들을 보며 가장 뿌듯하고 평안해야 하건만, 그 무탈하고 평안한 시간들을 즐기지 못하고 오히려 허탈함과 공허함으로 끌고 가는 것이다. 이것은 두려움의 긴장과 불안이 평생 습관화 되다 보니 평안함을 익숙하게 받아들이지 못하는 대표적인 설명이 된다.

생각해 보자. 우리는 정말로 평안함과 여유로움을 우주에 요청하고 있는 것일까? 일단, 이 우주가 세상의 모든 요청을 다 들어줄 만큼 넘치는 풍요를 지니고 있다고 생각해 보자. 그렇다면 왜 이 세상 사람들은 늘 두렵고 고통스러운 사건사고가 끊이지 않는 것일까? 혹시 이 세상 사람들이 표면적으로는 평안함과 여유로움을 요청하고 있지만, 무의식적으로는 에고의 습관을 버리지 못해서 두려움과 불안을 계속 끌어당기고 있는 것은 아닐까?

지금 이 글을 읽고 있는 당신은, 어떤 것을 우주에 요청하고 있는가?

우리의 생활에서 제일 큰 영역을 차지하고 있는 '직장'과 '가정'의 예를 들어 설명해 보자.

첫째, 직장생활을 하고 있는 사람들이 많이 겪는 어려움은, 상사나 동료와의 경쟁 관계이다. 모이면 상사의 갑질을 비난하기 바쁘고 동료들의 경쟁적인 업무처리 방식에 대해 비난하기 바쁘다. 물론 온갖 성향의 개인적인 역사를 지닌 사람들이 모인 곳이기에 에너지의 소용돌이도 다양하고 클 수밖에 없다.

우리는 무의식적으로 상대방의 에너지와 상호 교류하게 되므로 높고 낮은 상대방의 에너지 주파수에 이리저리 휘둘리게 되는 것이다. 이것을 자신은 높은 주파수에 있으므로 낮은 주파수의 동료들 때문에 힘든 것이라고 착각 속에 빠지면 안 된다. 자신의 착각과는 반대로 자신이 그들보다 더 낮은 주파수에 있기 때문에, 동료들의 메시지를 있는 그대로 파악하지 못하고 자꾸 왜곡되게 받아들이는 경우도 많기 때문이다.

왜, 꼭 직장 생활이 그토록 힘들어야만 하는가? 혹시 우리가 습관적으로 계속 낮은 주파수에서 불평만 하고 있는 것은 아닌가?

직장생활에서 빠지지 않는 것이 '카더라 통신'이다. "누가 결근을 왜 한 것인지, 요즘 누가 살이 쪘는지 빠졌는지, 누가 부부 사이가 좋지 않아 고민을 했다든지, 상사에게 잘 보이려고 아부를 한다든지, 거래처 누구

착하게 사는 게 뭐가 그리 중요하노?

누구랑 묘한 관계라든지…." 등의 오만 가지 '카더라 통신'으로 에고의 지루함을 달래고 있다. '카더라 통신'이 어느 정도 마무리되면 이제는 지금 다니고 있는 회사의 불평불만을 집어내며 더 좋은 환경의 회사랑 비교하며 불평을 하기 시작한다.

상사나 동료가 나보다 좋은 업무를 맡고 좋은 급여를 받는 것은 분명히 나도 모르는 그럴 만한 이유가 있기 때문이다. 나는 3차원에서 내가 보이는 면들만 몇 개를 보며 판단하지만, 우주는 고차원에서 한 사람의 다각도의 입체를 총체적으로 보며 이끌어간다. "내가 못 보는 그 사람의 다른 부분들이 있겠지…." 하며, 지금 현실을 인정하고 받아들이는 것부터 시작되어야 한다. 현실을 계속 저항한다면 자신의 에너지장이 저항의 거부감으로 둘러싸이며 그에 맞는 상황을 계속 이끌어오게 된다.

"다들 그러면서 힘든 직장 생활을 버티는 거 아니에요? 뭘 새삼스럽게…."라고 여기지 마라. 내가 늘 괴롭다고 투정 부리는 그 직장생활에서 의미 있는 관계를 키워 가며 즐겁게 일하고 있는 사람들도 많다. 내가 힘든 면만 계속 찾아내고 보고 있기 때문에 내 주변 사람들도 같은 주파수에서 푸념만 늘어놓고 어두운 면만 바라보고 있을지도 모를 일이다. 내가 관계하고 있는 주변의 그 사람들은 모두 나와 같은 주파수에 머물고 있기 때문에 같이 어울리게 되는 것이다.

그중에 만약 누군가 의미 있고 즐겁게 직장 생활을 하고 있다면 그 사람은 다른 주파수로 인해 '의도하든 의도치 않든' 이쪽의 그룹과는 어울리지 않게 될 것이다. 동료 그룹보다 더 빨리 승진을 해서 다른 업무를 보거나, 더 좋은 조건의 직장으로 옮겨 가게 되면서 이쪽의 그룹과는 서서히 멀어질 것이다. 같은 주파수끼리 공명하게 되기 때문에 주파수가 다르다면 자신에게 맞는 주파수로 따라가기 마련이다.

자신이 불평하듯이 정말로 직장의 모든 면이 그렇게 미치도록 싫다면 보통은 두말없이 깔끔하게 바로 그만두는 걸 선택한다. 푸념을 하면서도 몇 년을 계속 다니고 있다는 건, 푸념 외의 다른 면들이 내가 이 직장에서 견딜만하게 지켜 주고 있다는 뜻일 것이다. 그 직장으로 인해서 나는 경력을 쌓아 가면서 기존 생활을 유지할 수 있고 내 가족들이 필요한 것들도 구할 수 있다.

　정말 당신의 직장이 말처럼 혹독한 지옥뿐인 그런 곳인가? 아니라면 왜 직장 생활의 그 수많은 다양한 면들 중에서, 유독 힘들고 괴로운 면만 부각해서 자꾸만 그 늪으로 빠져드는 것인가?

　혹시, 나의 오래된 에고의 부정적인 습관이 아닐까? "아니, 지금 나를 뭘로 보는 거예요? 내가 그런 수준으로밖에 안 보여요?"라며 화부터 내지 말자. 정말 자신이 불평하고 문제를 계속 만들어 내며 지루함 속에 빠지지 않으려는 에고의 습관 속에 빠져있는지 심각하게 숙고해 볼 부분이다. 이 부분을 명확하게 알아채야만 불편한 면만 찾아내는 에고의 습관에서 빠져나와서, 어느 면이 좋은 점이고 어느 면이 힘들게 하는 점인지를 균형 있는 시각으로 바라볼 수 있게 된다.

　제일 먼저 이 균형 있는 시각을 되찾게 될 때, 이제부터 자신이 어떤 부분을 받아들이고 어떤 부분을 걸러내야 할지 현명하게 대처해 나갈 수 있는 것이다. 그리고 늘 습관적으로 관계하던 그 좁은 인간관계에서 벗어나서, 현실을 더 넓고 높은 관점에서 볼 수 있도록 자신을 이끌어주는 인연들과도 연결되기 시작한다.

　이렇게 자신이 먼저 명확하고 현명하게 대처해 나가는 모습을 보여 준다면, 자신을 존중하지 않고 이리저리 휘두르려던 그 불편했던 사람들도 더 이상 자신의 경계를 넘어오지 않게 된다. 또한 출근과 퇴근의 구분도 없이 지속적으로 '카더라 통신'을 전해 주고 불평불만을 쏟아 내던 주변의 사람들과도 점점 거리가 생기게 될 것이다. 이 순간 자신의 에너지장은 불평과 불만에서 벗어나게 되고, 서서히 성장과 감사로 채워지게 되면서 자신이 원하는 직장으로 옮겨 가거나 다니는 직장에서 원하는 환경을 맞이하게 될 것이다.

둘째, 가정생활에서 빼놓을 수 없는 것이, 소소한 반복적인 트러블이다. 우리는 서로 상호작용하면서 에너지를 주고받는다. 자신의 에너지가 부족하다고 느끼면, 에고의 습관은 무의식적으로 다른 사람을 통해서 에너지를 채우려고 한다. 물론 높은 주파수에 있거나 에고의 습관을 극복해 가는 사람이라면, 자신이 에너지가 부족하게 되면 그것을 알아채고 휴식을 취하거나 자신만의 방법을 통해서 스스로 생기 있는 에너지를 채울 것이다. 하지만 보통의 삶을 살아가고 있는 우리들은 여전히 이 에고의 습관에서 벗어나기가 어렵다.

대부분은 엄마가 가족들에게 에너지를 나눠 주는 역할이 되기 쉽다. 덜렁거리는 남편을 대신해서 챙기면서, 투닥거리며 수시로 집안을 어지럽히는 자식들을 챙기면서 에너지를 소진하게 된다.

먼저 가족의 에너지가 어떻게 움직이면서, 상호작용 하는지를 들여다보자.

아내에게서 에너지를 채우는 남편은 대부분 아내에게 의존적이다. 자신의 할 일을 회피하고 사건·사고를 일으키면서 아내에게 반복적으로 잔소리와 짜증을 듣는다. 이 잔소리와 짜증으로 남편은 에너지를 채우게 되고 에고의 습관으로 익숙해져서 다람쥐 쳇바퀴 돌듯이 이어진다. 만약 아내가 오래도록 잔소리와 짜증을 내지 않으면 무의식적으로 남편은 뭔가 슬슬 지루함을 느끼게 된다. 이 지루함을 떨쳐 버리고 다시 익숙한 잔소리와 짜증으로 에너지를 얻기 위하여, 아내를 자극시킬 만한 행동들을 찾아서 만들어낸다.

자식들도 마찬가지다. 자신의 엄마에게 늘 잔소리와 짜증을 받으며 생활하는 자식들은 그 익숙한 에고의 습관으로 에너지를 채운다. 이 에고의 습관으로 인해 엄마가 늘 잔소리와 짜증이 끊어지지 않도록, 지속적으로 그러한 행동들을 반복하는 것이다. 만약 엄마가 늘 비난과 죄책감을 심어주는 성향이었다면 그에 익숙한 자식들은 누군가 자신에게 비난과 죄책감을 던져 주지 않으면, 스스로 자기 자신을 비난하고 자책하며 에고의 습관을 되풀이하게 된다.

이와는 반대로 엄마는 가족들에게 잔소리와 짜증을 쏟아 내면서, 그에 위축되는 가족들의 에너지를 흡수해서 자신의 에너지를 채우게 된다. 이것이 익숙한 에고의 습관이 되어 버리면 이제는 별 큰 상황이 아닌데도 불구하고 잔소리와 짜증부터 뿜어내고 시작하는 상황이 반복되어 버린다. 나중에는 "닭이 먼저인가? 달걀이 먼저인가?" 하는 상황이 올 정도로 어디서부터 얽히고 꼬인 상황인지 분간할 수도 없게 푹 빠져 버린다. 이렇게 낮은 주파수에서 계속 머물게 되며 어둡고 무거운 현실이 반복해서 나타나도록 만드는 것이다.

이 내용을 천천히 이해하며 자신의 가족은 어떤 모습인지를 깊이 되짚어 보자. 혹시 이렇게 잔소리와 짜증이 계속되는 집안 분위기인가? 아니면 칭찬과 배려가 넘치는 집안 분위기인가? 이 질기고 질긴 패턴을 끊어내고 에고의 습관에 계속 딸려가지 않으려면 새로운 습관을 찾아내서 옮겨가야 한다. 과거의 낡은 습관을 벗어던지고 새로운 습관을 몸에 배게 하려면 반복할 수 있는 적응의 시간이 필요하다.

착하게 사는 게 뭐가 그리 중요하노?

지금이라도 자신과 가족의 습관적인 패턴을 알아차렸다면 강한 결심을 하고 순간순간 집중을 해야 한다. 나는 어떻게 습관적으로 행동하고 있으며, 가족들은 어떻게 습관적으로 행동하고 있는지에 집중하며 늘 알아차리려는 노력이 필요하다. 강한 결심으로 지속적인 노력을 하지 않으면 바로 잠깐 사이에 다시 옛 습관 속으로 끄달려 가 버리게 된다.

"어? 남편이 요즘 좀 조용하다 했더니, 다시 이것저것 사건사고를 만들려고 시작을 하는구나."

"어? 지금 내가 또 습관적으로 잔소리와 짜증으로 시작하려고 하는구나. 그럼 안 되지, 우리 애들이 바깥에서도 이런 대우를 받으면 안 되지. 내가 이 습관을 꼭 끊어 줘야지."

"지금 아이가 나를 시험에 들게 하는구나. 저런 행동에도 내가 잔소리를 안 하니 점점 수위를 높이며 눈치를 보고 있구나."

"어? 아무 것도 아닌 일로 내가 또 짜증을 내고 있네? 하루 이틀 짜증을 안냈더니 다시 슬슬 '없는 짜증'을 만들어서 그 패턴으로 돌아가려고 하는구나."

"와, 나 스스로가 대견하다. 예전보다 정말 많이 잔소리와 짜증이 줄어 가고 있구나. 가족들도 이제 점점 새 분위기에 적응해가고 있는 것 같아."

우리는 자신에게 길들여진 습관적인 패턴을 기계적으로 반복하며 살아가고 있다. 내가 생활하는 가족과의 관계에서부터 이러한 에고의 습관을 끊을 수 있어야만 사회에 나가서도 익숙한 이 패턴에 휘말리지 않게 된다. 이 패턴을 끊어내지 않고 미루고 회피하며 지나쳐 버린다면 자신과 가족들은 잔소리와 짜증의 상황에서 늘 살아가며 인생이 무겁고 힘겹게 될 것이다.

이처럼 우리의 두려워하는 에고의 습관에서 벗어나 진정한 마음의 평안과 여유로움을 누리기 위해서는 새로운 환경으로 들어가야 한다. 이 평안과 여유로움의 감정을 익숙하게 만들기 위한 것 중에는 다양한 여가생활을 경험해 본다. 일상에서 떨어져 나와 자신의 몸과 마음을 휴식하게 만들 수 있는 방법들을 찾아 그 속에 몰입해 보는 것이다. 산책, 운동, 캠핑, 독서모임, 악기 배우기, 여행, 미술 관람, 요리, 새로운 분야를 배워 보기….

그중에서는 원하는 시간에, 원하는 곳에서 쉽게 할 수 있는 명상도 좋은 방법이 될 수 있다. 처음에는 좀이 쑤시고 이런저런 오만가지 잡생각에 정신이 시끄러워서, 몇 번을 시도하다가 중단하는 경우가 많다. 그렇지만 그것을 서서히 익숙하게 익히게 되면 명상이 주는 홀로 있는 그 고요한 시간에 점점 이끌리게 된다.

그 고요함에 익숙해지기 시작하면 에고의 번잡함이 떨어져 나가면서 평안함과 고요함을 진정으로 즐길 수 있게 될 것이다. 그리고 평상시에는 정신없어 알아차리지 못한 자신의 행동들을 다시 객관적으로 바라보고 그 숨은 감정도 느끼게 된다. 더 이상 일상이 주는 그 소중한 평안함을, 과거의 후회와 미래에 대한 두려움으로 뒤섞어서 에고의 지루함으로 무가치하게 만들어 버리지 않을 것이다.

지금, 내면으로 들어가 질문을 해 보자.

* 나는 지금 평안한가? '에고의 습관' 속에 빠져서 바쁘게 살아가고 있는가?
* 나는 지루해지면 사건·사고를 무의식적으로 끌어오는가? 아니면 주

착하게 사는 게 뭐가 그리 중요하노?

파수를 높여 가며 사건·사고에서 벗어나고 있는가?

* 나는 이 평안함과 여유로움을 진정으로 즐기고 누리고 있는가? 아니면 두려움과 불안을 끌어들여 계속 징징거리고 있는가?

외부로 정신없이 휘둘리는 습관을 끊어 내면서 점점 이렇게 자신의 내면으로 들어가 '알아차림'을 늘려 간다면, 자신의 삶이 편안하게 변화해 가는 것을 명확하게 느끼게 될 것이다.

그리고 새롭게 변해 가는 나의 모습을 지켜보던 가족과 주변 사람들도, 그 변화의 장에 서서히 이끌려 오면서 같이 동참하게 될 것이다.

제4부

# 있는 그대로 세상을 바라보기

# 1
## '전문가'는 절대로, 나보다 우월한 사람이 아니다

**내 인생 전체를 함께해 온, 내 삶에 대한 전문가는 바로 '나'다**

지금 우리의 사회는 각 영역마다 전문가들이 넘쳐나고 있다. 사회가 더 세분화되고 정밀화가 이루어지면서, 한 영역에서 점점 더 세부적인 고도의 전문가들이 늘어가고 있는 실정이다. 이렇게 정밀하게 연구를 하다 보면 그 분야에서는 뛰어난 지식과 기술을 가지게 될 것이고, 그 분야의 도움이 필요한 사람에게 전문적인 노하우로 큰 도움을 줄 수 있을 것이다. 이것은 세상을 각 부분적으로 보았을 때, 우리에게 아주 중요한 요소들이다. 전문가의 중요성은 인정하지만, 의외로 많은 사람들이 전문가라는 이상화에 빠져서 소중한 시간과 돈을 써 가며 상처받는 경우가 많다.

지금 우리 자신은, 전문가를 어떻게 인식하고 있는지 다시 한번 생각해 보자.

글쓰기 강좌가 요즘 늘어난다고 한다. 글쓰기 강좌를 듣는다고, 과연 글을 잘 쓰게 되는 것일까? 물론 글쓰기 강좌를 듣고 나니 글쓰기 실력이 늘었다는 사람들도 있을 것이다. 하지만 그 사람은 그 이전에, 이미 많은 독서나 다양한 경험들을 통해서 사고가 확장되어 있는 준비된 상태였을 것이다.

표면으로 드러난 보이는 한 면만 보고 성급한 판단을 내리지는 말자. 독서도 하지 않고 자신만의 다양한 경험도 없는데 글쓰기 강좌만 열심히 듣고 노력한 사람은, 그 전문가가 가르쳐 준 '전문적인 스킬'대로만 글을 써 나갈 뿐이다. 그것은 이론서나 논문 같은 틀이 있는 글에는 도움이 될지 모르나, 정해진 틀을 벗어나 자신만의 독창적인 글을 쓰는 데에는 별 도움이 되지 않을 것이다. 오히려 자신의 힘으로 완성된 글을 써보기도 전에 이런 글쓰기 특강을 먼저 접한다면, 고유한 자신의 독창성이 오염될 부작용이 있을 수 있다.

자신의 글을 써보려 할 때 특강에서 배운 내용들이 먼저 떠오르며 자신의 '자유로움'을 막게 되기 때문이다. 우리의 아이들을 무조건적으로 글쓰기나 독서논술 등에 먼저 보내는 것 또한, 부모들이 정말 깊게 생각해봐야 할 문제이다. 이런 일들이, 과연 지금 예로 드는 이런 특강들뿐이랴…. 정말 양심적인 글쓰기 강좌 선생님이라면 회원만 모집하는 것이 아니라, 정말 그 학생에게 필요한 부분들을 먼저 채울 수 있도록 진솔한 안내를 먼저 해 줄 수 있을 것이다.


현재 우리는 이 전문가에 대해서, 너무 과도한 이상화를 하고 있지는 않은가? 그들은 그들의 전문적인 영역에서만 나보다 더 많이 배우고 경험해서 알고 있는 것뿐이다. 딱 이만큼만 인정해 주고 받아들이는 건 어떤가? 그것을 그들이 나보다 전반적으로 우월한 사람이라고 왜곡된 생각으로 연결되는 건 너무 어이없는 착각이다. 많은 사람들이 전문가들의 존재 자체가 자신보다 더 우월한 사람이라는 이상화에 빠져서 허우적거리고 있다. 여기저기 다양한 전문가들에게 휘둘리며 자신이 힘들게 번 돈과 소중한 시간들을 외부에다 대부분 쏟아붓고 있는 것이다.

이 세상에는 '평균'이라는 것은 없다고 생각한다. 나는 늘 평균을 운운하는 그들에게 묻고 싶다. 그 수많은 평균의 기준은, 대체 누구에 의해 어떤 방법으로 정하는 것인가? 전문성이라는 명목 하에 오히려 수많은 평균이라는 틀을 만들어서, 한 인간을 욱여넣으려고 안간힘을 쓴다.

아이를 양육할 때도 마찬가지다. 전문성으로 사람을 기질에 따라 나누기도 하고 성격에 따라 나누기도 한다. "좌뇌형, 우뇌형, 외향적, 내성적, 사고형, 직관형, 예민한 아이, 소심한 아이, 자존감이 높은 아이, 자존감이 낮은 아이…" 아직 어떠한 틀이 만들어지지 않은 순수한 아이들은 우리가 전체적인 존재로 바라봐 주어야 한다. 전체적인 존재인 아이들이, 어른들의 이런 평균이라는 틀의 기준으로 인해 부분적으로 나뉘게 되는 것이다. "너는 좌뇌형, 너는 내성적, 너는 예민한, 너는 나약한, 너는 자존감이 낮은…"이라는 인간으로 세뇌되어 버리는 것이다. 요즘은 선생님들도 흔하게 "이 아이는 자존감이 높다, 이 아이는 자존감이 낮다."라고 평가를 한다. 자존감이 무엇이길래 어떻게 부분적인 어느 단면들만 보고, 한 아이 존재 자체를 논한다는 말인가? 어릴 때 그 말을 본의 아니게 들었다면, 그 아이는 어떤 '자아 의식'을 가지고 자랄 것 같은가?

몇 년 전에, 직업·진로 교육을 받으러 간 적이 있었다. 우리나라는 현재 각 학교마다 의무적으로 여러 가지 검사들을 시행하고 있기도 하다. 전문가라 칭송받는 유명한 교수가 진로 교육을 완벽에 가깝다는 듯이 극찬을 하면서 진행을 했는데, 나는 그 내용들이 전혀 동의가 되지 않았기에 질문을 했다.

"아이들이 어릴 때 적성 파악과 명확한 진로를 정할 수 있고, 그 길을 빠르게 성취할 수 있게 한다고 하셨습니다. 나는 내가 무엇을 하고 싶은지 30대가 넘어서 알아가기 시작했습니다. 그전에 많은 경험을 해보고 시행착오도 겪어 가면서요. 그런데 아직 10대 초반인 아이들이 자신들의 경험도 전무하고 자신들의 시행착오도 겪어보지 않은 상태에서, 진로를 일찍 정해 놓고 그 맵을 따라 걸어간다는 건 너무 편파적이라 생각합니다.

과연 아이들이 스스로 체크한 결과의 정확성도 의문이고, 의사, 변호사, 공무원, 선생님이란 목표도 자신들의 꿈인지 부모들의 주입된 꿈인지도 불확실합니다. 이건 예전에 산업화 시대에 대량생산을 하고 표준을 강조하던 때에나 필요했을지 모르지만, 지금 21세기에는 더 이상 맞지 않는다고 생각하는데 어떠신지요? 진로를 일찍 정하고 노력하는 게 중요한 것이 아니라, 자신이 흥미를 가지는 것들을 다양하게 경험하는 시간을 충분히 가진 다음, 오히려 천천히 진로를 정하고 노력하는 것이 자신을 더 정확하게 알게 되는 것 아닐까요?"

음…. 과연, 그 뒤로 어찌 되었을까? 그 교수는 내가 자신에게 상처를 줬다고 흥분했고, 나는 그분의 제자들을 비롯한 모두의 불편한 눈초리를 받아야 했다. 나의 이런 성향으로 인해 현재 나는 스스로 일을 개척해야 하는 프리랜서로 열심히 뛰게 되었다.


이러한 현상들은 우리가 깊이 생각해 볼 문제이다. 과연 이 평균이라는 틀이 늘어나고 여러 가지 정보들이 늘어날수록, 더 부유해지고 더 풍요로워지는 계층은 어느 계층인가?

평균의 정보가 많아질수록 서민들은 점점 자신들의 문제점들만 더 찾아내게 되고, 자신들의 전체를 보기보다는 결핍된 부분에만 더 집중시켜 무거운 짐을 계속 만들어 내고 있는 것이다. 힘든 생활로 인한 무거움에 평균에도 못 미치는 사람이라는 무거운 짐까지 더 짊어지게 된다. 인간을 사회를 구성하는 부품인 조직원으로 볼 것이 아니라, 인간은 전체적인 존재로 인식해야 한다.

거기에 더해 그 전문가들이 시키는 것들을 자신만의 필터도 거치지 않은 채로 기계적으로 무작정 따라서 하고 본다.

우리는 고유한 신성을 가진 소중한 존재들이다. 자신과 맞지 않는 것을 하려고 할 때는 우리 내면의 자아가 알아차리고, 직관적인 느낌을 통해서 가르쳐 준다. 하지만 자신은 별 볼일 없는 사람이고 전문가들이 우월한 존재라고 믿는 사람들은, 자신의 내면이 알려 주는 직관적인 느낌들을 무시하고 지나쳐 버린다. 뭔가 아닌 것 같은데도 나보다 우월한 전문가님의 말씀이기에 시간과 비용을 아낌없이 투자한다. 그 결과는 무엇일까? 안 그래도 풍요롭게 잘 살고 있는 전문가님들만 더 풍요로워지고, 정작 자신의 삶은 그렇게 큰 변화가 없다는 것을 깨우치게 될 것이다.

이것이 지속된다면 우주가 균형을 찾기 위해서, 우리에게 가져다주는 것은 무엇일까? 허상에 가득 찬 자신의 이상화를 무너뜨리는 상황을 가져다줘서 그 이상화가 무너지고 다시 균형점을 찾게 만들어 준다. 그때 전문가의 이상화를 깨 버리지 않으면, 다음에도 계속 반복된 상황을 가져다주면서 그 이상화를 깰 수 있도록 우주가 도와줄 것이다.

우리의 삶은 부분적이지 않고, 전체적이다. 우리 인간의 일생은 몇 년으로 끝나는 것이 아니라 평생으로 이어진다. 그렇다면 전체적인 나의 인생을 누가 제일 많이 보고, 느끼고, 생각하며 살아왔을까? 바로 나 자신이다.

실패하는 것을 겁내지 말자. 실패를 두려워하기 때문에 자꾸 전문가들을 찾아서 헤매며 자기 인생을 맡기게 되는 것이다. 그들이 우리에게 알려줄 수 있는 것은 그들이 알고 있는 작은 부분들일 뿐이다. "사공이 많으면, 배가 산으로 올라간다."라는 속담이 있다. 나는 이 속담이 지금 내가 이야기하고 싶은 핵심을 정확하게 짚어주는 말이라고 생각한다. 내 인생의 배를 저어 가는 사공은 바로 '나'가 되어야 한다. 양육 전문가가 몇 년을 젓다가, 학습코치가 몇 년을 젓다가, 교수님이 몇 년을 젓다가, 직장 상사가 몇 년을 젓다가, 재정전문가가 몇 년을 젓다가, 인생 코치가 몇 년을 젓다가…. 자신의 인생에 사공이 너무 많다고 생각하지 않는가?

이렇게 뛰어난 전문가들의 안내를 줄지어 받으면서 엄청나게 성공했거나 엄청나게 행복한 사람들을 본 적이 있는가? 미안한 말이지만 나는 본 적이 없다. 물론 표면적인 모습을 말하는 것이 아니라 마음의 세상을 말하는 것이다. 표면적인 겉모습에만 휘둘리니 점점 진실을 보는 눈이 어두워지고 있는 것이다.

오히려 자신의 마음이 이끌리는 대로 마음이 원하는 것을 무작정 시도해보고, 그 시도하는 과정에서 또 다른 시도를 연결해 보고, 안 되면 좌절도 해 보고…. 이렇게 많은 시도와 실패의 과정이 반복되면서 자신만의 길을 찾아내고, 그것이 자신이 원하는 성취로 이어지고, 그 성취에서 자기 스타일의 행복을 찾은 사람들은 많이 보아 왔다.

전문가가 필요한 시점은 자신이 최선을 다해서 시도해 보다가 뭔가 꼭 필요한 어떤 부분이 잘 안 된다고 느껴질 때, 그 결핍의 부분이 선명하게 드러날 때, 그때 원하는 전문가를 찾아서 도움을 요청한다면 적은 시간과 비용으로도 최대의 효과를 얻을 수 있을 것이다.

자신의 인생이라는 거대한 퍼즐을 끼워 맞춰 가면서, 어느 부분에 어떤 미묘한 모양이 들어가야 하는지는 자신이 제일 잘 찾을 수 있다. 이것을 전문가에게 모두 다 맡겨 버린다면, 나는 '8자 모양'의 퍼즐 조각이 필요한데 'ㅁ 모양'을 준다고 받아서 계속 끼워 넣어 봤자 맞춰지지 않을 것이다. 자신에게 필요한 모양을 잘 파악하고 있다면 전문가와 상의해서 '8자 모양'을 만들어 보거나, 아니면 전문가한테 받은 'ㅁ 모양'을 다듬어서 자신이 원하는 '8자 모양'으로 만들 수 있는 것이다.

무언가를 시도해 보기도 전에 머리로 이런저런 계산을 먼저 하고 안전한 계획을 완벽하게 다 세우고, 전문가들의 응축된 노하우를 연결해서 빠른 지름길로 가려는 마음은 아닌가?

우주는 이 세상을 유지시키기 위해서, 늘 균형을 추구한다고 했다. 간절한 마음과 노력도 없이 지름길로 안전하고 빠르게만 가려고 한다면 우주는 우리에게 무엇을 가져다줄까? 지금까지 회피했던 간절한 마음과 노력이 필요한 상황을 다시 가져다줄 것이다. 그리고 안전하고 빠른 지름길보다는, 불편하고 멀리 돌아가는 힘든 길을 가져다줄 것이다. 우주는 그렇게 균형을 잡아야 하기 때문이다.

지금 내가 간절한 마음으로 시도해보고 노력하며, 그것을 이루기 위해 많은 실패를 감당하며 돌고 돌아서 왔다면, 우주는 무엇을 가져다줄까? 이제는 편안함과 여유로움, 그리고 안전하고 빠른 지름길을 알려 주기 시작할 것이다.

"내 인생을 책임지려는 사람은, 책임을 내려놓는 미래가 오게 될 것이고, 그 책임을 회피하려는 사람은 책임을 짊어지게 될 미래가 오게 될 것이다."

착하게 사는 게 뭐가 그리 중요하노?

우주의 균형력은 아주 정확하다. 내 인생의 전체를 바라보고 다듬어 나가는 사람은, 바로 '나 자신'임을 꼭 기억하자.

# 2
## 진짜 내려놓고, 비운 것이 맞나요?

**다시 '비운' 상태와 원래 '비어 있는' 상태는 다르다**

사람들을 많이 만나다 보면 흔히 자주 듣는 말들이 있다. 그중에서도 내 귀에 많이 들리는 말은 '내려놓음'에 대한 말이다.

"에휴, 인생 뭐 있나요? 나는 예전에 다 내려놓고 비웠어요."라며 씁쓸하게 웃는다. 그럼 내가 다시 질문을 한다. "네. 그런데 궁금한 건 어떤 걸 그렇게 많이 채웠기에 다 비우게 됐나요?", "글쎄요…." 하며 멍한 얼굴이 되어 천장을 바라본다. 자신도 어떤 걸 채우고, 어떤 걸 비웠는지 깊이 생각해 보지 않았기 때문이다.

우리는 "내려놓고 비운다."라는 말을 긍정적으로 쓰기보다는 부정적으로 쓰고 있는 경우가 많다. 자신이 뭔가를 더 성취하고 일이 잘 풀려 갈 때는 "내려놓고 비웠다."라는 표현을 거의 하지 않는다. 뭔가 일이 자신의 뜻대로 되지 않거나, 상황이 꼬여서 그 무게가 힘겨워졌을 때 "다 내려놓고 비웠다."라고 표현을 한다.

이런 식으로 많은 사람들이 '내려놓고 비움'과 '무기력'한 상태를 혼돈

착하게 사는 게 뭐가 그리 중요하노?

하는 경우가 많다. 이것은 과정보다 결과를 중요시하는 지금의 사회 분위기로 인해 더 심각해져 가고 있다.

'내려놓고 비움'과 '무기력'의 겉모습을 표면으로만 본다면 결과적으로 비워진 상태는 같다고 생각할 것이다. 과정은 생각하지 못하고 눈에 보이는 결과에 집중을 해 왔기 때문에, 자신의 사고방식이 저절로 결과 우선으로 작동하는 것이다. 하지만 내려놓고 비움은 먼저 채운 뒤에 비워가는 과정이고, 무기력함은 채워지지 않고 계속 비워져 있는 결과이다.

예를 들면 내려놓고 비움은 물 잔에 물을 채웠다가 다시 '비운' 상태이고, 무기력은 물 잔에 물이 채워지지 않은 '빈' 상태이다. 비운다는 것은, 먼저 채워져 있어야 비울 수 있는 것이다. 아직 채우지도 않았는데 비울 수는 없는 것이다. 물 잔에 물을 채웠다가 비운 사람은 물맛이 어떤지 그 느낌이 생생할 것이고, 물 잔에 물이 없던 사람은 물맛이 어떤지 그냥 짐작만 할 뿐이다.


우리가 삶을 의미 있게 살아가기 위해서는 일단 먼저 채워야 한다. 채워진 자신의 다양한 경험들이 서로 융합을 해서 새로워진 나를 만들어가기 때문이다. 우리가 태어나서 삶을 살아가는 이유는 '진짜 나'를 알아가기 위해서이다.

젊은 시절에는 생동감 있는 열정으로 여러 영역에 다양한 관심을 가지고 여러 가지를 시도해 봐야 한다. 그 경험 속에서 '진짜 나'가 누군지 알아가게 되기 때문이다. 어떤 경험이 자신과 잘 맞고 어떤 경험은 불편했는지 직접적인 체험을 통해서, 자신에게 필요한 것과 불필요한 것들을 구분할 수 있는 안목을 기르게 된다. 요즘에는 행동으로 직접 체험을 하기보다는, 머리를 쓰며 여러 정보들을 탐색한 간접경험으로 '자신은 다 안다'라고 착각을 한다. 필요한 간접적인 지식은 나이가 들면서도 언제든지 배울 수 있지만, 필요한 나이에 직접 체험하지 못한 경험들은 그 시간이 지나면 다시 되돌리기가 힘들게 된다.

이것은 위에서 말한 물맛을 생생하게 느낀 사람과 물맛을 짐작만 하는 사람의 차이로 나타난다. 짧은 한 문장이지만, 이 문장 속에는 한 사람의 인생의 과정이 들어 있다.

우리는 순간순간에는 지식이 더 우월하다고 느끼지만, 사람의 기나긴 인생을 좌우하는 건 '삶의 지혜'이다. 물맛을 생생하게 느낀 사람은 다양한 경험을 통해 언제 채워야 하는지, 무엇을 채워야 하는지를 알아가게 된다. 또한 언제 비워야 하는지, 무엇을 비워야 하는지도 알아가게 되고, 이것들을 우리는 삶의 지혜라고 말한다.

하지만 물맛을 짐작만 하는 사람은 한두 가지 경험이 전부인 양 착각하면서 머리로 익힌 지식으로 짐작만 하며 살아가다 보니, 그 사람의 삶도 대부분 명확하지 않은 뿌연 안갯속일 것이다. 늘 뿌연 안갯속을 더듬어 걸어가니 자신이 다음 발을 디딜 곳이 땅인지 늪인지 한참 헤매는 것이다.

용기 내어 부딪히며 삶의 지혜를 터득해 온 사람은, 나이 들고 늙어가는 것이 만족스럽고 행복할 것이다. 왜냐하면 그 누구도 갖지 못한 자신만의 비법을 간직하고 있기 때문이다. 그는 상황에 따라서 언제 채우고, 언제 비울지를 아주 현명하게 대처할 뿐만 아니라 주변에도 그 지혜로움으로 많은 도움을 줄 것이다.

하지만 삶의 지혜보다는 머리의 지식만으로 버틴 사람은, 나이 들고 늙어가는 것이 두렵고 불행할 것이다. 왜냐하면 자신이 평생 동안 집착하고 매달렸던 그 지식은 시간이 갈수록 무거운 쓰레기로 변해가기 때문이다. 그는 채워야 할 때 비우고, 비워야 할 때 채우는 왜곡된 행동들로, 많은 상황들을 더 복잡하고 어렵게 만들 것이다. 또한 주변에도 그 굳은 아집과 낡은 관념을 강요하며 많은 불편함과 피해를 더해 줄 것이다.

삶의 지혜가 늘어 갈수록 자신의 주파수(의식 수준)도 같이 높아진다. 지혜를 직접 깨닫는 순간마다 자신도 모르게 "아, 그렇지." 하며 감탄을 하게 된다. 그리고 그 순간 가슴 깊은 곳에서 '찡' 하며 돌아가는 전율을 느끼게 된다. 그 전율이 바로 우주의 주파수가 통과해서 자신의 가슴에 에너지를 충전해주는 신호인 것이다. 그때마다 우리는 더 새로워지고 새로워진 나는 예전의 낡음을 비우고, 그다음 단계로 올라가는 즐거움을 누리게 된다.

내려놓고 비움과 일맥상통하는 것이, 바로 우주의 흐름에 온전히 자신을 내맡기는 것이다. 우리는 이 온전한 '내맡김'의 의미도 왜곡되어 해석하고 있는 경우가 많다. 이 내맡김은 하는 일마다 원하는 대로 이루어지지 않아서 "아, 진짜 모르겠다."라며 자포자기하는 것이 절대 아니다. 자신이 원하는 일에 자신이 할 수 있는 선의의 최선을 다했을 때, 더 이상 미련도 남지 않을 정도로 몰입하며 노력을 다 하였을 때, 진정으로 우주의 흐름에 자신을 내맡기게 된다.

이 때, 정말 가슴 깊은 곳에서 자신도 모르게 나오는 말은 이것이다.

"우주여, 나는 내가 할 모든 것을 다 하였습니다. 이제 뜻대로 하시옵소서…."

이렇게 자신이 계획하고 통제하려는 모든 욕심이 다 비워진, 순수하고 맑은 상태의 비움의 공간에 우주의 에너지가 그대로 통과하며, 모든 것을 우리가 예상했던 것보다 더 큰 성과와 함께 그 다음 단계로 실어다 준다.

이 우주의 흐름을 타게 된다면, 이제 일들이 예상치 못한 큰 그림으로 흘러가며 우리를 더 넓은 세상으로 이끌어 줄 것이다.

# 3
## 강한 햇빛의 이면에, 숨어 있는 짙은 그림자

**그 특별한 재능들은, 과연 '우주의 은총'일까?**

나는 평생을 한 가지 일에 모든 걸 바칠 만큼 특별한 재능을 타고나지 않았다. 내가 젊었을 때에는 '도대체 나는 왜 남들만큼 뭔가에 뛰어난 재능도 없고, 받쳐줄 자원도 없는 걸까?'라며 답답할 때가 많았다. 늘 처음부터 아무 자원이 없는 상태에서 뭔가를 시작해야 했고, 애써서 배워 놓고 나면 다른 새로운 일을 해야 하는 상황과 자주 마주치게 되었다. 그러다 보니 젊은 시절의 나는 늘 뭔가를 계획하고 혼자서 애를 써 가면서 모든 걸 다 처리해야 했다. 그리고 중년이 된 지금에야 나는 인생에 대해서 어렴풋이 깨달아 가고 있다.

"정말로 하늘은 특별한 자에게 특별한 재능을 내려주는 것일까?"

"정말로 그 특별한 재능이 하늘의 은총이라고 단언할 수 있는 것일까?"

우리는 성공했다는 사람들을 보며 그들의 특별한 재능과 특별한 성공에 찬사를 보내고 부러워한다. 그리고 각종 매체는 앞다투어 그들이 얼마나 사회적으로 많은 관심과 사랑을 받고 사는지, 얼마나 부유하고 풍족한 삶을 살아가는지에 과도하게 초점을 맞춰 프로그램들을 내보내고 있다.

이 부분에 대해서, 다시 한번 차분하게 생각해 보자. 우리의 기나긴 인생은 모두 다 일정한 굴곡이 있기 마련이다. 밀려오는 파도처럼 올라갔다 다시 내려오며, 그렇게 음(-)과 양(+)으로 균형 있게 우리의 삶은 계속 이어진다. 따라서 사회적으로 왜곡되고 있는 하나의 큰 맹점은 바로 이것이다. 매스컴들이 앞 다투어 누군가의 성공과 풍요에만 초점을 맞추고 있기에, TV를 틀면 지금 인생이 잘 풀려서 잘나가고 있는 사람들이 넘쳐나고 있다.

자, 그러면 우리는 어떻게 이 자동적인 프로그램에 따라 세뇌되어 갈까?

보이는 것만 집중해서 인식하고 우리의 오감에만 의존해서 사는 현대인들은 바로 눈으로 보이는 그 매스컴의 내용만 기억하고 받아들이게 된다. 그리고는 "세상에는 저렇게 잘나서, 잘사는 사람들이 많은데…, 내 부모, 내 형제, 그리고 나는 왜 이렇게밖에 살지 못할까?" 하며 자괴감에 죄책감까지 느끼게 된다. 이 사실이 너무 슬프게 느껴지지 않는가?

지금의 이 현실에서 매일 죽도록 노력하며 애쓰고 사는 우리가 왜 이런 자괴감과 죄책감까지 느끼며 인생을 살아가야 하는가? 갈수록 매스컴들은 특히 유행하는 각종 SNS는 우리에게 여가를 즐길 수 있도록 배려해 주는 것이 아니다. 오히려 우리에게 자괴감과 죄책감을 심어주는 정서적인 폭력성이 점점 더 강해져 가고 있다. 이제는 이런 사회가 심어주는 거짓 환상에서 깨어나 벗어나야 한다.

지금 관심이 집중되는 인기 넘치고 성공한 그들이 궁핍하고 실패하고

착하게 사는 게 뭐가 그리 중요하노?

힘들었을 때는 어디에 있었는가? 궁핍하고 실패하고 인기가 떨어졌을 때에도 매스컴에서 앞다투어 찾아서 방영을 했었을까? 파도가 내려갔을 때는 아무도 보여 주지 않다가 파도가 올라왔을 때만 줄지어 보여 주니, 이 세상에는 나만 늘 부족하게 느껴지는 것이다.

우리 주변의 인간관계도 이와 마찬가지다. 우리는 누구라고 할 것 없이 자신의 상황이 좋아지면 자신의 성공담을 즐겨서 자주 얘기하게 된다. 군이 자신의 미숙하고 괴로웠던 실수담이나 실패담을 즐겨서 얘기하고 다니지는 않을 것이다. 이왕이면 다른 사람들에게 자신의 좋은 모습을 보여주고 싶은 것이 우리의 본능이기 때문이다.

우리가 이러한 폭력적인 자극에 길들여져서, 현재 선택하고 있는 것은 무엇일까? 그렇다. 노력하고 또 노력하고, 애쓰고 또 애쓰고 그렇게 반복하는 것이다. 우리의 왜곡된 사고방식을 바꿔야 하는데, 그것은 생각하지 못하고 자신의 능력이 부족한 탓이라고 계속 비교하면서 뭔가를 더 해야 한다고 집착하고 있다.

우주가 음(-)과 양(+)으로 균형을 잡고 있음에도, 우리는 좁은 소견에 빠져서 무조건 음(-)은 나빠서 안 되고, 양(+)만 좋은 것이라고 좇아다니고 있는 것이다. 마치 소화가 안 되는 것도 알아차리지 못하고 먹고 또 먹어 늘 체한 상태에 있는 것처럼, 자꾸 더 배우고 더 채워 가며 꾹꾹 눌러 담아 무거운 짐을 만들고 있는 것이다. 이렇게 상황이 복잡하게 얽혀 갈 때에는 일단 멈춤이 필요하다. 일단 먹는 걸(+) 중지하고, 소화될 시간(-)을 기다리는 것이다.

사회가 세뇌시키는 이러한 거짓 환상을 깨 주기 위해서 우주가 우리에게 하는 일이 뭐라고 생각하는가? 뉴스에 앞다투어 나오는 이슈가 되는 사건·사고들이다. 여기에는 국가적으로 사회적으로 늘 찬사를 받는 사람들이 자주 등장한다. 그리고 우리는 상상하지도 못한 그들의 어두운 모습에 경악을 하기도 한다. 그러면서 우리의 거짓 환상은 낱낱이 깨지고, 이렇게 스스로 위안하기도 한다.

"그래, 이 세상에 완벽한 사람은 없는 거야. 진짜 겉으로만 보이는 모습들이 전부가 아니었구나. 에휴, 그래도 부족하다고 여겼던 내가 차라리 속 편하게 사는 거네…."

"어떻게 저런 말도 안 되는 일들을, 저 주변의 엘리트라고 하는 사람들까지 침묵을 했던 거지? 그래, 저 특별한 재능 하나를 부여잡고 살기 위해서, 저렇게 큰 어둠을 누르고 살았구나…."

하지만 이렇게 깨우치는 것도 잠깐, 또다시 우리는 익숙한 자동적 프로그램으로 세뇌되어 간다. 그리고 우주는 계속적으로 우리의 거짓 환상을 깨 주려고 비슷한 상황들을 반복해서 보여 준다.

만약 내가 어릴 때부터 혹은 젊은 시절에 아주 특별한 한 면만 발달했다면, 나는 오로지 그 특별한 한 면에만 집중해서 살게 되었을 것이다. 아주 강한 햇빛의 이면에는 그만큼에 해당하는 짙은 그림자가 존재하는 것이, 자연의 이치이다. 그러나 우주의 은총으로 평범하게 태어나는 행운을 얻었기에 이것저것 시도해 보며 다양한 경험을 해 볼 수 있었다. 그리고 예전에는 알아차리지 못했던 나의 여러 면들도 다시 볼 수 있었고 두루두루 발달시킬 수 있었다.

특별한 한 면이 발달한 사람들은 그 한 가지 면이 남들보다 더 빨리 눈에 띄고 드러나게 된다. 많은 사람들의 관심과 인정을 받는 것이 그 한 가지 면이기에 오로지 그 부분에만 더 집중하게 된다. 따라서 또래의 다른 사람들보다 더 일찍 성공이라는 타이틀을 움켜쥐기도 한다. 그러나

기나긴 인생의 다양한 굴곡에 대처하기 위해서는 한 가지로만 해결되기는 어렵다는 것을 배우게 될 것이다.

평범하게 골고루 발달된 사람들은 여간해서는 눈에 잘 띄지 않는다. 특별하게 뛰어난 면이 없다 보니 남들보다 더 드러나고 눈길을 끄는 면도 없어 성공은 자꾸 멀어지는 것처럼 느낀다. 하지만 이 평범한 사람들이 오랜 시간 동안 골고루 발달시킨 그 인생은, 나이를 먹고 세월이 흐를수록 서서히 빛을 발하기 시작한다. 기나긴 인생의 수많은 굴곡을 대처하면서 얻은 다양한 삶의 지혜와 능력들이, 이 평범한 사람을 골고루 다재다능하게 성장시켜 주었기 때문이다. 시간이 흐를수록 이 평범한 사람들에게 그동안 지나쳐가기만 했던 좋은 기회들이 다가오기 시작할 것이다. 마치 '진흙 속에 묻힌 진주'가 파도에 씻겨 나가면서 그 빛을 발하듯이….

우리의 생활에 필요한 작은 도기를 만들 때에는 좋은 솜씨는 필요하겠지만, 그리 많은 시간이 필요하지는 않다. 하지만 우주의 큰 에너지를 담아서 사람들의 인생을 성장시키는 도구로 쓰일 큰 도기를 만들기 위해서는, 아주 좋은 솜씨와 아주 많은 지난한 시간이 필요할 것이다.

우리의 인생은 길고, 누구에게나 좋은 기회들은 파도처럼 반복해서 오고 간다. 그러나 우리 인간은 항상 조급하고 두려운 마음에 이 인생을 단시간으로 판단해 버리고 결론지어 버린다. 파도가 한번 왔다 가 버리면 좋은 기회는 다 지나가 버리고 영영 오지 않는다는 듯이 포기하고 자책하기 바쁘다. 그렇게 또 귀한 시간을 다 낭비해 버리면서 다음 파도가 와도 좀처럼 누리지 못하게 되는 것이다.

우주의 큰 계획이 있지만 어리석고 급한 인간의 이러한 짧고 좁은 생각들이 늘 원망과 고통을 만들어 낸다. 파도를 한번 놓치면 그 상황에서 자신이 깨우치고 배워 나가게 될 것이고, 그 깨우침이 그 다음에 올 삶을 더 확장시켜 준다. 그렇게 몇 번을 반복하다 보면 자신도 모르는 사이에 우주의 에너지가 담길 자신의 그릇이 엄청나게 커져 가는 것이다. 그리고 머지않아 이 그릇을 만들기 위해 특별한 재능을 가진 사람보다 더 늦어진 시간만큼, 눈부시게 반짝거리는 진주의 진면목을 드러내게 될 것이다.

내가 생각하는 결론은, 이것이다.
"우주는 나를 특별히 사랑했기에, 나를 평범한 인간으로 살게 만들었다."

태양이 모든 곳에 내리쬐듯이 우리에게 주어지는 우주의 에너지는 다 공평하며, 이 세상 모든 것을 유지하기 위해서 우주는 항상 균형을 잡고 있다. 우리가 괴로움과 번뇌에서 벗어나기 위해서는 더 많은 노력들이 필요한 것이 아니라, 우리의 생각 한 곳만 다르게 돌려놓으면 된다. 이것이 그 유명한 '일체유심조'가 아닐까?

세상은 그대로 변함없이 흘러가지만, 내 생각의 '한 끗 차이'로 이 세상이 완전히 달라지는 것을 경험할 수 있을 것이다. 이러한 작은 의문들이 모여 낡은 관점이 하나씩 무너지고 우리를 사회의 세뇌된 잠에서 계속 깨어나게 만들어 준다. 그리고 이러한 깨어남들이 하나씩 늘어가면서 우리의 주파수를 계속 높여 주게 되는 것이다.

마음공부는 이렇게 차근차근 해 나가는 것이다.

"우주는 우리를 너무나 사랑하기에, 평범하게 살아가는 은총을 내려 주었다."

# 4
## 원하는 것을 먼저 시작해야, 돈도 따라온다

**뿌리 깊은 '무기력함'으로 시도조차 해 보지 않았기에, 돈이 없는 것이다**

우리가 어릴 때부터 수없이 들었던 말이 있다. "에휴, 돈이 있어야 뭣이라도 시작하지." 또는 "돈이 없어서 아무것도 못하고 살았다. 너무 억울하다." 등의 돈에 관한 하소연들이다. 가랑비에 옷 젖듯이 그 주파수(의식 수준)에서 태어나고 자란 우리는, 그것을 하나의 진실로 받아들이고 그렇게 세뇌된 프로그램으로 살아가게 된다.

운이 좋아서 다른 누군가가 "돈이 없어도 뭣이라도 일단 시작하면 된다." 또는 "돈이 한 푼도 없었지만 시작하고 나니 서서히 돈이 생기기 시작하면서 그다음 기회로 연결되었다."라고 말하는 것을 자주 듣고 자랐다면, 우리는 그것을 진실로 받아들이고 그 프로그램으로 살게 되었을 것이다. 하지만 이 지구에는 소수가 부의 대부분을 차지하고 있기에 거의 대부분이 첫 번째의 하소연들을 주로 들으며 자랐을 것이다.

앞의 내용들을 통해 설명했듯이 "마음이 먼저고, 상황은 나중에 따라온다"는 것을 떠올려 보자. 이제 우리의 고정관념을 모두 거꾸로 인식해야 한다. 늘 말하지만 마음 세상과 현실은, 서로 거꾸로 작용하기 때문이다. 돈이 없어서 원하는 것을 못하는 것이 아니라 원하는 것을 시작하지 않았기에, 계속 돈이 없는 상황이 되는 것이다.

　예를 들어 보자. 가난한 형편에 돈이 없어서 대학 진학을 포기한 A가 있다. 거듭된 사업의 실패로 아버지는 자포자기의 상태가 되었고, 어머니 혼자 어렵게 집안을 꾸려 나가는 상태였다. 늘 챙겨주던 형과는 달리 부모님이 A에게만 늘 하던 말이 있었다. "지금 집안 형편이 좋지 않으니, 형은 몰라도 너는 대학에 못 보내겠다." 그는 계속 그 말을 반복해서 듣자 자신은 돈이 없어서 대학에 갈 수 없다고 믿게 되었고, 결과적으로 대학에 가지 못한 채 힘든 노동자의 일을 반복하며 자신의 복이 없음에 신세한탄만 하고 있다.

　자, 마음의 관점에서 생각해 보자. A가 대학을 가지 못한 건 돈이 없어서가 아니다. 현재 돈이 없으니 앞으로도 돈이 없을 거라는 자포자기의 집안 분위기와 돈이 없으면 아무것도 할 수 없다는 잘못된 관념을 배움으로써, 무기력한 부모의 삶을 대물림하며 살고 있는 것이다. 주변의 다른 누군가가 A의 굳은 관념을 깨뜨려주며 다른 방향에서 생각할 수 있도록 이끌어 주었더라면, 그는 지금 어떤 인생을 살고 있을까? 그가 만약 부모의 왜곡된 관념에도 불구하고 대학을 진학했다면 어떻게 상황이 전개되었을까?

　대학을 진학해서 성취감을 먼저 느꼈다면(감정) → 그에게는 대학생활에 필요한 돈을 적절한 때에 공급할 수 있는 기회와 인연들이 나타나게 되었을 것이다(상황). 그리고 그다음 단계로 나아가게 될 것이고 → 그때 느낀 만족감(감정)은 → 다시 만족스러운 현실(상황)로 나타나게 된다.

　　　　　　　　　　　　　착하게 사는 게 뭐가 그리 중요하노?

이렇게 '감정 → 상황 → 감정 → 상황 → 감정 → 상황'으로 연결되면서, 인생은 굽이굽이 흘러간다.

이 세상은 우리가 세뇌 받은 것처럼 에너지가 부족하지 않다. 에너지가 부족하다고 이미 그 관념에 굳어 있기 때문에 어떤 선택도 하지 않게 되는 것이다. 돈도 당연히 이 우주의 에너지다. 부족할 거라는 두려움에 많은 사람들이 더 갈구할수록 돈에 대한 결핍의 에너지는 더 강해진다.

우리의 발목을 잡아 무기력에 빠지게 하는 것은 우리가 소유하지 못한 돈이 아니다. 우리에게 잘못 주입된 부정적인 관념들이 우리를 평생 동안 꽁꽁 묶어 놓는다. 마음이 먼저 묶여 있기 때문에 그 후에는 계속 묶여있게 될 상황이 연이어 나타나는 것이다. 이걸 알아차리고 깨닫는 순간 인생은 방향을 틀기 시작하며 모든 조건은 다시 바뀌기 시작한다.


마음의 세상에서는 보이는 외부의 상태가 아닌, 보이지 않는 내면의 감정 상태를 인식한다고 설명했다. 따라서 마음의 세상에서는 많은 계획과 신념과 노력이 필요치 않다. 그저 자신이 진심으로 원하는 것이 무엇인지 정확하게 생각할 수 있어야 하고, 그것이 이루어질 거라는 즐거움과 기쁨의 감정 상태로 먼저 존재한다면 머지않아 그에 해당하는 상황이 현실로 나타나게 될 것이다.

자신의 에너지장을 먼저 즐거움의 상태로 둘러싸이게 만든다면, 그에 맞는 상황이 현실에 물질화 된다는 뜻이다. 누군가 자판기의 음료수를 선물로 뽑아 주겠다고 한다면, 우리가 제일 먼저 해야 할 것은 뭘까? 내가 자판기의 음료수 중 어느 것을 원하는지 정확하게 정해야만 내가 원했던 음료수를 받을 수 있을 것이다.

우리 마음도 이와 똑같다. 우주가 우리에게 뭔가를 주고 싶은데, 정작 그것을 받을 우리가 무엇을 원하는지를 정확하게 인식도 하지 못하고 있다면 우주는 우리에게 무엇을 줄 수 있을까? 우리는 정작 자신이 진정으로 무엇을 원하고 있는지, 깊이 생각하지도 못한 채 계속 바쁘기만 하다. 도대체 왜 바쁜가?

그저 남들이 좋다고 하는 건 무조건 자신도 하고 본다. 자신이 진짜 원하는 것을 성취하기 위해 그것이 필요한 것인지 깊이 생각해 볼 여유도 없이, 조급한 마음에 일단 무조건 노력부터 하고 본다. 그러다 보니 내가 마시고 싶은 것인지 안 마시고 싶은 것인지도 잘 모른 채, 주는 대로 아무 음료수나 받게 되는 것이다. 삶에 대한 이러한 자세가 우리를 힘들게 만들어 가고 있다.

소소한 예를 들어 보자. 내가 집안의 오래된 낡은 가구들을 다 버리고 새로 사고 싶은 가구들이 있었는데, 여러 가지를 원하다 보니 돈이 많이 필요하게 되었다. 무리하게 구입을 하고 싶은 마음은 없었지만, 그 가구들을 파는 가구점에 들러서 그 가구들을 몇 번이나 보고 또 보았다. '이 가구들이 집에 들어온다면, 어디에 어떻게 배치를 할까?' 하는 상상만으로도 너무 기분이 좋았고, 꼭 이 가구들이 나와 인연이 있는 것처럼 느껴졌다. 그 후로 한 달이 지나자 남편의 거래처에 밀려 있던 대금이 갑자기 다 입금이 되었고, 그 가구점에서는 예정에 없던 큰 할인 행사를 그때에 맞춰 일주일 간 진행한다는 것을 알게 되었다. 나는 고민하지 않고 그 가구들을 한 달 전보다 아주 할인된 가격에 구매할 수 있었고, 거래처에서 입금된 대금으로 부담 없이 다 사게 되었다. 내가 지금 돈이 부족하니 앞으로도 돈이 없을 거라고 아예 가구를 바꿀 생각도 못하거나, 별로 마음에 들지 않아도 원하는 가구보다 훨씬 낮은 가격대의 가구를 살 수밖에 없다는 무기력(감정) 속에 있었다면, 나는 그에 해당하는 무기력한 현실

(상황)이 지속되었을 것이라고 확신한다.

　여행도 마찬가지였다. 작년 가을 호주로 가족여행을 꼭 떠나고 싶어서 여름부터 이곳저곳 검색을 하였다. 검색해 보니 호주와 뉴질랜드 일정이 있었는데, 우리 가족이 그 여행을 떠나려면 비용이 많이 부담스러웠다. 하지만 다음으로 미루려니 중·고등학교에 입학할 아이들이 앞으로는 시간을 맞추기 힘들 것 같아 영 마음이 내키지 않았고, 그냥 모두 시간이 여유로운 그 해 가을에 떠나기로 마음먹고 예약을 진행했다. 역시 너무나 멋진 경관을 경험하고 돌아왔고 우리는 여행에 대해 모두 만족했다. 여행을 갔다 오고 나서 우리의 수입은 자연스럽게 여행경비를 메꾸기에 충분할 만큼 맞춰서 늘어나게 되었고, 그것은 여행 전에는 전혀 예상하지 못했었다. 여행 후 한 달도 지나기 전에, 호주 전역에서 대형 산불이 장기간 진행되어 넓은 숲과 동물들이 피해를 입게 되었다. 그리고 뉴질랜드에도 큰 홍수가 나서 우리가 들른 몇 곳의 관광지가 피해를 입게 되었다. 다음 해인 올해는 코로나 19가 전 지구상에 퍼져 나가서, 세상 사람들이 집안에서 계속 은둔하는 상황에 이르게 되었다.

　만약 그때 내가 비용이 부담스러워서, 호주-뉴질랜드 가족여행을 그다음으로 미뤘더라면 어땠을까? 호주의 대형 산불이나 뉴질랜드의 큰 홍수로 인해 아름다운 자연을 그만큼 경험하지 못했을 것이고, 코로나 19로 인해 몇 년은 가족여행이 더 늦춰졌을 것이다. 그 사이에 아이들은 훌쩍 커서 학교 스케줄로 인해 시간을 맞추기가 어렵게 되었을 것이다.


　지금 상황이 좋지 않다고 해서 앞으로도 상황이 좋지 않을 거라는 믿음은, 과연 어디에서 비롯되는 것일까? 이런 걱정과 불안들이 독버섯처럼 우리의 삶을 잡아먹는다. 이 독버섯을 뽑아 버리지 않으면 우리는 원하는 그 무엇도 시도해볼 생각조차 하지 못한 채, 늙고 병들어 가며 인생을 마감하게 된다. 이제 우리가 자라면서 배우고 세뇌된 모든 왜곡된 관념은 잘라내 버리자. 그것은 옛 시대에 맞던 그 사람들의 상황이고 그 낮은 주파수 시대의 관념들인 것이다.

인생은 파도와 같다. 파도가 높이 올라가면 내려오고, 그것이 끊임없이 반복하며 밀려온다. 올라가면 내려오는 것은 자연의 이치이고, 우리의 삶도 모두 자연의 이치에 맞게 흘러간다. 지금 힘든 상황이 왔다는 건 곧 더 나아지는 상황이 온다는 다른 뜻이 숨겨져 있다. 내가 운이 없어서 타고난 복이 없어서, 하는 일마다 안 되고 기회가 없는 것이 절대 아니다. 마음속에 깊게 뿌리내리고 있는 그 두려움과 왜곡된 관념이 모든 기회를 변명하고 회피하게 만들어 버리는 것이다.

모든 것이 다 준비된 상황은 오지 않는다. 일단 시작하고 해 나가는 과정에서 준비가 되고 진행이 되는 것이다. 진짜 들여다보고 알아야 할 것은, 내 마음속에 어떤 것들이 뿌리를 내리고 있는 것인가를 들여다보는 것이다. 마음속에 뿌리내린 그 나무가 현실에서 상황으로 펼쳐지며 열매로 나타나는 것이다.

누구나 다 노력은 한다. 하지만 두려움에 근거한 노력인지, 아니면 정말로 원하는 즐거움에 근거한 노력인지에 따라 마음은 그 열매를 정확하게 현실에 나타나게 한다. 이제 자신의 상황이 어디서 방향을 틀어야 하는지 번쩍 잠에서 깨어나고 있는가? 우리의 삶과 미래는 늘 변하기에 불확실한 것이다. 확실한 것은 아무것도 없다. 불확실한 것이 진리인데 확실해야 안전하다고 믿는 그 낡은 관념이 우리에게 고통을 가져오는 것이다.

우리는 마음의 성장을 위해 이 생에 태어났다. 지금의 나보다 조금이

착하게 사는 게 뭐가 그리 중요하노?

라도 무언가 더 나아진다면, 우리는 성장을 시작한 것이다. 내가 무엇을 선택하는 순간, 나를 둘러싼 에너지장의 진동(기운)이 그 선택에 맞게 바뀌기 시작한다. 그리고 그 에너지장이 바뀌는 자신의 진동(기운)에 맞는 상황과 사람들을, 자석처럼 끌어오기 시작하게 된다.

"어둠을 선택하면 어둠을, 빛을 선택하면 빛을 끌어오게 될 것이다."

# 5
## 인생의 터닝포인트는 행운이 아니라, 진흙탕으로 온다

**자신만의 환상 속에서 늘 행운으로 오는 것이라고, 믿고 싶은 대로 믿고 있는 것이다**

모든 관계와 상황들이 엉망진창으로 엉키고 꼬여 버렸을 때가 온다. 좋은 관계로 지내려고 노력한 것이 허무할 만큼 주변 사람들이 나를 비난하고 고통스럽게 만들기도 한다. 또한 내가 노력하고 계획했던 일들이 잘 완성되어 나가다가 한순간에 완전히 엎어져 버리기도 한다. 늘 건강에는 자신이 있었건만 불시에 엄청난 질병으로 확인이 되면서 고통 속에 밀어 넣기도 한다. 너무나 고통스러웠던 그 지점으로, 나의 필름을 다시 되돌려 보자.

"그 큰 아픔과 실패의 끝에서 나는 무엇을 선택하게 되었고, 그다음 나에게 펼쳐진 것은 무엇인가?"

이 질문은 자신의 삶이 좌우될 만큼 중요한 질문이므로, 가장 진지하게 탐색해 보아야 한다. 이 부분에서 내가 놓친 것이 있다면 꼭 다시 되찾아서 지금의 삶에 적용시켜야 한다. 그렇지 않으면 그 큰 시련은 다른

착하게 사는 게 뭐가 그리 중요하노?

모습으로 짧은 시간 안에, 다시 나에게 다가오게 될 것이다.

"인생의 터닝포인트는 행운의 모습이 아니라, 끝없이 질척거리는 진흙탕으로 온다."라고 정의해 본다.

우리가 자신만의 환상 속에서 행운으로 오는 것이라고, 믿고 싶은 대로 믿고 있던 것뿐이다. 늘 기회는 행운으로 오는 것이라고 행운만 기다리고 있다 보니 우리에게 오는 많은 기회들을 다 지나쳐버리는 것이다. 다른 사람의 성공만 바라보다가 다른 사람의 행운만 바라보다가, 나에게 온 기회들은 저 멀리 놓쳐 버리고 살아가는 것이다. 우리가 모든 일이 수월하게 잘 풀려 나갈 때는 그것에 심취해서 다른 것은 쳐다보지 않는다. 우리는 이 시기를 성공으로 인식하지만, 사실은 발전의 시기가 아니라 정체의 시기인 것이다. 그다음에 올 것은 정체기를 지나 내려가는 일이 남았다.

사는 게 뭔가 답답하면서 이렇게 사는 것이 아닌 것 같은 그런 시기가 올 때가 있다. 잘 지내왔는데 갑자기 어느 순간 "내 인생은, 왜 이런가?" 싶을 때가 온다. 이 생각과 더불어 모든 불행이 겹쳐서 오는 것처럼 느껴지는 순간들이 온다.

하던 일이 갑자기 꼬이기 시작하고, 자식에게 사건이 생긴다거나, 사고가 나서 몸을 다치게 된다거나, 다른 가족들이 큰 병에 걸렸다거나, 실직을 당했다거나, 계약이 잘못되어 큰 손실을 입었다거나 등의 수많은 일들이 겹쳐서 올 때가 있다. 이 시기에는 실의에 빠져들면서 "하늘도 무심하시지. 왜 나에게 이런 벌을 내리는 걸까?" 하고 원망을 하며 나락으로 자꾸 떨어진다.

하지만 이 시기가 정말 우리의 생각처럼 고통스러운 불행의 시기인 것일까? 혹시 우리가 이러한 상황을 불행이라고 정의를 내려서 그렇게 믿고 있는 왜곡된 관념은 아닐까?

지금부터, 우리가 물을 끓일 때를 생각해 보자. 처음에 물을 냄비에 넣고, 가스 불을 켜면 한동안 아무 일도 일어나지 않는다. 지루하리만큼 1분, 2분, 3분…. 시간이 지나고 한참 시간이 지나면서 기포가 하나씩 생기기 시작한다. 이 기포들이 점점 많아지면서 기포들이 하나씩 표면으로 떠오르기 시작한다. 이 정도 되면 물이 뜨거워지고 있다는 표시로 볼 수 있다. 물이 끓는점에 도달하게 될수록 기포는 미친 듯이 떠오르며 물의 표면이 뒤섞이면서 끓어오르기 시작한다.

이제, 물이 끓어오르기까지의 과정과 우리의 마음이 괴로움으로 끓어오르는 과정을 비교해 보자.

우리가 괴로움을 느낀다는 것은 그 상황을 벗어나야 한다는 생각을 하고 있다는 것이다. 그 상황을 바꿔야 한다는 생각을 하지 않으면 아무런 괴로움을 느끼지 못한다. 자신이 무의식적으로 변화되어야 한다고 느끼는 순간, 가스 불은 이미 켜진 것이다. 하지만 처음에 아무 반응이 없는 물처럼 어느 온도가 오르기까지 우리도 아무런 감정을 느끼지 못한다. 그렇게 시간이 흐르면서 자신도 모르게 서서히 의식의 변화가 시작되고 진행되어 갈수록, 뭔가 마음이 불편해지기 시작한다. 무의식적인 마음으로는 지금 변화가 필요하고 변해 가야 하는데, 현재 모습은 계속 고정되어 있으니 답답한 것이다.

점점 온도가 올라가서 기포가 떠오르기 시작하듯이, 우리도 의식의 변화가 강해지면서 뭔가 행동을 해서 변화시켜야 한다고 인식하게 된다. 이때 새로운 시도에 대한 두려움과 불안이 표면으로 떠오르기 시작하고, 자신의 능력에 대한 열등감이 점점 괴롭히기 시작한다. 그리고 과거의 실패에서 느꼈던 수치심까지 합세하면서 괴로움으로 온 마음이 들끓기 시작하는 것이다.

우리는 이 순간을 고통스럽다고 인식해서 불행으로 생각하지만, 마음의 세상에서 보면 이 순간이 성장의 시기인 것이다. 내 안의 두려움과 불안, 열등감과 수치심은 성장의 재료이다. 이러한 열등감이나 수치심이 나를 괴롭히지 않는다면, 우리는 무엇을 더 해야 한다거나 더 나은 사람이 되려는 생각을 하지 않을 것이다. 이 두려움과 불안, 열등감과 수치심의 재료를 넣고 고통으로 펄펄 끓여야 맛있는 요리(성장)가 탄생하는 것이다. 우리의 삶에서 이러한 괴로움이 없다면 그것은 성장이 멈추었거나, 아니면 성장이 다 끝난 상태일 것이다. 성장이 끝났다는 것은 영적인 성인의 수준에 올랐다는 것이기에, 자신이 그 수준이 아니라면 성장이 멈춘 상태로 보아야 할 것이다.

이렇게 자신이 성장해야 하는 시점에서 변화를 생각하지 않고 있게 되면, 우주가 변화의 필요성을 느낄 수 있도록 직접 움직이기 시작한다. 이것이 우리의 현실에서 불행이라고 말하는 사건들로 오는 것이다. 지금 현재에 안주할 수 없도록 계속 사건이 일어나는 것이다. 이러한 사건들로 인해, 지금 상황에서 뭔가 변화를 일으킬 수 있도록 기회를 만들어 주는 것이다. 이것을 우리의 현실적인 관념으로 인해 실패나 불행이라고 인식하고 있을 뿐이다.

이 진실을 알고 다시 생각해 본다면, 그런 사건들이 자신의 성장의 변곡점이 되는 시기라고 다르게 인식될 것이다. 어떠한가? 이제 지금 복잡하게 엉켜 있는 자신의 현실이 다른 의미로 다가오는가? 이 우주의 선물을 잘 받아서 성장의 재료로 쓰지 못하고 주저앉게 된다면 그 다음번에는 더 큰 사건과 상황을 받게 될 것이다. 이 선물은 자신이 새로운 시도를 하면서 자신의 변화를 일으킬 때까지 지속될 것이다. 이것을 깨닫지 못하고 변화하지 않는다면 평생을 고통스러운 상황 속에서 살아가게 된다.

마음의 세상과 실제 현실은, 거꾸로 작용한다고 했다. 우리 마음의 에너지가 먼저 움직여야 그 에너지가 시간이 지나면서 현실의 모습으로 나타나게 된다. 자신이 두려움과 불안의 고통스러운 감정을 견뎌내고 새롭게 변화하기 위해 마음을 썼다면, 분명히 곧이어 현실의 모습으로 그 결과가 드러나게 된다. 이 에너지가 현실에 모습을 드러낼 때까지의 그 시간을 우리는 너무 힘들어하며 일찍 포기해 버리기도 한다. 왜냐하면, 우리가 예상했던 그 과정으로 오지 않기 때문이다.

우리는 3차원 의식 수준에서, 서론-본론-결론의 순으로 모든 것을 계획하고 판단하고 평가한다. 하지만 우주는 고차원의 의식이기에 우리의 예상과는 다른 식으로 작용한다. 최소의 에너지로 최대의 효과를 내는 것을 추구한다. 따라서 서론-결론이 될 수도 있고, 본론-결론이 될 수도 있고, 바로 결론이 될 수도 있는 것이다. 자신이 성장하기 위해서 새로운 시도를 했다면 그 진심 어린 에너지를 믿고 마음 편하게 기다려 보자. 우주는 그 진심 어린 에너지를 읽고 분명하게 현실의 모습으로 보여줄 것이다.

자신을 진심으로 신뢰하게 되면 자신의 마음에서 느껴지는 느낌들이 점점 명확해지고, 이 직관들이 우리의 삶을 이끌어주게 된다. 그리고 자신이 성장해야 할 시기가 오면 명확한 느낌으로 신호를 주고, 그 신호를 따라가면 다음 단계의 성장이 기다리고 있을 것이다.

착하게 사는 게 뭐가 그리 중요하노?

이러한 직관들은 흔히 말하는 '우연의 일치'로 오게 될 때가 많다. 평소에 지금 하고 있는 일과는 다른 부분에 관심이 많이 갔었는데 우연히 그 분야에서 활발하게 활동하고 있는 사람을 알게 되었을 때, 아니면 평소에는 관심조차 가지지 않았는데 우연한 기회에 어떤 모임에 참석하게 되었고 뜻하지 않은 제안을 받게 되었을 때 등이다.

과도하게 남의 덕을 보려고 한다거나 짧은 시간에 편법으로 많은 것을 얻으려 하는 에고의 욕심에서 오는 느낌들은, 우리를 잘못된 길로 이끌 것이다. 하지만 머리의 계획과 계산에는 없었지만 우연히 뭔가에 관심이 가고 해 봐야겠다는 느낌이 들면, 새로운 시도를 해보는 것도 기회를 만드는 것이 된다. 이런 식으로 많은 기회들이 주어지지만 우리는 자신도 모르게 외면해 버린다. 우리 안에 깊숙하게 박혀있는 그 두려움과 불안, 열등감과 실패했을 때 오게 될 수치심들이 거절을 해 버리는 것이다.

'자신이 하는 일과는 상관이 없어서, 그건 나 같은 사람이 시도해 볼 일이 아니라서, 아는 사람이 그런 것을 하다가 실패했다고 해서, '지금 시작해서 언제 자리를 잡나?' 하는 생각에서, 평소에 전혀 생각해보지 않은 분야라는 핑계로….'

이렇게 되면 우리는 지금 하고 있는 이 일 외에는 다른 시도를 할 기회를 만들지 못한다. 안정을 추구하며 10년, 20년이 지나도 지금과 같은 자리에 안정적으로 고정되어 있을 뿐이다. 우스갯소리로 하는 말이 있다. 자식을 교수나 의사를 만들겠다고, 조기교육에 온 정성을 쏟는 30~40대 부모들에게 "지금 당신이 그 공부를 시작한다면, 당신이 그렇게 될 수 있다. 지금은 100세 시대다."라고 말하곤 한다.

자신을 신뢰하지 못한다면 자신에게 올라오는 강한 느낌도 믿지 못하게 된다. 늘 누군가에게 물어봐야 하고 스승이나 전문가들의 도움을 받아야 한다고 생각한다. 이 세상의 그 누구도 나보다 나의 느낌을 잘 아는 사람은 존재하지 않는다. 그들은 나의 느낌을 그들의 필터로 짐작만 할 뿐이고, 그들이 나에게 제시하는 길은 그들의 판단일 뿐이다.

실패나 불행을 너무 두려워하지 말자. 이 모든 것들은 나의 성장을 위해서 오는 것들임을 신뢰하자. 나의 계획대로 되지 않았다고 해서 실패한 것이 아니다. 과거의 어떠한 경험을 실패로 인식해서 부정적으로 고정시켜 놓는다면, 그 기억이 현재의 삶에 한계를 만들어 두게 된다. 그 실패했다는 두려움이 현재의 삶에서 색다른 무엇도 시작할 수 없도록 붙들고 늘어지는 것이다. 살아가면서 내가 겪게 되는 모든 경험들은, 그다음 단계로 가기 위한 나의 성장인 것이다.

내가 계획한 대로 내 미래가 착착 진행되어 간다면, 그것이 과연 좋은 일일까? 나는 지금 나의 의식 수준에서만 생각하고 계획할 수 있을 뿐이다. 우주는 우리보다 더 고차원의 세계에서 우리를 내려다보며 더 큰 차원의 삶을 선사한다. 계획에는 없었어도 현실이 내 생각과는 다르게 흘러간다고 해도, 자꾸 자신의 좁은 틀에 맞추려고 애쓰며 살지 말자.

가슴을 열어 그 새로움을 호기심으로 바라보자. 다양한 경험들이 쌓여가면서 자신에 대한 신뢰도 점점 단단해지고 생각의 폭도 넓어진다. 이 다양한 경험들 속에서 나만의 강점과 약점을 찾아가는 것이다. 누구도 보지 못한 보석 같은 나만의 모습을 발견해서 다른 길을 찾게 될 수도 있다. 애쓰고 노력했지만 생각지도 못했던 나의 약한 모습을 발견해서 다른 방향으로 틀수도 있는 것이다. 이런 지혜들이 쌓여 자신에게 진정한 마음의 힘이 생긴다면, 그 에너지가 주변으로 퍼져나가면서 많은 사람들을 도울 수 있게 될 것이다.

"인생의 터닝포인트는 행운의 모습이 아니라, 끝없이 질척거리는 진흙탕으로 온다."

# 6
## 신박한 정리는, '되돌아올 수 없는 강'을 건넜다

**지금 나의 현실은, 보이지 않는 '마음 상태'를 그대로 비추어 준다**

물건 정리와 가구 배치를 새롭게 해 주는 프로그램을 보면서 우리의 마음 작용에 대한 생각이 떠올랐다. 현실은 우리의 마음 상태를 그대로 비추어 주기에 예전의 정리 안 된 복잡한 환경에서 깔끔하게 정리된 환경으로 변화가 이루어지고 있다면, 뭔가 삶에서 의식의 전환이 이루어지는 중이라고 할 수 있다.

자신의 주파수(의식 수준)에 변화가 생기기 시작하면, 몇 년이나 몇십 년 동안 아무렇지 않게 살아온 익숙한 환경에서 갑자기 불합리함을 느끼게 되면서 의식이 깨어나게 된다. 습관적으로 계속 반복하면서 살아온 자신의 삶이 서서히 객관적으로 보이게 되면서 하나씩 장단점이 눈에 띄게 되고 그렇게 계속 변화가 이어져 간다.

이것은 물건 정리를 깔끔하게 하고 나면 마음 정리가 된다는 우리의 생각을 뒤집어서, 거꾸로 마음 정리가 먼저 시작되면 주변의 물건 정리를 하게 되는 상황이 나타난다고 할 수 있다. 언제나 우리를 둘러싼 에너지장의 변화가 먼저 시작되고, 그다음 주변으로 진동(기운)이 퍼져 나가서 현실의 상황으로 물질화된다는 것을 기억하자.

지금부터 우리가 살아가면서 꼭 해야 하는 마음 정리(주파수 변화)의 필요성에 대해서 설명하고자 한다.

첫 번째, 물건 정리와 새로운 가구 배치가 우리의 주파수와 어떻게 연결되고 있는가?

프로그램 신청자는 지금까지 생활을 해 오는 동안 익숙하고 편안한다고 느끼면서 살아왔을 것이다. 가끔 뭔가 바꾸고 싶은 생각도 들지만 어디서부터 어떻게 손을 봐야 할지 막막하기도 하고, 색다른 정보도 찾을 여유가 없어 그냥 있는 그대로 유지하며 살게 되었을 것이다. 사실 우리도 대부분 이렇게 삶을 살아가고 있다. '이렇게 사는 것이 편안한데…, 이렇게 살아도 큰 불편함을 못 느꼈는데….'

하지만 어느 시기가 되면 이렇게 사는 것이 뭔가 아닌 것 같은 느낌이 명확해진다. 이 어느 시기는 본인의 주파수가 한 단계 더 성장하며 높아지는 때를 의미한다. 이렇게 사는 것 말고 다르게 살고 싶어지면서 다르게 사는 사람들을 찾아서 유심히 관찰하기 시작한다. 이 시기에는 자신의 주파수가 한 단계 높아지는 단계에 있기 때문에 그 단계에 맞는 주파수를 가지고 있는 사람들과 공명하게 된다.

"아, 세상에는 저렇게 좋은 환경에서 사는 사람도 있었구나. 저렇게 좋은 방법들도 있었구나."

"어? 저런 생활방식도 너무 좋은데? 나는 왜 이제까지 저런 생각을 한 번도 못하고 살아왔지?"

이 단계까지 오게 되면, 이제는 '되돌아올 수 없는 강'을 건넌 것이다.

"그동안 내 우물 속에서만 완전히 잠들어 살아왔구나. 늘 만나는 사람들하고만 관계하다 보니, 다양한 사람들이 삶을 어떻게 살아가는지에 대해 알 길이 없었구나. 그래, 더 이상 이렇게 살 수는 없지. 나도 이제는 정말 다르게 살아야겠어!"

하지만 이 '되돌아올 수 없는 강'을 건널 때 가장 큰 벽에 부딪히는 문제가 있다. 지금까지의 희생과 책임을 벗어 버리고 자신의 삶을 우선에 두고 새롭게 변화한다고 선포하는 순간, 제일 먼저 달려오는 것은 가장 가까운 가족이나 친구들의 저항이다.

우리들은 누구나 안정을 지향하며 살아가고 있으며, 그래서 자신이나 자신이 사랑하는 사람도 안정적으로 살아가기를 은연중에 원하고 있다. 다른 사람들은 큰 변화를 꿈꾸면서 파격적인 언행으로 주목을 받는 것을 찬양하면서도, 자신이나 자신의 친밀한 가족이 그 변화의 소용돌이에 빠지는 것은 피하고 싶어 한다.

그리고 마음 뒤편의 한쪽에는 그가 지금까지 희생하고 배려하며 만들어 준 편리함과 이익들을 포기하고 싶지 않다는 마음도 깔려 있다. 그를 생각하면 응원을 해 주어야 하지만, 그가 지금까지 해 주었던 모든 것들이 사라진다면 내가 해야 할 부담으로 밀려오기 때문이다.

과연, 이러한 마음들이 가족이나 아끼는 사람들에 대한 사랑에서 오는 것일까? 아니면 만약 그 사람의 새로운 변화가 성공하지 못하고 실패하게 되어 내가 짊어지게 될 무게에 대한 두려움에서 오는 것일까?

이 글을 읽으면서, 이렇게 말하고 싶을지도 모르겠다. "지금 당신 무슨 말하는 거예요? 내가 그렇게 이기적으로 보여요? 너무 함부로 말하는 거 아니에요? 나는 다만 그 사람이 걱정되었을 뿐이에요. 그 사람이 상처받고 실의에 빠질까 봐 걱정돼서 그랬다구요…." 정말로 내가 짊어질 무게의 두려움은 전혀 없이, 그 사람의 존재만이 걱정되어서 변화의 시도를 저지하는 것인지 가슴 깊이 생각해보자.

　새로운 시도를 하며 우리가 '되돌아올 수 없는 강'을 건너려 할 때는, 우리를 막는 그들의 저항을 완전하게 넘어서야 한다. 어정쩡하게 이러지도 못하고 저러지도 못해서, 변화를 하는 것도 아닌 안 하는 것도 아닌, 그런 상태로 애매하게 있게 된다면 오히려 현실에서 더 혼란스러움만 불러올 것이다. 같은 주파수끼리 공명한다는 말은 그 주파수 영역에 머물고 있는 사람들과 새롭게 관계하게 된다는 내용도 포함되어 있다.

　쉽게 말하자면 우리가 1학년일 때는 그 1학년이 세상의 전부이지만, 2학년으로 올라가고 나면 2학년에 맞는 내용들이 관심이 가면서 더 깊게 이해할 수 있게 된다. 그리고 이제 2학년에 해당하는 동료들과 더 대화가 잘 되고 더 많이 어울리게 되는 것이다. 물론 1학년을 공부하고 있는 동료와도 예전 얘기를 나누면서 잘 어울릴 수 있지만, 이제는 서서히 자신이 속해 있는 2학년의 내용과 그 동료들이 더 편하게 느껴진다.

　'되돌아올 수 없는 강'을 건너려고 한다면, 지금 만나고 있는 사람들과 서서히 연결이 끊어지는 것을 느낄 것이다. 완전하게 단절된다는 것이 아니라 자신의 관심사와 사고방식이 달라지면서, 서로가 묘하게 거리감을 느끼게 되면서 관계가 새롭게 정리된다는 것이다. 이것이 두려워서 옛사람들과의 인연과 사고방식도 그대로 유지하고 새로운 사람들과의 인연과 사고방식도 그대로 유지하려는 것은 과도한 욕심일 뿐이다.

　이것은 물건 정리를 하며 옛 것을 유지할 것은 유지하지만 대부분 버릴 것은 버리고 채울 것은 새로 채우면서 재배치를 하는 것과 같은 것이다. 이것저것 다 가지려고 하면 그 무거운 짐은 현재의 상황을 더 악화시키게 될 뿐이라는 것을 기억하자.

두 번째, 우리는 어떠한 마음 자세로 인생을 살아가야 하는가?

정리 프로그램의 감동은, 신청자가 솔직하게 드러낸 복잡하고 어지러운 상황을 거부하지 않고 따뜻하게 받아 준다는 것이다. 전문가가 "나는 척 보면 다 알아요. 이 일만 몇십 년인데요. 그러니 암말 말고, 내가 하라는 대로 하세요."라고 강요하지 않는다. 이 쪽 계통에 아무 지식이나 경험이 없는 신청자이지만, 그가 불편하고 힘들었던 부분이나 앞으로 필요하거나 원하는 부분들을 진심으로 경청해 준다.

한쪽이 전문가의 우월함을 내세우며 지시하는 것이 아니라, 그 전문성에 신청자의 바람을 잘 융화시켜서 양쪽이 다 만족할 수 있는 새롭고 신선한 방법을 제시한다는 것이다. 이 부분이 우리가 다른 사람과 어떤 식으로 인간관계를 해 나가야 하는지를 바로 깨우칠 수 있게 해 준다.

또한 이 신청자들은 남에게 자신의 빈틈을 보이면 안 된다는 두려움을 내려놓았기에, 그 어지럽고 잡다한 자신만의 은밀한 장소를 세상에 드러낼 수 있게 된 것이다. 깔끔하고 완벽한 사람으로 보여야 한다는 강박관념 속에 살고 있었다면, 결코 자신의 어지러운 집의 내부를 이렇게 드러낼 수 없었을 것이다.

우리의 마음 작용도 이와 마찬가지다. 마음과 실제 현실은 같이 움직이고 같이 성장하며 발전해 나간다. 마음 깊은 곳에서 불쑥불쑥 올라오는 두려움에 대한 근거를 찾고 그 두려움에 대해 알아가면서 받아들인다면, 조금씩 정리해 나갈 수 있게 된다. 내면의 마음 정리가 되는 양에 비례해서 자신의 어둠을 세상에 드러내 보일 수 있는 마음의 힘이 생겨나는 것이다. 자신의 결핍이나 약점을 드러냈을 때 사람들에게 비난과 무

착하게 사는 게 뭐가 그리 중요하노?

시를 당할 것이라는 생각은 너무나 오래되고 왜곡된 낡은 관념일 뿐이다.

지금 이 순간, 자신에게 정직하게 되물어보자.

"혹시 나 스스로 다른 사람의 결핍이나 약점을 보게 되면 속으로 그들을 비난하고 무시하지는 않았는가?" 우리가 그 프로그램을 보면서 어지러운 집안을 공개하는 신청자들을 비난하고 무시했다면, 이렇듯 많은 인기를 끌지 못했을 것이다.

우리의 우려와는 다르게 우리의 본능은 다른 사람의 어둠을 보면서 자신의 어둠을 함께 들여다본다. 내 안에 어둠이 있음을 알아채고 인정하는 사람만이, 다른 사람의 어둠도 내 어둠처럼 끌어안을 수 있게 되는 것이다. 이러한 두려움은 진짜 실체가 없는 우리의 한낱 짧은 생각에서 시작되는 것이다. 한번 사는 인생인데, 도대체 언제까지 이 두려움을 짊어지고 살아야 하는지 답답한 생각이 들지 않는가?

"완벽해야 사랑받을 것이다."라는 터무니없는 왜곡된 관념에서 벗어나자. 훌훌 다 털어 버리고 이왕이면 가볍고 산뜻하게 속 시원하게 살아보자. 살아가며 순간순간 내리는 모든 선택은 나의 무의식에서 나오는 것이다. 그 누구도 나의 선택을 강요할 수 없지만 선택을 강요받았다며 평계를 대고 숨어 있을 뿐이다.

나의 마음에서 먼저 변화가 일어나면 나의 현실에서도 변화가 일어나기 시작한다. 우리는 지금껏 현실의 환경을 바꾸어야만 마음에서 변화가 일어난다고 인식하고 살아왔다. 이제는 우리가 지금껏 배워 온 내용과는, 거꾸로 작용하는 마음에 대해 관심을 기울여보자.

나의 주파수에 변화가 먼저 시작되면, 한 치의 오차도 없이 나의 현실에서 새로운 변화로 나타나게 된다.

"지금부터 버릴 건 확실하게 버리고, 새로 배치할 것은 완전히 방향을 틀어서 새 구도를 잡도록 하자.

어정쩡하게 미루고 미뤄 왔던 답답함을 던져버리고, 이제는 우리의 인생을 신나게 즐겨 보자."

# 7
## '진짜 나'가 아닌 것들을, 다 덜어 내라

**우리는 '진짜 나'라는, 독창적인 작품을 만들어 내기 위해 태어났다**

이 시대를 살아가는 우리는 모두 대량 생산된 수많은 복제품 같은 느낌이 든다. 지금 현실은 세력을 쥔 존재가 대표적인 조각상을 표본으로 만들어 놓고, 나머지 존재들에게 이것과 같은 모양이 되어야 최상의 제품이라고 세뇌시키고 있다. 그리고 그 나머지 존재들인 우리는 그 인증을 받기 위해 발버둥 치며 사는 듯이 느껴질 때가 많다.

우리는 가진 것 없이 태어났기에 눈 뭉치를 굴려가며 눈사람을 만들듯이, 계속 덧붙이고 덧붙여서 자신의 삶을 크고 돋보이게 만들어 가야 한다고 교육 받아 왔다. 틈새 하나 없이 계속 덧발라서 누구라도 가지고 싶어 할 만큼 광택 나게 다듬어야 한다고 강요받고 있다.

뾰족한 모서리가 있어서 눈에 띄어도 안 되며, 계속 문질러서 뭉뚝하게 만들고 둥글게 만들어 가야 세상의 칭찬을 받을 것이다. 하지만 인증 제품이 아닌 진정한 '예술작품'을 만들기 위해서는, 그 작품을 보는 사람들로 하여금 독창적이며 가슴을 울리는 감동을 줄 수 있어야 한다.

미술에 대한 조예가 깊지 않은 사람들이라도 르네상스 시대를 대표하는 유명한 미켈란젤로는 익히 들어 봤을 것이다. 그가 남긴 역사적인 걸작들과 함께 유명한 여러 명언들 또한, 긴 세월 동안 많은 가르침을 주고 있다.

> "조각은 '창조'가 아니다. 돌덩이에 원래 깃들어 있던, 고유한
> 특성과 본질을 드러내는 것이다. 최고의 예술가는, 대리석의
> 내부에 잠들어 있는 존재를 볼 수 있다…." - 미켈란젤로

조각가들은 작품을 만들기 전에, 하나의 큰 돌덩이에서 자신이 표현할 작품의 모습을 먼저 본다고 한다. 그런 의미에서라면 우리 모두 자신의 '삶의 조각가'이다. 하지만 지금 우리의 모습은, 하나의 큰 돌덩이나 마찬가지 아닌가?

우리는 완벽한 조각품으로 제각각 독특한 모습을 가지고 태어났지만, 자라면서 가족이나 사회에서 주입시키는 돌가루를 덧바르고 덧발라서 점점 똑같은 모양의 거대한 돌덩이로 변해 가고 있다. 이제는 과거의 낡은 인식은 떨쳐내고 새로운 관점으로 자신의 돌덩이를 바라보아야 한다. 좋다는 돌가루들을 계속 덧붙여서 거대한 돌덩이를 만드는 것이 삶의 목표가 아니라, 지금의 큰 돌덩이 속에 숨겨진 나만의 독창적인 조각은 어떤 모습인지를 찾아내는 것이다. 지금의 이것저것 덧붙여 가는 삶에서, 거꾸로 하나씩 하나씩 파내며 들어가는 삶을 사는 것이다. 삶의 두려움으로 갖다 붙이기만 하던 그 군더더기들을 과감하게 한 움큼씩 덜어내며 사는 것이다.

착하게 사는 게 뭐가 그리 중요하노?

작품을 완성시키기 위해서는 파내어 들어가기 전에 모든 것을 멈추고 지켜보는 시간이 필요하다. 조급함으로 섣부른 행동을 하기 전에 어떠한 조각품이 진짜 자신의 모습인지를 성찰하는 시간을 깊이 가져야 한다. 핵심은 얼마나 빨리 파내는 것이 중요한 것이 아니라, 자신이 어떤 조각을 봤으며 그 조각을 남기기 위해서 어느 부분을 파내야 하는지를 먼저 알아차리는 것이다. 그 후에는 자신의 돌덩이에서 '진짜 나'가 아닌 부분들만 계속 파내어 버리면 된다.

작품이 선명한 모습으로 그려진다면 파내어 버려지는 것들에 더 이상 미련을 두지 않을 것이다. 하지만 작품이 정해지지도 않았는데 어정쩡하게 파내기 시작한 사람은, 불안한 마음에 과감하게 파내지도 못할 것이고 파낸 돌가루들을 버리지도 못할 것이다. 혹시나 망치게 되면 다시 또 많은 시간과 노력을 들여 덧붙여야 한다는 두려움으로, 남들은 어떻게 하고 있는지에 온 정신이 팔려있을 것이다. 이렇게 자신의 삶에서 확신 있는 조각가가 되지 못한다면, 계속 파내지도 못하고 버리지도 못하면서 시간만 흘러가는 지리한 작업을 할 수밖에 없다.


불필요한 부분을 확실하게 파내기 위해서는, 인생을 살아가면서 다양한 경험을 직접 부딪치며 실행해 보아야 한다. 우리의 인생에 쓸데없는 짓이나 시간 낭비는 절대로 존재하지 않는다. 이것은 산업화 시대에 대량생산으로 표준만 찍어 내던 낡은 시대의 관념일 뿐이다. 쓸데없는 짓과 시간 낭비라고 인식되는 그러한 경험들은 우리에게 너무나 소중한 것들이다. 이 경험들로 인해 우리는 자신에게 필요 없는 불필요한 것들을 알 수 있기 때문이다. 이러한 경험도 없이 쓸모 있는 것을 머리로만 이해하고 받아들인 사람은, 정작 그것이 자신에게 필요한 것인지 불필요한 것인지도 알지 못하고 무거운 돌덩이들만 갖다 붙여서 살아가는 것이다.

우주는 양 극단이 있기에, 이 세상의 모든 것이 균형을 이루며 존재하고 있다. 이렇게 우리가 자신에게 불필요한 것을 알아차려갈 때 우리에게 필요한 것은 자연스럽게 제자리에 균형적으로 남아 있게 된다. 덧붙이기만 했던 군더더기들이 떨어져 나가면서 자신의 고유한 특성과 본질이 드러나는 것이다.

쓸데없는 짓은 결국엔, 쓸데 있는 짓이 무엇인지 알 수 있도록 해주는 고마운 것이라고 이해하자. 시간 낭비는 결국엔, 몰입할 시간이 얼마 만큼인지 깨우쳐 주는 고마운 것이라고 이해하자. 이것을 머리가 아닌 가슴으로 받아들이고 깨우치게 된다면, 자신의 인생 방향과 환경이 획기적으로 변하는 것을 직접 경험하게 된다.

자식을 키우는 부모라면 자식의 소중한 인생 경험에 대해 더 이상 쓸데없는 짓이라고 비난하지 않게 될 것이다. 그것이 그 자식에게 쓸데가 있는지 없는지는 오랜 시간이 지나 봐야만 알 수 있는 것이고, 그 누구도 섣불리 판단할 수 없다. 그러한 잡다한 작은 경험들까지도 그 순간에, 그의 인생 여정의 성장을 위해서 서로 만난 것이기 때문이다. 쓸데없는 짓이라고 판단하는 건, 그 부모의 낮은 주파수에서 짧은 시간만 보고 조급한 마음에 자꾸 차단을 시켜버리기 때문이다. 이것을 스스로 직접 깨달은 사람은, 자신의 가족이나 친구들에게도 그들에게 필요한 인생 과정을 시간 낭비라고 일축하며 비아냥거리는 부끄러운 행동은 하지 않게 된다.

이러한 이유로 우리가 다른 사람들을 진정으로 도울 수 있을 때는, 우리 자신이 스스로 지혜롭고 확장된 의식 수준으로 살아갈 때라고 말하는 것이다. 늘 외부의 다른 사람들에게 쏟아붓던 판단과 비난을 다 거둬들이고 제일 먼저 자신의 삶에 집중하며 자신을 다듬어 나가는 것이 필요하다. 남들이 행동한다고 마음만 조급해서 여기저기 파내기부터 한다면 그 결과는 어찌될지 안 봐도 뻔한 일이다. 수없이 부딪히고 깨졌던 다양한 경험을 통해 그 모습을 명확하게 알아차렸다면, 이제부터는 자신만의 속도로 한 움큼씩만 계속 파내어 가면 된다.

열등함을 감추고 우월한 척 덧붙인 것, 두려움을 감추고 강하고 센 척 덧붙인 것, 교만함을 감추고 겸손한 척 덧붙인 것, 부도덕함을 감추고 도덕적인 척 덧붙인 것, 분노를 감추고 웃음을 덧붙인 것 등을 다 파내어 보자.

숨겨진 모습을 찾는 데에만 남보다 더 많은 시간을 보낸다고 해서 불안해하지 말자. 한참 늦더라도 확실한 모습만 찾을 수 있다면, 군더더기 없이 깔끔한 조각품이 신속하게 모습을 드러낼 것이다. 한 부위, 한 부위 돌덩이를 파내어갈수록 잠들어있던 내 안의 본성이 깨어나는 걸 경험한 사람은, 이 세상의 그 무엇과도 바꾸지 않을 진짜 짜릿함과 경이로움에 빠져들게 된다. 그리고 이 짜릿한 즐거움이 주는 마력으로 인해, 다른 작품들과 비교하며 낭비했던 에너지를 오직 나만의 작품에게로만 집중해서 쏟아붓게 된다.

과연 '내 안의 본성'이 깨어나는 순간, 나에게 어떠한 말을 걸지 기대되지 않는가? 지금 나의 돌덩이가 너무 싫어서 버려 버리고 다른 돌덩이를 가져다 조각을 하려 한다면, 그렇게 조각된 작품은 결국 내 것이 될 수 없다. 내 것도 아니고 다른 누군가의 것도 아닌 어정쩡한 작품이 되어 버리는 것이다. 다른 돌덩이들은 '진짜 나'가 아닌 다른 어떤 것들일 뿐이다. 나는 오직 지금까지 함께 살아온 나의 돌덩이에서만 '진짜 나'를 찾아 깨울 수 있다.

자신만의 인생 작품을 만들어 내는 데에는, 마감기한이 따로 없다. 우리는 각자 언제 태어나고 언제 죽을지, 전혀 예측을 하지 못하고 살아간다. 하지만 모두 그 사실을 완전히 망각하고 다 같이 태어나서 다 같이 죽는 기한이 정해진 것처럼 서로 경쟁을 하고 있다. 이것이 우리의 삶을 피곤하고 무거운 짐으로만 느껴지게 하는 원인이라고 생각되지 않는가?

인생은 충분히 즐거울 수 있다. 인생은 충분히 여유로움을 느끼고 만족스럽게 살아갈 수 있다. 누군가 정해 놓은 그 인증마크를 받기 위해서 죽도록 달리는 것만 멈출 수 있다면, 우리는 인생의 색다른 모습을 발견할 수 있다.

우리의 독창적인 예술작품을 만들어서, 뻔한 그 인증마크 대신에 나만의 고유한 인장을 새겨 넣는 환희를 느껴보는 것이다.

죽도록 달리면서 사는 것도, 느긋하게 즐기면서 사는 것도 모두 각자의 선택이다. 자신이 현재 너무 불행하고 고통스럽다고 느낀다면, 무엇을 더 노력해야 하는 것이 아니라 자신의 사고방식과 행동 패턴을 다시 점검해야 한다. 자신의 사고방식과 행동 패턴이 자신의 기나긴 인생을 만들어가는 것이다.

결국 우리가 우리 자신에게 줄 가장 소중한 선물은 나한테 즐거운 것을 하면서 살아가는 것이다. 나한테 즐거운 것을 하게 되면 자신의 주파수도 점점 높아지게 된다.

"나는 더 아끼고 노력해야 해서, 지금은 절대 즐거운 여유를 누릴 때가 아니다."라고 생각한다면, 그 즐거운 여유를 누릴 때는 영원히 오지 않는다는 걸 기억하자. 나의 에너지장이 먼저 즐거운 여유를 감정으로 느껴야만 그 후에 즐거운 여유를 누릴 상황이 다가오는 것이다.

착하게 사는 게 뭐가 그리 중요하노?

미루지 말고, 지금 바로 결정해 보자.

"나는 죽도록 달리기만 하고 있는 '인증 제품'을 조각하고 싶은가? 아니면 즐거운 여유를 누리고 있는 '예술 작품'을 조각하고 싶은가?"

# 8
## 늦게 둘러서 가더라도, '반짝반짝'한 내 인생 찾아가기

**내가 '진짜 원하는 것'이 무엇인지, 용기 내어 바라본 적이 있나요?**

우리는 날마다 자신이 주도적으로 크고 작은 선택을 하면서 살아간다고 믿고 있다. 정말로 이 선택들이 우리가 스스로 원해서 하는 선택들일까? 혹시 남들이 좋다고 하는 선택들이 자동적으로 우리에게 세뇌되어진 것은 아닐까? 실제로 우리의 대부분은 사회에 길들여진 대로 믿고 선택하면서 살아가고 있다. AI는 따로 존재하는 것이 아니라 어쩌면 우리가 AI처럼 살다가 죽을지도 모를 일이다.

지금부터 우리가 어떤 식으로 인생을 선택하고 살아가는지, 크게 두 가지로 나누어 보자.

첫째, 사회적으로 길들여진 대로 '머리에서 하는 선택'들을 살펴보자.

자원이 한정되어 있다는 교육으로 세뇌된 우리는 자연스럽게 서로에 대한 경쟁심을 가지고 살아가게 된다. 이 경쟁심이 지속적으로 절대 실패하면 안 된다는 강박관념을 끌어오게 된다. 우리는 이 실패에 대한 두

착하게 사는 게 뭐가 그리 중요하노?

려움과 강박증으로 인해 그 무엇도 선택하지 못하면서 살아가게 되는 것이다. 태어날 때 우리는 무한 우주적인 존재였으나, 자라면서 점점 울타리를 만들며 그 테두리 속에 갇혀 살게 된다. 우리의 꿈도 순수한 아이일 때는 우주인에서 대통령으로, 그리고 사장님에서 공무원으로, 정규직이나 파트타임으로 점점 쪼그라들기 시작한다.

나이가 들어가면서는 자신이 원하는 것은 까마득히 잊어버리고, 실패하지 않을 안전한 것만 찾아다니기 시작한다. 갈수록 남들이 원하는 안전한 것에 집중을 하다 보니, 깨 놓고 보면 별것도 아닌 직업들이 이상화되면서 경쟁률만 치솟고 있다. 이제는 어른들의 과도한 두려움이 아이들의 원대한 꿈마저 뺏어 가고 있다. 어릴 때부터 직업 진로교육으로 꿈을 찾아 준다며, 초등학생부터 자신을 알아가기도 전에 적성검사라는 명목으로 알맞은 직업을 한 가지 정해 준다.

눈가리개를 쓰고 앞만 보고 달려야 하는 경주마처럼, 다른 데 관심을 가질 기회도 없이 그냥 정해진 길을 향해 계속 달리기만 하는 것이다. 선생과 부모는 인생 트랙을 그려 놓고 채찍질해 대고 20대까지 무조건 시키는 대로 달리기만 한 자식들은, 결승점에 도착하는 순간 모든 책임이 끝난다. 이제부터는 지금까지 노력해 온 20년의 시간과 비용이 너무 아까워서 본전 찾기에만 몰두하기 시작한다. 원하는 것은 한 번도 생각해 보지 않았기에, 실패하지 않을 만한 한계 내에서 남들이 좋다고 하는 것을 찾기 시작하는 것이다.

포기하지 못해서 실패하지 않기 위해서, 30대, 40대, 50대를 그냥 그렇게 살아가는 것이다. 늘 애쓰고 노력하면서 살아왔지만 나이가 들수록 지루하고 허전한 알 수 없는 싱숭생숭한 이 마음이, 도대체 어디서부터 올라오는 것인지도 잘 알지 못한다. 이 알 수 없는 싱숭생숭한 마음은 잘 살기 위해서 평생 억눌러 온 무의식의 어두운 감정들이, 참고 참다가 터져 나오려고 꿈틀대고 있는 것이라고는 꿈에도 생각하지 못한다. 이 공허함과 지루함을 솔직하게 드러내면 결국엔 실패한 삶이라는 평가를 받게 될까 봐, 누구에게도 말하지 못하고 그냥 그렇게 세월이 흘러가 버리고 있다.

머리로 선택하는 사람들은 실패를 선택하지 않기 위해 "선택 장애를 가지고 있다"라는 말을 빈번하게 하며, 자신이 선택을 잘 못하는 "아주 마음이 여린 사람"이라는 아름다운 설명으로 포장한다. 이들이 한탄하는 말은 "다르게 살고 싶었으나 부모의 강요에 어쩔 수 없었다.", "살다 보니 나의 형편상 다른 선택을 할 기회가 없었다."이다.

머리로 선택하며 살아가는 사람들이 제일 많이 하는 말은 "피곤하다"이다. 아무런 선택도 하지 않고 다수가 정해놓은 대로 따라만 갈 뿐인데, 무엇이 그렇게 피곤하다는 것일까?

자신에게서 올라오는 기본적인 욕구를 무의식적으로 억누르고 그 욕구를 회피하기 위해서는, 엄청난 에너지를 필요로 한다는 것을 알아야 한다. 가슴에서 올라오는 그 욕구에 한눈이라도 팔게 되면 지금껏 달려온 경주에서 낙오가 될 것이기 때문이다.

이들은 아침에 깨어나면서부터 한밤중에 잠들기까지의 수많은 날을, 모든 신경을 날카롭게 세우면서 다른 사람들의 눈치를 살펴야 하는 일이 얼마나 고된 일인지를 알아야 한다. 수많은 시간과 에너지를 이렇게 두려움을 억누르는 데 쓰면서 살아가니, 정작 자신에게 돌아오는 것은 수년째 변함없는 늘 그 자리에서 지루하게 느껴지는 피곤함뿐인 것이다. 안정적인 자신만의 좁은 틀 안에서 문고리를 꽉 부여잡고 절대 위험한 바깥으로는 나오지 않은 채로 평생을 그곳에서 안전하게 살아갈 뿐이다.

착하게 사는 게 뭐가 그리 중요하노?

이들이 과도한 스트레스로 인해 낮은 주파수에 있게 되면, 무의식적으로 자신에게 부족한 에너지를 다른 사람을 통해서만 채울 수 있다고 여기게 된다. 자신보다 약한 사람에게 공격적인 언행을 하여 상대방이 위축되면서 떨어져 나오는 에너지를 자신이 흡수하는 것이다. 또한 자신보다 강한 사람에게는 늘 피해자인 듯 하소연을 하여 상대방의 동정심에서 나오는 에너지를 자신이 흡수한다. 그리고 누군가 자신에게서 에너지를 뺏어 갈까 봐 두려운 나머지 상대방에게 냉담한 채로 거리를 두며 홀로 지내는 것을 택하기도 한다.

둘째, 자신이 진정으로 원해서 하는 '가슴에서 하는 선택'들을 살펴보자.

가슴에서 선택을 하기 위해서는 먼저 자신이 누구인지 아는 것이 필요하다. 자신이 누구인지 알기 위해서는 다양한 경험들 속으로 자신을 던져 넣는 위험스러운 과정을 겪어야 한다. 모두가 두려워하는 그 실패의 두려움을 견뎌 낸 사람만이 진짜 자신의 모습을 알게 되는 것이다. 이 실패의 두려움을 견뎌낸 사람은 사소한 선택으로 자신의 시간과 에너지를 낭비하지 않는다.

이들이 제일 우선순위로 두는 것은, 즐거운 상상이다. 자신이 어떤 것에 관심이 가고 어떤 것을 할 때 가장 즐거운지를 먼저 생각하는 것이다. 이들의 특징은 실패에 대한 두려움으로 한계를 미리 정하지 않는다는 것이다. 이들은 한계 따위는 염두에 두지 않고, 일단 자신이 그것을 성취해서 즐겁게 누리고 있는 모습을 상상한다.

머리로 선택하는 사람들은 실패에 대한 저울질, 남들보다 빠른 지름길을 계산하며, 다른 사람들의 시선에 온갖 신경을 쓰며 자신의 에너지를 낭비한다. 하지만 가슴으로 선택하는 사람들은 그것들은 사소한 것으로 넘겨버린다. 이들은 자신이 즐거운 것에 관심을 쏟으며, 그것에 대한 어떠한 계산 없이 그냥 그것에 온 신경을 집중하게 된다. 당연히 자신에게 주어진 모든 에너지를 현재 자신이 끌리는 것에 투자하기에, 그 순간 에너지장은 즐거운 나 자신으로 형성되기 시작한다. 자신이 가고자 하는 방향으로 명확하게 걸어가며, 단체의 시선이나 평가에는 관심을 두지 않은 채 하고 싶은 대로 행동할 뿐이다.

이렇게 늘 충만한 그들의 에너지는 삶의 활력으로 나타나고, 이 생동감은 에너지장의 진동(기운)으로 퍼져 나가서 다른 생동감을 가진 인연들을 공명시키며 끌어온다. 이 생동감 넘치는 높은 주파수에서는 내면에서 늘 충만한 에너지가 흘러나오게 되므로, 다른 사람의 에너지를 뺏으려 하지 않게 된다. 공명된 높은 주파수의 인연들과 새로운 환경을 만들어 가며 다양한 경험이 더해지고, 이렇게 반복되면서 인생 자체가 아주 흥미롭고 다채롭게 변화하는 것이다.

위의 설명처럼, 가슴으로 선택하는 사람들이 평생 꽃길만 걷는 것은 아니다. 우주는 균형을 추구하기에 우리의 인생을 항상 양극단을 다 경험하도록 만든다. 머리로 선택하는 사람들이 인생의 전반부에 별다른 굴곡이 없이 살아왔다면, 인생의 후반부에서 그 반대의 경험을 하게 될 것이다. 가슴으로 선택하는 사람들의 인생의 전반부는 힘든 자갈밭일 때가 많았을 것이고, 따라서 인생의 후반부에서 그 반대의 경험을 하게 될 것이다.

젊은 시절에는 가슴으로 선택하는 사람들이, 인생의 낙오자라는 사회적인 낙인 속에서 살아갈 확률이 높다. 처음부터 인생의 성공을 정한 채 앞만 보고 달리는 훤칠한 경주마들의 눈에는, 한가롭게 시골 언덕에서 풀이나 뜯고 있는 별 볼 일 없는 조랑말처럼 보이기 때문이다. 이 조랑말

착하게 사는 게 뭐가 그리 중요하노?

은 시골 언덕에서 비바람을 맞기도 하고, 길을 잃어버리기도 하며, 쨍쨍 내리쬐는 햇빛과 추운 칼바람을 견뎌내야 한다. 깨끗하게 손질된 트랙 위를 달리며 유기농으로 만든 사료를 먹는 경주마들과는 비교할 수도 없는, 힘들고 초라한 시간들을 경험해야 하는 것이다.

10대, 20대, 30대를 한 가지에 정착하지 못하고 여기저기 헤매며 부딪히고 깨지기도 했던 이 조랑말들은, 인생의 전반부를 두려움과 맞서면서 남들의 무시의 눈초리를 온몸으로 받아야 했다. 하지만 드디어 40대의 중년으로 접어들면, 이 별 볼 일 없던 조랑말들이 새롭게 인생 트랙으로 부상하기 시작한다.

지금부터는 마음의 세상에서 설명을 하고자 한다.

우리는 내면의 깊숙하게 숨겨진 무의식 속의 어두운 감정들을 이번 생에서 해결하고 정화해야 하는 인생 과제를 가지고 살아간다. 우리가 살아가면서 평생 동안 만나게 되는 사람들과 상황들이, 무의식 속의 어두운 감정들을 꺼내어서 경험할 수 있도록 촉진시켜 주는 것이다. 자신의 어두운 감정들이 다 까발려져서 경험하게 되면 해결되고 정화되어서 마음은 점점 평온하고 고요해진다. 이 무의식을 해결하는 힘든 인생 경험들을 많은 사람들이 "인생은 고해"라는 말로 표현하기도 하는 것이다.

가슴으로 선택하는 사람들은, 인생의 전반부에 수많은 힘든 경험을 통해서 어두운 감정들과 맞닥뜨리게 된다. 실패에 대한 두려움, 사회적으로 힘없는 약자에 대한 열등감, 사람들의 비난과 평가에 대한 수치심, 생존에 대한 불안감 등을 어린 나이에서부터 경험하면서 살아오게 되었다. 이 어두운 감정들은 가슴을 꼭 닫아 누르고 있으면 외부로 잘 드러나지 않는다. 따라서 가슴으로 선택하는 사람들은 어려서부터 가슴을 열어 놓았기에 이 무의식들이 더 자연스럽게 표출되어 나왔던 것이다.

양 극단이 항상 균형을 이룬다는 뜻은, 긍정적인 감정이 많은 사람은 부정적인 감정도 많다는 의미가 된다. 자신이 원하는 것을 추구하는 즐거움이 크다면, 당연히 그 반대편에는 그 즐거움의 크기만큼의 두려움과 불안이 존재하는 것이다. 가슴으로 선택하는 사람들이 선택한 즐거움에 따라오는 그 두려움과 불안을 거부하지 않고 받아들였기에, 자신의 개성을 유지하면서 살아올 수 있었던 것이다.

우리의 삶의 질을 좌우하는 것은 이 부정적인 감정의 에너지를 어떻게 건강하게 활용하는가에 있다. 부정적인 감정들이 모두 안 좋은 면만 가지고 있는 것이 아니다. 무의식의 어두운 감정들 안에는 억눌려진 농축되고 밀도 있는 많은 에너지가 채워져 있다. 우리에게 두려움과 열등감, 수치심, 불안의 감정들이 있기 때문에, 그 감정의 에너지가 무언가를 원하고 성취하도록 우리를 행동하게끔 만드는 것이다.

만약 이들이 과도한 스트레스로 낮은 주파수에 있게 된다면, 무의식적으로 두려움과 열등감 같은 부정적인 감정을 억누르며 회피하게 된다. 자신에게는 자신감만 있을 뿐 두려움이나 열등감은 존재하지 않는다며, 거침없고 무모한 행동을 서슴없이 하게 되어 고통스러운 결과로 나타나게 되는 것이다. 하지만 건강하게 표출한다면 인생의 전반부에 이 무의식의 감정들을 다양하게 경험하며, 성장의 에너지로 잘 활용할 수 있게 된다. 어려웠던 경험들이 하나씩 늘어 갈 때마다 이 부정적인 감정들이 걸러지며 하나씩 해결되는 것이다.

가슴으로 선택하는 사람들이 다양한 경험을 통해 모아둔 수많은 작은 조각들은, 처음에는 아무 볼품이 없었다. 하지만 하나둘씩 인생의 퍼즐판에 그 조각들이 맞춰져 감에 따라 점점 융합되어 아주 멋진 작품으로

착하게 사는 게 뭐가 그리 중요하노?

탄생하게 된다. 대량으로 공장에서 찍어내는 똑같은 디자인이 아닌 그 사람의 독특함이 묻어나는 보석처럼 반짝이는 작품이 되어 새롭게 등장하게 된다. 그 독특함은 어느새 사람들의 눈에 띄게 되고, 똑같이 반복되는 지루함에 염증을 느끼고 있는 사람들의 결핍을 자극하며 열렬한 사랑과 관심을 받게 되는 것이다. 또한 이들은 살아오면서 무의식 속의 어둠들을 많이 해결하고 정화해 왔기에 내면의 밝은 빛을 더 많이 뿜어낼 수 있게 되고, 이 빛이 가진 보이지 않는 기운에 사람들이 본능적으로 이끌리기도 한다.

가슴으로 선택하는 사람들이 결핍의 시간을 견뎌내고 후반부에서 충만감을 느끼고 있을 시기에, 머리로 선택하는 사람들은 그동안 억누르고 회피했던 무의식 속의 어두운 감정들이 표면으로 올라오기 시작한다. 이들이 이 어두운 감정들을 건강한 방법으로 표출하게 된다면 농축된 많은 에너지를 성장의 재료로 쓸 수 있을 것이다. 인생의 후반을 새로운 기회로 삼아 자신과 주변에 도움을 주는 제2의 인생을 시작하는 사람들을 떠올려 보자.

하지만 많은 수의 머리로 선택하는 사람들은, 이 어두운 에너지를 건강하게 표출하는 방법을 알지 못해서 엉뚱한 결과를 가져오기도 한다. 우리가 흔히 접하는 평생 동안 점잖고 바람직한 모범을 보였던 인생 멘토들이, 인생의 후반부에서 아주 어두운 행동들이 이슈가 되면서 고통을 겪는 모습을 떠올려 보자.

이들은 점잖고 바람직한 모습이 있으면, 당연히 그에 해당하는 부정적인 모습이 있다는 것을 받아들여야 했다. 하지만 사회적으로 인정받는 그 이미지(가면)를 유지하려고 어둠을 계속 회피했기에, 그 부정성이 평생 억눌리면서 뒤틀려 버린 것이다.

이제 모든 사람에게는, 긍정과 부정의 양 극단이 존재한다는 것을 알게 되었다. 어떤 사람이 바르고 도덕적인 모습이 크게 부각된다면 그 크기만큼 그 반대의 모습이 존재한다는 것을 알게 되었다. 가슴으로 선택하는 사람들의 용기 있는 모습 뒤에는, 그에 해당하는 열등감과 두려움이 존재한다는 것도 알게 되었다. 무의식 속의 억눌린 감정들을 표출하지 않으면 그것이 언제까지고 살아남아, 인생의 한 시점에서 터져 나온다는 것도 알게 되었다.

우리의 인생에서 우리가 하는 모든 선택은 나의 책임이다.

머리로 선택하는 사람으로 살아가든, 가슴으로 선택하는 사람으로 살아가든 정답이 있는 것은 아니다. 우리가 꼭 기억해야 할 것은, 어떠한 경험이 오더라도 "자신의 선택에 책임을 진다."라는 마음으로 매 순간 용기 내어 살아가는 것이다. 그리고 내면에서 올라오는 감정을 충분히 느끼고 그 감정을 솔직하게 받아들일 때, 왜곡되고 뒤틀림 없는 현실이 펼쳐진다는 것이다.

우주가 주는 에너지를 쓸데없는 외부의 시선에 낭비하지 않고 우리의 성장에 집중해서 사용한다면, 적은 노력으로도 원하는 인생을 만들어갈 수 있다. 내면의 부정성을 억누르지 않고 표현하는 것이 자연스럽게 수용되는 사회적인 분위기가 형성된다면, 우리의 삶이 이렇게 힘들고 고통스럽지는 않을 것이다.

우리의 삶의 터전은, 우리 모두가 함께 만들어 가는 것이다.

"자신의 빛과 어둠을 다 받아들이고 용기 있게 내보일 수 있을 때, 다른 사람들의 빛과 어둠도 거부하지 않고 수용할 수 있게 된다."

착하게 사는 게 뭐가 그리 중요하노?

# 9
## 각자의 주파수에 따라, 인생의 시간은 다르게 흘러간다

### 누군가 정해 놓은 '1만 시간의 법칙'에 휘둘리지 않기 위해서

나는 '1만 시간의 법칙'이라는 말에 동의하지 않는다. '1만 시간의 법칙' 이라는 말에 빠지게 되면, 제각각 다르게 적용되는 우리들의 삶을 이 틀 속에 끼워 넣기 시작하기 때문이다.

'1만 시간의 법칙'을 설명하는 대부분의 내용은 이렇다. 하루에 3시간 씩 10년이면 1만 시간이므로, 성공하기 위해서는 대략 10년 정도가 걸릴 거라는 자기 암시. 또는 하루에 10시간씩 3년이면 1만 시간이므로, 성공 하기 위해서는 대략 3년이 걸릴 거라는 자기 암시.

'1만 시간의 법칙'의 의미는 성공을 하기 위해서는 누구보다 더 길고 꾸 준한 노력을 통해 전문분야에서 탁월한 성과를 내는 방법을 설명한 것 인데, 이것이 지금은 "성공을 위해서는 최소한 10년은 쭉 해야 한다"라는 어떠한 진리로 받아들여지고 있다.

우리는 권위를 가진 누군가가 그들의 연구결과나 생각을 발표하면, 어 떠한 의문도 없이 거의 대부분의 사람들이 그 의견에 동의를 하며 바로 자신의 머릿속으로 주입시킨다. 그 의견들이 진리라도 되는 것처럼 모든 매체나 책에서 똑같은 인용을 거듭하며, 누구나 보편적으로 적용해야 할 사실로 받아들이며 세뇌시켜 가는 것이다. 이것은 낮은 주파수(의식 수준) 시대에서 느리고 무겁게 흘러가던 시절에 만들어진, 하나의 학설일 뿐이다.

요즘 많은 책이나 검색을 통한 글의 내용들을 자세히 관찰해 보자. 적지 않은 곳에서 유명한 명언이나 인용 글들이 그대로 복사되어 쓰이고 있다는 것을 알게 될 것이다. 자신의 독특한 생각과 비판은 없이 그냥 그대로 옮겨 적기에만 급급한 글들이 점점 쌓여가고 있다.

'유명한 그 누가, 그 말을 한 것이 뭐가 그리 중요한가?'

정작 중요한 것은, 그 말이 내 인생의 어느 지점에서 '어떠한 변화'를 가져오게 한 것인지에 대한 경험이다.

1만 시간에 깨우칠 것을, 1천 시간에 도달하는 사람이 있는가 하면, 10만 시간이 필요한 사람도 있는 것이다. 이것을 '1만 시간의 법칙'이라고 합의해 버리면, 1천 시간에 도달한 사람은 우월함에 빠지게 될 것이고, 2만 시간이 필요한 사람은 열등감에 빠져서 살아가게 될 것이다. 또한 뭔가를 이루기 위해서는 "최소한 10년은 투자와 노력을 해야 한다."라는 일반화된 관념 속에 빠져서, 자신의 인생을 그 '10년의 틀'에 끼워 맞추게 될 심각한 우를 범할 수 있다.

지금 현대는 높은 주파수의 시대이고, 따라서 시간의 흐름은 각자의 주파수에 따라서 모두가 다르게 흘러가고 있다.

인생은 누구나 공평하게 한번 태어나 살아가지만 그 시간은 누구에게나 똑같은 속도로 흘러가지 않는다. 이 시간은 사람에 따라 제각각 다르게 흐르기도 하지만, 한 사람의 긴 인생에서도 제각각 다른 시기에 다른 속도로 흘러가기도 한다. 마치 고무줄을 늘였다가 당겼다가 하는 것처럼…. 표면적인 시간은 '2021년의 365일'을 세계인들이 같은 시계를 보며 살아가고 있지만, 이 시간의 양이 내포하고 있는 '시간의 질'은 제각각 엄청난 격차를 보인다는 뜻이다.

어렸을 적에 한창 신나게 가지고 놀았던 '태엽 인형'이 생각나는가? 태엽을 잔뜩 감아서 바닥에 세워 놓으면 태엽이 풀릴 때까지 나사에 연결된 정해진 동작으로 춤추기 시작한다. 이 태엽 인형이 움직이는 시간과 동작은 이미 다 정확하게 정해져 있다. 이 시대를 살아가는 우리가 이 태엽 인형과 다른 점은 뭐라고 생각하는가?

태엽이 감기듯이 사회적으로 세뇌된 교육과 지식으로 똘똘 감겨 있다가 '시작'이라는 명령과 함께 입력된 동작으로 일사불란하게 움직인다. 몇 살에 무엇을 하고, 몇 살에는 무엇을 성취하고, 몇 살에는 어떻게 살아야 하고…. 이 태엽이 쫙 풀려서 힘차게 움직이는 인형일수록 관중의 많은 환호와 관심이 집중된다.

만약, 인형에 이 태엽을 감지 않으면 어떻게 될까? 표면적인 모습만 인식하는 많은 사람들은 중요한 태엽이 고장나 버린 무용지물이 된 인형이라며 한쪽으로 밀쳐두고 관심을 끊을 것이다. 이 무용지물의 인형을 움직이기 위해서는 우리 스스로가 직접 인형을 손으로 잡고 창의적으로 표현해 가며 움직여야 한다.

태엽 인형이 "1 → 2 → 3 → 4"의 정해진 방향과 '1만 시간의 법칙'으로 이동할 때, 무용지물 인형은 그때그때마다 "1 → 3 → 5"나 "1 → 4 → 6" 등의 방향과 시간을 자유자재로 활용하며 이동할 것이다.

우리는 모두 자신만의 '주파수'를 지니고 살아가고 있다. 이 주파수에 따라서, 각자의 시간들이 모두 다 다르게 적용되고 있는 것이다. 낮은 주파수(=태엽 인형)에 머물러 있다면, 무겁고 느린 낮은 주파수의 특성에 맞추어 본인의 현실도 무겁고 느리게 진행되어 갈 것이다. 사회적으로 관심도 받고 안심도 되겠지만, 변화 없이 같은 동작을 춤춘다는 것이 어느 순간 아주 지루하고 의미 없게 느껴질 것이다.

높은 주파수(=무용지물 인형)에 머물러 있다면, 가볍고 활기찬 높은 주파수의 특성에 맞추어 본인의 현실도 가뿐하고 활기차게 흘러갈 것이다. 처음에는 사회의 관심에서 벗어나서 외롭고 힘들었지만, 시시각각 변하는 시대의 흐름을 타고 그때그때 변화된 성취물을 새롭게 만들어간다는 것이 참 즐겁고 뿌듯하게 느껴질 것이다. 이런 식으로 각자가 지니고 있는 주파수에 따라서 이들이 느끼는 시간의 의미도 제각각 다르게 흘러가게 된다.

낮은 주파수에서는 삶에 대한 생존 문제와 두려움 같은 고통 해결에 주로 관심이 집중되어 있게 된다. 따라서 자신이 삶에서 뭔가를 선택할 때도 핵심이 되는 것은 눈에 바로 보이는 물질적인 성취와 확실성이 확보되는 범위로 한정된다.

낮은 주파수에 있다는 것은 인생을 보는 관점도 낮은 위치에 있다는 것을 의미한다. 따라서 단기간의 짧은 미래에만 온 신경이 집중되어 있고, 인생을 장기적인 관점에서 길게 생각하며 뭔가를 진득하게 준비하지 못하게 된다. 세상의 많은 사람들이 사회적으로 비슷한 교육을 받고 살아가다 보니 대부분 이렇게 낮은 주파수에서 살아가게 될 확률이 많다. 같은 주파수끼리 공명하기에, 이들의 부모나 가족, 그리고 동료 및 주변에서 관계하는 사람들도 낮은 주파수에서 살아가고 있다.

착하게 사는 게 뭐가 그리 중요하노?

이들의 특징은 자기 자신에게 몰입하며 자신의 성장을 위해 집중하며 에너지를 쓰기보다는, 늘 자신은 잊어버린 채로 다른 사람의 사건사고에 몰입하고 참견하는 데 오지랖을 펼치며 에너지를 낭비하고 있다. 낮은 주파수의 어둡고 무거운 현실에서는 시간도 생활환경의 변화도 느리게, 느리게 흘러간다. 안전에서 벗어나는 것을 꺼리는 분위기로 인해 자신도 울타리 밖의 세상을 상상하지 않게 되고, 주변의 가족이나 지인들도 그 안전구역 밖으로 나가려는 것을 강하게 제지한다.

이것은 큰 집을 지으려면 제일 먼저 넓게 땅파기의 과정이 시작되어야 하지만, 눈에 건물이 보이지도 않는 기나긴 땅파기의 시간을 투자하며 기다리기에는 그 불확실함이 두려워서 시도하지 않는 것에 비유할 수 있다. 그러다 보니 눈으로 확인할 수 있는 빠른 결과에 집착을 하게 되고, 인생을 물질적인 성취로 다른 사람들과 비교하며 판단하기에 바쁘다. 이들은 인생을 아주 좁은 시각에서 바라보며 짧은 기간을 끊어서 미리 계산하고 해석해 버리기에, 점점 무언가 큰 그림을 상상하고 그리기가 힘들어진다.

이들이 제일 많이 하는 말은, "안돼, 하필 그걸 왜 해?"이다. 누군가 새로운 것을 시도하려고 하면 이들은 바로 이렇게 자동적으로 대꾸한다. 두렵게 살아가는 자기 자신에게 늘 해 오던 말을 주변으로 퍼뜨리며 왜곡된 관념을 강화시키고 있다.

"네가? 지금 그 어려운 걸, 될지도 안 될지도 모르는데 왜 하려고 하는데?"

"턱 하니 저지르고 나서 실패하면 그 뒷감당은 어떻게 할래? 아는 사람 누구누구도 실패해서 개고생이야."

"그걸 하려면 그 많은 돈과 시간은 어떻게 해결할 건데? 그냥 살던 대로 살아. 누구누구 좀 봐라, 착실하게 따박따박 월급 받으면서 얼마나 잘 살고 있냐?"

이런 말들이 익숙한가? 그렇다면 지금 현재 당신은 낮은 주파수에서 살아가고 있음을 알아차리자.

높은 주파수에서는 생존 문제와 두려움의 고통들은 많이 해결된 상태라고 할 수 있다. 1층을 올라가야 그다음 또 그다음 층으로 계속 올라갈 수 있듯이, 낮은 주파수에서 어둡고 무거운 현실을 다 경험하며 겪어낸 후에야 그다음 주파수로 상승될 수 있는 것이다. 1층에서 2층으로, 3층에서 4층으로 올라갈수록, 근육이 발달되며 수월하게 계단을 오르는 방법들도 익히게 된다. 다음번에 다른 건물을 올라가려고 할 때에도, 이때의 경험으로 인해 두려움을 덜어내고 다시 1층부터 올라가는 시도를 자유롭게 할 수 있는 것이다.

자신의 주파수를 올려가는 과정도 이 계단 오르기와 똑같다. 우주가 우리를 낮은 주파수에서 태어나고 자라게 만든 것은, 이렇게 삶의 문제들을 해결하고 두려움을 극복해 나가는 과정을 거치면서, 지혜라는 힘을 갖게 하기 위함이다. 이 힘들고 두려운 지난한 삶의 과정들을 거치면서 단단한 디딤돌이 되어, 비로소 한 단계씩 높은 주파수를 향해서 올라가게 된다.

바닷속에 있는 물고기는 물을 인식하지 못하는 것과 같이, 낮은 주파수에서 살아가는 사람들은 자신들이 어둡고 무겁게 살아가고 있음을 인식하지 못한다. 이 낮은 주파수를 벗어나서 높은 주파수로 한 단계 올라가야만, 자신이 지금까지 어둡고 무거운 낮은 주파수에서 살아왔음을 비로소 깨닫게 된다. 사람들의 시선을 의식하며 두려움에 떨던 시키는 대로만 하고 살았던 자신의 삶을 객관적으로 보게 되면서, 어떻게 그렇게 답답하게 살아왔는지 가슴 깊이 안타까움과 연민을 느끼게 된다.

그 순간 겉모습은 하나도 변한 것이 없지만, 내면의 의식은 예전과는 완전히 달라진 새로운 인간으로 재탄생하는 것이다. 이제 높은 주파수로 올라온 이들은 더 이상 물질적인 성취나 빠른 결과가 자신을 휘두르지 않게 된다. 이들은 그동안 낮은 주파수의 삶에서 상상하지도 못했던 그림들을 꿈꾸며 상상하기 시작한다. 예전의 수많은 두려움과 불안들이, 절대 이룰 수 없을 것이라고 의심하며 발목을 잡던 그 삶에서 탈출하게 되는 것이다. 사회에서 주입시키고 세뇌시킨 두려움과 불안은 이미 이들에겐 해당 사항이 없게 된다.

이들이 제일 많이 하는 말은, "해 보면 되잖아. 일단, 지금 시작해 봐." 이다. 누군가 새로운 것을 시도하려고 하면 예전에 주저했던 자신의 안타까운 삶을 떠올리며 명료하게 설명해 준다.

"네가? 지금 그 어려운 걸, 될지도 안 될지도 모르는데 왜 하려고 하는데?"

→ "네가 지금 그 어려운 것들이 떠올랐다면, 분명히 네가 이룰 수 있는 가능성과 재능이 있기 때문이야. 일단 시작해 봐, 하다 보면 다른 여러 방법들이 연결되기 시작할 거야."

"턱 하니 저지르고 나서 실패하면 그 뒷감당은 어떻게 할래? 아는 사람 누구누구도 실패해서 개고생이야."

→ "만약 네 예상외로 일이 되지 않더라도 그때까지 너에게 남은 그 경

험과 느낌들은 소중한 자원으로 남게 될 거야. 그리고 그 자원들이 다시 다른 문을 열도록 길잡이가 되어 줄 거야."

"그걸 하려면 그 많은 돈과 시간은 어떻게 해결할 건데? 그냥 살던 대로 살아. 누구누구 좀 봐라, 착실하게 따박따박 월급 받으면서 얼마나 잘 살고 있냐?"

→"뭔가를 시작했다는 건 그것을 할 수 있는 내면의 에너지가 이미 이루어졌다는 뜻이야. 지금은 막막하게 방법이 보이지 않지만, 해나가는 과정에서 생각하지 못한 방법들과 도움들이 손을 내밀며 이끌어 줄 거야. 그리고 그 에너지의 힘이 시간이 흐르면 머지않아 현실에 모습을 드러낼 거야."

이런 말들에 익숙한가? 그렇다면 지금 현재 당신은 높은 주파수에서 살아가고 있음을 알아차리자.

지금까지의 설명들을 통해서 낮은 주파수와 높은 주파수의 삶의 모습들을 이해했을 것이다. 주파수가 높아질수록 삶이 가뿐해지고 생동감이 넘치며 명료한 지혜로움을 얻게 된다. 따라서 일상을 살아가는 생활모습도 활동적이고 변화를 추구하면서 계속 다른 환경으로 연결되어 이동하는 패턴으로 형성된다.

이렇게 살아가는 사람은 평균적으로 1년이라고 대부분의 사람들이 인식하는 시간을 '자신만의 10년'으로도 쓸 수 있게 된다. 옛말에 "하나를 가르치면, 열을 깨닫는다."라는 깊은 속뜻이, 바로 이러한 것이리라. 낮은 주파수에서 20~30년의 시간으로 깨달아야 할 것을, 높은 주파수의 '2~3년의 시간'으로도 더 깊고 명료하게 깨닫게 되는 것이다.

낮은 주파수의 시대에서는, 같은 자리에서 같은 일을 30년이나 해 온 베테랑이라는 것이 자랑이 되고 칭찬이 된다. 하지만 높은 주파수의 시대에서는, 그것을 30년이나 제자리에서 머물러 있었다며 다른 관점으로 해석해서 받아들이기도 한다. 높은 주파수의 시대에서는 모든 것이 더 빠르게 이해되고, 더 빠르게 발전해 가기 때문이다.

21세기에 영원한 직업은 더 이상 없고, 이제 앞으로는 인생에서 5~6개의 직업을 가지게 될 것이라는 말이 바로 이 뜻이다. 직업 하나로 한 우물만 파며 느리고 무겁게 살던 낮은 주파수 시대는 지나갔다는 것이다. 이제는 사회 초년기에 하나의 직업을 시작하면, 몇 년 안에 그 분야의 전문적인 시각과 넓은 관점을 가지게 되고 그다음 단계로 상승할 것이다. 이 말을 '높은 직책의 외부적인 성취에 힘써야 한다'라고 단편적으로 해석해서는 안 된다.

자신의 주파수가 높아질수록, 그 주파수의 수준에 맞게 공명하여 자신의 환경도 따라서 계속 바뀐다는 뜻이다. 그다음 단계에서 또 다른 영역으로 넓혀가고, 그 지점에서 또 다른 영역으로 새롭게 융합되고, 이렇게 인생은 자신의 진정한 의식성장을 위해 살아가는 것이다. 이러한 사실을 알고 난 뒤에도 흔히 말하는 오래된 경력의 '한 우물 파기'라는 낡은 관념에 아직도 휘둘리며, 휩쓸리고 있을 것인가?

시대가 발전해 나간다는 것은 이 세상의 주파수가 높아지고 있다는 것이고, 이 시대를 살아가는 젊은 사람들의 주파수도 점점 더 빨리 높아지고 있다는 것을 의미한다. 이미 인생의 처음 출발점이, 낮은 주파수의 시대에서 태어나고 자란 사람하고는 많은 차이가 나는 것이다.

'삐삐' 세대였던 시대 → '2G'폰 세대였던 시대 → '3G'폰 세대였던 시대 → 이제는 '5G'폰의 세대인 것과 같은 것이다. 지금은 또다시 '6G'의 선점을 위해 달리고 있다고 하니, 세상이 얼마나 빠르게 흘러가는지 짐작이 될 것이다. 이 중요한 사실을 재빨리 깨달은 사람들은 나이가 어리다고 경력이 짧다고 상대를 무시하는 어리석은 짓은 더 이상 하지 못할 것이다. 이제는 인터넷을 통해 빨리 정보를 습득하고 다양하게 활용을 해서 창의적으로 순간순간 창조해내는 시대로 변한 것이다.

더 이상은 나이가 들었다고 해서 경력이 오래되었다는 것으로 인해, 무조건 맹신하고 덜컥 맡겨 버리는 우를 범하지 말자. 이러한 구태의연한 사회적인 최면과 무지 속에서 살아왔기에 지금까지 우리가 고통 속에서 헤매고 살아가는 것이다. '새로운 성'을 얻기 위해서는, 오래된 '낡은 성'은 무너뜨리고 다시 처음부터 지어 올려야 한다. 오래된 낡은 성을 부수기 아까워서 그 위에 다른 어떤 것을 덧붙여 새롭게 지을 수는 없는 것이다.

우리의 인생을 살아가는 데 있어, 정작 무엇이 중요한가?

주입된 낡은 관념을 무조건 맹신하며 죽도록 달리기만 하지 말고, 달리기 전에 무엇이 중요한지 알아차리는 깊은 숙고의 시간이 핵심인 것이다. 선 그룹이 왼쪽으로 몰려들며 달려가면, 묻지도 따지지도 않고 나머지도 미친 듯이 왼쪽으로 달려간다. 그러나 자신에게 지금 무엇이 중요한지 알아차릴 수 있다면, 느긋하게 오른쪽으로 그것을 찾아 걸어갈 것이다. 인생은 한순간에 좌우되는 것이 아니라 여러 순간들이 계속 이어지며 큰 그림을 그려가는 것이다.

지금 이미 우리에게 나타난 현상은, 현재가 아니라 이미 발생해버린 과거이다. 이것이 아주 중요한 진실이라고 할 수 있다.

지나간 과거의 파동(기운)이 시간을 거쳐서 지금 현실로 물질화되어

착하게 사는 게 뭐가 그리 중요하노?

실제에 나타난 현상이다. 따라서 지금 이미 일어나 버린 현상을 계속 쫓아서 살아가게 되면 늘 자신은 끝도 없이 달려도 얻을 수 없다. 그것은 이미 예전에 사회와 사람들이 뿜어내었던 생각의 파동들이 시간의 격차를 두고 흘러서, 지금 현실에 그 모습으로 나타난 것이기 때문이다.

이 패턴에서 벗어나려면 이 현재의 상황은 이미 나타나버린 과거의 결과물이고, 그래서 사회와 사람들이 지금부터는 어떤 파동을 내뿜을지를 생각해 보는 것이다. 지금부터 내뿜는 파동이 조금 뒤에 현재의 상황으로 나타날 것이기 때문이다. 이렇게 순간순간 살아간다면, 끝도 없이 남들을 쫓아서 달려야 하는 지치는 삶에서 벗어날 수 있게 된다.

지금 나와 있는 최신 정보들을 다 습득하고 철저한 계획을 세워서 활동을 시작할 거라고 생각한다면, 이미 늦은 것이다. 지금의 최신정보와 현재 상황들은 이미 결과물이기에, 벌써 과거가 되었다고 인식해야 한다. 지금 나타난 현상을 쫓아서 살아간다면 늘 자신은 과거를 쫓아가며 뒤늦은 행동을 한다는 것을 알아야 한다. 예전의 낮은 주파수 시대에서는 모든 것들이 무겁고 느리게 흘러갔기에 이러한 대다수의 쏠림의 방식들이 통했을지도 모른다. 하지만 모든 것들이 가볍고 빠르게 변화해가는 이 높은 주파수 시대에서는 무거운 대다수의 쏠림은 끝이 나고, 각자의 독특한 다양한 방식들이 적용될 것이다.

이제는 지금 떠오르는 생각을 일단 행동으로 시작해 가면서, 그때그때 필요한 정보를 모으고 계속 수정해 가면서, '자신의 길'을 만들면서 나가야 한다. 낮은 주파수의 1층에서 계속 앞을 봐야한다면, 바로 눈앞의 것들만 보며 우왕좌왕하게 된다. 조금 더 높은 주파수의 5층에서 앞을 보게 된다면, 그 높이만큼 넓고 확장된 시야를 확보할 수 있게 된다.

이와 같이 우리가 어느 주파수에서 살아가느냐에 따라 인생의 관점이 달라지며 명료한 인식이 생기게 된다. 더 늦추지 말고 다수의 의견에 동조되어 끝없이 뒤쫓아서 빨려 들어가는 늪에서 빠져나와야 할 때이다.

자신이 명료한 시선으로 살아가는 만큼 자신의 인생도 자유롭고 편안해지는 것이다. 자신이 침침한 시선으로 살아간다면 계속 더듬거리며 느리게, 느리게 살아갈 수밖에 없을 것이다. 지금 시대는 이미 높은 주파수 시대가 펼쳐진 지 한참이다.

아직까지도 어정쩡하게 머뭇거리고 있다면, 미루지 말고 지금 결정해 보자.

"나는 낮은 주파수의 습관으로 계속 살아갈 것인가? 아니면 새롭게 높은 주파수의 습관으로 변화를 시도할 것인가?"

나의 마음이 확고하게 변하는 이 순간, 그 에너지 파동(기운)은 이미 퍼져 나가며 다가올 현실에 물질화를 만들어 내기 시작한다.

머지않아 지금과는 확연히 달라진 나의 현재가, 바로 앞에서 그 모습을 드러낼 것이다.

착하게 사는 게 뭐가 그리 중요하노?

# 10

## 인생을 산다는 것은, 마치 바둑판에 바둑알을 올리는 것

**지금 진행 중인 한 판이 끝나면, 다음 판은 처음부터 '새 판'을 다시 짜야 한다**

요즘 한창 남편과 중학생 아들이 저녁마다 바둑의 삼매경에 빠져 지낸다. 둘이서 맞대고 앉아 심사숙고해서 바둑을 두는 모습을 보고 있으려니, 문득 그 모습이 우리의 인생살이와 너무 닮아 있다는 생각이 들었다.

우리가 인생을 살아가는 모습도, 일단 시작하면 한 판이 끝날 때까지 심사숙고하면서 진행되는 저 바둑처럼 끝없이 고심하면서 바둑판의 격자무늬 속에 바둑알을 올려놓아야 하는 것이다. 이미 바둑판의 크기와 배열 선은 정해져 있지만, 그 안에서 자신이 어디에 바둑알을 놓을지 선택하느냐에 따라 판세가 완전히 달라진다.

바둑에 대해 알지 못하는 완전 초보의 시절에는, 일단은 누군가에게 지도를 받거나 해설 책에 나와 있는 예시대로 바둑을 연습하면서 배워 갈 것이다. 익숙한 사람의 지도를 받거나 책에 설명된 예시 그대로 바둑알을 놓는다면 설명처럼 그대로의 미래가 나올 것이다. 이것은 사회의 전통과 지식, 관념들에 주입되어 잠들어있는 상태로 살아가는 현재의 우리들의 모습과 다를 바가 없다.

처음 인생을 살아가는 기본적인 지식을 배우는 미성년의 시절이 끝나고 성인이 되면, 우리는 이제 그 울타리에서 벗어나서 자신만의 지식을 만들어 가야 한다. 원하는 곳에 가기 위해 배를 타고 강을 건넜다면, 도착지에 닿으면 그 배를 떠나서 자신의 갈 길을 가야 하는 것처럼 말이다. 그 배 덕분에 이 곳까지 도착했다는 고마움으로, 그 배를 떠나지 못하고 짊어지고 가려 한다면 몇 발자국도 가지 못해서 주저앉게 될 것이다.

이렇듯이 바둑의 기본 지식을 배우고 나서 자신만의 방법으로 새롭게 시도를 한다면 몇 분도 못 가서 실패를 하게 되겠지만, 처음부터 또다시 바둑을 계속 두더라도 지속적으로 도전한다면 매번 다른 결과를 얻을 수 있게 된다. 그리고 그 작은 경험들이 쌓이고 쌓이게 되면, 자신도 알 수 없는 어느 날 확실한 '티핑 포인트'를 만나게 된다.

[ 티핑 포인트 : '갑자기 뒤집히는 점'이란 뜻. 작은 변화들이 기간을 두고 쌓여, 작은 변화가 하나만 더 일어나도 갑자기 큰 영향을 초래할 수 있는 상태가 된 단계 또는 순간. - 국립국어원 ]

그 티핑 포인트의 순간, 한 계단 상승하며 바둑에 대해 더 넓고 새롭게 해석하는 관점이 확 트이는 것이다.


우리의 인생도 이와 똑같다. 어떻게 살아갈지 막막해서, 작은 실패가 두려워서, 새롭게 판을 짜고 놓기가 귀찮아서, 자꾸 뭔가를 내가 생각하고 결정하는 게 힘들고 버거워서 포기하는 것들이 많다. 이것을 피하려고 처음 배웠던 책의 예시대로 따라 살면서 편안하고 익숙하게 살아가고 있는 것이다.

착하게 사는 게 뭐가 그리 중요하노?

물론 처음에는 능숙하고 잘 풀려 가기에 살아가는 재미가 있을 것이다. 점점 시간이 지날수록 익숙해지다 보니, 1레벨 → 2레벨 → 3레벨쯤은 예시를 안 보고도 재빠르게 척척 해내게 된다. 이때쯤 되면 자만하게 되면서 자신이 아주 뛰어나고 잘한다고 믿고 살아가게 된다.

문제는 자만심의 정점을 찍은 그 이후부터 시작이다. 인생은 길고 좀 더 시간이 흐르게 되면 이렇게 계속 같은 판을 반복하는 인생이 뭔가 지루하게 느껴진다. 예시본이라도 계속 반복하면서 노력을 해 왔기에, 자신의 주파수가 예전보다 높아지게 되면서 이제는 더 이상 낮은 단계가 지금 수준의 양에 안 차는 것이다.

신기하게도 이때에 딱 맞춰서 누군가 새로운 제시를 하거나, 상황이 새로운 방법을 찾게끔 이끌어가게 된다. 더 이상 그 예시를 보고 따라 하지 말고, 한 단계 더 높여서 이제는 자기가 스스로 새롭게 판을 짜 보자고 제안한다.

물론 그 예시 안에서 아주 능숙하게 레벨을 높여 온 자만에 빠진 사람은 당연하게 그 제안을 받아들이고 새판에 새롭게 바둑돌을 놓기 시작한다. 하지만 그 바둑판의 새로운 미로 속에 빠지는 순간, 예상치 못한 상황을 만나며 허우적거리기 시작한다.

마음이 다급해지면 옆에서 이 사람, 저 사람 훈수 두는 대로 여기저기에 바둑돌을 놓기 시작하게 된다. 이제 점점 사람들의 말에 휘둘리며 자신의 방향을 잃기 시작하고, 뭔가 뜻대로 되지 않으면 니들 탓이라고 성질을 내기 시작한다. 사태가 점점 엉망으로 꼬여 가게 되니 옆에서 훈수를 두던 사람들은 조용히 자리를 피해서 떠나버리고, 엉망이 된 바둑판과 잔뜩 성질이 난 자신과 실패의 현실만이 덩그러니 남아 있다. 이것이 지금 중년을 살아가는 우리들의 삶의 모습과 뭐가 다를까?

이 지점에서 우리는 우리의 인생과 미래에 대해서, 더 이상 미루지 말고 재정비를 해야 한다.

방법은 이번의 뼈아픈 경험을 계기로 삼아서 힘들고 두렵지만, 자신의 마음을 성찰하고 낡아진 예시를 놓아 버리고 새로운 길을 찾아 나서는 것이다. 이 새로운 시작점에 섰을 때, 대부분이 아주 막막하고 답답함을 느끼게 된다. 도대체 자신이 새롭게 뭘 할 수 있을지, 새롭게 뭘 해야 할지, 어떻게 첫 발을 뗄지가 너무 막막한 것이다. 새까만 암흑처럼 도저히 미래가 예상도 안 되고 머릿속은 깜깜하게 아무 생각도 떠오르지 않는다. 이러한 경험들이 우리 모두에게 몇 번은 있지 않았던가?

이때 제일 먼저 필요한 것은, 현재의 자신의 마음 상태와 상황을 점검해 보는 것이다.

지금 자신이 가는 방향을 계속 가고 싶은 것인지, 아니면 방법은 생각이 나지 않지만 전혀 다른 방향을 가고 싶은지를 먼저 고요히 성찰해 보는 것이다. 그리고 지금 나에게 켜켜이 쌓아두었던 무거운 낡은 예시들을 다 정리하는 것이다. 꼭 필요한 것들만 놓아두고 별로 필요하지 않았지만 혹시 나중에 필요할까 봐 쟁여 놓았던 것들을 다 비우는 것이다.

이것은 자신의 낡은 습관, 굳어진 사고방식, 편향된 가치관, 옭아매는 중독 등을 냉철하게 알아차리고 확실하게 끊어 내 버리는 것을 말한다. 새로운 길을 찾아 떠나는 데 쟁여 놓은 짐이 많다면, 당연히 막막하고 시작도 하기 전에 주저앉게 되어버린다.

이미 시대가 이렇게 아주 빠른 속도로 변화되고 있는데, 자신만 옛 추억에 사로잡혀서 옛날만 되새기며 옛 친구들하고만 교류하며 늘 같은 방식으로 생각하고, 아직도 전통적인 낡은 습관에 빠져 산다면 어찌 될 것인가? 세상이 변해서 우리를 괴롭게 만들고 있는 것이 아니라, 이렇게 빨라진 높은 주파수의 시대에 낮은 주파수의 자신이 따라가지 못해서, 숨이 차고 헉헉대는 것임을 알아야 한다.

자신의 주파수에 변화가 생기면, 자연스럽게 자신이 지금껏 관계하던 사람들과의 관계 방식도 변하게 되고 살아가는 환경도 변하게 된다. 자신이 아직도 20년 전의 생활환경과 똑같고, 20년 전의 하던 일과 똑같은 일을 하고, 만나는 사람들도 20년째 변함이 없고, 아무 변화 없이 그 영역 안에서만 살아가고 있다면, 자신은 주파수의 상승이 일어나지 않은 것이다.

물은 고이지 않고 흘러야 하고, 공기는 갇히지 않고 순환이 되어야 하듯, 우리의 인생도 흐르면서 변해 가야 한다.

우리 몸의 큰 질병이 올 때는, 그 순간에 갑자기 생긴 것이 아니라 아주 작은 막힘이 오랜 시간 동안 쌓이고 쌓여서 심각해졌을 때 밖으로 드러나게 되면서 알게 된다. 우리가 긍정적인 의미로 쓰고 있는 이 '티핑 포인트'는, 이처럼 긍정일 때도 부정일 때도 다 같이 해당되는 것이다.

"아무 변화 없이 20년 동안 살아왔어도 아직도 잘만 살고 있으니, 앞으로도 이렇게 살 것이다."라고 말하는 사람이 있다면, 아직 큰 트러블이 드러나지는 않았지만 안 보이는 곳에서 정체되어 진행되고 있는 어떠한 것들을 보지 않아서 그렇게 여길 수 있다. 이 말은 지금 70~80대의 노인들이 살아왔던 무겁고 느린 낮은 주파수 시대에서나 쓰일 법한 낡은 관념이라는 것을 알아야 한다.

지금의 높은 주파수의 세상이 이렇게 빠르게 변하고 있는데, 자신만 20년이 넘는 시간을 그대로 정지해 있었다면 어떻게 계속 아무 일이 없을 것이라고 자신할 수 있는가?

지금까지 조금씩 계속 쌓여 온 막힘들이 머지않아 '티핑 포인트'가 되어, 어쩔 수 없이 변화를 할 수밖에 없게끔 강제적으로라도 변화할 상황을 만들어 줄 것이다. 우주는 어떤 식으로든 변화와 균형을 맞추며 유지하게 되어 있기 때문이다.

　얼마 전까지만 해도 우리는 당연한 대면 시대를 살아가고 있었고, 요즘의 이 비대면 상황을 상상하지도 못했다. 이 코로나를 부정적으로 느낄 수도 있지만, 코로나의 발생으로 인해 전 세계적으로 지구 환경의 새로운 기준을 만들어 나가고 있고 그것에 따른 새로운 분야와 직업들이 생겨나고 있다.

　수많은 모임으로 인한 유흥과 서로를 비교하는 과소비, 외부로만 관심을 쏟을 수밖에 없었던 환경들이 일시에 정리되어 가면서, 새로운 가치관과 사고방식이 생겨나게 되었다. 또한, 줌(Zoom)을 통한 비대면 교육과 작업환경들이 부각되었고 우리의 생활방식에도 큰 전환을 가져오게 되었다. 이것은 우리가 원하던 원하지 않던 과거의 낡은 생활방식들을 정리하고, 새로운 생활방식으로 변화하게 되는 계기를 만들어 준다.

　지구의 주파수가 상승해 가면서, 자연스럽게 이 지구에 살고 있는 우리의 주파수도 상승하게 되는 새로운 환경이 펼쳐지고 있다. 이렇듯 개인이든 사회든 모든 주파수가 상승하게 되면, 어떤 식으로든 낡은 과거에서 벗어나서 새로운 단계의 장으로 진입하게 된다.

　우리가 할 수 있는 것은 이 변화를 신기하게 받아들이면서 적극적으로 자신만의 새로운 판을 짜내느냐, 아니면 불편하다며 불평불만만 하면서 소극적으로 시간을 보내다가, 남들이 짜 놓은 예시를 또다시 구입해서 그 판을 힘겹게 뒤따라가느냐를 선택하는 것이다.

　　　　　　　　　　　　　착하게 사는 게 뭐가 그리 중요하노?

지금 나와는 상관이 없다고 지나쳐 버리지 말고, 신재생에너지가 어떻게 활용이 되는지, 빅데이터나 자율주행차는 어떤 영역에서 변화를 줄 것인지, 또 줌(Zoom)의 기능과 사용법을 숙지해보는 노력 정도는 기울여 보자. 앞으로 코로나 이후의 시대를 주도할 변화에 대한 다양한 책들도 읽어보고 정보들도 접해 보자.

처음에는 아주 광범위하게 여러 정보들이 마구 섞여서 들어오게 되지만, 이 정보들이 쌓여 가면서 무의식적으로 서로 유기적으로 연결되며 '융합'하게 된다. 그리고 머지않아 자신이 가지고 있는 자원과 연결되는 '명확한 지점'을 직관적으로 알려 주는 신호를 보낼 것이다.

이러한 새로운 것들을 받아들이게 되면, 자신도 느끼지 못하는 사이에 낡음에서 새로움으로 생각이나 가치관들이 변화되기 시작할 것이다.

낡음이 떨어져 나가야만 그 자리에 새로움이 들어오게 되고, 이 낡음이 떨어져 나간 그 빈자리가 많아질수록 새 에너지가 순환하며 자신의 주파수가 높아져 간다는 것을 알아야 한다.

이 주파수가 조금씩 높아지게 되면, 시간이 지나 '티핑 포인트'의 지점을 만나게 되고, 한 단계 더 상승이 이루어지면서 자신의 관점이 더 넓고 현명하게 변화된다. 이렇게 한 층 더 높아진 주파수로 자신만의 새로운 판을 다시 짜게 되고, 그렇게 인생이 한 단계 더 성장하게 이끌어 주는 것이다.

이제는 늘 새롭게 변화하면서 살아가는 시대가 왔다. 이미 시대는 시속 20km의 시대에서 50km의 시대를 넘어가고 있는데, 자신만 예전의 20km의 세상 속에 갇혀서 살아간다면 인생에서 늘 고통스러운 상황과 부딪히게 될 것이다.

이 말은, 애를 쓰며 앞만 보고 달리고 또 달리라는 뜻이 아니다. 자신만의 고집스러운 사고방식과 낡은 관념에 배인 습관들을 버려 버리고, 세상의 변화에 관심을 가지고 자신을 말랑말랑하게 자극시켜야 한다는 것이다. 별다른 자극이 없이 가만두고 오랫동안 보관만 하게 되면, 굳어지고 딱딱해지며 푸석푸석하게 되어 버린다.

지금, 5년 후의 나의 모습을 생생하게 상상해 보자.

"나는 말랑말랑하게 변화의 흐름을 잘 타고 살아가는가? 아니면, 딱딱하고 푸석거리며 찌푸린 채로 살아가는가?"

[에필로그]

# 우주의 진정한 선물인, '힘겨운 인생길'

**우리 삶의 수많은 갈등과 고통들은, 우리를 '인생의 대가'로 이끌어간다**

인생을 고통의 바다라고 표현하는 말이 있다. 그만큼 우리가 태어나서 죽음에 이르기까지 살아내야 할 인생길이 버겁고 힘들다는 뜻이리라. 나는 늘 산다는 것에 대해, 묻고 싶은 것이 많은 사람이었다. 도대체 왜 그런지, 답답한 마음을 풀기 위해 혼자서 발버둥 치면서 긴 시간 동안 답을 찾아 헤매고 있었다.

"왜 우주는 우리를 이 세상에 내보내면서 좀 쉽고 즐겁게 살아가게 만들지 않고, 이렇게 힘겹고 복잡하게 살다 가게 만들어 놓은 것일까?"

"우리를 사랑한다면서, 우리에게 늘 이로운 것만 가져다준다면서, 도대체 왜 이렇게 많은 갈등과 고통 속에서 인간을 헤매게 만드는 것일까? 왜?"

인간의 심리에 대해 공부하면서는 우리가 이렇게 서로 얽혀 있게 되는 원인들에 대해 많은 이해를 하게 되었다면, 마음공부를 하면서는 삶에서 인간에게 고통이 어떠한 의미인지에 대해서 점차 이해하게 되었다.

우리는 아무것도 없는 빈 상태에서 이 세상으로 오게 된다. 한 해, 두 해 그렇게 살아가면서 삶에서 필요한 것들을 배우며 채워나가게 된다.

[에필로그]            343

인생의 전반은, 우리 삶에 비어 있는 경험과 지식을 채우기 위해 시행착오를 하며 다양한 경험으로 온갖 잡다한 군더더기들을 쌓아 간다. 허기진 배를 채우기 위해 허겁지겁 음식을 배에 집어넣듯이, 이것저것 다 끌어모으며 계속 채워 넣기에 급급하다. 이렇게 마구 채워 나가다 보니 기쁨과 즐거움 외에도 슬픔과 갈등, 고통까지도 알아보지 못하고 다 끌어모아서 쌓아 두는 것이다.

인생의 중반쯤에 접어들면 이제는 인생의 허기는 어느 정도 가시고, 지금까지의 경험들을 통해 생긴 현명함으로 자신이 가지고 있는 것들을 다시 명확하게 바라보기 시작한다. 이러한 과정에서 그동안의 모든 과거의 상황들을 다시 경험하게 된다.

인간관계에서 수많은 상처를 받았다면, 쓸데없는 인연들에 휘둘리지 않기 위해 명확하게 가지치기를 하며 관계를 하게 될 것이다. 가족을 등한시 여기면서 외부의 성취를 위해 밖으로만 나돌았다면, 가족의 소중함을 느끼게 되면서 이제부터는 가족을 챙기면서 따뜻한 가정을 만들려고 노력할 것이다.

마음의 괴로움과 두려움을 현명하게 처리하는 방법을 알지 못해 여러 가지 중독에 빠지거나 큰 질병을 얻게 된 사람은, 이제 자신의 지나온 과정을 살펴보면서 앞으로 가야 할 방향을 다시 정할 수도 있을 것이다.

불안함과 의존성에서 벗어나지 못해 조급하게 사람을 필요 이상으로 믿으면서 자신을 맡기며 의존하려 했던 사람은, 그 고통스러운 경험을 통해 자신에 대한 책임을 되찾아 독립적으로 살기 위한 새로운 시도를 할 것이다.

만약 우리에게 이러한 무수한 시련과 고통이 없었다면, 지금 알고 있는 것들을 전혀 깨닫지 못했을 것이다.

이렇게 인생의 전반기에 수많은 군더더기를 모으는 동안, 사회의 적응력을 키워가게 되고 자신만의 방법도 찾아가게 된다. 이 군더더기 속에서 버릴 것은 버리고 챙길 것은 챙기면서, 또한 부족한 부분은 다시 채우기도 하면서 그렇게 자신을 성장시켜 나가는 것이다.

인생의 중반을 넘어가면서는, 그동안 쌓아왔던 모든 지식과 경험들을 잘 융합해서 '새로운 자신'을 창조하게 된다. 새롭게 태어나는 자신은 한층 더 성장하고 확장된 존재로 거듭난 것이다.

마치 애벌레가 고치 속의 어둡고 답답한 시간들을 견뎌내야만, 비로소 자유로운 나비로 변용될 수 있듯이….

이렇게 길고 지난한 세월을 살면서 수많은 갈등과 고통을 감내하고 성장했을 때, 가장 단순하고 간단한 '삶의 정수'만 뽑아 올린, 빛나는 '진짜 나'를 발견하게 되는 것이다.

이것이, 우주가 우리에게 주는 진정한 선물이라고 생각한다.

인생 초보의 혼란의 시기를 겪어내면서 '인생의 대가'로 나아가는 우리는, 다시 가진 것 없이 태어나는 인생 초보의 존재들에게 우리가 깨우친 '삶의 정수'를 들려주면서, 그들이 한층 더 성장할 수 있도록 도움을 주는 것이다. 이것이, 우리가 추구해야 할 인생의 참다운 의미가 아닐까?

내가 원하는 맛있는 요리를 하기 위해선, 장에 나가 재료를 사고 손질을 하고 요리를 하면서, 거기서 나오는 온갖 설거지들도 감수해야 한다. 이러한 과정들이 있기에 사랑하는 사람들과 맛있는 요리를 즐기며 소중한 시간을 보낼 수 있는 것이다. 늘 간단한 빵 한 조각으로 끼니를 때우며 살아갈 수도 있고, 자신이 원하는 요리를 풍부하게 즐기고 나누면서 살아갈 수도 있다.

이 모든 것은, 순간순간의 우리의 선택에 달려 있다. 또한 평생 괴롭고 고통스러운 삶을 살아갈 수도 있고, 내가 원하는 삶을 즐기면서 누리며 살아갈 수도 있다. 이 모든 것도, 순간순간의 우리의 선택에 달려 있다. 그리고 이 순간순간의 점들이 이어져 가면서, 인생의 선을 만들고, 각자의 인생의 무늬를 그리며 작품을 만들어 가는 것이다.

우리는 태어난 주변 환경과 자라면서 세뇌되는 환경에 의해서, 자기 자신을 인식하게 된다. 자기 자신의 그릇이 얼마만큼인지를 자신이 직접 정하기보다는, 가족이나 주변 사람들이 정해서 주입 시킨 채로 그렇게 '프로그램'되어 살아가고 있는 것이다. 그러다 보니 우주가 온 세상에 에너지를 풍족하게 쏟아 내 주어도, 자신이 믿고 있는 자신의 그릇만큼만 채울 수밖에 없다.

너무 억울하지 않은가?

이 사실을 머리의 지식이 아니라 가슴으로 뼈에 사무치도록 깨닫고 나면, 이제 그 사람은 그 낡고 작은 그릇을 깨 버리고, 다시 새롭게 자신의 그릇을 만들어 가기 시작하게 된다. 이것이 우리가 그렇게 갈망하고 원하는 '인생의 깨달음'이 아닐까 생각해 본다.

낮은 주파수 시대는 깨달음을, 책에 나오는 위대한 성인들처럼 세상에 온 지복(환희)이 가득 차서 고통과 괴로움도 절대 겪지 않고, 원하는 마법을 부릴 수 있는 어떤 것이라는 환상이 지배적이었다. 하지만 지금의 높은 주파수 시대에는 옛날의 그 '낡은 환상'에서 빠져나와, 현재를 살아가고 있는 이 현실에서 얼마나 현명한 사고방식으로 명료한 관점을 가지고 살아가는지를 추구해야 할 것이다. 현명하고 명료한 알아차림으로 지금 현재를 살아간다면, 자연스럽게 고통과 괴로움은 멀어져 갈 것이기

착하게 사는 게 뭐가 그리 중요하노?

때문이다.

지금 내가 살아가고 있는 현재 이 환경은, 오롯이 나의 '마음 그릇'의 크기를 말해주고 있다.

'내가 풍요로운 정도, 내가 만족스러운 정도, 내가 불편한 정도, 내가 부족한 정도…' 이 모든 것들이 이제까지 내가 만들어 온 '마음 그릇'에 담겨 있는 것들이다.

그렇다면, 지금 바로 우리가 해야 할 것은 무엇인가?

첫째, 지금 나의 '마음 그릇'이 어느 정도의 크기인지부터 깊이 성찰해야 한다.

* 나는 나를 어떠한 사람으로 인식하고 있는가?
* 나는 어떤 고집과 아집에 갇혀서 살아가고 있는가?
* 나는 어떤 편협한 관점으로 남들을 판단하고 있는가?
* 나의 주된 감정상태와 주변 사람들과의 관계는 어떠한가?

둘째, 자신의 '마음 그릇'의 크기를 알았다면, 앞으로 자신이 원하는 '마음 그릇'은 어떤 것인지를 성찰해야 한다.

* 나는 앞으로 자신을 어떻게 성장시키고 싶은가?
* 나를 꽉 막고 있는 이 고집과 아집을, 순간순간 어떻게 부숴 뜨려 갈 것인가?
* 나는 어떤 배움을 통해 나의 관점을 넓고 깊게 키워갈 것인가?
* 나는 어떠한 감정상태를 유지하고 싶으며, 주변 사람들과 어떠한 관

계를 맺고 싶은가?

이렇게 하나씩 낡은 습관은 버려 가면서 폭넓게 배우며 채워 가는 동안, 물 흐르듯이 자연스럽게 '마음 그릇'은 새롭게 창조되기 시작한다.

자신의 조급한 마음과 불안한 마음을 다잡아 가며 꾸준하게 근성을 만들어 간다면, 그것이 가장 빠르고 정확한 방법이다. 능력 있는 전문가가 단기간에 엄청난 마법과 기술을 가르쳐 준다고 해도, 그것은 그 순간의 신기루일 뿐이다. 나의 인생 전체를 책임지며 만들고 이끌어 갈 사람은, 결국 나 혼자일 수밖에 없다.

늘 자신의 알아차림에 순간순간 주의를 기울이면서 자신의 마음을 따뜻하게 보살피며 살아간다면, 그 따뜻한 기운이 퍼져나가 나의 주변까지 그 평온함과 넉넉함을 누릴 수 있을 것이다.

자신을 둘러싼 이 에너지장의 기운이 따뜻하고 풍요롭게 바뀌는 순간, 지금까지의 자신의 힘든 현실은 없어지고 새로운 환경과 사람들이 신기한 마법처럼 나를 에워싸게 될 것이다.

"이제, 딱 한 번뿐인 내 삶을 현명하고 지혜롭게 선택해 가며, 즐기고 누리면서 살아가 보자."

착하게 사는 게 뭐가 그리 중요하노?